Henry Roth
Die Gnade eines wilden Stroms

To Larry Fox
»So here's a hand my
trusty friend.«

HENRY ROTH

Die Gnade eines wilden Stroms

Aus dem Amerikanischen von Heide Sommer

BELTZQUADRIGA

Titel der Originalausgabe:
Henry Roth
Mercy of a Rude Stream
A Star shines over Mt. Morris Park
© 1994 Henry Roth Estate
Erschienen bei St. Martin's Press New York

Die Transkription des Jiddischen fr die deutsche Ausgabe
besorgte Mirjam Pressler

2. Auflage 1996
© 1996 Quadriga Verlag, Weinheim, Berlin
Lektorat: Claus Koch
Herstellung: Iris Müller
Umschlaggestaltung: Federico Luci, Mailand
Umschlagbild: Carlos Rosado, New York
Satz: Horst Kopietz, Hemsbach
Druck und Bindung: Druckhaus »Thomas Müntzer« GmbH, Bad Langensalza
Printed in Germany
ISBN 3-88679-707-4

Inhalt

DIE FAMILIE DES IRA STIGMAN

Der Stammbaum von Iras Mutter

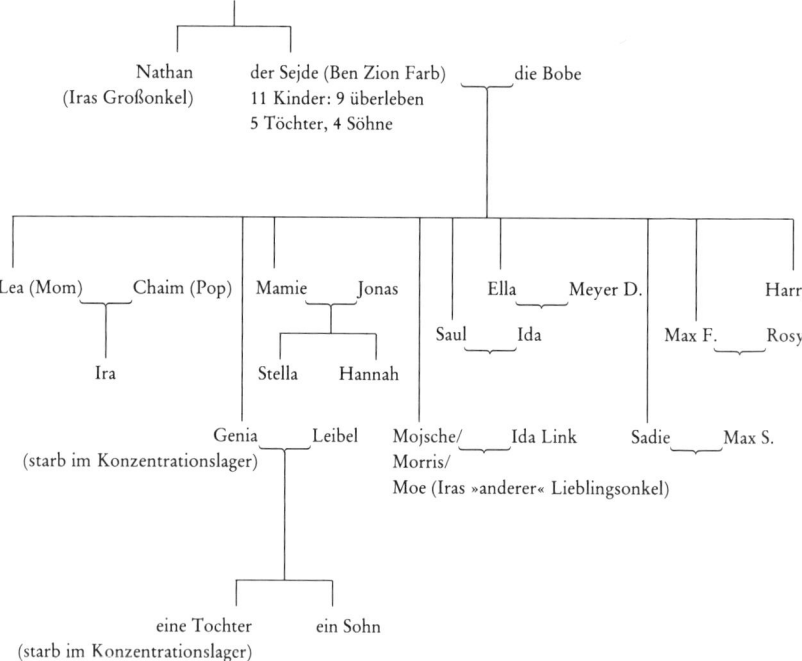

Nathan (Iras Großonkel)

der Sejde (Ben Zion Farb) 11 Kinder: 9 überleben 5 Töchter, 4 Söhne

die Bobe

Lea (Mom) — Chaim (Pop)

Mamie — Jonas

Ella — Meyer D.

Harry

Saul — Ida

Max F. — Rosy

Ira

Stella   Hannah

Genia — Leibel (starb im Konzentrationslager)

Mojsche/ — Ida Link Morris/ Moe (Iras »anderer« Lieblingsonkel)

Sadie — Max S.

eine Tochter   ein Sohn (starb im Konzentrationslager)

⌣ verheiratet
⊤ Kinder

DIE FAMILIE DES IRA STIGMAN

Der Stammbaum von Iras Vater

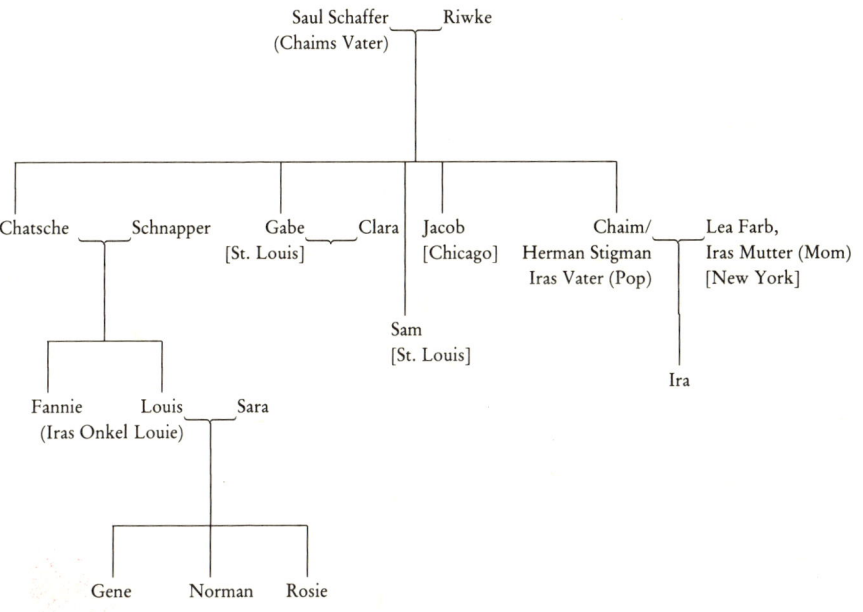

I have ventur'd,
Like little wanton boys that swim on bladders,
This many summers in a sea of glory,
But far beyond my depth. My high-blown pride
At length broke under me, and now has left me,
Weary and old with service, to the mercy
Of a rude stream that must for ever hide me.

Henry VIII, III.ii

»... Ich trieb dahin
Gleich wilden Knaben, die auf Blasen schwimmen,
So manchen Sommer auf der Ehrsucht Wogen,
Doch viel zu weit: mein hochgeschwellter Stolz
Brach endlich unter mir und gibt mich jetzt,
Müd' und im Dienst ergraut, der Willkür hin
Des wüsten Stroms, der ewig nun mich birgt.«

(Shakespeare, König Heinrich VIII., III,2)

Nicht, daß ich es wagte, am einzigartigen Will herumzukritteln, aber ich würde doch gern fragen, wie es möglich ist, daß seine kleinen wilden Knaben auf den Blasen zuerst auf der Ehrsucht Wogen schwimmend erspäht werden, am Ende aber ein wilder Strom sie fortreißt – worunter man sich einen Sturzbach vorstellt, aber keine sanften Wogen; es sei denn, es handele sich um eine Strömung im Ozean, den Golfstrom etwa, aber der wäre dann kaum wild. Tidenhub, das andere Wort, wäre vielleicht genauer gewesen, aber nicht annähernd so glücklich gewählt.

Auch möchte ich anmerken, daß Shakespeare das Wort »mercy« ironisch benutzt, ich aber keineswegs. Ich meine es ganz wörtlich. Mir hat der wilde Strom Gnade erwiesen.

ERSTER TEIL

I

Hochsommer. Die drei Ereignisse würden ihm immer im Gedächtnis bleiben, dauerhafter, markanter als alles andere aus diesem Sommer 1914, seinem ersten Sommer in Harlem. Wie sonderbar auch, daß die Ankunft von Moms Verwandtschaft und der Umzug nach Harlem ausgerechnet in diesen unheilvollen Sommer 1914 fielen – just, als ob sein ganzes Leben und seine Welt von der Macht der Geschichte, in Gestalt des simplen Auftauchens neuer Verwandter, untergraben werden sollte. Tausendmal dachte er wohl vergeblich: Wenn es nur ein paar Jahre später geschehen wäre. Alles hätte ruhig so kommen können, der Krieg, die neuen Anverwandten; wenn er nur noch ein paar Jahre hätte haben können, ein paar Jahre noch hätte auf der Lower East Side leben können, sagen wir bis zu seiner Bar Mizwa. Je nun...

Es war im August [Ekklesias oder *m'aivtate*], die beiden Zeitungsverkäufer brüllten schrille jiddische Schlagzeilen durch die 115th Street, mißtönend und verwirrt. Jeder der beiden Verkäufer schleppte einen gewaltigen Packen jiddischer Zeitungen an einem Lederriemen über seiner Schulter. »Ekstra! Ekstra!« grölten beide, und: »*Milchome!*«, worauf ein großes jiddisches Kauderwelsch folgte. Der achtjährige Ira war gerade in das zur Straße gelegene, das vordere Zimmer gekommen, wo seine Großeltern in der Nähe des Fensters, im Schatten der Markise saßen und ein wenig frische Luft schöpften. Auch er wurde durch die Rufe dort unten aufmerksam und schaute hinunter auf die Straße nach dem Grund. Unter dem Fenster brannte die Sonne auf den glühendheißen Bürgersteig, schien gleißend auf das schwarze Pflaster. Und die Straße, noch bis vor einer Minute so träge und so ruhig, wurde nun aufgeschreckt von zwei rotgesichtigen Männern, die ein heiseres, schnatterndes Gebrüll von sich gaben, wovon nur ein Wort zu verstehen war. Immer wieder: »*Milchome! Milchome!*« Krieg! Aus den Nachbareingängen der Häuser und Geschäfte strömten die Menschen, einige liefen hinter den lamentierenden Zeitungsmännern her, andere blieben stehen und warteten auf sie. Die sich schon eine Zeitung gekauft hatten, runzelten angesichts der Schlagzeilen die Stirn, hielten ihre Zeitung anderen vor die Nase, redeten, gestikulierten, riefen zu denen hinauf, die aus den Fenstern lehnten.

»Er ruft Krieg«, sagte der Sejde.

Und: »Wehe mir«, sagte die Bobe.

»Was ist das für ein Geldstück, mit dem man die Zeitung bezahlt?« fragte der Sejde.

»Ich glaube, es ist ein Nickel, Großvater«, antwortete Ira. »Ein Fünfcentstück.«

»So eins?« – »Jaaah.«

»Lauf, Kind. Hol mir eine.« Ira lief mit der Münze in der Hand die zwei Treppen hinunter, sauste auf die glutheiße Straße, holte die Zeitungsverkäufer ein, die immer noch die Nachricht, ihre Ware, hinausschrien. Er streckte den Nickel hin; die Zeitung wurde im Gegenzug herausgerissen. Den hektischen Ruf noch im Ohr, raste Ira zum Haus zurück, stürzte hastig die Treppen hinauf und kam keuchend im Wohnzimmer an.

»Tatsächlich, Krieg«, sagte der Sejde mit einem Blick auf die düsteren jiddischen Überschriften. »Nun schlachten sie sich wieder gegenseitig ab.«

»Wer?« fragte die Bobe.

»Österreich und Serbien.«

»*Oj, gewald!*« stöhnte die Bobe. »Meine arme Tochter. Meine arme Genia, und wieder schwanger, mitten in dieser Gefahr. Der Herr beschütze sie alle. Der Herr erbarme sich ihrer!«

»Diese Idioten! Zerstören! Alles zerstören! Sonst sind sie nicht zufrieden«, sagte der Sejde wutschnaubend. »Ein Glück, daß wir diesem Leichenhaus rechtzeitig entkommen sind. Gelobt sei Sein heiliger Name.«

So kam der Große Krieg nach Harlem: brüllende Zeitungsverkäufer auf heißer Straße mit druckfrischen Nachrichten und ein schüchterner Junge, der dem schwitzenden, rotgesichtigen Herold des Verderbens einen Nickel entgegenstreckt...

II

Es war im Juli jenes Jahres, einen Monat vor Kriegsausbruch. Moms nächste Angehörige sollten in wenigen Tagen in Amerika ankommen. Von dem kleinen Dörfchen namens Veljisch in Österreich-Ungarn, von wo sie aufgebrochen waren, würden sie jetzt ihren Wohnsitz nach Harlem verlegen. Ihr Apartment – ein großes mit sechs Zimmern – lag nur zwei Treppen über uns und verfügte über eine Dampfheizung, elektrischen Strom und fließend Warmwasser, gestreifte Markisen über den beiden Wohnzimmerfenstern, und es lag mitten im Block, an der 115th Street, auf halber Strecke zwischen der Park- und der Madison Avenue. Auf jinglisch nannte man die Lage eine *schejne b'twin,* was – wörtlich – eine schöne Lage dazwischen bedeutete. Es war nicht nur ein durch und durch jüdischer und atmosphärisch angenehmer Block, sondern auch zum Einkaufen sehr günstig gelegen. In östlicher Richtung schloß sich der Jüdische Markt an, der auf der Park Avenue unterhalb der riesigen Stahltrasse der New Yorker Eisenbahn Zuflucht gefunden hatte. Dort konnten Einwanderer ohne Hemmungen auf jiddisch mit den Straßenhändlern feilschen. Das Apartment hatte außerdem noch den großen Vorteil, direkt gegenüber der Wohnung von Tante Mamie und ihrer Familie zu liegen, auf der anderen Straßenseite – ganz unzweifelhaft ein weiterer Grund, weshalb Iras Onkel Moe und Onkel Saul, beide schon eingebürgert, es ausgesucht hatten. Mamie konnte mit Bobe oder Sejde sprechen oder mit ihren eingewanderten Geschwistern oder diese mit ihr, ohne daß einer von ihnen das Haus verlassen mußte.

Inzwischen hatten Mom und Pop ihr zugiges East-Side-Adlernest hoch oben im vierten Stock an der Ecke Avenue D und 9th Street aufgegeben und waren mit ihrem acht Jahre alten Sohn Ira – in Hoffnung vereint – nach Harlem gezogen: *sie* in Erwartung der Freude, in der Nähe ihrer Verwandten zu sein, *er* in Erwartung des Lohns, den ein Leben als selbständiger Milchmann einbringen mochte (was durch den Umzug in die Nähe der Milchverteilungsstelle beim Bahnumschlag an der West 125th Street möglich wurde). In ihrem dringenden Wunsch, in der Nähe ihrer Familie zu sein und sich dennoch innerhalb des begrenzten Budgets ihres Mannes zu bewegen, hatte Mom sich damit abgefunden, in drei »Hinterzimmern«, den billigsten, die man im »jüdischen Harlem« finden konnte, zu wohnen, in drei stickig heißen Räumen in der 114th Street, unmittelbar östlich der Park Avenue. In diese beengte kleine Wohnung ohne Sauerstoff zog die Familie Stigman ein, sobald das Schuljahr zu Ende war und die Sommerferien begonnen hatten.

Die Einwanderer kamen an: Moms Vater und Mutter; der Sejde, ein bärtiger, orthodoxer Jude, Patriarch, obgleich erst Mitte fünfzig, unzufrieden und jähzornig; die Bobe, seine geduldige und ausgemergelte Frau (die ihren Gatten einst über die Maßen geliebt hatte, wie Mom erzählte, deren Zuneigung aber wegen seiner alles verschlingenden Selbstsucht versiegt war). Sie hatte ihm eine Nachkommenschaft von elf Kindern geboren. Die letzten beiden, Zwillinge, wären jetzt in Iras Alter, so erzählte Mom, wenn sie überlebt hätten, aber sie waren schon als kleine Kinder gestorben. Von den restlichen neun waren fünf Töchter, und vier waren Söhne. Alle waren jetzt nach Amerika ausgewandert, alle außer Genia, dem zweiten Kind, Moms jüngerer Schwester. Genia, laut Mom das hübscheste von allen Sejde-Kindern, hatte einen Mann geheiratet, der ein schönes Einkommen als Gutachter für Bauhölzer verdiente. Diese beiden hatten beschlossen, mit ihrem kleinen Sohn in Österreich-Ungarn zu bleiben.

Oh, die Dinge, die geschehen, Ekklesias, die Dinge, die mir geschehen, uns, meiner geliebten Frau und mir, an diesem 14. Januar 1985, unseren Erben, unserem Land, Israel, die Dinge, die da geschehen. Mein guter Freund, der Schriftsteller Clarence G., war es gewohnt, gegen Generationsromane zu wettern (er hatte dabei das Werk Thomas Manns im Sinn). »Ich hasse Generationsromane, du nicht? Sie treiben mich in den Wahnsinn!« rief er aus. Ich glaube, ich bin ganz seiner Meinung, aber das hier ist anders, Ekklesias; *wie* anders, muß ich selbst erst noch herausfinden...

Neun überlebende Kinder, fünf Töchter und vier Söhne, und alle bis auf Genia in Amerika (Genia und Tochter verschwanden später in einem Nazi-Todeslager. Ehemann und Sohn wurde es ihrer Fachkenntnisse wegen gestattet zu leben – und mit anzusehen, wie die beiden Frauen auf einen Lastwagen getrieben wurden, und mit anzuhören, wie das junge Mädchen weinte: »Papa, ich bin zu jung zum Sterben!«). Alle außer Genia waren in Amerika. Mom war zuerst gekommen, nachgeholt von Pop, der, genau wie andere eingewanderte Ehemänner, die schon in der neuen Heimat lebten, knauserte und knapste und, was ihn selbst betraf, sogar darbte bis zum völligen körperlichen Zusammenbruch, bis er genug gespart hatte, um die Zwischendeck-Passage für Frau und Sohn bezahlen zu können. »Wir haben Drachen mit vielen Köpfen gesehen, riesige Seeungeheuer folgten unserem Schiff«, so versuchte Mom vergeblich, Ira die Überfahrt in Erinnerung zu rufen. »Das weißt du nicht mehr? Und wie du nach Milch geschrien hast, für die wir extra bezahlen mußten – Milch, das einzige Wort, das du auf polnisch sagen konntest.«

Nachdem Mom nach Amerika gegangen war, folgte Mamie, Moms zweitjüngste Schwester, Bobes drittes Kind, die couragierte und selbstsichere Tante Mamie. Nach ihrer Ankunft logierte sie bei Großonkel Nathan, Sejdes Bruder, einem erfolgreichen Diamantenhändler, dem man Skrupel kaum nachsagen konnte. Das arme Ding wurde seinem Haushalt buchstäblich als Domestikin einverleibt – bis sie in der Bekleidungsindustrie Arbeit fand und genug verdiente, um sich ein eigenes Zimmer in Manhattan zu mieten. Ungefähr zur gleichen Zeit lernte sie ihren späteren Ehemann Jonas kennen, einen Einwanderer, der dieselbe Anpassung an die neue Kultur durchgemacht hatte wie sie, ein Gnom von einem Mann, der im Nachbargebäude an der Garderobe arbeitete, wobei er immer »mit der Zunge schnalzte«. Anfänglich machte er ihr in der Mittagspause den Hof, dann nach Feierabend, wenn er sie nach Hause begleitete, und schließlich ging er, um ernsthaftes Interesse zu zeigen, Samstagabend mit ihr ins Jiddische Theater an der Second Avenue, um den berühmten jiddischen Schauspieler Tomaschewsky zu sehen. Sie heirateten und gründeten einen Haushalt, aber nicht auf der East Side, wo Mom und Pop schon lebten, sondern in einem kleinen Apartment im jüdischen Teil von Harlem, demselben *b'twin,* wo Bobe und Sejde und ihre unverheirateten Kinder später leben sollten.

Der nächstgeborene und nächste, der in die Vereinigten Staaten auswanderte, war Moe, Bobes viertes Kind und erstgeborener Sohn. Anders als zuvor seine Schwester Mamie wohnte Moe bei Iras Familie, die inzwischen in der 9th Street lebte, hoch oben über den Gleisen der Pferdestraßenbahn in der Avenue D. Moe verabscheute die Arbeit mit Nadel und Faden und zog eine Arbeit in der Schwerindustrie vor: Also bewarb er sich bei Stahlverarbeitungsbetrieben und einer Akkumulatorenfabrik, wurde aber abgelehnt, weil er Jude war. Er fand Arbeit in einem Café und schuftete dort endlose Stunden als Hilfskellner, was in jenen Jahren als notwendige Lehre auf dem Weg zum Kellner galt. Er war für damalige Zeiten über-durchschnittlich hoch gewachsen, wenn auch nicht riesengroß, aber Moe war robust und kräftig gebaut (denn er hatte als Holzfäller in den Wäldern der Karpathen gearbeitet). Er war blond und blau-äugig, in seiner äußeren Erscheinung alles andere als der »typische« osteuropäische Jude. Moe war der arglose, offenherzige Junge vom Lande. Er war wie seine Schwester: Er hatte Moms Güte, ihre Frei-gebigkeit, ihre Sanftmut, ihr fröhliches Lachen, und er liebte seinen erstgeborenen Neffen aufrichtig, Ben Zion Farbs, des Patriarchen, erstes Enkelkind. Moe oder Morris, welchen Namen er bevorzugte, schleppte sich an Sommerabenden von dem mit Sägemehl ausge-streuten Café, in dem er arbeitete, nach Hause zu dem großen Eckhaus an der Avenue D; seinen kleinen Neffen an der Hand, schaute er erst noch im Süßwarenladen unten im Haus vorbei. Dort kaufte er dann wohl fünf oder sechs, manchmal auch mehr Hershey Schokoladenriegel zu einem Penny das Stück. Einen gab er seinem quengeligen Neffen, befreite die anderen von ihrer Verpackung und steckte sie sich nebeneinander in den Mund, so daß sie für einen Moment einen Halbkreis bildeten – als ob die Zacken im Strahlen-kranz der Freiheitsstatue nach unten verrutscht wären.

Moe war der zweite aus Moms unmittelbarer Verwandtschaft, der die Überfahrt machte. (Bitter, bitter! In Hamburg, wo der junge Einfaltspinsel eine Nacht in einem Fremdenheim verbringen mußte, ehe er am nächsten Morgen an Bord gehen konnte, blies er vor dem Zubettgehen die Gaslampe aus, und wäre nicht ein Zimmergenosse rechtzeitig dazugekommen, hätte Moes Reise nach Amerika dort und damals ihr Ende gefunden.)

Als nächster kam Saul, der hinterlistige, verschlagene, hysteri-sche Saul, der wie sein Bruder auch zuerst Hilfskellner wurde, aber später, als er dann Kellner war, es – ganz anders als sein Bruder – verschmähte, in jüdischen Restaurants zu arbeiten. Die besten Hotels, die exklusivsten Lokale – die Arbeitsplätze der »weißen

Sklaven«, wie Pop die deutschen Kellner nannte, als er selbst einer wurde – das waren die einzigen Orte, wo Saul sich herablassen würde zu bedienen.

Ein Auto fuhr vorüber, die Sonne spiegelte sich in der Windschutzscheibe. Das Licht brach sich und zerfiel in grelle Spektralfarben, durchbrach die Dunkelheit vor Iras halbgeschlossenen, auf den Bildschirm des Computers gerichteten Augen. Ira dachte über die Bedeutung der syrisch kontrollierten Mordkommandos der PLO nach, die – wie der Rundfunk meldete – in andere Länder eingeschleust wurden, um Arafats Anhänger umzubringen. Und sein Gehirn signalisierte ihm in unwillkürlicher Verkürzung: Arafat rückt näher an Hussein, dieser an den Irak, Syrien an den Iran. Sollte das heißen, Arafat wäre weichgeklopft, träte zurück, um einen Kompromiß mit Israel zu erreichen? Zweifelhaft. Sehr.

Saul war hinter allem her, was amerikanisch war: »Besonders die lockeren *schikßeß*«, murmelte Mom peinlich berührt zu ihrem jungen Sohn. »Das schickt sich nicht.« Von den spärlichen Erinnerungen an seinen Onkel, die sich über die Jahre, seit seiner Kindheit, entwickelt hatten, waren zwei Bilder nicht verblaßt: Saul, wie er in einer Strafaktion zwei kopulierende Pferdefliegen auf dem sonnigen Granitgestein des Mt. Morris Park mit einem zusammengerollten Exemplar des *Journal American* erschlug (rein zufällig hatte Ira seinen Onkel Saul und den jüngeren, erst kürzlich angekommenen Onkel Max in den Park begleitet...); das andere Mal, abends, hatte Ira daneben gestanden und folgendes mit angehört: Als Antwort auf Pops Vorschlag, er und Saul sollten jeder ein paar hundert Dollar zusammenschmeißen und als Partner in ein bestimmtes Imbißgeschäft investieren, tat Saul recht großspurig und sagte mit unbekümmertem, doch jüdischem Gesichtsausdruck im Schein der Straßenlaterne: »Ich hab' schon mehr als das für 'ne Nacht mit einer Hure ausgegeben.«

»*Scha!*« entfuhr es Pop – schockiert und besorgt, die jungen Ohren könnten das hören.

Diese vier Geschwister – Mom und Mamie, Moe und Saul – lebten bereits in der Neuen Welt. Irgendwann im Frühjahr 1914 hatte der Sejde sein kleines *gescheft* in Veljisch verkauft, sein kleines Kaufhaus, und verwendete den Erlös, um damit die Kosten einer Überfahrt zweiter Klasse nach Amerika zu bestreiten. Die zweite Klasse war sehr viel teurer als die dritte Klasse, wobei der Preis für die Überfahrt von sechs erwachsenen Passagieren Sejdes Mittel praktisch erschöpfte. Da er aber nur auf diese Weise sicher sein konnte, für sich und seine Familie während der Überfahrt koscheres Essen zu bekommen, nahmen sie also die zweite Klasse. Sie reisten stilvoll, wenn auch fast ohne einen Penny. Der Sejde verließ sich darauf, daß seine beiden Söhne in Amerika sich seiner – und Bobes – solange annehmen würden, bis seine mit ihm eingewanderten Kinder mithelfen konnten, die Last zu tragen, was sie fraglos auch taten.

Zwei Eltern und vier ihrer Kinder kommen in der neuen Welt an: zwei Söhne, zwei Töchter, alle vier unverheiratet.

Auf einen Streich verdoppelte sich so die Anzahl von Sejdes und Bobes Kindern in Amerika; auf einen Streich bekam Ira nicht nur zwei neue Großeltern, sondern auch vier neue Onkel und Tanten. Sechs nahe Verwandte auf einmal. Das war zunächst ein wenig verwirrend.

Ella war die älteste dieser vier neuen Geschwister. Ruhig, schlicht und zurückhaltend war sie und außerordentlich begabt für Nadelarbeiten. (Jahre später stellte Ira nachdenklich Vermutungen an, was diese, wie Millionen anderer Einwanderer in der Neuen Welt, wohl erreicht hätten, wenn man ihnen nur ein Minimum an Weisung, das leiseste bißchen Unterstützung gewährt hätte.) Die wundervollen hebräisch bestickten Tücher an den Wänden des neuen Apartments, der einzige Wandschmuck außer den Kalendern von der Sparkasse, waren einige Beispiele für Ellas Handarbeiten.

Von Ella stammten auch die traditionellen, sich aufbäumenden Löwen von Juda über den Gesetzestafeln, die den saphirfarbenen Samt der Tasche schmückten, in welcher der Sejde seine Gebetsriemen und seinen Gebetsschal aufbewahrte; von ihr waren die reizenden goldgewirkten Muster auf der scharlachroten, samtenen *maze*-Schachtel, die den Tisch während des Passahfestes zierte.

Dem Alter nach die nächste, ihren älteren Geschwistern in Temperament und vieler anderer Hinsicht allerdings unähnlichste, war Sadie. Sie war sehr unscheinbar; sie war übermütig; sie war gefährlich impulsiv und eigensinnig. Und Analphabetin noch dazu. Vielleicht war Sadie wegen ihres extremen Sehfehlers, der in dem kleinen Dorf, wo die Familie wohnte, in Ermangelung eines Augenarztes unbehandelt blieb, das einzige von Sejdes und Bobes neun überlebenden Kindern, das nicht lesen und schreiben konnte. So kurzsichtig war sie, daß sie in dem Apartment in Harlem ihren Kopf zweimal durch geschlossene Fensterscheiben steckte. Als Mom ihr Brillengläser anpassen ließ und Sadie vorlesen sollte, was sie auf der Buchstabentafel erkennen konnte, begann ein pathetischer, alphabetischer Singsang: »Ah, Beh, Tseh, Deh…«, was Mom trocken kommentierte: »Der Augenarzt wußte, was er zu tun hatte.« Später, als sie dann mit Max S., einem Kellner, dem ihr Analphabetentum verschwiegen wurde, verlobt war, gab sich Sadie, inzwischen mit einer Brille ausgestattet, dem ernsthaften Versuch hin, unter Anleitung ihres jungen Neffen ein wenig die englische Sprache zu lernen. Vergebliche Liebesmüh. Unstet und sprunghaft wie sie war, schien sie unfähig, sich auf Gedrucktes zu konzentrieren – und nach einer Weile wurde der heranwachsende Ira unfähig, sich darauf zu konzentrieren, sie zu unterrichten. Ihr Hin- und Herrutschen, ihr hilfloser Augenaufschlag erregten ihn, was sie bemerkte, und die Sitzungen wurden abgeblasen.

Als ihr Sehfehler korrigiert war, zeigte Sadie auch außergewöhnliche manuelle Fähigkeiten. Nachdem man ihr die verschlungenen

Wege amerikanischen Geschäftsgebarens (und die verschlungenen Wege, in die Stadt und wieder nach Haus zu gelangen) beigebracht hatte, wurde sie außerordentlich geschickt im Anfertigen von Federschmuck für Damenhüte und verdiente im Akkord mehr als Ella mit ihrer Schmuckstickerei. Von ihrem sehr guten Lohn blieb ihr, nach Abzug der Kosten für Miete und Verpflegung, die sie in die gemeinsame Haushaltskasse zahlte, ein hübsches Sümmchen übrig; davon brachte sie natürlich einen Teil zur Bank, von dem Rest kaufte sie sich Putz und Schminke. Die kosmetischen Artikel waren es, über die ihr älterer Bruder Saul außer sich geriet. Er war zwar noch nicht lange in Amerika, aber schon bestens vertraut mit der schlichten Eleganz der feinen Herrschaften, die er in den piekfeinen Hotelrestaurants bediente – und der hochgestochenen Flittchen, nach denen er sich verzehrte –, und opponierte heftig gegen die starken Parfums, die dicken Puderschichten, das flammende Rouge, womit seine Schwester sich geschmacklos herausputzte. Er war wie besessen, und seine Schwester in ihrer Halsstarrigkeit ihm ebenbürtig: heftige Wortgefechte ergaben sich zwischen ihnen, in welchen sie sich Ausdrücke wie »Hure« und »Zuhälter« an den Kopf warfen, bis ein derartiges Ausmaß an Bitterkeit erreicht wurde (besonders eines Sonntags, als alle noch im Bett lagen), daß die anderen Geschwister mit hineingezogen wurden – anfeuernd oder protestierend. Die Wohnung wurde ein *bowl*, ein aufrührerisches *bowl* in Polnisch, Jiddisch, Slawisch und gebrochenem Englisch, ein Babel, das nur der Sejde beschwichtigen konnte. Und wie er beschwichtigte! Er ging dazwischen mit Stock und *jarmelke* und teilte kräftig aus, nach rechts und nach links, und vermöbelte ohne Unterschied Freund und Feind. Ira erlebte zwei oder drei dieser abscheulichen Kabbeleien: Für ihn als mittelloser kleiner *schnorer* waren die Sonntagvormittage die beste Zeit, den Sejde und die Bobe zu besuchen, ein paar Münzen abzustauben, die kleinen Zuwendungen von der Verwandtschaft. Einmal betrat er die Wohnung gerade in dem Augenblick, da sein Onkel Saul aus dem Bett sprang, zu Sadies Bett hinüberrannte und sie verdrosch; sie schlug zurück. Im Nu wurde die Wohnung zum Tollhaus. Die arme, duldsame, zerknitterte Bobe zog sich in ihre Küche zurück und murmelte unglücklich vor sich hin; unter maßlosem Fluchen stellte der Sejde in gewohnter Weise die Ordnung wieder her: mit Stock und *jarmelke*.

Da war also Ella, da war Sadie, und da war der Haß, den sie und Pop füreinander empfanden! *Die blinde,* mokierte er sich über sie: die Blinde – weil sie sich nicht unterkriegen ließ, sich schlechterdings weigerte, sich von seinem Haß einschüchtern zu lassen, wie es Mom in jenen frühen Jahren oft getan hatte. Kein bißchen feige, beschimpfte sie ihren Schwager: *meschugener hint!* Verrückter Hund! (Und häufig genug, leider, war Ira insgeheim mit ihr einer Meinung.) »Warum habe ich nur nicht lesen gelernt?« vertraute sie sich während dieser fruchtlosen und jetzt zweideutigen Sitzungen ihrem jungen Lehrmeister schmerzlich an, als es nur zu offenkundig wurde, daß seine unstete, zappelige Schülerin ihre Ruhelosigkeit nicht zügeln konnte, noch Ira seine fleischlichen Gelüste. »Ich habe nicht lesen gelernt«, sagte Sadie, »weil ich als kleines Dienstmädchen in den Haushalt deiner Eltern geschickt wurde, in Tysmenitz, wo sie beim Vater deines Vaters lebten – auf *seine* Kosten. Zu einer Zeit, als ich eigentlich eine Ausbildung hätte erhalten müssen, war ich statt dessen bei euch und habe mich um dich gekümmert, den Säugling.« Ihre braunen Augen hinter dicken Brillengläsern starrten mit bösem Blick auf ihren Neffen; dessen eigener Gesichtsausdruck schwankte zwischen heftiger Erregung über ihre dicke, mit einer Puderschicht bedeckte Nase, die glühend rot geschminkten Wangen und heftiger Erregung über seine sündhaften Gelüste. »Und weißt du überhaupt, was dein Vater mit mir gemacht hat, als deine Mutter mit dir schwanger war, als deine Mutter in den Wehen lag und ich die ganze Hausarbeit machte? Er hat mir ins Gesicht gefurzt.«

»Tatsächlich?« Ira zeigte Mitgefühl. Schnüre bestehen aus einem einzelnen Strang; Seile sind zwiefach gedreht – Ambivalenz des Originals: Was, wenn Bobes Zwillinge überlebt hätten, der Knabe und das Mädchen, das Mädchen, das Mädchen seines Alters, dem man Englisch beibringen könnte? Vielleicht...

Da waren also Ella und Sadie. Die erstere heiratete Meyer D., Eigentümer des damals florierenden koscheren Fleischergeschäfts von gegenüber, wo die Bobe kaufte und weiterhin kaufte, als sie entdeckte, daß Meyer ein ganz akzeptabler Junggeselle war. Er war ein stattliches Mannsbild in mittleren Jahren, verschlossen, dessen einzige Zerstreuung offenbar ein gelegentliches Binokelspiel in einem Café an der 116th Street war. So kam es, daß Ella zuerst heiratete, Sadie später. Sie heiratete den schmächtigen Max S. – der zu spät bemerkte, daß seine Braut Analphabetin war, so gut hatte sie das vor ihm verborgen. (*Ot asoj un ot asoj*, lautete das jiddische Verslein, *nart men op a chosn*: »So oder so ist der Bräutigam der Dumme.«) Max S. nahm die Enthüllung leicht. Er hatte gefunden, was er suchte, ein anpassungsfähiges, treues und fleißiges jüdisches Weib.

Die beiden neuen Onkel von Ira waren die jüngsten Mitglieder der Familie seiner Großeltern. Max F. war älter als sein Bruder Harry – und weit verführerischer, schrulliger und vergnügter. Max war (für damalige Zeiten) durchschnittlich groß, kräftig, muskulös und wohlproportioniert; seine blauen Augen, seine Knubbelnase waren slawisch wie die der Bobe – und die von Mamie auch. Sein Haar war kastanienrot und außerordentlich dicht und wellig. Max war ein genialer, einfallsreicher großer »Macher« und ein selbsternannter Held. (Held war eines der ersten englischen Wörter, die Max lernte. Ira, der sich unter einem Helden einen sehr wagemutigen Krieger vorstellte, war über diesen Gebrauch des Wortes zunächst verwundert. Erst später wurde ihm klar, daß Max *»a held«* meinte, was im Jiddischen nicht unbedingt einen Mann von großer

Tapferkeit bezeichnete, eher einen robusten Menschen, einen, der lediglich gesund und munter war.) Allerdings machte sich Max daran zu beweisen, daß er ein Held war – und ein erfinderischer noch dazu: Er steckte sich die Zinken eines groben Kammes, die mittels einer komplizierten Konstruktion von Schnüren an Haken befestigt waren, in seine dichten Locken, schob die Haken am anderen Ende unter einen schweren Schreibtisch und hob damit das Möbelstück an. Hätte sich Samson eines heroischeren Haupthaars brüsten können?

Eine Stunde, nachdem die Neuankömmlinge sich in ihrer Wohnung etabliert hatten – es war Iras allerallererste Erinnerung an seinen Onkel Max –, forderte der jugendliche Einwanderer seinen jungen Neffen auf, ihm den Markt der Straßenhändler unter der Eisenbahnüberführung an der Park Avenue zu zeigen. Dort bat er ihn, nach dem Preis von zwei kleinen Karotten zu fragen. Sie kosteten einen Cent. Max kramte das Kupferstück heraus, und Ira tätigte den Kauf. Wie ordentlich, wie flink Max die Karotten mit seinem Taschenmesser sauberschrappte – und dann seinem Neffen die kleinere der beiden Wurzeln anbot:

»Aber, die ist ja roh!« Ira zuckte zurück. »Kein Mensch ißt rohe Karotten, Onkel.«

»Eß, eß«, drängte Max. »Probier mal. Schmeckt süß.« Zu Iras Überraschung war es so: süß und krachend. Diese Erinnerung, das verblassende Bild mit dem verschwommen lächelnden Max, den Marktkarren mit den Produkten, dem Taschenmesser, das eine Karotte schälte, der Wärme des Sommers – dazu der Kontrast zwischen dem Schatten unter dem riesigen Stahlbaldachin der Eisenbahntrasse und dem hellen Sonnenlicht auf dem Bürgersteig – diese Bilder waren es, die sich für Ira zur ersten Schlußfolgerung seines Lebens verdichteten, die er bewußt als Schlußfolgerung erlebte: Durch jene sommerliche Komposition von Eindrücken konnte er sich ein Leben vorstellen, wie Mom und ihre Familie es

gelebt hatten, Sejde, Bobe und alle anderen in diesem lethargischen *galizianer* Dorf namens Veljisch. Die feuchte, rötliche, geschälte Karotte im Zentrum seiner Erinnerungen konkretisierte alles, wovon Mom ihm erzählt hatte: die mageren Rationen, die streng verschlossene Speisekammer, Sejdes autokratisches Regiment, sein Vorrecht, als erster bedient zu werden, von allem das Beste zu bekommen – und das meiste. Und zu den Seinen sagte er: »Das Kind, das gutes Brot und gute Butter bekommt, soll nicht nach mehr verlangen.« Das war Sejdes Maxime.

III

Jetzt könnte eigentlich eine jener Episoden folgen, die erste von vielen, deren Ira sich schämte und die den Beginn des Zerfalls seiner Identität zu markieren schienen, eine der Episoden, die Ira immer mit seinem Umzug von der East Side nach Harlem in Verbindung brachte.

Schüttle nur vorwurfsvoll den Kopf, Ira, mein Freund; lege deine Fingerspitzen gegeneinander und denke nach: Zum ersten Mal in deiner Grundschulzeit brachtest du ein Zeugnis mit drei C-Noten nach Haus, ungenügend in Betragen, in Fleiß und in Leistung. Das Zeugnis war so eine Schande, daß du Mom verleiten wolltest zu unterschreiben, ohne es Pop zu zeigen, aber sie lehnte das ab…

Harry, Iras jüngster Onkel, war sechzehn Jahre alt. Die Bobe betrachtete ihn noch als Kind – seine Einkünfte wurden zum Unterhalt des prosperierenden Haushalts nicht herangezogen, zu welchem fünf Verdiener beisteuerten, denn auch Max hatte Arbeit gefunden –, dennoch war sie sehr darauf erpicht, ihrem jüngsten Sohn an einer amerikanischen Public School die Segnungen einer amerikanischen Schulbildung angedeihen zu lassen – wie ihr ältestes

Enkelkind sie genoß. Außerdem könnte der Onkel, ginge er auf dieselbe Schule wie Ira, die Gepflogenheiten und Regeln des Schulbesuchs von seinem Neffen lernen.

Für Harry, aber auch für Ira, war es daher sehr bedauerlich, daß Mom und Pop zu der Zeit im September, als das Schuljahr begann, beschlossen hatten, von der 114th Street (östlich der Park Avenue) in die 119th Street (ebenfalls östlich der Park Avenue) umzuziehen. Ein Unterschied von fünf Blocks, dennoch verhängnisvoll. Zwar zogen sie in ein viel weniger angenehmes *b'twin*, ein *gojisches b'twin* anstelle eines jüdischen *b'twin*, aber: die nächstgelegene Schule war eine Grundschule! Die Primary School 103 an der Ecke 119th Street und Madison Avenue. Diese Schule nahm *nur* Kinder bis zur sechsten Klasse auf, was bedeutete, daß die ältesten Kinder in der P.S. 103 etwa zwölf Jahre alt waren – und Harry war bereits sechzehn!

Warum diese verhängnisvolle Situation entstanden war? Weil Mom mit ihrer ersten Wohnungswahl in Harlem nicht glücklich werden konnte. Die Räume waren nicht nur klein und drückend heiß. Das hätte man noch ertragen können. Immerhin gab es fließend Warmwasser und im Winter Dampfheizung wie bei Mamie und Bobe. Nein, Mom wurde unglücklich, weil die Zimmer »nach hinten raus« lagen. Der Blick aus den Fenstern war tot und eintönig: derselbe Hinterhof, Tag für Tag. Das erinnerte sie zu sehr an ihre alte Behausung in Veljisch: verschlafen, tot. Sie wurde trübsinnig. Sie sehnte sich nach einem Fenster, aus dem sie sich hinauslehnen und über das wechselhafte Leben und Treiben unter sich nachsinnen konnte. Sie sehnte sich nach einer Behausung mit Fenstern »nach vorne raus«. So war ihr Zuhause in der 9th Street gewesen. Alle Fenster zur Straße gelegen: auf der einen Seite die Avenue D mit viel Bewegung von jung und alt, von Menschen, die an Ecken auf die von Pferden gezogene Straßenbahn warteten. Wahrhaftig, Woodrow Wilson persönlich war auf der Avenue D erschienen und hatte vor den Leuten auf der Straße nach rechts und links seinen Zylinderhut gezogen. Nur vier Stockwerke tiefer konnte man das Sonnenlicht auf seinem Zwicker blinken sehen, dem Kneifer, den der Präsidentschaftskandidat auf der Nase trug. Man konnte die 9th Street vom Fenster aus sehen. Und den East River. Ach, eine Fünf-Zimmer-Eckwohnung war einfach wundervoll. »Mir fehlte nur eines«, sagte Mom. »Diese eine dumme Sache: *lyupka.*«

Aber die nach vorne gelegenen Wohnungen im jüdischen Harlem hatten Phantasiepreise – gemessen an Pops Möglichkeiten. Alles Jüdische war teuer: teuer, weil jüdisch, und teuer in Dollar und Cent. Außerhalb des jüdischen Harlem allerdings waren die Mieten deutlich niedriger, besonders für Wohnungen ohne Warmwasser. Und Pop, darauf bedacht, jeden Nickel für sein Unternehmen als selbständiger Milchmann zu sparen, entschloß sich, seine jüdische Umgebung für eine billigere Miete zu opfern. So verließen sie denn das jüdische Harlem und zogen in eine Vier-Zimmer-Wohnung mit fließend Kaltwasser im ersten Stock, aber »nach vorne raus«. Ihre neue Behausung lag in dem fünfstöckigen, schäbigen, graubraunen Backsteingebäude auf dem Grundstück Ecke 108th East und 119th Street.

Hier also – auch wenn sie gewisse Annehmlichkeiten wie fließend warmes Wasser, elektrischen Strom, Dampfheizung und ein eigenes Bad aufgeben mußten –, hier also war es, wo ihre Bedürfnisse am ehesten abgedeckt wurden: Mom hatte ein Fenster zur Straße zum Hinauslehnen, und Pop mußte nur 12 Dollar Miete im Monat bezahlen. Und wundersamerweise gab es an der Lexington Avenue, nur einen Block entfernt, einen Stall, wo er sein neuerworbenes altes Pferd und seinen Milchkarren unterstellen konnte. Wie bequem, was für ein günstiges Omen! Was machte es schon, daß ihr neues Zuhause auf der Grenze zwischen jüdisch Harlem und *gojisch* Harlem lag? Ganz sicher würden in nicht allzu ferner Zukunft auch Juden hierherziehen. Was machte es schon, daß sie in ihrer Wohnung Gaslampen benutzen mußten und kein elektrisches Licht hatten? Daran waren sie von der East Side schon gewöhnt. Was machte es schon, daß Bad und WC nicht innerhalb der Wohnung lagen, sondern auf dem Gang, und daß die Badewanne wie ein riesiger, grün gestrichener Blechtrog in einem hölzernen Sarg aus zurechtgeschnittenen Brettern aussah, daß die Farbe abblätterte und einem beim Baden im warmen Wasser am Hintern kleben blieb? Sie hatten sowieso kein fließend Warmwasser und badeten nur selten mit heißem Wasser, das sie im Kessel bereiteten. Nur 12 Dollar Miete im Monat, das war wichtig. Mom hatte ungehinderten Zugang zu einem Fenster zur Straße hin, Pop einen geeigneten Stall für Pferd und Wagen.

Aber aus all den erfüllten Wünschen und günstigen Vorzeichen resultierte nur Unglück. Für Ira war das Unglück von langer Dauer. Es veränderte sein Leben zum Schlechteren. Für Harry war es kurzfristig – schmerzhaft, aber schnell vorüber. Wäre die Bobe nicht von ihrem eingebürgerten Sohn Saul – mit Pops Unterstützung – dahingehend beschwatzt worden, daß es Harry unter Iras Obhut am besten ergehen würde, und hätte sie ihr jüngstes am Leben gebliebenes Kind statt an der P.S. 103 an der großen und günstig gelegenen Schule an der 116th Street, westlich der Fifth Avenue, an der P.S. 86, angemeldet, die eine integrierte Grund- und Oberschule war und ihre Schüler bis hinauf zur achten Klasse führte, Harry, das schlaksige Bürschlein, hätte vielleicht relativ unbemerkt zwischen all den anderen Vierzehn- und Fünfzehnjährigen die Schule durchlaufen können. Und noch wichtiger: Er wäre auf einer Schule gewesen, die in ihrer Schülerschaft stark jüdisch durchsetzt war und den neuen Einwanderer zumindest toleriert hätte. Auf der P.S. 103 hingegen wurde er sofort, vom ersten Augenblick an, zur Zielscheibe von Hohn und Spott, irischem Spott (und welcher Spott hätte eine schärfere Klinge?). Er wurde das Objekt von Hänseleien und Juden-Quälereien: das Ziel von Wurfgeschossen wie Papierkügelchen, Gummibändern, Tafelschwämmen und Kreidestückchen. Das war innerhalb des Schulgeländes. Außerhalb der Schule war er Zielscheibe für Pferdeäpfel und Steine, später, bei kaltem Wetter, für Schneebälle, mit Eisklumpen oder Kieselsteinen gefüllt. Immer wieder kam es vor, daß der Onkel wegen seines kriecherischen, feigen Neffen (dessen letzte Rettung es war, mit seinem Verwandten nichts zu tun haben zu wollen und sich in eine Zuschauerrolle zu flüchten, ja sogar mitzumachen bei der Hetzjagd) in die Enge getrieben wurde und versuchen mußte, eine Horde verrückt spielender, irischer Halbstarker zu vertreiben.

Offenbar aus Verzweiflung darüber, diese Situation nie in den Griff zu bekommen, befreite Miss Flaherty, die Schulleiterin, Harry von der Teilnahme am regulären Unterricht und erteilte ihm Privatstunden in Englisch im Allerheiligsten, dem Direktionsbüro. Zwischen den Unterrichtsstunden sollte er Besorgungen machen: am Obststand an der Ecke Bananen kaufen, bestimmten Lehrern Mitteilungen überbringen, Stapel von Lehrbüchern oder Material vom Lager in die Klassenzimmer tragen. Das Erscheinen des schlaksigen, niedergeschlagenen Greenhorns in der Tür des Klassenzimmers mitten im Unterricht war etwas, das Ira nie vergessen würde: das Kichern, die unterdrückten Buhrufe, das Gespött trotz Lehrerverweises würden ihm sein Leben lang klar und deutlich im Gedächtnis bleiben – unauslöschliches Sinnbild der ersten Ausgrenzung eines der Seinen, über den man so grausam herfiel. Nach vielen Jahrzehnten stellte Ira Spekulationen darüber an, was wohl aus Harry geworden wäre, wenn er auf eine Schule auf der East Side gegangen wäre, mit ihren unzähligen neuen Einwanderern, welche den zuletzt angekommenen eine Art Schutzschild waren. Wieviel glücklicher wäre das Resultat für alle beide, ihn selbst sowie seinen heranwachsenden Onkel, gewesen. Wie die Dinge lagen, wies nicht nur Iras erstes Zeugnis drei C-Noten auf, also ein Versagen auf allen drei Leistungsgebieten, sondern auch sein zweites und drittes. Erst in seinem vierten Zeugnis hatten sich die Noten auf dreimal B verbessert, und ob die Tatsache, daß Harry die Schule verlassen hatte, um doch lieber arbeiten zu gehen, etwas mit dieser Entwicklung zu tun hatte, sollte Ira nie herausfinden. Er bezweifelte es.

Er bezweifelte es, weil dies nicht das erste Mal gewesen war, daß er einen der Seinen ablehnte. Die Saat der Ablehnung war schon gelegt, ehe er sich von seinem jugendlichen Onkel abwandte – viele Wochen zuvor, schon ehe die Schule begann, schon beim ersten Anblick seiner neuen Verwandten. Schon bei seiner ersten Begegnung mit ihnen, als er und seine Eltern ihr neues Apartment in Harlem bezogen, verspürte er in seinem Kummer und Verdruß auch Ablehnung. Damals schon, vom allerersten Augenblick an, begann diese unrevidierbare Enttäuschung, sich zersetzend in ihm auszubreiten: Als die beiden Taxis vor dem Apartmenthaus vorfuhren, die beiden Taxis mit den sechs Einwanderern und ihrem Gepäck (und den beiden Söhnen als Aufpasser, Moe in dem einen, Saul in dem anderen), und die Neuankömmlinge in der sonnenhellen Straße ausstiegen, da kreischte Mamie, wie immer lebhaft in ihren Emotionen und vor Begeisterung einer Ohnmacht nahe, aus dem Fenster: »*Mamenju! Mamenju! Tate! Tate!*« Und Mom, obgleich etwas selbstbeherrschter, verlor vor Aufregung die Kontrolle über sich. Tränen der Freude strömten ihr aus den Augen, und alle, selbst die kleine Stella, Mamies Kind, drängelten sich an den beiden Vorderzimmerfenstern und kreischten hinunter zu den emporgereckten, zurückkreischenden Gesichtern und vermischten sich in einer fröhlichen, jiddischen Kakophonie, welche die Leute in den Nachbarhäusern zu den Fenstern rief: Dort und damals tat sich jene elende Kluft auf zwischen seinem einen und seinem anderen Ich, die sich nie mehr schließen sollte.

Denn während der Tage und Wochen, die der Ankunft vorausgegangen waren und während derer Moms Vorfreude wuchs, mutierte ihre Sehnsucht, die vielleicht in wehmütigen Erinnerungen an ihre eigene Mädchenzeit gründete, in Ira zu Phantasien, so realitätsfern wie Träume, wie ihm bald aufgehen sollte: edle Bilder von Onkeln und Tanten, freundlich, großzügig, liebevoll und nachsichtig. In kindlicher Einbildung stellte er sich vor, die Neuankömmlinge würden so sein wie »Onkel Louie«, der, obgleich älter, Pops Neffe war: schon eingebürgert, Regierungsbeamter, Briefzusteller in Postbotenblau; einer, der in der US-Armee gedient hatte, hinreißend in Erinnerungen an Indianer und Büffel schwelgen konnte, von Gebirgen und Wüste; der obendrein übermäßig großzügig zu seinem Nenn-Neffen war, zärtlich und großzügig; der nach einem Besuch – sei es in der Wohnung an der 114th Street oder der an der 119th – nie fortging, ohne Ira erst noch eine Handvoll Kleingeld zuzustecken. Eine ganze Handvoll – für ein Kind, das sich sonst kaum rühmen konnte, auch nur einen einzigen Nickel zu besitzen! Auch wenn Pop dann rufen würde »*Beloj! Beloj!*« – Nicht doch! Nicht doch! –, würde Onkel Louie ihn mit seinem quadratischen Goldzahnlächeln überrumpeln, die braunen Augen schelmisch hinter seiner Goldrandbrille. »*Beloj! Beloj!*«, das hatte gar keine Wirkung auf den amerikanisierten Onkel Louie! Was für klimpernde, silbrig-prächtige Münzen gehörten Ira nun…

Er dachte, die neuen Verwandten würden ganz genau so sein wie Onkel Louie, spendabel, ausgestattet mit einem Vorrat an betörenden Anekdoten, mit einer seltenen Kenntnis fremder Sitten und Gebräuche und Orte, die sie nur zu gern an ihren närrischen kleinen Anverwandten weitergeben würden. Kurzum, in seiner Vorstellung waren sie auf irgendeine Weise zauberhaft, wundersam, sattsam vor-amerikanisiert. Aber ach! – es waren Grünschnäbel! Grünschnäbel mit unbeholfenen, unausgewogen einseitigen, fremdartigen Gesten, Grünschnäbel, die sich überhaupt nicht weiter um ihn kümmerten, kaum daß sie sich einmal lautstark gewundert hatten, wie groß Leas Kind doch geworden sei, seit sie es zuletzt gesehen hätten – Grünschnäbel, die unverständliche

Gespräche miteinander führten, denen er nicht folgen konnte, weil sie ein »massives« Jiddisch sprachen, ohne das kleinste bißchen Englisch zur Auflockerung; über die Lebensweise in der Neuen Welt, die koscheren Einkaufsmöglichkeiten in der Nähe und über Arbeit, die man hier finden konnte, über Verwandte und Freunde und Geschichten aus dem kleinen Dorf, das sie hinter sich gelassen hatten: öde, farblose, eben Greenhorn-Geschichten.

Und doch, reflektierte Ira später: Hätte ihre Ankunft in der Neuen Welt im Ambiente der East Side stattgefunden, ihre Begeisterungsschreie, ihre Fremdartigkeit, ihre *jidischkajt* wären nicht so aufgefallen. Aber ihm, der aus jener weitläufigen, homogenen jüdischen Welt verpflanzt worden war und hier schon flüchtige neue Eindrücke gewonnen, sich umgeschaut und bei jeder behutsamen Erkundung seiner benachbarten Umgebung bemerkt hatte, wie riesengroß und dominierend die *gojische* Welt war, welche die kleine jüdische Enklave umschloß, in der er lebte – ihm wurde hier schlagartig die Möglichkeit zum Vergleichen gegeben, eine Möglichkeit, die mit jedem Tag, den er in der 114th Street verlebte, wuchs. Aus früherer Unkenntnis wurde unerträgliche Erkenntnis, der Gegensatz war kaum noch zu ertragen: die Plumpheit, die Grimassen der Neuankömmlinge, ihre grünen und kariösen Zähne, der Mief bedrückender Strenggläubigkeit unter Sejdes Zepter – wie sie auf sein Geheiß zum Ausguß eilten und ihren Mund mit Salzwasser spülten –, all die vollkommen fremden Verhaltensweisen erzeugten in Ira ein Gefühl von unaussprechlichem Verdruß und Enttäuschung.

Nachdem Ira mit Max von seinem Streifzug durch die Marktgegend zurückgekehrt war, durchdrang ihn ein so intensives Gefühl der Desillusionierung, daß er, um seiner Trostlosigkeit zu entrinnen, seine Mutter bat, nach unten gehen zu dürfen. Sie war einverstanden und schenkte ihm als Zeichen ihrer Freude einen Nickel, für den er sich kaufen durfte, was er gerne haben wollte. Er ging die beiden Stockwerke hinunter, trat aus dem Hausflur auf die offene, helle, trostlose 114th Street; dort fand er niemanden seines Alters, mit dem er hätte Freundschaft schließen können und trottete ziellos nach Westen in Richtung Fifth Avenue, ging dann in den ersten Süßwarenladen, an dem er vorbeikam, und kaufte sich eine fröhlich lockende Schachtel Cracker Jacks. Schmatzend kaute er das süße, vom Sirup braungefärbte Popcorn und wandte sich nach Süden, Richtung 110th Street, Ecke Central Park.

Die Cracker Jacks trugen nur wenig dazu bei, seine Niedergeschlagenheit zu lindern. Nachdem er die halbe Schachtel leergefuttert hatte, spendeten sie überhaupt keinen Trost mehr – von ihnen ging eher eine Art Zwang aus, alles, was er bezahlt hatte, aufzuessen, obwohl es ihm schon widerstand. Er fühlte sich untröstlich; irgendwie war er von der Perversität der Realität ausgetrickst worden, einer unberechenbaren Realität, die all seine Sehnsüchte, seine Bedürfnisse, seine Hoffnungen zuschanden machte. Grünschnäbel, ungehobelte, peinlich ungeschlachte Grünschnäbel, keine Hilfe gegen die Leere, die sich seit seinem Umzug in die 114th Street immer weiter in ihm auftat. Wie unscheinbar sie waren, was für ein unergründliches Jiddisch sie sprachen, mit was für Verrenkungen sie ihre Rede unterstrichen. Sie waren hier, um selbst etwas über Amerika zu lernen, das amerikanische Leben kennenzulernen, ihren Lebensunterhalt in Amerika zu verdienen, nicht etwa, um ihn, Ira, zu mögen oder ihm Münzen zuzustecken.

Nein, nein, nein. Sie hatten ja selbst kein Geld: Max und seine beiden Karotten für einen Penny, Max, der einen ganzen Penny verpraßt, um sich etwas Tolles zu leisten. Er war herübergekommen, um Arbeit zu suchen, weil er in diesem Dorf, in Veljisch, nicht genug zum Leben verdienen konnte, und seine beiden Tanten suchten Arbeit *und* einen Mann. Andernfalls würden sie alte Jungfern werden, wie Mom gesagt hatte. Na ja. Man mußte eben warten, bis sie einen Job hatten, ehe man auf einen Nickel hoffen durfte... Er wandte sich zum Kantstein. Immer dieselbe widerliche Süße, karamelisierte Süße, auf jeder Handvoll Popcorn. Davon bekam man Durst. Das glückverheißende Bild außen auf der Schachtel, ausgelassene Kinder beim Baseballspiel, versprach weit, weit mehr, als der Inhalt hielt. Ach ja. Er wünschte, er hätten seinen Nickel wieder. Er warf die leere Schachtel in eine kleine Pfütze am Straßenrand. Nie wieder.

Wohlhabende Fifth Avenue... Er trottete nach Süden. Dieser Teil der Fifth Avenue wirkte immer fett auf ihn, fett und reich: wie Hühner*schmalz*. Lauter »Hauptsache-mir-geht's-gut«-Fetischisten, selbstgefällige, wohlgenährte, zufriedene Juden. Selbst die Geschäfte und Restaurants wirkten wohlhabend, sahen fett aus. Nur er, das griesgrämige Kerlchen, mischte sich unter die selbstzufriedenen Flanierer und war unzufrieden. Also... war ihm... ach... diese heißersehnte Beziehung zu ihnen, zu Moms Verwandten, nun verschlossen, ganz und gar unerreichbar. Die ersehnte Gemeinschaft, das verlorene Gefühl der Zusammengehörigkeit, das an ihm – fast ohne sein Wissen – nagte, seitdem er die 9th Street verlassen hatte: die ersehnte Gemeinschaft, die sie ihm, wie er gehofft hatte, schaffen würden, genau wie Onkel Louie es – ohne große Umstände – mit seinem Mitgefühl und seinem Verständnis tat, mit seiner Großzügigkeit und seinem Lachen; nie würden sie, nie könnten sie ihm diese geben. Absurd, so etwas zu denken. Die neue Art Einsamkeit, die er zuerst empfunden hatte, als er nach Harlem gekommen war, vertiefte sich. Groteske Grünschnäbel, das war aus seinen köstlichen Vorstellungen geworden. Was für ein Dummkopf.

Er betrat den Park: sonnenhelle, unruhige kleine Wellen auf dem See, Ruderboote gleiten über glitzerndes Wasser und trüben den Dunst gleißender Helligkeit. Fußgänger kommen und gehen, laute Kinder rennen umher, Säuglinge in Kinderwagen, Mütter auf grünen Bänken mahnen, plaudern, Pärchen bummeln. Zwei Pfade taten sich vor ihm auf, sobald er den Park betrat, zwei gepflasterte Wege führten in verschiedene Richtungen. Er konnte nun den nehmen, der den See nach Westen zum Bootshaus hin umrundet. Er konnte auch den andern nehmen, der den See nach Süden hin umschließt. Nach Westen gehen hieße, parallel zur 100th Street gehen, parallel zu den Schienen der elektrischen Kleinbahn, die kleine, schlingernde, batteriegetriebene, die Stadt durchquerende Straßenbahn, über die sich alle Leute lustig machten. Nach Süden gehen hieße, in die Innenstadt, nach »downtown« gehen. Für Ira war die 110th Street eine Art subjektive südliche Begrenzung von Harlem. Das ausladende Harlem Casino an der Ecke Fifth Avenue und 110th Street, wo jüdische Hochzeiten gefeiert wurden, phantasievoll ausgerichtete Bar Mizweß und andere besondere Festlichkeiten, wirkte wie der Anker zweier fester Häuserketten mit begehrten »Lift«-Wohnungen, die sich vom westlichen Teil der Fifth Avenue bis hier erstreckten, eindrucksvolle, mit Fahrstuhl versehene Apartmenthäuser von acht oder zehn Stockwerken, die eine geschlossene Front bis zur Lenox Avenue und Seventh Avenue bildeten, bis hin zur imaginären Westgrenze von Harlem, wo die majestätische Hochbahn, die »El«, wie ein Schwung mit dem Kohlestift um die Nordwestecke des Parks sauste. Dahinter wurde aus dem wohlhabenden westlichen Central Park die ganz alltägliche Eighth Avenue.

Ira hatte diese Grenzen schon für sich ermittelt, sich seine Grenzen selbst gesteckt, weil er niemanden zum Fragen hatte, weil er die Umgebung selbst erforscht hatte. Allein. Und das unterschied sich schon erheblich davon, wie er die Umgebung der 9th Street ausgekundschaftet hatte, als er dort frisch eingezogen war: immer, immer in Gesellschaft anderer Kinder, mit Izzy oder Moish oder Ziggy oder Hersh oder Jossy. Mit dem einen oder andern oder allen zusammen hatten sie fast andächtig im Schatten des dunklen, brodelnden Fischmarkts in der Fulton Street unter der Brücke nach

Brooklyn gestanden, im Schatten der schemenhaften Benzintanks an der East 14th Street, diesen riesenhaften Kesselpauken neben den dazugehörigen Schornsteinen, ihren Sticks. Oder bei den anderen Docks am East River, wo man Schuten mit allerlei Ladung, Bauholz, Kohle oder Pflastersteine, beobachten konnte, von mehreren Schleppdampfern zu ihren Liegeplätzen gezogen, wo man schwere Hanftaue sehen konnte, um eiserne Poller geschlungen. Oder sich hurtig nach Westen aufgemacht, zur Avenue A, in die öffentlichen Bäder mit den rutschigen Kachelfußböden. Ach ja. Aber nun einsam.

In welche Richtung man auch immer ging, nachdem man den Park betreten hatte, nach Westen oder Süden, immer mußte man am Gitterzaun entlang, der den kleinen See umgab. Auf der anderen Seite wölbte sich ein Busen aus Stein aus dem Wasser, ein Busen aus Granit, überwuchert mit Büschen und Bäumen, die immer dicker und dichter bis hinauf in den Himmel wuchsen und ganz oben ein hochgelegenes, schattiges Wäldchen bildeten. Das Wäldchen schien zu winken und versprach Abgeschiedenheit, die seiner eigenen Abgeschiedenheit entsprach. Er ging nach Süden, umrundete den See, bis er zu einem gepflasterten Weg kam, der nach oben führte. Eine Steintreppe, ein gepflasterter Weg und nochmals eine Steintreppe, bis er den Gipfel erreichte. Von hier führten schmale Waldwege hinunter zum See, dessen glitzernde Wasserflecken er von oben sehen konnte. Vom Gipfel aus konnte er auch die Fassaden und Fenster der Apartmenthäuser an der 100th Street sehen, sogar eine »Spielzeug«-Straßenbahn, die auf ihren Schienen entlanghüpfte. Am Tag zuvor hatte es geregnet, und ganz in der Nähe rieselten noch kleine Bächlein durch Gestrüpp und braune Blätter vom letzten Jahr.

Er hatte Durst. Aber er war nicht so durstig, als daß er nicht hätte warten können, bis er zum Wasserhahn in der Küche von Sejdes und Bobes neuer Behausung zurückgekehrt wäre. Doch sein Durst schien mit einer unbestimmten Sehnsucht verbunden, geweckt durch seine Desillusionierung, als ob seine heftige Enttäuschung sich das Heilmittel zur Linderung der Schmerzen selbst destillierte. Seine Phantasie ging mit ihm durch. Seine Phantasie beflügelte ihn plötzlich, entriß ihn seiner verzweifelten, verwirrten Verstimmung: Er war ein Pfadfinder, ein einsamer Kundschafter im unwegsamen Amerika, ganz auf sich allein gestellt, voller Einfälle; unerschrocken vagabundierte er in seiner Einbildung durch das Land und stieß nun auf dieses Flüßchen im Urwald. Ganz kurz durchfuhr ihn der Gedanke, jemand könnte in den Bach zu seinen Füßen hineingepinkelt haben; obgleich das Wasser sauber aussah, war es vielleicht ungesund, daraus zu trinken. Jedoch – er mußte beherzt handeln, er war ein kühner Pfadfinder, in Leder gehüllt, ein weite Streifzüge unternehmender Entdecker, der lautlos wie ein Schatten durch die unwegsame Wildnis glitt. Er hatte sich selbst eine neue Entschlossenheit gelobt, einen neuen »Treueschwur« geleistet, zu einem neuen, feierlichen Bündnis, das er nicht benennen konnte, einem amerikanischen Bündnis; zu dessen Bekräftigung mußte er trinken: Kniend, das Gesicht zum Wasser gebeugt, schlürfte er ein paar Schlückchen...

IV

Es waren immer noch Ferien, in wenigen Tagen würde die Schule, die P.S. 103, wieder anfangen. So beharrlich hatte Ira seiner Mutter zugesetzt, er wolle noch einmal die 9th Street besuchen, die East Side wiedersehen – aus einem Verlangen heraus, das nun, da er in der irisch-dominierten 119th Street lebte, nur noch intensiver geworden war –, daß sie endlich einwilligte. In Wahrheit wollte sie auch frühere Nachbarn und Bekannte in der alten Umgebung wiedersehen. An einem Morgen vor Labor Day machten er und Mom sich auf den Weg.

Feingemacht, mit frischem Hemd und seinen besten Kniehosen, hüpfte er in fröhlicher Unbekümmertheit neben seiner Mutter her, als die beiden die 116th Street in östlicher Richtung entlanggingen, den ganzen Weg bis zur Hochbahnstation an der Second Avenue, was Pop ihnen empfohlen hatte. Dort stiegen sie in den fast leeren Zug, fuhren auf rasselnden Rädern in die Stadt, hielten unterwegs an unzähligen Stationen, während ein jubilierender Ira auf seinem strohfarbenen Sitz kniete und vom offenen Fenster aus Dächer und rostige Blechtraufen an endlos langen Reihen niedriger, langweiliger Backsteinhäuser betrachtete, welche die Route der »El« säumten.

Schließlich kamen sie zur Station in der 8th Street! Kaum beachtete Ira die Ermahnungen seiner Mutter, vorsichtig zu sein, sondern sprang die Stufen der »El« zur Straße hinab, noch vor der Second Avenue, weit außerhalb des Terrains, das er und seine Freunde früher durchstreift hatten. Dennoch, selbst von dort konnte er im Osten die vertrauten Orientierungspunkte sehen: die First Avenue, die grüne Ecke des kleinen Parks an der Avenue A, wo die Freibäder waren, wo er und Izzy und Heshy und Motke und die anderen East-Side-Kids sich im Sommer unter die Duschen gestellt hatten und auf ihrem rosa Hintern auf den glitschigen Kacheln geschlittert waren.

Sie gingen weiter; schon bald war er in seinem alten Revier, der Avenue C, mit den Reihen von Marktkarren, der Aufregung und dem Gebrabbel beim Feilschen und Ausrufen der Waren – auf Jiddisch –, dem Strom der Käufermassen, jüdischen Menschen, fuchtelnden Händen und markanten Schnurrbärten. Schon konnte er das hohe, rote Backsteinhaus sehen – seines! – an der Ecke der Avenue D…, die Fenster da oben ganz in der Ecke, hoch oben, seine…, und ein kleines Fleckchen vom Fluß, dem kühlen East

River, der immer da war, jenseits der Müllplätze mit dem Aas-
gestank toter Katzen, wo sie über alte Heizkessel und Eisenschrott
hinweg Verfolgungsjagden gemacht hatten, an der Schmiede vorbei,
wo es nach versengten Hufen roch, vorbei an dem kleinen Holz-
haus, wo der Sohn vom Hausmeister, der mit den sandfarbenen
Haaren, ihn einen Itzig genannt hatte – und Iras »Warte, bis ich dich
hier unten erwische«. Wie mutig er doch damals war, ein guter
Schläger, sagten die anderen Kinder; er hatte auch für ein Blech-
photo von sich posiert – mit hochgereckten Fäusten, in tadelloser
Boxerhaltung und mußte sich unterm Bett verstecken und mit
anhören, wie Mom schwindelte, er sei nicht zu Hause, wenn eine
wütende Mutter angestürmt kam, deren Kind von Ira eins auf die
Nase bekommen hatte, daß es blutete. Und nun war er ängstlich
geworden, er fühlte sich nicht mehr wohl.

»Oh, ich will zurück«, rief er plötzlich auf englisch – er war
sicher, Mom würde das verstehen. »Ich will zurück zur 9th Street.
Ich will wieder hierher. Ich will nicht in Harlem wohnen.«

»*Bißt meschuge?*« sagte Mom aufgeschreckt. »Bist du verrückt?«

»Da ist alles voller Iren. Die woll'n sich immer nur kloppen.«

»Und du kannst das nicht? Seit wann?«

»Doch, schon, aber alle! Alle dort sind Irische. Die sind alle auf
ihrer Seite.«

»*Nu*, du wirst eben lernen müssen, Streit zu vermeiden – mit
einem guten Wort, einem Scherz. Wie kann ich dir helfen? Das ist
schon eine alte Geschichte mit den Juden und den *gojim*. Du hast
einen jüdischen Kopf. Du wirst lernen müssen, dich allein durchzu-
schlagen.«

»Ja, schon, aber sogar die 114th Street war besser!«

»Und ich sitze da und starre auf die Steinmauern, oder was?
Wenn dein Vater so ein Idiot ist und nur *drek* aussucht? Zwölf
schmuljareß im Monat. Er konnte doch noch ein, zwei Dollar
drauflegen und etwas mit Strom, mit Heißwasser mieten... Aber

nein! Ich soll mir den Hals verrenken. Und jeden Penny mußte er sparen für Milch vom Bauern, um Ziegen zu kaufen und Heu. Er arbeitet Tag und Nacht. Ein anderer wäre zufrieden, für einen Boß zu arbeiten. Was kann ich machen?«

»Ach!«

»Komm, sei nicht dumm. Ich habe meine Schwestern dort, meine Mutter, mein kleines Glück. Er hat seinen Stall ganz in der Nähe. Du wirst das Beste draus machen müssen.«

Ira sagte nichts mehr. Es war zwecklos. Sie kamen am *chejder*-Eingang auf der anderen Straßenseite vorbei, an der verwitterten Holzrampe vor Levis Meierei, wo Pop einst gearbeitet hatte, der Rampe, wo Ira an einem Sommernachmittag mit anderen Kindern gesessen hatte und sich noch erinnerte, wie Motke gesagt hatte: »Also, wenn es einen Silberkrieg gegeben hat, wann war denn der Goldkrieg?« Sie erreichten den Süßwarenladen, wo sein Onkel Morris so großzügig gewesen war; er hatte einmal so viele Kaufgutscheine gesammelt, daß er Ira und seine Mom zu dem Laden, wo man die Gutscheine gegen die Geschenke eintauschte, mitnehmen und seinem Neffen ein Dreirad kaufen konnte, was dem dann gleich am ersten Tag gestohlen wurde. Wie hatte er da geweint! Es war seine Straße, seine Welt, sein Leben. Hier. Aber wo waren die Kinder?

»Ich gehe hinauf und besuche Mrs. Dworschkin. Willst du mitkommen?«

»Nein, ich geh' mal um den Block. Vielleicht sind sie gerade bei der Möbelfabrik und machen sich Pfeil und Bogen aus den dünnen Resten, die dort weggeworfen werden.«

Sie verstand nicht. »*Nu.* Sei vorsichtig.« Sie ging die Stufen zum Haus hinauf. »Lauf nicht zu weit weg.« Sie betrat das Treppenhaus.

Eine Minute verweilte er noch vor dem Haus. In diesem Hausflur hatte er versucht, die hübsche, dunkle Annie zu küssen. Sie hatte sein Gesicht zerkratzt. Und gegenüber wohnte Izzy, den Ira zu seinem Partner gemacht hatte, als sie gemeinsam ihre Versuch-dein-Glück-du-kannst-nicht-verlieren-Maschine erfunden hatten: ein Pfeil und eine Tafel, eingeteilt in Felder, mit je einem Briefchen Kaugummi darauf, und auf einem eine ganze Schachtel. Beim Schein der Karbidlampen an den Marktkarren in der Avenue C richteten sie sich einen Stand ein und lockten die Vorübergehenden, einen Penny zu setzen. Die beiden hatten Gewinn gemacht, ihn geteilt und waren nach Haus gegangen – spät: Es war nach neun, Pops Bettgehzeit als Milchmann. Und was für eine Tracht Prügel sein Vater ihm da gab! Aber er konnte schon Geschäftsmann sein, ein jüdischer Geschäftsmann. Es machte Spaß, es war aufregend, am Samstagabend, wenn der Sabbat beendet war, unter vielen Menschen zu sein und zu rufen: »Versuchen Sie ihr Glück, jeder Wurf gewinnt!« Aber jetzt, in der 119th Street, unter all den *gojim*, welche die Juden verspotteten: »Nachmacher – Geldmacher, *oj*.« Einige hatten es sogar auf jiddisch gelernt: *Mach gelt,* und rieben sich mit fuchtelnden Fingern das Kinn – er haßte es.

Ah, der East River – Ira ging um die Ecke: Hier war das einzige Mal gewesen oder fast das einzige Mal, daß Pop freundlich gesonnen schien, ein liebevolles Verhältnis zu Ira hatte, wie dieser auch zu ihm. Es war wie damals, als die beiden hinausgingen auf die große Holzrampe am Ende der kopfsteingepflasterten Straße und dort auf einem wuchtigen Balken über dem Wasser saßen, im gluthei ßen Sommer, als die Brise ihm wie ein Geschenk des Flusses vorkam, eine gesegnete Kühle, allumfassend.

Nein. Niemand zu sehen. Er drehte um. Vielleicht sollte er lieber nach oben gehen zu Mrs. Dworschkin, wo Mom war; vielleicht war Heshy dort: im obersten Stockwerk, fünf Treppen hoch, eine Etage über der, wo die Stigmans gewohnt hatten; ganz bis nach oben mußte er gehen, eine Treppe unter dem Dach. Oh, das eine Mal, als Pop gelacht hatte, als er und Ira an einem kalten Tag bis zum Dach hinaufgegangen waren: Pop hängte zwei Kalbsfüße in einen

Räucherschornstein, genau wie sie es in seinem eigenen Land gemacht hatten, weit weg, auf der anderen Seite des Ozeans, in Galizien.

War das Izzys Stimme? Ira blieb auf der Schwelle stehen. Glück gehabt! Er wollte gerade hineingehen, aber sie hatten ihn schon entdeckt, ehe er sie gesehen hatte. Und schau nur: Sie hatten einen Handwagen, Heshy und Izzy, und kamen von der Avenue C auf ihn zu, der eine schob, der andere hatte Seile an die Vorderachse gebunden und steuerte damit, und Heshy machte immer schneller, jetzt, da sie ihn gesehen hatten. Ira lief ihnen zum Bordstein entgegen. »Izzy! Heshy!«

Ach, es war, als lebte er noch hier, so wie Izzy den Wagen auf den Fußweg zog, vor einem Haufen Mist, den ein Pferd dort hinterlassen hatte, und sie hüpften und tanzten vor Freude über das Wiedersehen: der dunkelhäutige, flinke Izzy mit seinen dicken Augenbrauen und der flachen, breiten Nase. Heshy mit seinem liebenswerten Lächeln und sandfarbenen Haar, das einen leicht ranzigen Geruch ausströmte, als ob es mit alter Butter eingerieben sei. Sie plapperten über die Vergangenheit und die zusammen verlebte Zeit und wer jetzt in »seinem« Haus wohnte und wie sie an die Kinderwagenräder gekommen waren – im Tausch gegen Rollschuhe »schon mit kleinen Fensterchen in den Stahlrollen«. Sie waren jetzt Partner für die »Versuchen-Sie-Ihr-Glück-Maschine«.

»Du bist fett geworden«, sagte Heshy. »Gefällt es dir, wo du wohnst?«

»Nein, es ist mies. Es taugt nichts!« Ira hätte weinen mögen. »Dort wimmelt es von lausigen irischen *gojim*. Die ganze Zeit nennen sie mich *Judenbastard* und woll'n mich schlagen.«

»Du bist doch ein guter Klopper«, erinnerte Izzy ihn. »Also gib's ihn'n.«

»Dort nicht«, Ira ließ verdrossen den Kopf hängen. »Alle sind auf ihrer Seite.«

»Niemand ist Jude?« fragte Heshy ungläubig.

»Fast niemand.«

»Warum bist du dann dort hingezogen?« fragte Izzy.

Ira versuchte zu erklären.

»Wo gehst du zum *chejder*?« fragten sie.

»Ich war noch nicht.«

»O-o-h! Du gehst nicht zum *chejder*? Da gibt's keinen *chejder*?«

»Jaaa doch, aber mein Vater wollte das Geld für einen Milchwagen.«

Sie brauchten ein paar Sekunden, bis sie den ernüchternden Sinn von Iras Antwort begriffen. »Willste mal fahren?« lud Heshy ein.

»Nee, ist doch dein Wagen. Laß mal schieben.«

»Nee, du setzt dich rein.«

»Nein. Ich sollte wohl erst mal schieben.«

»Steig ein«, insistierten sie.

Er protestierte vergeblich. Das war nicht der Brauch, nicht angemessen: Es war ihr Wagen. Er mußte zuerst schieben; so gehörte es sich. Erst nachdem er sie zu ihrem größten Vergnügen einmal um den Block geschoben hätte, erst dann und nur dann hätte er sich einen Anspruch auf den Fahrersitz verdient, dürfte er die Steuerleinen halten. Jedermann wußte, das war die anerkannte Ordnung der Dinge. Aber die anderen beiden wollten davon nichts wissen. Er war ihr Gast. Und schau nur, wie sauber er war! Ein reines Hemd, saubere Kniehosen. Er könnte beim Schieben auf der Stelle schmutzig werden.

Am Ende setzten sie sich durch; sie waren es, die ihn schoben! Wie ein Häuflein Unglück saß er auf dem Fahrerplatz und protestierte gegen die unverdiente Vergünstigung und ließ sich abwechselnd von ihnen von der Avenue D bis halb zur Avenue C und wieder zurück schieben. »Jetzt laßt mich mal«, drängelte er. Jetzt konnten sie doch nicht länger bestreiten, daß er an der Reihe war. Aber sie lehnten ab. Nein, er durfte nicht. Es wäre besser so. Seine

Mutter könnte herunterkommen und würde nicht wissen, wo er war. Er sollte lieber hier bleiben. Sie könnten doch zusammen den kleinen Abhang vor dem »Kühlhaus« hinter den Straßenbahngleisen an der 10th Street herunterrollen. Dann müßten sie den leeren Wagen nur wieder hinaufschieben. Mit Izzy am Steuer und Heshy vornübergebeugt Anschwung gebend, vergaßen sie ihn aber und ließen ihn an der Ecke der Avenue D stehen.

Vor unerklärlichem Kummer schnürte sich ihm die Kehle zu; heimliche Tränen drückten gegen seine Stirn. Jetzt war er bei seinen eigenen Leuten nur noch zu Besuch. Er, der noch bis vor zwei Monaten von den anderen nicht zu unterscheiden gewesen war, gehörte nun nicht mehr dazu. Intuitiv ahnte er alles voraus: Die besondere Behandlung zeigte ihm, daß eine Rückkehr ausgeschlossen war.

Seine Mom bemerkte, wie still er auf der langen Heimfahrt war. »*Nu*, hast du Spaß gehabt?« fragte sie.

»Jaa.«

»Und es gibt nichts zu erzählen? Du hast dich doch so gefreut.« Sie betrachtete ihn etwas genauer. »Warum bist du so böse – ?«

»Ich bin nicht böse. Ich möchte nur in der Bahn nicht jiddisch sprechen.«

»Wer kann uns denn hören?«

»Ich will nicht reden.«

»Dummes Kind. Ganz bis zur 116th Street?»

Ira gab keine Antwort.

»Mußt du dich vielleicht erleichtern? Ist das dein Problem?«

»Nein. Hab' ich schon auf der Straße gemacht.«

»Hast du Hunger?«

»Nein«, antwortete er gereizt. »Laß mich in Ruhe.«

»Dann rede ich auch nicht – bis wir nach Hause kommen.« Sie beugte sich zu ihm und flüsterte neckisch: »Dann darf ich doch, oder?«

»Zu Hause zieh' ich die guten Sachen aus und geh' zur Bibliothek.«

»Aha. Noch eine Bärchengeschichte. Wird denn noch geöffnet sein?«

»Bis sechs Uhr lassen sie einen rein.«

V

Wie schnell er sich doch verändert hatte in diesen wenigen Monaten, von dem Tag ihres Einzugs in das Haus an der 119th Street bis zu dem Tag, an dem sein Onkel Harry die Schule hinschmiß. Er war jetzt ein anderer, verändert vom allerersten Tag an, seitdem er Mom geholfen hatte, das Zuckerfaß auszuräumen, in dem das Geschirr verpackt war, eingewickelt in jiddisches Zeitungspapier. Als es ihm langweilig wurde, hatte er die Küche verlassen und war behutsam die Linoleumstufen hinabgestiegen, wie ein Jungtier, das seine neue Umgebung in Augenschein nimmt, und war leise durch den langen, düsteren Korridor gegangen, zwischen der Wohnung des Hausmeisters und der, die von den Zigarrenmachern belegt war. Er hatte sie am offenen Fenster im Erdgeschoß sitzen und Zigarren rollen sehen. Das Tageslicht schien auf die übel zugerichteten Messingbriefkästen in der Eingangshalle. Draußen, auf den Steinstufen zum Haus, saßen drei Kinder, drei Kinder seines Alters, die Haarschöpfe flachsblond gebleicht von der Sommersonne. Er war auf dem obersten Absatz, gleich vor der Tür, stehengeblieben und wartete – während sie sprachen, mit harten, klaren Christenstimmen sprachen –, wartete auf irgendein Zeichen der Worterteilung, irgendein Zeichen der Wahrnehmung seiner Anwesenheit. Der in der Mitte – Heffernan – Ira würde den Namen des Kindes später erfahren – wandte den Kopf: »Du wohnst hier?«

»Klar«, antwortete Ira bereitwillig. »Wir sind grade eingezogen.«

»Wir woll'n hier keine gottverdammten Juden haben.«

»Nein?«

»Nein.« Der Junge hatte blaue Augen, einen sympathischen Gesichtsausdruck, hellen Teint und eine Stupsnase: »Ihr miesen Judenschweine, warum bleibt ihr nicht da, wo ihr hingehört?«

Wie erschlagen wich Ira in den Hausflur zurück, stieg die Treppen wieder hinauf und stürmte in die Küche.

»Was ist los?« fragte Mom.

»Die sitzen vor dem Hauseingang, die Irischen.«

»So. Laß sie sitzen.«

»Die mögen mich nicht. Die haben mich beschimpft. Die haben mich Judensau genannt.«

»Das ist ja ganz 'was Neues«, sagte Mom. »Was könnte man anderes erwarten von *gojim?* Spiel nicht mit denen. Geh woanders hin. Besuch deine Bobe. Geh zur 114th Street, wo wir gewohnt haben. Ich schaue aus dem Fenster, bis du um die Ecke bist.«

»Ich will aber nicht dorthin gehen.«

»Dann bleib hier und hilf mir beim Auspacken des Passah-Geschirrs.«

»Ich will aber nicht hierbleiben. Ich will nach unten gehen.«

»Was willst du dann von mir?«

»Wir hätten nicht hierher ziehen sollen.«

»Schon wieder?«

»Jaa.«

»Mir bereitet mehr Sorge, daß ich meine Korallenkette noch nicht gefunden habe, mein Hochzeitsgeschenk von Tante Rachel in Lemberg.« Mom riß das Stück jiddische Zeitung von dem silbernen Passah-Salzfäßchen ab. »Solche herzlosen Diebe, diese Umzugsleute. Sie ist mir nirgends aufgefallen. Die hübschen Korallen. *Gewald.* Wo sind sie nur?« Und zu Ira gewandt, in ärgerlichem Tonfall: »Sei nicht wie dein Vater. Kneif nicht so vor einem *goj.*«

»Ich kneife nicht!« Ira brauste auf. »Da unten sind drei Kinder, da auf der Treppe zum Haus.«

»Was kann ich also tun? Willst du, daß ich mich mit ihnen anlege?«

Voll Erbitterung verließ er die Küche, ging durch die beiden frisch gestrichenen ineinandergehenden Schlafzimmer in das vordere Zimmer, wo noch alles unordentlich war, und lehnte sich aus dem offenen Fenster zur Straße. Er lehnte sich aus dem unvergitterten Fenster; das andere lag zur schwarzen eisernen Feuertreppe, die sie sich mit den Nachbarn auf der Etage teilten. Auf den Steinstufen vor dem Hauseingang da unten saßen dieselben drei Kinder, derselbe blonde Junge in der Mitte, der miese irische Schweinehund, der ihn einen dreckigen Juden genannt hatte. Er würde es ihm schon zeigen.

Er verbarg seinen grimmigen Groll vor seiner Mom. Mit einem unverbindlichen »jaja« verschaffte er sich Ruhe vor ihrem inständigen Flehen, mit einem versöhnlichen Wort könne er sich Probleme ersparen, und ging zurück durch die Küche und wieder die Treppen hinab. Die Sonne schien auf die blonden Haare, sie wandten ihm den Rücken zu. Mit geballter Faust schlüpfte er hinter Heffernan aus der Tür und versetzte ihm einen so kräftigen Schlag, wie er nur konnte. Der Junge schwankte von dem Aufprall. Dann flüchtete Ira zurück in den Hausflur, nach oben.

Seiner Mutter sagte er nichts. Wieder am Fenster, konnte er sie unten sehen, noch immer saßen sie auf den Stufen. Dann ging einer von den dreien weg. Ira wagte sich wieder nach unten, trat aus dem Hausflur hinaus auf den Treppenabsatz. Mit geballten Fäusten und auf eine Schlägerei gefaßt, stieg er die Stufen hinab bis zur Straße, die Augen strafend auf Heffernan gerichtet: Der Junge lächelte zurück, Abbitte leistend, liebenswürdig, signalisierte Waffenstillstand.

Das war's, was er hätte machen sollen, sagte Ira sich Jahre später immer wieder: sich prügeln, fair oder unfair, Hauptsache prügeln.

Er erinnerte sich an »Greeny«, ein paar Jahre älter als er, aber ein komplettes Greenhorn, ein junger jüdischer Einwanderer aus Rußland, dessen Familie nur wenige Monate vor Iras Verwandtschaft nach Amerika gekommen war. Greeny hatte mit seinen irischen Peinigern an der 119th Street gekämpft. Sie machten ihn fertig, schlugen ihm die Nase blutig, beide Augen grün und blau, aber er kämpfte immer und immer wieder. Er schaffte es, daß die Iren ihn akzeptierten; sie nahmen ihn mit zum Schulsport in der Gemeinde, damit er das Boxen lerne, sekundierten ihm, wenn er für einen Kampf aufgestellt wurde – und spielten ihm einen üblen Streich, indem sie ihm sagten, er solle soviel wie möglich in sich hineinfressen und Bier saufen, bis er nicht mehr könne, denn das würde ihn stark machen: Im Ring kotzte er alles wieder aus – zur grenzenlosen Heiterkeit der Zuschauer. Dennoch, sie akzeptierten ihn: die lange Nase, den jüdischen Akzent und alles. Er wurde ein wohlangesehenes Mitglied in der Gang der 119th Street.

So hätte er es auch machen sollen, dachte Ira und erinnerte sich, daß sogar die Lektion dieses ersten Tages in der 119th Street nicht ganz umsonst gewesen war – obgleich sie ihm auch nicht genützt hatte. Ihm fehlte der moralische Mut – so schien es –, der Mumm, die Hartnäckigkeit, um mit solchen Umständen fertigzuwerden. Er wurde auch schlaff. Kurz nach Beginn des zweiten Semesters, dem Frühlingssemester, 3B, brachte er von der Schule einen Brief mit nach Hause, worin die Schulschwester seine Eltern darauf hinwies, daß er an »Fehlernährung« leide – schlechtes Essen, wie die Lehrerin erklärte –, worauf Mom höhnisch sagte: »Du bekommst wohl nicht genügend *bulkeß* mit Butter und *latkeß* mit Sauercreme, oder was?« Schlaff und übergewichtig verlor er an Beweglichkeit und Kondition. Und bei jener schicksalhaften Straßenschlacht gegen Ende des Winters – der Boden heimtückisch glatt von frischem Schnee – wurde er denn auch von seinem dünnen, drahtigen irischen Feind, auf dessen großen Schneidezähnen der Speichel beunruhigend glänzte, hart bedrängt, als Mom auf einmal in den Kreis der feindlichen Partisanen vorstieß. »*Gerejre!*« Drohend erhob sie ihren Arm gegen Iras Widersacher.

»Ach, hau doch ab, du alte Drecksjüdin!« Sein Gegner bot ihr die Stirn. Dennoch kuschte er vor der Gefahr, die von Moms erhobenem Arm ausging; er lachte höhnisch und zog sich zurück.

Und Ira – Ira brach in Tränen aus. Diese Erniedrigung würde er nie mehr ungeschehen machen können. Was hätte es für eine größere Schande geben können, als von der eigenen blassen, aufgewühlten jüdischen Mutter vor einer Niederlage bewahrt zu werden, von deiner eigenen verspotteten, rasenden jüdischen Mutter, die zu deiner Verteidigung aufmarschiert ist. Weinend lief Ira weg von seinem frohlockenden Feind, lief durch den Kreis der höhnischen Kinder, rannte zum Haus. Er fühlte sich, als sei seine Seele für immer zerschmettert.

Und, leider, war es auch so. Seine Keckheit, die er von der East Side mitgebracht hatte, war dahin. Obgleich er sich danach auch noch mit anderen irischen Kindern auf der Straße prügelte, hatte er dabei immer die Hoffnung, daß irgendwelche Erwachsenen intervenieren oder jemand vor einem nahenden Polizisten warnen würde oder daß sich ein anderer Vorwand als Ausrede für ein Ablassen vom Feind ergeben könnte. Nie fand er sein Selbstbewußtsein wieder, nie mehr konnte er gewinnen, erwartete es auch gar nicht. Oh, das tat weh, dieser Untergang des Selbstbewußtseins – er konnte schon sagen, daß es bei ihm so war –, die Aushöhlung des Selbstbewußtseins in diesem Kind, das einst so kämpferisch gewesen war. Er konnte die Demontage seines Selbst fühlen, die Atrophie des Menschen, der er auf der East Side gewesen war.

Und als ihm dann an einem der ersten Frühlingstage auch noch eine Meute irischer Kinder, meist jünger als er, nach der Schule von der Ecke Park Avenue den ganzen Weg bis zu dem Aufgang vor dem Haus folgten und hinter ihm hersangen »Dicke, fette Wasserratte, wir fang'n dich in der Kasematte!«, drehte er sich ein paarmal um und wollte sie verscheuchen. Und sie liefen auf und davon, Hals über Kopf, in Hochstimmung. Er stieg die Treppen hinauf, betrat die Küche, wo sein Vater saß, allein, und die jiddische Zeitung las. Ira griff sich ein Buch aus der Leihbücherei und vertiefte sich in eine Märchengeschichte...

Plötzlich wurden sie von einem heftigen Klopfen an der Tür aufgeschreckt. Ira öffnete und stand Auge in Auge mit Mrs. True, der jungen irischen Matrone von oben, aus dem vierten Stock. Sie war umringt von einigen eben jener irischen Gassenjungen, die ihn nur Minuten zuvor gepeinigt hatten: Er hätte ihren fünfjährigen Danny auf den Fußweg geschleudert, beschuldigte sie Ira, und das Kind hätte eine klaffende Wunde am Kopf. Sie war hübsch und brünett, Mrs. True, und der haßerfüllte Blick aus ihren braunen Augen unterstrich ihr freches, rosiges Gesicht. Vergeblich stritt Ira alles ab. Nie hätte er den kleinen Danny oder jemand anderen geschubst: Die Kinder hätten *ihn* gehänselt, und er hätte sich nur umgedreht, um sie zu erschrecken, also seien sie weggerannt und hätten sich gegenseitig umgestoßen – Nein, das hätten sie nicht!, protestierten die anderen Kinder lautstark: Ira hätte den kleinen Danny niedergeschlagen.

Und ganz plötzlich holte Mrs. True aus und schlug Ira ins Gesicht. Diese Ohrfeige war der Auslöser – sie setzte in Pop seine ganze fürchterliche Wut frei. Ira konnte später nicht mehr genau sagen, mit was für einer Rute er gezüchtigt wurde, ob mit einem Stock oder einem Feuerhaken. Er wurde geopfert, um noch mehr verhängnisvolle Vergeltungsmaßnahmen zu verhüten. Er konnte sich nur erinnern, daß er sich am Boden krümmte und schrie: »Nicht doch, Papa, bitte, Papa! Hör doch auf!« Er schrie und stöhnte, ohne den grausamen Schlägen seines Vaters Einhalt zu gebieten. Und wenn Mrs. Shapiro nicht gewesen wäre, die neue Mieterin »nach hinten raus«, die untersetzte, unförmige litauische

Jüdin Mrs. Shapiro, man kann nicht sagen, womit diese körperliche Züchtigung geendet hätte. Pop hatte die Kontrolle über sich verloren und trat seinen Sohn schon mit Füßen, trampelte auf ihm herum, so daß selbst Mrs. Trues Ausdruck der Genugtuung sich in Entsetzen wandelte. Mrs. Shapiro stellte sich zwischen das heulende Kind am Boden und dessen brutalen Vater, sie ging dazwischen, entschlossen, unbeugsam.

»Was, Sie wollen Ihren eigenen Sohn wegen einer *gojte* umbringen?« sagte sie auf jiddisch. Sie weigerte sich, Platz zu machen oder vor Pops rasenden Flüchen zu weichen, sondern blieb halsstarrig stehen, wo sie war, und widersetzte sich sogar seinen wilden Schlägen. Jetzt hörte Mom das Schreien ihres Sohnes, als sie unten den Hausflur betrat, und stürzte die Treppen hinauf, bis in die Küche.

»Mama!« Nie war ihm ihr Gesicht himmlischer vorgekommen als jetzt, rasend in dem Entschluß, ihn zu verteidigen.

»Idiot!« Heiser schrie sie Pop an. »Wildes Tier! Verrückter Hund! Was du dem Kind angetan hast! Sei entzweigeschlagen!« Furchterregend in ihrem Zorn, trat sie Pop mit vorgerecktem Gesicht entgegen, die Arme ausgebreitet, um zuschlagen zu können. Er wich zurück. Und in der nächsten Sekunde wandte sich Mom böse an Mrs. True. »Was woll'nse noch?« fragte sie.

Mrs. True und die sie umgebenden Kinder zogen sich still zurück.

Er würde sich später an diesen angsterfüllten Nachmittag erinnern als eine Art Exemplifikation all dessen, was er einmal gewesen war, eine Art Erlöschen all dessen, was er einst für richtig und lobenswert an seiner Person gehalten hatte – und was es nun nicht mehr gab. Er mußte nun lernen, anders zu leben; er würde versuchen müssen, sich aus Schlägereien herauszuhalten, Ärger zu vermeiden und Streitereien, das Jasagen zu lernen, über Meinungsverschiedenheiten einfach hinwegzugehen, Reibereien mit einlenkenden Worten zu glätten, wie Mom ihm geraten hatte. Oder mit einem unverbindlichen, konzilianten »Ach ja? Das habe ich gar nicht gewußt«. Er konnte förmlich fühlen, wie das ehemals selbstsichere East-Side-Kind in ihm verkümmerte; in ihm blieb – eine Art Leere.

VI

Eddie Ferry wurde sein fester Freund, der kleine Eddie Ferry, Sohn der verwitweten Hausmeisterin, die im Erdgeschoß einzog. Die beiden Freunde bastelten zusammen Blechdosen-Telephone und verlegten den Verbindungsfaden von Stockwerk zu Stockwerk, von Wohnung zu Wohnung. Gemeinsam zogen sie Richtung Westen, auf der nichtjüdischen, der schicken 125th Street, schauten hier und da in die Schaufensterauslagen, hatten immer dasselbe Ziel: die lohnende, gutsortierte Eisenwarenhandlung ganz im Westen, nicht weit von der Bahnstation an der Eighth Avenue. Dort blieben sie hängen, ließen quietschend ihre nervösen Finger über das Spiegelglas der beiden Schaufenster gleiten – von der Straße den Gang hinein bis zur Ladentür und auf der anderen Seite wieder zurück, von der Ladentür bis hin zur Straße: Ach, was für hinreißende Telegraphen-Bausätze aus Messing, Spulen mit Kupferdraht, die dazugehörten, Batterien und Klingeln und Campinggerät, Angelruten und glänzende Luftgewehre der Marke »Daisy« – wenn sie doch nur Geld hätten!

Eddie erklärte seinem Freund, wie alles funktionierte. Er wußte alles über Elektrizität; er wußte, wie man sich aus den Zink- und Kohleelektroden von alten Batterien und etwas Ammoniak aus dem Drugstore für zehn Cent neue basteln konnte. Ihn störte es nicht, daß Ira jüdisch war; er sagte, Ira sei nicht wie die anderen Juden, die dreckigen Juden: wie Davey Baer und sein jüngerer Bruder Maxie, die in das rote Backsteinhaus auf der anderen Straßenseite einzogen und immer besser waren als Eddie beim Verlosen von Baseballbildern, beim Damespielen oder Pennywerfen. Nur selten, nur ganz wenige Male brauste er auf, wenn Ira etwas gesagt oder getan hatte, was ihm mißfiel – »Du lausiger Jude!« schleuderte er Ira entgegen.

Doch das schien nur natürlich; er meinte es nicht böse, er benutzte nur das geläufigste Bild, um ihn zu ärgern. Ira lernte, den Anwurf mit einem säuerlichen Grinsen abzuschmettern, kaschierte so seine leichte Verlegenheit – so wie Eddie grinste, wenn seine geplagte Mutter über die Mieter fluchte: »Ich gebe keinen Furz drauf, was die denken.« (Hatte die arme Frau wirklich *farz* gesagt, überlegte Ira Jahre später. Oder sagte sie, ich gebe keinen *farthing*. Es sollte noch eine Weile dauern, bis er lernte, daß ein »farthing« eine Münze war.) Es war Eddie, mit dem Ira – im Fahrwasser seiner irischen Keckheit – zuerst solche Ausflüge in die Ausläufer anderer Stadtteile unternahm, nach Westen bis zum Riverside Drive, bis hin zum Grabmal von General Grant, zu den Güterzuggleisen neben dem ehrfurchtgebietenden, breiten Hudson River; oder Richtung Osten, entlang der 125th Street, vorbei an wunderschönen Vaudeville-Theaterzelten, an Steakhäusern mit verlockenden *trejfe* T-bone-Steaks, die auf gestoßenem Eis im Schaufenster lagen – und jene seltsamen, abstoßenden, grüngesprenkelten Kreaturen mit den großen Scheren, die sich träge auf ihrem Bett aus Eis bewegten. »Die sind gut; das sind Hummer«, versicherte Eddie dem zweifelnden Ira.

»Die? Gut? Mit all den vielen grünen Beinen?« Ira verzog vor Abscheu das Gesicht. »Wie kann man die überhaupt essen?«

»Was meinst'n du: Wie kann man die essen? Jesus, ihr Juden müßt aber dumm sein. Die wer'n gekocht, und dann brichst du die Schale mit'm Nußknacker auf. Die zwei groß'n Dinger da vorne sind keine Beine. Das sind Scheren.«

»Schmeckt'n das?« lenkte Ira ein.

Es war Eddies Welt, nach der Ira sich nun sehnte, die zu teilen er begehrte, zu der er Zugang erhoffte. Er war nur allzu bereit, die Unterschiede zu vertuschen, sein Gefühl von Fremdartigkeit einzulullen, das ihm die East Side eingeimpft hatte, weil er auf koscheres Essen achtete, auf die Einhaltung der Sitten und Gebräuche. Das alles waren Hindernisse auf dem Weg in Eddies Welt, der Welt, in der die Kinder über Häuserdächer kletterten und Drachen steigen ließen, der Welt der Reisen zu den wunderbaren Drehbrücken über dem Harlem River – so wie der am Ende der Madison Avenue, wo die ganze Brücke langsam herumschwenkte, wenn ein Schiff passieren wollte – und dem überwältigenden Gewirr von Schienen im riesigen Güterbahnhof auf der anderen Seite des Flusses, in der fremdartigen Bronx. Oder ganz weit nach Osten, jenseits von Little Italy, wo die Leute eine seltsame Sprache sprachen, in langen, manchmal scharfen Tiraden über ihren Produkten feilschten und die ganze Zeit dabei wild gestikulierten: den merkwürdigen Sachen auf Marktkarren und in Geschäften, die selbst Eddie nicht beim Namen nennen konnte – »Ooch, sowas essen die Spaghettifresser eben« –, bis hin zur schwimmenden Badeanstalt auf dem East River, wo Ira unter Eddies Anleitung endlich lernte, sich im Wasser zu halten und – wundersamerweise – wie ein Hund zu paddeln. Mitten unter den nackten, plantschenden, kreischenden Kindern – »Alle pissen hier ins Wasser; also paß auf, daß du nichts schluckst«, riet Eddie, »sonst mußt du kotzen.« Gemeinsam erkletterten sie das übel nach Fäkalien riechende Felsengestein bis zum Gipfel des Mt. Morris Park…

Etwas hatte ihm keine Ruhe gelassen, etwas, das unbedingt bedacht, im Geiste noch einmal durchlebt werden wollte, um der Authentizität willen. Daß er es versäumt hatte, weckte in ihm ein Gefühl von Panik, eine irrationale Angst, ähnlich der lange zurückliegenden Katastrophe, deren normaler Verlauf zum Stillstand gekommen war und die nun unerwartet in der Gegenwart ihre Fühler nach seiner Psyche ausstreckte. Macht nichts, versuchte er, sich selbst zu beruhigen: füge das ausgelassene Material ein und fahre fort; der Inhalt ist unbedeutend. Und doch, ohne dies würde die Erzählung unzulänglich bleiben, die Schilderung unvollkommen: Ira und seine Eltern waren *nicht* die ersten Juden, die in der 119th Street wohnten. Er war, kurz gesagt, nicht ohne andere Möglichkeiten, mit jüdischen Kindern zu verkehren, so verführerisch dieses radikale Prädikament für den Erzähler auch sein mochte.

Noch eine jüdische Familie wohnte in seinem Haus, Mrs. Schneider auf der anderen Seite des Flurs, aber da waren keine Jungs in seinem Alter. Jüdische Familien mögen auch schon in der riesigen Mietskaserne von Hauswirt Jake gewohnt haben, an der Ecke der Park Avenue, obgleich keines der Kinder auf der Straße spielte. Vereinzelt wohnten Juden auch schon in dem sechsstöckigen Apartmenthaus an der anderen Ecke der Park Avenue (Apartmenthaus deshalb, weil es fließend Kalt- und Warmwasser gab – und Dampfheizung), komfortabel genug, daß sogar der jüdische Apotheker dort mietete, Biolow, dessen Apotheke – eher ein Drugstore – ebenfalls an der Ecke lag, und dessen pummelige, überhebliche Frau den schicksten Kinderwagen in der Gegend schob. Aber keines der Kinder aus diesem Wohnhaus an der Ecke spielte – falls sie überhaupt schon groß genug waren – in der 119th Street. Nur die Kinder dieser schrecklich notleidenden jüdischen Familie, die in der roten, sechsstöckigen Kaltwasser-Mietskaserne auf der anderen Straßenseite wohnte: der dürre, dunkelhäutige Davey und sein gleichermaßen dürrer, dunkelhäutiger Bruder Maxie. Die beiden hatten eine Schwester, Dora, im Alter genau zwischen ihnen, im Teint genau wie sie, die scheu war und immer weghuschte wie eine Maus; und noch einen Baby-Bruder mit einem fürchterlichen Hautausschlag. Eine dünne, dunkelhäutige Mutter und ein kleiner, umgänglicher Vater waren ihre Eltern.

Sie lebten in so blanker Armut, daß selbst Ira, der inzwischen an Verwahrlosung gewöhnt war und außerdem nicht allzusehr auf so etwas achtete, bestürzt war, als er ihre Wohnung betrat. Würde er doch nie das mit Krätze behaftete Baby in dem ramponierten, schmierigen alten Hochstühlchen vergessen, das mit seiner dreckigen kleinen Faust eine Küchenschabe gefangen hatte und drauf und dran war, diese in den Teebecher seines ihn abgöttisch liebenden, freundlich mahnenden Vaters zu werfen. Mr. Baer war ein Spieler, sagte Mom: Er weigerte sich, irgend etwas zu tun, außer am Spieltisch zu sitzen. Und die verhutzelten Kinder Davey und Maxie waren ebenfalls gewiefte Spieler. Was sie auch spielten, immer taten sie es mit derselben unbarmherzigen Konzentration, krallten und gierten nach ihrem Vorteil. Das konnte Ira nicht ertragen. Früh lernte er, dem Glücksspiel mit ihnen aus dem Weg zu gehen.

Sie lernten sich kennen – vielleicht war es an jenem allerersten Nachmittag, als er so heimtückisch den Heffernan geschlagen hatte. Die Brüder waren neu in der Straße wie er. Ihr gemeinsames Jüdischsein bestärkte sie in ihrer Art, und mutiger, weil nun zu dritt, gingen sie auf Entdeckungsreise. Sie betraten den Mt. Morris Park an der Ecke 120th und Madison und machten große Augen angesichts des gewaltigen, felsigen, baumbewachsenen Hügels in der Mitte des Parks und blickten hinauf zu dem hölzernen Glockenturm, der auf dem Gipfel des Hügels hoch aufragte. Wo der Park in die Wohnviertel mündete, an der 124th Street, kamen sie wieder heraus. Von dort wandten sie sich nach Westen, vorbei an den ruhigen, stillen, rotbraunen Sandsteinhäusern, und erkannten das ernste, graue Gebäude der öffentlichen Bücherhalle, das inmitten der Wohnhäuser gelegen war. Sie überquerten die belebte Lenox Avenue und kämpften sich, immer noch auf dem Weg nach Westen, durch eine reiche, ruhigere Gegend mit kultivierten Stadthäusern – bis sie die wohlhabende Seventh Avenue erreichten. Elegante Geschäfte zu Füßen hoher, exklusiver Apartmenthäuser säumten ihren Weg; teure Pierce Arrow- und Packard-Limousinen parkten am Straßenrand. Die drei standen und staunten; an der Kreuzung der breiten, reichen Avenue und der 125th Street überragte das eindrucksvolle Hotel Theresa seine wohlhabenden Nachbarhäuser. Und an der Ecke, wo die drei standen, genau in der 124th Street: wie aufwendig, wie dekorativ, standen Kübel, viele Kübel, eine ganze Reihe Holzkübel mit niedrigen immergrünen Bäumchen auf dem Bürgersteig, so dicht nebeneinander aufgereiht, daß die Zweige der Gehölze ineinanderwuchsen. So war vor einem Restaurant eine grüne Hecke entstanden; ein Café im Grünen.

Die drei schlichen sich an die dichte Mauer aus Blättern und Zweigen heran und schauten verstohlen hindurch: Dahinter standen adrette runde Tische mit blauweiß karierten Tischdecken, und in der Mitte eines jeden runden Tisches stand eine hübsch bemalte, cremefarbene Vase mit Blumen darin. Der blonde Kellner trug eine Fliege und ein pflaumenblau gestreiftes Jackett. Er hob seinen Kopf, als er gerade auf einem der Tische Bestecke auslegte, und sein Blick blieb auf der Hecke haften, wo sie standen. Er gab nicht zu erkennen, ob er das jüdische Gassenjungentrio gesehen hatte oder nicht. Er nahm eine Serviette, tat so, als wische er damit einen Krümel vom Tisch, und trat – immer noch wie vertieft in seine Arbeit – von innen an den Seiteneingang. Doch Davey hatte die Absicht des Kellners bereits durchschaut und den anderen signalisiert, sie sollten sich bereitmachen für die Flucht. Glücklicherweise taten sie das auch und sausten an ihm vorbei, als er herausgerannt kam. Hals über Kopf flohen sie durch die 124th Street, so schnell sie konnten, und er hinterher. Er jagte sie aber nur eine kurze Strecke. Als sie nämlich zurückblickten, sahen sie, daß er die Verfolgung aufgegeben oder nur vorgetäuscht hatte. Also hörten sie ebenfalls auf zu rennen, blieben auf halber Höhe in der abgelegenen Straße stehen, und Davey und Maxie legten die Hände um den Mund und stießen einen trotzigen, leicht verängstigten Schrei der Erleichterung aus.

VII

Der Sommer kam und ging, und Ira war immer noch nicht im *chejder* gewesen, entschuldigt durch die Unruhe des Umzugs von der East Side in die 114th Street in Harlem – und dann noch zur 119th Street. Eine Teilnahme am Unterricht hätte auch eine Gebühr von fünfundzwanzig Cent erfordert, und Mom war damals nur allzu erleichtert, daß sie die nicht zu bezahlen brauchte: Pop war mit seinem Vermögen auf dem absoluten Tiefpunkt, als seine leuchtende Illusion, er könne lose Milch in großen Mengen direkt von den Farmern an der Milchverteilungsstelle der West Side kaufen, schwand und mit ihr sein Traum, Unternehmer zu werden. Die großen Gesellschaften – so verdichteten sich die hier und dort aufgeschnappten Wortfetzen aus den Gesprächen seiner Eltern zu seiner Meinung –, die großen Gesellschaften verhinderten es, daß Pop sein Projekt umsetzen konnte; sie vereitelten seine Pläne; sie legten den Farmern nahe, ihm keine Milch zu verkaufen. Mitleidig oder ironisch sagten manchmal Mom, manchmal der Sejde oder Iras Onkels: »Ja, ja, ganz gewiß werden es die großen Gesellschaften schon zulassen, daß er seine eigene Tour hat? Borden und Sheffield werden mit ihm ein bißchen in Geschäften machen? Geh.«

Eine kurze Zeit stand Pops unscheinbarer Milchwagen am Straßenrand vor dem Haus, und eine Zeitlang stand dort auch – Zielscheibe des Spotts – die arme alte Schimäre, deren sich Ira zwischen all den *gojim* schämte, schleuderte ihren Futtersack hoch, um noch die letzten Haferkörner zu erwischen, keilte wegen der Fliegen aus, die über dem Mist an ihren Beinen saßen, keilte aus, wenn die irischen Kinder ihr lange Haare aus dem Schweif zupften, um damit Armbänder zu flechten... Doch dann verschwanden Pferd und Wagen – Ira war erleichtert – und wurden durch ein neues Pferdegespann ersetzt, dem ersten sehr ähnlich, nur daß in großen weißen Buchstaben die Worte HARLEMER NASSWÄSCHEREI auf die Seiten des Wagens geschrieben waren; und innendrin lagen die überquellenden grauen Säcke voll mit Wäsche, die erst noch gewaschen werden sollte oder tropfnaß zurückgebracht wurde... Das verschwand dann auch, und Pop war arbeitslos, verzweifelt und arbeitslos. Moms goldener Ehering und der Brillantring, den sie von Iras Großonkel Nathan gekauft und in Raten abbezahlt hatte, als sie noch an der East Side wohnten, das Passah-Silber und Pops goldene Uhr kamen in die Pfandleihe – und Ira wurde von der Teilnahme am *chejder* entbunden.

Er wurde vom *chejder* entbunden, aber dennoch, trotz seines Fehlens, behielt er seine Zungenfertigkeit in Hebräisch bei. Frömmigkeit regierte noch während der ersten Monate, nachdem sie von der 9th Street nach Harlem gezogen waren. Er begleitete den Sejde sogar zu seiner Samstagmorgenandacht in der schäbigen, trostlosen kleinen Synagoge im Erdgeschoß eines Hauses an der East 115th Street, mit den wenigen Reihen harter Bänke, den muffigen Gebetsbüchern, deren Seiten Eselsohren hatten und von bärtigen Juden wie dem Sejde mit angefeuchtetem Daumen auf eigentümliche Weise umgewendet wurden. *Dawenen*, sie husteten ihren Auswurf ab, spuckten auf den nackten Holzfußboden und verschmierten den Rotz unter ihren Füßen, *dawenen, dawenen*, sie verbeugten sich unregelmäßig und resolut im Gebet. In jenen ersten Wochen ging Ira mit dem Sejde bei Anbruch der Dämmerung sogar noch einmal zur samstäglichen Abendvesper, der *hawdole*, die Schloimeh F., Sejdes Onkel, leitete, der am Sabbat prächtig aussah mit seinem schwarzseidenen Gewand, als er in die *schul* ging. Den geteilten weißen Bart nur wenige Zentimeter über der Schriftrolle auf dem Lesepult, betete er, räusperte sich ausführlich. Ira, ganz gehorsamer Enkelsohn, wollte gelobt werden und harrte während der *hawdole* in der trüben kleinen Erdgeschoß-Synagoge aus. Und als der Sabbat beendet war und die nackten elektrischen Birnen an der Decke wieder eingeschaltet wurden, nahm er auch an dem anschließenden Imbiß teil: der kleine Krug mit Wein wurde ihm von dem einen oder anderen der strahlenden und wohlhabenderen Gemeindemitglieder gereicht, ein dickes Stück Salzhering, eine Scheibe Roggenbrot und – die höchst erstaunlichen, faszinierenden, fetten, tiefschwarzen griechischen Oliven, die man sich plötzlich schmecken ließ, obgleich sie einem widerstanden.

So vergingen die ersten Wochen, die East Side wurde immer mehr von Harlem verdrängt, neue Eindrücke ersetzten die alten Erinnerungen wie bei den Raffiabast-Litzen, die er in der Schule gewebt hatte und aus denen Matten gemacht wurden: neue Baststränge wurden an die alten angesetzt, hineingeflochten. Nach der Samstagmorgenandacht ging er mit dem Sejde nach oben in die Küche – oder wurde höflich eingeladen, den Gasofen anzuzünden, denn er war noch zu jung für eine Sünde – und stand dann eine Weile dort und unterhielt sich mit der sanftmütigen Bobe, während das Essen ihres Mannes warm stand. Als er bedient war, haute der Sejde gierig rein, hielt mit vollem Mund inne und sagte: »Hier, mein Kind, bevor du gehst, probier das.« Er nahm einen gekochten Hühnerfuß von seinem Teller, biß die eine fleischige Kugel am Ende der Zehen heraus und reichte seinem Enkelsohn den gelben Ständer mit den mageren Krallen.

»Danke, Sejde.«

Ehe der Sommer zu Ende ging, besserte sich Pops Schicksal. Auf Drängen seines Schwagers Moe wurde Pop Hilfskellner in demselben Restaurant, in dem Moe als Kellner arbeitete, bei Karg und Zinz. Der freimütige, muskulöse, gutherzige Moe war bemüht, seiner notleidenden Schwester zu helfen. Aber noch bevor Pop kündigte – oder gefeuert wurde –, machte er eine Szene fürchterlichen Ausmaßes. Erst Jahre später erfuhr Ira von seinem Vater, der über die selbstverschuldete Farce lachen mußte, was es gewesen war (wie sein Sohn hatte er jene Begabung, die Absurdität gewisser, von ihm selbst verursachter Situationen zu erkennen): Pop fühlte sich, so brachte er vor, von einem der Besitzer genervt, von Mr. Zinz, der pausenlos alles, was Pop tat (und leider auch dessen unverbesserlichen Haß auf jede Form der Subordination) mißtrauisch beäugte. Er machte Pop »Vorhaltungen« wegen seiner schlechten Leistung. Vergeblich gab Moe zu bedenken: »Er ist der Boß, er bezahlt dich, und du bekommst einen schönen Anteil am Trinkgeld von den fünf Kellnern, die hier arbeiten; du verdienst hier deinen Lebensunterhalt. Jeder Kellner bekommt mal 'ne ›Beschwerde‹, wenn nicht vom Boß, dann von 'nem Gast. Jeder Kellner kennt das«, sagte Moe abschließend, »wenn Beschwerden kommen, steckst du sie einfach in die Tasche.«

Zwecklos. Pop schleuderte einen Wasserkrug in den riesigen Glasspiegel an der Wand. Irgendjemand, ein Gast, rief die Polizei, die in dem Moment eintraf, als der große, wütende Mr. Zinz Pop eine Tracht Prügel verabreichen wollte, der gerade im Keller des Restaurants seine Kleidung wechselte. »Sehen Sie sich den an und sehen Sie mich dagegen«, flehte Pop den großen irischen Polizisten an. »Könnte ich dem etwas antun? Er wollte mich verprügeln, da habe ich den Krug geworfen, damit jemand die Polizei ruft.« Und, so fügte Pop als zynische Parenthese hinzu, dann habe er »ein paar Tränen zerquetscht«. Der Beamte drohte Mr. Zinz mit Arrest.

Pops Akt der Gewalt führte zu einem Bruch zwischen Mom und dem Rest ihrer Familie: Obgleich der Sejde mit der ihm eigenen Schärfe Kritik übte und Pop einen Vollidioten nannte, hielt Mom zu ihrem mißverstandenen und drangsalierten Ehemann – was sie noch eine ganze Weile tat, bis sie die Augen vor seiner wahren Natur nicht mehr verschließen konnte. Pop seinerseits tat die Entfremdung mit für ihn typischer Mißachtung ab – und mit typischer Undankbarkeit. »Ich brauche ihre Hilfe nicht. Ich habe diesen erlernten Beruf sehr gut ausgeübt«, sagte er verächtlich. »Ich habe dieses komplizierte Handwerk gelernt. Meine Schwiegereltern können mich mal, weißt du wo? Am Arsch! Ich bin ein ganz ausgezeichneter Kellner.«

Er rechtfertigte seinen Stolz. Mit neu gekaufter Fliege und einem Secondhand-Smoking schaffte er es, sich als Kellner zu verdingen und wurde auch in kurzer Zeit sehr gut. Sein Einkommen wuchs, aber wie hoch es war, behielt er für sich – wie immer.

Die versetzten Wertgegenstände wurden ausgelöst. Und wieder einmal schnitt Mom das Thema *chejder* an. Jetzt war es Ira, der sich widersetzte: »Ich will nicht gehen!«

»Gehen mußt du. Was soll das heißen, du willst nicht gehen? Du wirst noch ein kompletter *goj*. Ich habe die fünfundzwanzig Cent. Jetzt gibt es keine Entschuldigung mehr, daß du nicht hingehst. Wie willst du dich auf deine Bar Mizwa vorbereiten? Und was soll der Sejde sagen? Ich möchte keine Widerworte mehr hören. Ich werde mich darum kümmern, wo der nächste *melamed* wohnt.«

»Ooch!«

Jammern war zwecklos. Sie schleppte Ira zu dem Hebräischlehrer, der den *chejder* in seinem Wohnzimmer in der 117th Street östlich der Madison Avenue abhielt, und ließ Ira dort, als man sich einig geworden war. Es war jetzt spätes Frühjahr. Weil seine Familie sich mit der seiner Großeltern nicht verstand, waren Monate verstrichen, seit er den Sejde zuletzt zur *schul* begleitet hatte. Doch zu Iras Verdruß – und ebensolcher Verblüffung – hatte sich sein gewandtes Hebräisch, das er noch kurz zuvor mit solcher Leichtigkeit daherplappern konnte, verschlechtert. Wo Ira einst von seinem Großvater warmherzig gelobt worden war – und von seinem letzten *melamed*, der ihn besonders an Sonntagvormittagen, wenn er in dem kahlen Verkaufsraum im Keller mit seinem Schüler allein den *chejder* abhielt, häufiger ob seiner Redegewandtheit mit einem Penny belohnt hatte –, war er nun das Objekt häufigen Vorsagens, mißbilligenden Zungenschnalzens, von Kopfnüssen und disziplinarischem Ohrenlangziehen. Weder ist seine frühere

Fähigkeit je zurückgekehrt noch sein Eifer, angenehm aufzufallen. Den Text sorgfältig zu lesen wurde ihm lästig. Er schien eher Rückschritte zu machen, denn sich zu verbessern. Verbale Rügen wegen seiner schlechten Leistungen wichen mehr und mehr den handgreiflicheren Verweisen: er wurde an den Ohren gezogen, die Arme wurden ihm umgedreht, er bekam ungeduldige Schläge auf die Schenkel.

»Ich will nicht dahin!« bestürmte Ira seine Mutter nach ein paar Wochen. »Ich gehe nicht!«

»Du gehst! Ich sag's deinem Vater. Dann setzt's was, damit du's verstehst.«

»Ist mir egal. Dann schlägt er mich eben, und wenn schon. Ich gehe nicht! Der Rabbi stinkt. Er stinkt aus dem Mund. Er stinkt nach Zwiebeln und Zigaretten!«

»Geh und erzähl das deiner Großmutter. Er hat sich bei mir beschwert, wie nachlässig du bist. Du merkst dir nichts. Bei jeder Ermahnung nörgelst du herum, zuckst mit den Achseln. Was ist aus dir geworden? Noch vor einem Jahr – vor über einem Jahr hat der *melamed* von der 9th Street mir persönlich gesagt, du wärst soweit, mit *chumesch* zu beginnen, die Thora zu beginnen. Weh mir! Wenn er sähe, was für ein *goj* du heute bist, Dunkelheit würde seinen Blick verschleiern.«

»Ist mir egal.«

»Und was wirst du wissen bei deiner Bar Mizwa, wenn du nicht zum *chejder* gehst? Und der Sejde, was wird er sagen, wenn er dich *dawenen* hört wie ein Stummer?«

»Wen kümmert das? Ich sehe ihn nicht. Ich gehe ja nie in Bobes Wohnung. Ich kann kurz vor der Bar Mizwa zum *chejder* gehen.«

»*Oj, gewald!* Die Pest soll dich holen! Ich werde nicht zulassen, daß du ein *goj* wirst! Hier wirst du dich nicht durchsetzen. Wir werden einen anderen *melamed* suchen.«

Sie erzählte Pop, was sich abgespielt hatte. »So wie du ihn erziehst, mußte er ja so werden«, war Pops brüske Antwort. »Die richtige Sorte Mutter würde ihn tüchtig ins Gesicht schlagen und ihn zwingen. Also sparst du fünfundzwanzig Cent von deinem Haushaltsgeld, wenn er nicht zum *chejder* geht.«

»*Gej mir in dr'erd!* Ich sagte, wir müssen einen anderen *melamed* suchen.« Mom wurde vor Ärger rot im Gesicht. »Was dieser Mensch aushecken kann: Ich spare einen ganzen Vierteldollar, wenn dieser Spitzbube nicht zum *chejder* geht. Soll man das für möglich halten? Ich würde gerne das Doppelte von meinem Haushaltsgeld hergeben, wenn er zum *chejder* ginge, und gern ginge. Was wohl mein Vater sagen wird, wenn er davon hört.«

»Der fromme Jude. Laß ihn doch davon hören. Ich bin eh für ihn nicht gut genug. Laß doch seinen Enkelsohn als *goj* aufwachsen.«

»Was hat denn das damit zu tun?«

»Komm, geh pinkeln. Du willst, daß er zur Schule geht, also schick ihn hin.«

»Und du willst das nicht? Du bist sein Vater.«

»Er ist dein verzogener Sohn.«

Mom schwieg einige Sekunden still, seufzte dann schwer. »Ich verstehe, ich verstehe schon. Er ist genau wie du früher warst. Bist du etwa gern zum *chejder* gegangen? Nur deines Vaters Stock hat dich dazu gezwungen. Du hast deinen jüngeren Bruder Jacob gequält, als er den Talmud studierte, oder etwa nicht?«

»*Gej mir in kejwer!*« Pop schlug die jiddische Zeitung auf. »Ich will nicht mehr darüber reden.«

»Du wirst noch ein Trauerjahr erleben«, wandte sich Mom an Ira. »Der Kummer, den du mir machst.«

»Also gut, ich gehe«, willigte Ira ein. »Jeesus!«

»Erspare uns den Jesus im Haus, oder ich knall' dir eine«, drohte Pop.

Einige Wochen noch nahm Ira am *chejder* teil, mürrisch – bis der aufgebrachte *melamed* selbst seinen Schüler entließ: »Geh und sag deiner Mutter, sie soll sich einen anderen *melamed* suchen. Was du brauchst – soll ich dir sagen, was du brauchst? Dich sollte man in Stücke schlagen. Du bist nichts als ein *goj*.«

»Dann weh' über mich!« klagte Mom, als Ira nach Haus kam und es ihr sagte. »Du hast eine *gojte* als Mutter, die nicht glaubt! Sie hat einen *goj* zum Sohn. Aber ich sage dir eins: Sobald wir uns mit deinem Großvater ausgesöhnt haben, mußt du hingehen.«

VIII

So vergingen die Wochen, ohne daß er zum *chejder* ging... Der Sommer ging vorüber..., es kam der Herbst – der November nahte. Wahlkampf-Umzüge rumpelten durch die Straße. Die großen Pritschenwagen, von schwerfälligen Pferden gezogen, trugen einprägsame Plakate, gegeneinandergelehnt wie die Wände eines Zelts, wobei jede Seite andere Slogans zeigte: WÄHLT DELANEY ZUM STADTRAT! EIN EHRLICHER UND ERFAHRENER MANN! Oder: STIMMEN SIE FÜR O'HARE, DEN KANDIDATEN DES VOLKES. Oder: WÄHLEN SIE DIE DEMOKRATISCHE LISTE! STIMMEN SIE FÜR DIE PARTEI DES VOLKES! Der Tag der Wahl rückte näher. Im ganzen Block waren alle verfügbaren Jugendlichen aufgeboten – oder hatten sich überglücklich freiwillig gemeldet – und bildeten Teams, um Holz aufzutreiben, Brennmaterial aller Art, ausrangierte Möbel, Matratzen, Holzkisten, Bretter, Eierkörbe, Milchkästen, die sie vor den Lebensmittelläden klauten, von den Absperrungen für Straßenbaustellen. Alles wurde in den Kelleraufgängen der Wohnblocks gelagert, bis fast zum Gehweg hinauf gestapelt, die irischen Hausmeister waren tolerant und drückten ein Auge zu. Ein regelrechtes Sammelfieber hatte Kinder und Jugendliche ergriffen. Sogar Ira wurde angesteckt: Er, der immer so lautstark protestierte, wenn Mom ihn bat, ihr ein paar Späne von zerbrochenen Apfelsinenkisten oder anderes Kleinholz zu besorgen, wie andere Kinder es auf der Straße sammelten, damit sie ein Feuerchen entfachen konnte, das in dem gußeisernen Küchenherd dann die aufgeschütteten Kohlen anzünden sollte: Nein. Ums Verrecken nicht.

»Schemewdik! Fojlenzer!« Mom schäumte vor Wut: »Feiger Drückeberger!«

Keine Wirkung. Aber jetzt war er in seinem Enthusiasmus unermüdlich, Brennmaterial zu sammeln, seine irischen Kameraden auszustechen. »Sie haben einen Festwagen! Sie haben einen Festwagen!« erschallte der aufgeregte Ruf überall im Block – am Nachmittag des Wahltages selbst. »McIntyre un' Kelly und die – die ha'm 'nen Festwagen. Die zieh'n den unter die Bahn!«

Danny Heffernan und Vito und Eddie und Ira und Davey und Maxie und noch ein halbes Dutzend anderer Kinder rasten zur Park Avenue unter die Eisenbahnüberführung. Gleich um die Ecke, da sahen sie ihn: von der 120th Street näherte sich ein Plattenwagen vom Wahlkampf – die Plakate mit STIMMEN SIE FÜR JAMES LEAHY klebten noch auf den Zeltwänden; er wurde von einem Schwarm von Kindern, auch ein paar halbwüchsige Rüpel waren dabei, zur 119th Street gezogen. Die neu Hinzukommenden halfen begeistert mit, das Fahrzeug durch die Park Avenue zu schieben. »Lenken, O'Neill! Lenk doch, Madigan!« Dieser Wagen sollte das größte Wahlkampf-Freudenfeuer werden, das die 119th Street je gesehen hätte, das größte in Harlem.

Und dann: »Abhauen! Polizei!«

Blaujacken, drei an der Zahl, die im Wohnviertel Streife gingen, hatten es auf die Übeltäter abgesehen. Die ließen die Deichsel fallen, ließen Räder und Speichen los und ergriffen die Flucht. In Sekundenschnelle kam der langsam fahrende Wagen zum Stehen, verlassen und verloren stand er nun im grauen Nachmittagslicht vor einem Pfeiler der Überführung. Die Cops nahmen die Verfolgung auf. Kreischend stoben die jugendlichen Witzbolde auseinander. Die Polizisten schleuderten ihre Schlagstöcke hinterher; Polizeiknüppel wirbelten auf den Gehweg, knallten auf den Asphalt, setzten in böser Absicht hinter den weglaufenden Schwerenötern her. Völlig überdreht von dieser Eskapade rannte Ira, so schnell er konnte, in seinen Hauseingang und die Treppen hinauf. Keuchend saß er in der Küche. »Puuh, die Polizisten haben mit Schlagstöcken geworfen!« verkündete er.

»Nach wem?« Mom stand an der wachstuchbedeckten Arbeitsfläche ihres Küchentisches und blanchierte Kohlblätter. »Du ringst ja nach Atem. Was ist los?«

»Wir haben uns einen von diesen riesigen Plattenwagen rangezogen, den wollen wir heute abend auf der Straße verbrennen. Wahlabend.«

»*Oj gewald!* Verbrennen? Einen ganzen Wagen? Das gehört auch zu den Dingen, die du lernen mußt. *Oj wej is mir!* Kein Wunder, daß die Polizei Knüppel nach dir geworfen hat!«

»Jaa! Bäng! Bäng! Bäng! Die Knüppel hüpften durch die Luft, hinter uns her.« Ira kicherte plötzlich. »Wir sind gerannt. Alle sind gerannt.«

»Die hätten dir den Schädel spalten können. Dein Vater hat recht: Diese wilden Irenkinder werden dich noch umbringen. Eines Tages wird man dich mit einem Schädelbruch nach oben tragen. Du findest wohl keine guten jüdischen Kinder zum Spielen?«

»Wo soll ich die denn suchen? Hier gibt es Davey und Maxie, und denen macht es doch nur Spaß, ihr Geld zu verspielen.«

»Wenn du zum *chejder* gingest, würdest du welche finden.«

»Und wenn sie dann in der 114th oder in der 115th Street wohnen? Oder bei der Fifth Avenue?«

»Geh dorthin. Spiele dorten.«

»Ja, und warum wohnst du nicht dort!«

»Ich werd's dir zeigen.« Sie machte eine entsprechende Handbewegung, aber ihr Blick war bekümmert. »Du tust mir unrecht; du versündigst dich: Was kann ich dafür, wenn er hier wohnen will? Du machst dich über mein Unglück lustig.«

»Tatsächlich? Du wolltest gar nicht hier wohnen? Du wolltest nicht nach Harlem ziehen? Zur Bobe, zum Sejde? Wir besuchen uns noch nicht einmal. Aber wer wollte denn ein Vorderzimmer? Du doch.«

»Du wirst mir schwer wie ein Stein«, sagte sie.

Auch ohne den Festwagen wurde das Freudenfeuer am Wahlabend ein voller Erfolg. Lodernde Flammen tobten mitten auf der Straße, Funken flogen hinauf zu den Dächern der sechsstöckigen Häuser, unten auf der Straße spiegelten sich die Flammen düsterrot in den Schaufenstern von Lebensmittelladen und Schneiderei. Man konnte die Hitze meterweit spüren, und die meisten Mieter, auch Mom und Pop, lehnten sich aus den Fenstern und sahen dem Schauspiel zu – bis die Feuerwehr kam. Die löschte den brennenden Schutt mit einem mächtigen Strahl aus dem Wasserschlauch, der an den Hydranten angeschlossen war. Und plötzlich wurde die Straße wieder ganz dunkel. Am folgenden Nachmittag rollte ein Wagen der Stadtreinigung heran. Männer schaufelten den verkohlten und noch tropfnassen Abfall in das Fahrzeug. Der Geruch von geschmolzenem Teer lag in der Luft. Ira und die anderen Kinder schauten zu, wie der zerstörte Asphalt geflickt wurde: die Arbeiter stampften den Schotter mit schwerem Gerät, die riesige Dampfwalze rollte vor und zurück…

Das war vor siebzig Jahren, reflektierte Ira: es war sogar vor über siebzig Jahren. Mein Gott! Wer lebt überhaupt noch? Yonnie True? Eddie, Mario, Vito oder die beiden Söhne vom Barbier? Petey Hunt? Als habe er sie plötzlich aufgestöbert, schossen ihm die Bilder durch den Kopf: die

Wasserleitungen, der kupferbelegte Wasserkasten über dem Klosett im Hausflur waren während eines Kälteeinbruchs eingefroren, und als sie wieder auftauten, stürzte das Wasser in Kaskaden herab. »Einen Bottich! Überschwemmung! Wo bleibt die Hausmeisterin!« Mom jagte zwischen der Küche und der Toilette auf dem Gang hin und her. »*Gewald!* Lauf, Ira! Die *gojte!* Die Hausmeisterin!…«

Wegen der Entfremdung zwischen seinen Eltern und Moms Verwandtschaft konnte er sich nicht länger des heißen Wassers und der Badewanne in Bobes Haus bedienen (eine Zeitlang bekam auch Mamie Pops unverhohlene Boshaftigkeit zu spüren). Wie schwarz doch seine dreckverkrusteten Füße wurden, die den ganzen Winter über ungewaschen blieben, so schwarz, daß man die Kruste, die seine Knöchel bedeckte, beinahe schon bewundern konnte wie eine dunkle Pelle, die man abschälen konnte, von der man sich fast bedauernd trennen mußte, wie er es im Frühling in Bobes Badewanne tat, als die Versöhnung zwischen den Familien endlich stattfand. »Was waren deine glücklichsten Jahre in Amerika?« fragte er einst seine Mutter, erwartete natürlich, die Antwort würde die East Side sein, entsprechend seinem eigenen Gefühl für Wohlbefinden, seinem Gefühl für Zugehörigkeit.

Aber nein: »Die ersten Jahre in Harlem waren meine glücklichsten«, antwortete Mom, »als die Bobe noch lebte und alle meine Leute in der Nähe wohnten.«

»Ach, tatsächlich?«

»Ja.«

Manchmal summte Ira, wenn er im Schaukelstuhl in Bobes Wohnzimmer saß, gedankenlos Melodien vor sich hin, während der Sabbat sich dem Ende zuneigte, die Sabbat-Dämmerung stärker wurde, vor dem Anzünden der Lampen, während die Frauen ohne Ende plauderten, Mom und ihre drei Schwestern und die Bobe.

Ein anderes Mal, als Mom sich – weil es Samstagabend war – nur äußerst ungern aufraffen wollte und Pop gerade eine »Extra«-Schicht einlegte, wie er seine zusätzlichen Einsätze als Kellner bei Banketten nannte, schickte sie Ira los zu Hebrew National Delicatessen an der 116th Street Ecke Madison, wo er zwei koschere Frankfurter Würstchen kaufte (nicht koscher genug für den Sejde, dem immer der Speichel im Munde zusammenlief, wenn er verzichtete), ein Viertel schräg geschnittenes, knuspriges Weißbrot und eine kleine Menge Senf, in Papier eingedreht. Flink kehrte er nach oben zurück, und kaum war der Sabbat vorüber, wartete er ungeduldig, daß Mom die Frankfurter erhitzte. Und so gierig schlang Ira sein Essen hinunter, ein Stück von der Wurst mit einem großen Bissen unzerkautem Brot, daß er mehr als einmal seine ganze Mahlzeit in Bobes Wasserklosett erbrach – und heulend über den Verlust seiner Lieblingsspeisen wiederkam. »Selbst schuld«, lachte Mom über ihn, »wenn du auch wie ein wildes Tier essen mußt!«

Da war Ira, das Kind mitten im tiefen Winter, wenn die unheimliche Nacht hereinbrach, wie es seine Blechdose an einer Drahtschlinge schwenkte, während die Flammen des Holzfeuers die kleine Kartoffel, die Mom ihm gegeben hatte, rösteten und durch die Löcher züngelten, die er in den Boden gestochen hatte. Durch das Medium der Finsternis, zwischen Hausaufgang und Straßenrand, eilten vermummte Gestalten von der Arbeit nach Haus, eilten an ihm vorbei durch den Winterabend, und er, einmal ganz unbeschwert, drehte seine Röstkartoffel vor dem Haus – bis Mom ihn mit ihrer Altstimme vom Fenster aus rief, es sei nun Zeit, nach oben zu kommen und zu Abend zu essen... Sie lagen wie Schichten übereinander, diese neuen Eindrücke, *gojische* Eindrücke; in Schichten, gebildet aus *gojischen* Lebensgewohnheiten und Zerstreuungen, überlagerten sie die Erinnerungen an die 9th Street und die East Side: Halloween, wenn die irischen Kinder die

Füße von langen schwarzen Strümpfen mit Asche füllten (nur wenige, ganz wenige mit Mehl), Strumpf-Schleudern machten, die einem dumpf auf den Rücken schlugen und vom Aufprall auf Jacke oder Mantel einen staubigen, matten Abdruck hinterließen (wenn man beides nicht auf links gezogen trug, wie einige es taten, um elterlichem Tadel zu entgehen). »Schlitterbahnen«, lange Eisstraßen auf glattem Schnee, um darauf zu glitschen, aber eine Gefahr für Pferde mit Hufeisen, die plötzlich, statt Schritt zu gehen, Schlittschuh liefen. Schneeburgen auf jeder Seite der Straße und das wilde Handgemenge, die Selbstvergessenheit der Schneeballschlachten, mit Schneebällen, häufig mit Eisklumpen gefüllt.

IX

Blitze, schweflig wie die Funken aneinandergeschlagener Kieselsteine, verglühten weit weg in der Ferne drückend heißen Sommers. Die nette nichtjüdische Nachbarin – sie war keine Irin und sagte auch Uahr statt Uhr und Wuarshington statt Washington, hob ihn auf von den Stufen zum Haus und setzte ihn auf das Geländer am Aufgang zum Haus – und war so erstaunt, wie naß und übelriechend seine Achselhöhlen waren, daß sie zweimal mit gerümpfter Nase an ihren Händen schnüffelte und einen entsetzten Schrei abgab. Allerdings, eben dieses Geländer, wo etliche von ihnen Kunststücke machten, sich mit den Beinen festhielten, während sie mit dem Kopf nach unten über dem ein Stockwerk tiefer gelegenen Kellerloch hingen – was für eine Angst ihm das einjagte! Die Dünnen konnten das machen – ungefährlich – wie Eddie oder wie Wiesel, nachdem Eddie und seine Mutter weggezogen waren.

Aber Ira wog zwanzig Pfund mehr als sie; und als er den Kraftakt versuchte, wackelte das Geländer und drohte zu kippen. Zu Tode erschrocken, schwang er seinen Körper zurück auf die Stufen. Was hätte Mom wohl gesagt, wäre er mitsamt dem Geländer hinunter vor den Keller gestürzt? Das hätte möglicherweise sein Ende bedeutet. Man bedenke nur: sein Ende im Alter von neun Jahren; in den Keller gestürzt, während er sich an das schwere Geländer klammerte und vor Entsetzen laut schrie.

Benny Levinsky, dessen großer Bruder mit der Hakennase ein Gauner war und von einem Polizisten auf der Flucht erschossen wurde, als er einige Würfelspieler überfallen hatte – dieser Benny fiel vom Dach des *trejfe* Schlachterladens an der Third Avenue, des deutschen Schlachterladens, wo wunderschöne fette Würste hingen, die schönen dicken Knackwürste und Mortadella. Oh, in einem *gojischen* Schlachterladen richtete man das Fleisch immer so her, daß es schön aussah – selbst Mom sagte das: die Knochen der Rippchen ragten heraus wie eine Krone, die Schmorbraten waren sorgfältig mit Garn umwickelt, ein Truthahn mit Kopf spitzte verlockend den Schnabel – das war nicht wie in koscheren Schlachterläden, wo das Fleisch so tot aussah und ein Hühnchen so traurig an seinem Haken im Schaufenster baumelte, als bitte es um Vergebung, daß es so wenig ansprechend aussah. Benny hatte versucht, eine Salami zu stehlen, auch wenn sie *trejfe* war, fiel aber stattdessen vom Dach, genau auf die Markise des Schlachtergeschäfts. Hatte er nicht Glück gehabt? Und alles, was er bekam, war ein Tritt in den Hintern. Aber mit neun Jahren wäre Ira, wäre er vor den Keller gefallen, ausgelöscht worden.

Da riß ihm der Faden. Ekklesias! Siebzig weitere Jahre nie erlebt zu haben. Nie M. kennengelernt zu haben. Wen hätte sie kennengelernt oder geliebt? Alles wäre anders gekommen…, wenn er schreiend vor Todesangst vor den Keller gestürzt wäre.

Was war er doch für eine *Null* beim Ballspiel (und hatte einmal eins aufs Auge bekommen, als er, von der Bobe kommend, durch die

117th Street nach Hause ging); saß schluchzend am Straßenrand, während der Besitzer des Baseballs angeschlichen kam, sich seinen Ball dort schnappte, wohin er neben Ira gerollt war, und fortrannte. Eine freundliche jüdische Hausfrau fragte: »Was ist denn?« Und stieß Flüche über die Spieler aus – die inzwischen verschwunden waren. Und Ira schluchzte, als er auf dem Bordstein Ecke 117th und Park Avenue saß.

Baseball. Das war nun die Sache, die er am schlechtesten konnte: Eine *Null*, ein miserabler Spieler, er konnte nicht fangen, er konnte nicht schlagen, er konnte nicht rennen. Er war der letzte, den man bei der Mannschaftsaufstellung wählte – beim Baseball, beim Handball, beim Boxball wurde er nach allen anderen gewählt, falls noch ein Spieler gebraucht wurde. Er wurde fast nie gewählt; unter widerwilligem Stöhnen wurde er aufgenommen. Für keinen Sport geeignet, außer für Touch-Football (da war der Ball groß, mußte ganz anders gefangen werden – mit Armen und Körper, nicht mit den Händen) und Schwimmen: im Wasser war er zu Hause. Aber für nichts anderes war er geeignet; weder für's Kreiseln, noch fürs Murmeln, noch für Geschicklichkeitsspiele. Im Frühling, als er die 4 A in der Schule besuchte, nahm der Lehrer sie mit zum Spielplatz im Mt. Morris Park, und jeder nahm eins der langen Bänder in die Hand, und sie gingen singend um den Maibaum herum. Seine Fremdheit, seine Unschuld würden sich nie abnutzen. Und im Hochsommer rubbelte er Pflaumensteine auf den rauhen Bordsteinen aus Granit, um sich daraus eine Pfeife zu machen, wenn er den Kern, den bitteren Kern herausgebohrt hatte. Es war aber etwas Ungewöhnliches an der Art, wie Ira im Hochsommer immer in der Nähe seiner Mutter blieb, auf dem Treppenabsatz vor dem Haus, und sogar das Besticken von Taschentüchern in einem Stickrahmen aus Holz erlernte, wie seine Mutter es machte. Vor den Nachbarn lachte sie über ihn, quasi um Entschuldigung bittend. Was für ein wunderbares, üppiges grünes Licht eines Abends nach einem

Regenschauer den Westhimmel erfüllte. Nie wieder würde er etwas Derartiges sehen, Smaragd, seltenes Smaragdgrün, das man wie ein Wunder bestaunen mußte. Kinder schlichen sich heimlich ins Kino (er sah immer noch den Levine-Jungen vor sich, wie er erwischt und vor dem Theater vom Kinobesitzer tüchtig geohrfeigt wurde). Mom nahm ihn einmal in eine Vaudeville-Show mit, von der sie fast nichts verstand: nur die Jongleure und die Steptänzer. Und die jüdischen Hawaiianer, deren Baströckchen sich zum Geklimper der Ukulelen bewegten. Sie sangen:

»Tocka hula, wickie doolah, Mojsche, *laj mir finef tollah*. I'll give it beck to you in a day or two. I'll go to the benk, *solßt chapn a krenk. Uhmein!«*

Unglücklicherweise war Ira von der Absurdität des Liedchens so begeistert – Mojsche, *laj mir finef tollah*, bedeutete »Moses, leih mir fünf Dollar« –, daß er abrupt seinen Kopf bewegte und dabei Mom einen Nasenstüber verpaßte. Ganz unwillkürlich rutschte ihr dann die Hand aus...

Wenn man ins Kino ging, allein und an einem Samstag, empfahl es sich, drei Cent dabei zu haben und draußen auf einen Kumpel mit zwei Cent zu warten (dieses Verhältnis war einem erfolgreichen Eintritt förderlicher als umgekehrt); dann mußte man einen Erwachsenen fragen, der auch gerade hinein wollte: »Mister, würden Sie uns mit reinnehmen?« Zwei für einen Nickel, das war der Samstagmorgen-Kinderpreis... War man erst einmal drin, konnte man den Roly-poly-Man sehen – hieß er nicht Bunny? – Ira fand ihn nie besonders komisch (ihn, der einige Jahre später wegen fahrlässiger Tötung verurteilt wurde, weil er einer Party-Gespielin auf einer jener skandalträchtigen Hollywood-Orgien gestoßenes Eis in die Vagina geschoben hatte und die Frau daran gestorben war). Noch mochte er diese traurige, ewig unterdrückte Figur Musty Suffer. Wenn dann aber, oh Glück, Chaplin auf der Leinwand erschien, welch zwerchfellerschütterndes Lachen bei diesen frühen Kurzspielfilmen! Und wie untröstlich man sich dann fühlen konnte, wenn man mit Davey und Maxie, die irgendwie einen Nickel zusammengekratzt hatten (vielleicht, weil ihr Vater beim Kartenspiel gewonnen oder sie jetzt etwas mehr übrig hatten, nachdem das Baby gestorben war) und darauf bestanden, sich die langen Spielfilme und die Kurzfilme mehrfach hintereinander anzusehen, wieder in die Realität zurückkehrte, in der die reale Nachmittagssonne durch das Gitterwerk der Hochbahn auf die Third Avenue schien, wo das Kino war – wie verloren kam man sich dann vor, erschöpft, geistig ausgelaugt. Er würde das nicht wieder machen.

Sie stahlen sich in die U-Bahn, wieder sie drei, er und Davey und Maxie, und dazu ein paar irische Kinder, und weil diese sich nicht benehmen konnten, herumrannten und hochsprangen, um sich an die Haltegriffe zu hängen, warf der Schaffner sie an der letzten Station einfach raus: Bronx Park und 180th Street. Weit, weit von zu Haus. Die anderen kicherten nervös oder setzten sich schüchtern auf die Bänke auf dem Bahnsteig. Weit weg von zu Haus, von Mama, Mama. Er begann zu schluchzen: »Ich will nach Haus! Ich will nach Haus! Meine Mama wartet!«

Das war einem der Stationsvorsteher zuviel. »Also, nun fahrt schon, aber seht zu, daß ihr euch benehmt.«

»Danke, Mister! Danke! Danke!« Ira war vor Dankbarkeit in einem Begeisterungstaumel.

Und er benahm sich (wie auch zuvor, gehemmt und steif), aber die anderen nicht: die tobten durch den Zug genau wie vorher. Und sie hänselten ihn: »Heulsuse, Heulsuse. Ich will zu meiner Mami.«

»Ganz genau, und ich war schließlich derjenige, wegen dem der Mann euch wieder in den Zug gelassen hat!« Ira verteidigte sich. Und auf der restlichen Rückfahrt sonderte er sich von den anderen ab, saß für sich allein, weigerte sich, die anderen zu kennen.

Mom schenkte ihm einen Nickel, als er in die 5A versetzt wurde, und das irische Kind, dieser McGowan, gegen den er einst gekämpft und beim ersten Mal verloren hatte, der inzwischen größer geworden war, aber immer noch diese speichelnassen Schneidezähne hatte, saß neben Ira im Hinterhof des Hauses in der 114th East und wartete, daß Ira sich entscheiden würde, wofür der Nickel ausgegeben werden sollte. Ob in dem schmuddeligen kleinen Süßwarenladen neben Biolows Haus, der dem unendlich langsamen, uralten jüdischen Ehepaar gehörte, das die irischen Kinder so geduldig bediente: »Kann ich drei von diesen, zwei hiervon, vier davon – ach nein, doch lieber vier von den andern da.« Ach, was für ein Hochgefühl, nach Schulschluß im Schatten eines Bretterzaunes im Garten zu sitzen! Er war versetzt, mit dreimal B auf seinem Zeugnis und Moms Segen im Herzen. Er war versetzt, mit einem Nickel in der Tasche und einem irischen Freund an seiner Seite, der zu allem Ja sagte, was er sagte, aber nichts verstand, der mit seinen Gedanken ganz woanders war, der vielleicht die Köstlichkeit dieser Stimmung nicht begreifen konnte, die kurze, köstliche Wonne des Herumlungerns innerhalb der goldenen Einfriedung eines Gartens hinter dem Haus zu Beginn des Sommers.

Es hätte in einen Roman einfließen sollen, in mehrere Romane vielleicht, die er in jungem Mannesalter, nach seinem ersten – und einzigen – Erzählwerk hätte schreiben sollen. Dann hätten Romane folgen sollen, die er mit einer durch diesen ersten Roman erlangten Reife hätte schreiben können.

– Also gut, rette, was du kannst, dürftige Mementos schimmern aus der Erinnerung.

Teils aus gesundheitlichen Gründen (seine Lungen waren angegriffen, ließ Mom durchblicken), teils wegen seiner sozialistischen Gesinnung lebte Onkel Louie auf einer Farm in Stelton, New

Jersey. Einmal nahm er seinen ihn anbetenden Nenn-Neffen mit dorthin. Nachdem sie aus dem Zug gestiegen waren, legte Ira den restlichen Weg bis zur kleinen Farm auf der Lenkstange von Onkel Louies Fahrrad zurück. Und wie niederträchtig er sich dann dort benommen hatte: Er prügelte sich mit Onkel Louies beiden Söhnen, hänselte Rosie, Onkel Louies Tochter, äffte sie nach, wenn sie auf ihrer Klavierattrappe aus Pappe übte. Und als Tante Sara ihn ausschimpfte, weil er beinahe ein junges Entlein in einem Wasserbecken ertränkt hätte, schon dessen Kopf unter Wasser drückte, da plärrte er schluchzend los: »Ich will nach Haaaus!« (Was für ein ungezogenes Blag er doch war; kein Wunder, daß nur Mom ihn ertragen konnte.)

Er stahl der Bobe einen Nickel – er hatte bemerkt, daß sie ihren Geldbeutel in der zweiten Schublade ihrer Kommode aufbewahrte, die sie immer verschlossen hielt. Aber die oberste Schublade, die über der mittleren, die blieb immer unverschlossen. Wie schlau von ihm, nun die oberste Schublade ganz herauszuziehen und so an die Börse zu gelangen. Nachdem er seinen Enkelsohn gezüchtigt hatte, mußte sogar der Sejde zugeben, daß er ein raffinierter kleiner Lausebengel war.

Einmal spielte er im Schatten unter dem Bahnkreuz und rollte seinen winzigen Würfel gegen das Betonfundament eines dieser nach Urin stinkenden, querverstrebten Pfeiler, welche die Bahnüberführung stützten. Es war das einzige Mal, daß er überhaupt Glück hatte, er schaffte sechs oder sieben – auch mal acht! – Würfe hintereinander. Wäre er ein erfahrener Spieler gewesen wie Davey oder Maxie, hätte er sie ausgenommen; stattdessen zog er nach jedem Durchgang seinen Gewinn ab – zur maßlosen Empörung der irischen Kinder, die gegen ihn setzten: Wovor, zum Teufel, hatte er Angst, mit einer derartigen Glückssträhne? Aber er hatte Angst. Und gewann so nur ein Dutzend Pennys. (Für fünf kaufte er sich ein Brötchen mit einem Würstchen und Sauerkraut von dem fahrenden

Hot-dog-Italiener mit seinem Wagen. Gleich dachte er auch an Davey und Maxie, die so pleite waren, daß sie nicht hatten spielen können und ihn nun mit ihren leuchtenden braunen Augen beobachteten, aufmerksam und stumm wie zwei hungrige Hunde, bereit, jeden Krümel aufzuschnappen, und reichte Davey ganz spontan das letzte Stück seiner Köstlichkeit. Es war wunderbar zu erleben, wie Davey von dem kleinen Stück ein Häppchen abknabberte und ohne Zögern, mit derselben Bewegung seines Armes, mit der er das Bröckchen angenommen hatte, das noch kleinere Restchen an seinen jüngeren Bruder weitergab.)

Das waren jetzt, Ekklesias, einige wenige, sehr wenige der Fäden, aus denen ein Kinderleben in East Harlem im zweiten Jahrzehnt des zwanzigsten Jahrhunderts gewebt war. Müßig die Frage, wie sein Leben wohl im Kreise seiner eigenen Leute gewesen wäre, im jüdischen Ghetto, das er verlassen hatte.
– Du sagst, ein Kinderleben?
Nun. Seines.
– Wann wirst du das Ausgelassene hineinnehmen, den entscheidenden Faktor in die Geschichte einführen?
Alles zu seiner Zeit, Ekklesias, alles zu seiner Zeit...

X

Spät an einem sonnigen Sonntagvormittag erklomm er die unebenen Granitstufen, die zum Gipfel des Berges im Mt. Morris Park führten. Drei Jungen spielten um den Glockenturm herum Fangen. Einer saß für sich allein auf einer der grünen Parkbänke. Ansonsten waren die Bänke leer; sie säumten den inneren Kreis des Gitterzauns, der den Gipfel vom Abhang trennte. Weiter unten erstreckten sich die Straßen und Avenuen Harlems in die verschiedenen Richtungen. Auf der Madison Avenue, am Fuße des Berges in östlicher Richtung, verliefen die Schienen der Straßenbahnen. In Augenhöhe tauchten in unregelmäßiger Reihenfolge immer wieder die Spitzen rötlichbrauner Sandsteindächer auf, der Turm einer roten Backsteinkirche an der 121st Street, eintönige Fassaden von Mietskasernen und, an der Westseite des Parks, anständige und gepflegte Apartmenthäuser. Qualm und Wolkenfetzen waberten am blassen Horizont in der Luft. Und direkt über ihm – deshalb war er überhaupt gekommen – hing die große Bronzeglocke bewegungslos im offenen Glockenstuhl über dem massiven Gebälk des Turms.

Vom Aufstieg atmete Ira ein wenig schneller und spazierte um den Turm herum, blickte empor, genoß den Anblick der riesigen Glocke zwischen den ebenso riesigen Balken, die sich dem Himmel öffneten – und wunderte sich, wie die Glocke vor langer Zeit als Feueralarm hat benutzt werden können, was er einmal von jemandem gehört hatte. Wie hatten die Leute nur den Berg ersteigen und die Glocke so zeitig läuten können, daß die Feuerwehr kam, ehe das Haus niedergebrannt war?

Ohne Eile und ohne besondere Aufregung spielten die drei Jungen ab und zu ein wenig Verstecken, sprangen hinter den Turm oder schlenderten zu der Absperrung um den Gipfel. Der einsame Erwachsene, der da allein auf der Parkbank saß, schaute ihnen gleichgültig zu – bis Ira so nah herankam, daß er in Rufweite war, und da grüßte ihn, zu seiner Überraschung, der Mann. Er verwickelte Ira in eine Unterhaltung. Er sagte, er könne spüren, daß Ira Berge und Wälder und das Land liebte. War es so?

Es war so. Ira liebte das Land. Ebenso der Fremde; er kannte auch einige wundervolle Orte, gar nicht einmal weit, die man nach einer wirklich schönen Straßenbahnfahrt erreichen konnte. Hätte Ira nicht Lust, in einem offenen Straßenbahnwagen zu fahren? Ira liebte offene Straßenbahnwagen. Dann könnten sie doch einmal zusammen etwas unternehmen – hinausfahren, in einer wahrhaft wilden Gegend sich umsehen und wieder zurückkommen.

Der Mann mußte Spaß machen. Er würde Ira nicht zu einer langen Straßenbahnfahrt einladen. Eine Straßenbahnfahrt kostete fünf Cent. Jeder wußte das. Nein, er würde sowieso fahren. Hätte gern Gesellschaft. Würde den Fahrpreis zahlen, wenn Ira mitkommen wollte.

Ira zögerte. Der Fremde lächelte, aber wirkte auch ernst. Ira starrte ihn an, versuchte herauszufinden, ob der andere wirklich meinte, was er sagte: blaue Augen, locker, entspannt und schmal. Er trug einen braunen, ziemlich verknautschten Filzhut, eine flache »Suppenschüssel«, so hatte Ira es von den anderen Kindern im Block gehört. Seine Kleidung wirkte irgendwie abgetragen, wie ausgeblichen von der Witterung, aber nicht ungepflegt oder zerknittert. Nein, er meinte es ernst. Und er war so freundlich, gutgelaunt und locker.

»Ich muß erst nach Haus und essen. Meine Mama macht sich sonst Sorgen.«

»Das ist schon in Ordnung. Nach deinem Essen. Wir haben viel Zeit.«

»Tatsächlich?«

»Ich werde an der 125th Street sein. Wenn du fertig gegessen hast, dann wartest du einfach auf mich an der Ecke Fifth Avenue. Wir nehmen dann die Straßenbahn und amüsieren uns.«

»Geht klar.«

»Ich heiße Joe. Und du?«

»Ich heiße Ira.«

»O.K. Ich treffe dich an der Ecke, Ira: Fifth Avenue und 125th Street. Merkst du dir das?«

»Jaja.«

Ira sagte nichts zu Mom. Sie könnte ihm sein Abenteuer verderben. Gleich nach dem Lunch eilte er zur 125th Street, kam zu früh und wartete an der Ecke Fifth Avenue, wo die Bahn nach Westen fuhr, genau wie Joe es ihm gesagt hatte. Und da kam er schon, lang und schlaksig jetzt, da er ging, und schaute geradeaus, als wollte er ganz nonchalant vorbeischlendern, als gäbe es keine Verabredung, sich hier zu treffen; so unverbindlich, daß er weitergegangen wäre, hätte Ira ihn nicht abgefangen und seinen erwachsenen Freund mit »Hier bin ich, Joe!« begrüßt.

Ach ja. Er erkannte Ira wieder, gönnerhaft. Sie würden nun die Bahn hier an der Ecke nehmen, eine offene Straßenbahn – und zu dem wundervollen Park fahren, den er kannte. Fort Tryon Park, am Ende dieser Linie, Endstation nach einer schönen Besichtigungsfahrt.

Sie fuhren und fuhren in der offenen Bahn, wo die Sitze wie Bänke von einer Seite zur anderen reichten und der Schaffner auf dem Trittbrett stand, wenn er zum Kassieren kam. Nachdem die Bahn am Broadway nach Norden abgebogen war und Ira den Hudson River sehen konnte, fuhren sie nach außerhalb, immer weiter, bis die Nummern der Straßen an die 200ste reichten, der Verkehr abnahm und man echtes Land sehen konnte, weite Felder und kleine Baumgruppen, Einzelhäuser. Sie fuhren so weit und so lange, daß sich etwas in Ira zu regen begann: Unbehagen.

Ja, es war ein wundervoller Park, voller großer schattenspendender Bäume. Es war dort wild und einsam, wie in einem Wald. Ein schmaler Pfad, überschattet von belaubten Zweigen, führte einen steilen Abhang hinunter, durch noch dichteres Gehölz. Aber irgend etwas stimmte nicht; so allein zu sein – mit Mr. Joe. Sie sollten umkehren, jetzt, da Ira den Ort gesehen hatte, selbst wenn der Mister noch so freundlich, noch so fröhlich sprach, während sie weitergingen, oder stehenblieb und sich so leutselig umschaute.

»Hier ist ein schöner Platz.« Er ging voraus – vom Wege ab. Hinter einem großen Findling blieb er stehen, prüfte die Gegend mit einer ruhigen Drehung des Kopfes. Und dann, sanft, aber mit unmißverständlichem Nachdruck: »Zieh die Hose runter.«

»Waas?« Die volle Tragweite der Situation, die Gefahr, die Hilflosigkeit, stürzten mit vernichtender Gewalt auf ihn nieder.

»Zieh die Hose runter.« Noch war die Stimme ruhig, aber schon etwas weniger weich.

»Das will ich nich'.«

»Ich sagte, zieh die Hose runter.«

»Das will ich nich'.« Zu verängstigt, um zu weinen, versuchte Ira, Tränen durch Winseln zu erzwingen: »Laß mich in Ruh! Ich will zurück.«

»Komm schon, Jungchen. Ich werd' dir nichts tun. Mach schon, Hose runter.« Mr. Joe bestand nur noch aus Armen wie Gummi, ernstem Gesicht, kräftigen Fingern an Iras Gürtel, die andere Hand drückte Iras Hand zur Seite. »Halt still, ich hab' gesagt, ich tu' dir nicht weh.«

Doch Schlimmeres als Schmerzen stand ihm bevor, wenn er sich nicht fügte, Schlimmeres, viel Schlimmeres: Todesangst. Eine Hand kämpfte erbittert mit seinen beiden. Und im nächsten Augenblick erhob sich diese Hand, ungeduldig. »Schluß jetzt, du kleiner Bastard.« Mr. Joe wollte gerade mit hohler Hand zuschlagen ... als aus dem Dickicht heraus, hoch über dem Versteck, das Mr. Joe und Ira umfing, das Unterholz raschelte, Geräusche sich näherten, das unbekümmerte Kichern einer Frau und das kurze Glucksen eines Mannes sich vermischten, die beiden nah und näher, gelobt und engelsgleich den abschüssigen Weg herabkamen und nun, welche Fügung: das junge Paar erschien, trat strahlend aus dem Schatten, die Apotheose, nie wieder gab es eine so blühende, sternäugige, errötende Irin wie sie, noch einen so strammen Iren wie ihn, weißes Hemd, offener Kragen, ein Lachen auf den Lippen, stark und voller Begierde. Die beiden Liebenden schienen kaum überrascht, Ira und Mr. Joe zu sehen und tauschten einen schnellen Blick, in momentaner Verlegenheit, wegen ihrer amourösen Absichten. Sie lächelten freundlich, um Entschuldigung bittend, wandten sich ab und streiften das Unterholz beiseite, als sie bergabwärts im Gebüsch verschwanden.

Das reichte, ihr Vorüberziehen, ihr Durchstreifen des Grases so dicht an dem anstößigen, unbeschreiblichen Knäuel von Peiniger und Opfer, wobei Mr. Joe nur um Haaresbreite von der Entdeckkung seiner Schuld entfernt und Ira so an ihn gefesselt war, daß er auch nicht zu den vorübergehenden Liebenden, dem jungen Mann und der jungen Frau, laufen und sagen konnte: »Der da, Joe – der Mister, er ... er will mich –« Ira fühlte, daß er an der Schande und der Schuld beteiligt war, weil er Mr. Joe nach dort draußen begleitet hatte.

Es reichte, um die festgefahrene Situation zu beenden. Und sie wußten es beide. »Geh'n wir zurück«, sagte Mr. Joe.

Ira folgte ihm bereitwillig, den Weg entlang, den Berg hinauf. Doch dann blieb Joe stehen. Kurz bevor sie ins Freie traten und schon die Automobile auf der Straße hören konnten, die Straßenbahn, laute Stimmen, wie beruhigend, da blieb Joe stehen. Er führte Ira hinter eine Baumgruppe, und dieser, beruhigt durch die Nähe anderer Wesen, seiner Nähe zu ihnen, nahe genug, um gehört zu werden, ja, zu ihnen laufen zu können, dieser folgte ihm. Jetzt knöpfte Joe sich seine eigene Hose auf und fing an, das angeschwollene Ding, das er in der Hand hatte, in Ekstase pumpend zu massieren – bis – sein Atem wurde vernehmbar der eines Tieres – er plötzlich Iras Hintern packte und eine helle, schleimige Masse gegen die Borke eines Baumes spritzte.

Mr. Joe knöpfte sich die Hose zu. Die beiden gingen die kurze Entfernung bis zur Straße, zu den Schienen, stiegen ein, als eine Bahn kam.

* * *

Mr. Joe zahlte das Fahrgeld, und sie fuhren zurück, Straße für Straße, deren Nummern, zum Glück, zum Glück, immer niedriger wurden. Ira machte es nichts aus, daß Mr. Joe die ganze Zeit seine Hand auf dem Schenkel seines jungen Freundes behielt. Mit überglücklichen Augen sah Ira, die Bahn erreichte die vertraute West 125th Street, bog in sie ein und fuhr gen Osten: die Seventh Avenue, das Hotel Theresa! Oh, von hier könnte er frohgemut zu Fuß nach Hause gehen, aber er blieb. Die Lenox, die Fifth, die Madison und das herzlich willkommene, grau gestrichene Gestänge der Eisenbahnüberführung mit der Geschäftigkeit des Bahnhofs und dem Fahrkartenschalter darunter: Park Avenue! Er war zu Hause! »Ich muß hier aussteigen.« Ira stand auf. »Meine Mama wartet.«

»Sicher. Bis bald.« Joe lächelte liebenswürdig, griff nach oben und zog die Klingelschnur.

Ira stieg aus, wandte sich sofort nach Süden, bog um die Ecke beim Biersalon, Richtung Innenstadt, nur nach Haus. Er eilte die Park Avenue entlang, vorbei am Klempnerbedarf an der Ecke 124th Street, und erhaschte, einen Block weiter nach Westen, einen flüchtigen Blick auf eine Seite des Mt. Morris Park. Nachdem er ihn jetzt gesehen hatte, den er nun am Ende jeder Straße, die er überquerte, sehen würde – und die Anhöhe darüber und den Glockenturm –, schien der Park mit einem qualvollen Nimbus behaftet – wie alles andere auch: Häuser, Menschen, Schaufenster, die Pfeiler der Überführung, alles war durchdrungen von etwas Bösem, bedrohlich Unheilvollem, gemildert durch seine Rettung, aber unauslöschlich, ein unabwendbarer Schandfleck.

Nur nichts deiner Mutter sagen. Pop wird dich umbringen.

XI

Auch er, dachte Ira ironisch, auch er könnte seine Schriften v.C. und n.C. datieren: vor Computer und nach Computer. Denn was er jetzt geschrieben hatte (heute, an diesem 4. Februar '85), war im wesentlichen – weitgehend – das, was er auf der Schreibmaschine geschrieben hatte, begonnen fast auf den Tag genau vor sechs Jahren, im Februar 1979. So konfrontierte er sich mit sich selbst, würde sich gelegentlich mit Exkursen aus einer anderen Periode konfrontieren, einer Zeit, da er noch tippte – noch in der Lage war zu tippen, seine Hände noch den Anschlag der Tasten seiner mechanischen Olivetti-Schreibmaschine aushalten konnten.

So war es auch heute: die gelbe zweite Durchschlagseite, die darauf wartete, von ihm auf Diskette übertragen zu werden, fing so an: Heute ist Dienstag, der 3. April 1979. Der Morgen ist klar, die Temperatur ein wenig zu kühl für die Jahreszeit. Ich verbrachte die Nacht mit beträchtlichen Schmerzen. M., mein selbstloses Ehegespons, wird mich heute nachmittag wiederum zum Presbyterianer-Krankenhaus fahren müssen, wo Blut- und Urintests gemacht werden, die Aufschluß geben sollen, wie gut mein Körper die »Gold«-Therapie vertragen hat, sozusagen als letzter oder fast letzter Versuch, das Fortschreiten dieser perniziösen Gesundheitsstörung aufzuhalten, in der Medizinersprache bekannt als Rheumatische Arthritis, im folgenden abgekürzt als RA (Joyce wäre glücklich über folgende Analogie, wäre vollkommen ausgerastet über die Tatsache, daß »RA« auf Hebräisch alles nur erdenkliche Schlechte, das ganze breite Spektrum von Schlecht und Böse bedeutet). Im Augenblick überziehen die ersten erblühenden Knospen die Zweige der Pappelwälder vor dem Fenster meines Arbeitszimmers mit einem bronzefarbenen Hauch.

Menachem Begin ist in Kairo. Es heißt, er begrüße den kühlen, aber korrekten Empfang, den ihm die Ägypter angedeihen ließen (und habe davon abgesehen, den Anteil der Arbeit zu erwähnen, den seiner Meinung nach hebräische Sklaven am Bau der Pyramiden hatten). Mir scheint dieser Mann ohne jede Ausstrahlung, sowohl im Auftreten wie in seiner Ausdrucksweise, etwa wie unser eigener Cal Coolidge vor langer Zeit, wenn man ihn in einen Zusammenhang brächte mit wilder Parteinahme für Israel. Aber all das ist irrelevant, anzweifelbar und eine Laune, sage ich mir. El Arisch muß am 27. Mai 1979 an Ägypten zurückgegeben werden. Der größte Teil der arabischen Welt konzentriert seinen Haß auf Sadat; und doch sind sogar seine arabischen Freunde gespalten – wie immer, Allah sei Dank.

Ist er echt und von Dauer, frage ich mich: Wird der Friede zwischen den beiden Ländern halten? Oder sollte man die ganze Sache als ein Stück Frieden ausgemachter Gaunerei seitens des Anwar Sadat ansehen, ein Genie im Ränkeschmieden und Betrügen, der ganz offensichtlich Erfolg damit hatte, die israelische Regierung, das israelische Oberkommando in Selbstgefälligkeit zu wiegen und dann – mit seinem Verbündeten Syrien – an Jom Kippur anzugreifen. Wie gewöhnlich erlangte auch hier das unwichtige Detail unzulässige Prominenz in unserem Gedächtnis, weil menschlich und dramatisch: die Auseinandersetzung zwischen den beiden Alliierten nämlich, ob der Angriff bei Sonnenaufgang oder erst bei Sonnenuntergang vonstatten gehen sollte, wenn die Sonne also dem einen auf den Rücken, dem anderen in die Augen schiene. Wahrhaftig, der Mann ist ein Betrugsgenie, das mit Unterstützung des korpulenten deutsch-jüdischen Henry Kissinger – »Wi bilief ... und dun't preempt« –, ohne einen Schuß abzugeben, Ölfelder zurückgewonnen hat, die von Israel erobert und für dessen Wirtschaft von lebenswichtiger Bedeutung waren, und jetzt im Begriff ist, mit dem Segen des Prexy Jolly Jimmy den ganzen Sinai zurückzuerhalten.

Und doch, welche andere Alternative gab es denn? Nicht, ob Begin mir persönlich oder politisch liegt, ist wichtig, sondern ob seine Abkommen und Zugeständnisse Israel in eine tödliche Gefahr gebracht haben – oder einem realen Frieden einen Schritt näher ...

Es war mehr, als er im Moment zu entflechten hoffen konnte. Er runzelte die Stirn angesichts der folgenden Seiten, gelbe, glatte, hauchdünne zweite Durchschlagsseiten, die er günstig gekauft hatte – wie Pop in seiner unsäglichen, unverbesserlichen Art, beim Kauf allein auf den Preis zu achten –: minderwertige Ware. »Kennt ein Kaufmann nicht den Preis seiner Waren?« Mom versuchte, vernünftig mit Pop zu reden. Das nutzte nichts: er würde immer noch den Fußbodenbelag mit Aufdruck kaufen anstatt eines echten Stücks Linoleum von Qualität; und in kurzer Zeit würde das von ihm gekaufte Stück zu einer total abgewetzten, braunen Unterlage geworden sein, das aufgemalte Blumenmuster abgeblättert. Moms praktische, aus Common-sense geborene Vorhaltungen nutzten nichts.

Waren die Seiten durcheinandergekommen? Der Text des folgenden Blattes begann irgendwo mittendrin – und er wußte, wußte genau, daß die Ereignisse jenes Jahres – oder war es das Jahr davor? – für ihn persönlich von großer Bedeutung gewesen waren, für ihn als Erzähler. Es würde wohl am besten sein – er sah auf seine Uhr: es war zwanzig nach drei am Nachmittag – am besten würde er jetzt eine Auszeit nehmen, die Arbeitskopie auf dem Bildschirm sichern und versuchen, ein wenig Ordnung in das, was nun kam, zu bringen. Er konnte seine Zunge ärgerlich schnalzen hören ob der unangenehmen Aussicht, der Unordnung vor sich ein wenig Sinn geben zu müssen. Aber es half nichts. Irgendwie mußte er alles zusammensetzen, Begründungen suchen, aussortieren – es aus dem Weg bekommen. Wie Platons unendlicher Geist (war der Gedanke es wert, festgehalten zu werden, ihn zu »sichern«, überlegte er, als er schon ans Aufhören dachte; nein, es war albern: die Vorstellung von einem unendlichen Geist auf einer unendlichen Diskette).

XII

Kinder, die einen der neuen Lenkschlitten besaßen, wie die neuesten Modelle hießen, Schlitten mit eisernen Kufen, sausten den

verschneiten Abhang auf der Westseite des Mt. Morris Park hinab.
Wie selten waren doch die Male fröhlicher Ausgelassenheit: wenn
die Kinder, die Lenkschlitten besaßen, einem erlaubten, sich auf sie
zu werfen, wenn sie bäuchlings mit großem Karacho den Abhang
hinunterfuhren. Onkel Max baute seinem armen Neffen einen
Schlitten aus einer Holzkiste mit Kufen aus kleinen Resten – und
trat dann zur Seite, verlegen und unbeteiligt angesichts des Spotts,
der seinen Neffen empfing, als er sich den anderen mit seinem
primitiven, selbstgemachten Schlitten anschloß. Mit ihren Kufen
aus Stahl konnten diese sogar, auf dem Bauche liegend, die verschneiten Steintreppen des Berges im Mt. Morris Park hinunterfah-
ren. Iras leichtgebauter Schlitten dagegen flog schon nach einigen
wenigen Versuchen auf einem sanften Abhang auseinander. Ja, er
zerfiel in seine lächerlichen Einzelteile, eine Apfelsinenkiste, auf der
noch das Etikett klebte, und einige Bretterstücke, die ehemaligen
Kufen, aus denen die Nägel herausragten, ein trauriger Krüppel, die
Karikatur eines Schlittens, verlassen im Schnee…

Mit Harry zusammen, dessen Grundschulmartyrium ein Ende
hatte, versuchte er, nach der Schule jiddische Zeitungen auf der
Straße zu verkaufen. Sie riefen die Schlagzeilen durch die dunkel
werdenden Straßen in Jüdisch-Harlem, jedoch mit sehr wenig
Erfolg.

Sie hatten schließlich kein großartiges »Ekstra«, mit dem sie
hausieren gehen konnten, wie das große Ereignis im August vor
wenigen Monaten, und die Passanten wußten es… So war ihr
Geschrei umsonst, und die meisten Zeitungen blieben unverkauft,
und nach ein, zwei Tagen gaben sie die Unternehmung auf.

Doch über siebzig Jahre lang hielt sich vor Iras innerem Auge das Bild
eines kleinen Jungen mit Kniehosen und langen schwarzen Strümpfen,
der in Panik und mit gellendem Geschrei durch eine Straße in Harlem in
die Dämmerung der Vergangenheit hetzt…

Und hin und wieder, wenn er nichts zu tun hatte, erlebte er ein Lauschen zurück in eine Zeit – oder vorwärts in eine Zeit –, nicht so willkürlich wie die Gegenwart geworden war, aber wieder ohne Risse, so wie sie einst gewesen war; ein Zurücklauschen, ein unausgesprochenes Sehnen, daß irgendwo, irgendwie die versprengten Teile seiner zufälligen Welt wieder zu einer Einheit verschmelzen wollten. Warum sonst stünde er hier an dieser Straßenecke, auf seinem einsamen Streifzug, an seiner vertrauten Straßenecke im geschäftigen jüdischen Harlem, plötzlich ganz verklärt, voller goldener Verheißungen, sich den großen Dummkopf, der er war, selbst zu verzeihen, den »Riesentrottel«, wie die Kinder im Block ihn nannten, den wütenden Schrei von Pop auf jiddisch: »*Lejmech!* Was für ein Lahmarsch du doch geworden bist!«

– Ach ja, du hattest aber doch kleine Jobs, oder nicht? Du hast doch versucht, etwas zu verdienen.

Vor der Schule. Sehr früh am Morgen stand er auf. An den schäbig-trüben Wintermorgen lieferte er frische Brötchen, Butter und Sahnekäse in die Wohnungen an der 119th Street, zwischen Park und Madison, wo die Häuser etwas besser waren – und etwas jüdischer. Ja, der Kaufmann in seinem Block hatte ihm einen Job gegeben. Wie ein Schatten rannte das Kind mit den frischen »Riesen« treppauf, treppab. Obschon Pop immer sehr angetan war, wenn Ira ein, zwei Dollar verdiente, und sein Verhalten während der Zeit, da Ira Geld nach Hause brachte, änderte (er wurde plötzlich ganz freundlich; er neckte dann seine Frau, daß Iras Einkünfte von ihrem Haushaltsgeld abgezogen werden müßten; »*Gej mir in dr'erd!*« rief sie aus und wurde rot vor Zorn, »*Gej mir in dr'erd!*«) – so war es Mom, die etwas gegen die Brötchentour ihres Sohnes, frühmorgens vor der Schule, einzuwenden hatte, seine frühmorgendliche Ausbeutung, das arme Kind. »Ich brauche die paar *schmuljareß* nicht«, sagte sie und nannte den verachteten Dollar einen *schmuljare*, wie es ihre Gewohnheit war. Und nach der

Schule arbeitete er in einem kleinen, muffigen Geschäft in der Ladenreihe, wo der Besitzer und seine Frau, die im Hinterhaus wohnten, Schmuckknöpfe herstellten; und Ira lernte auch, wie man Schmuckknöpfe machte: man breitete ein Stückchen Stoff über den nackten Metallknopf und drückte den Stoff mit Hilfe einer Hebelpresse so fest an, daß er sich mit dem Metall verband. Er arbeitete, wie es seine Gewohnheit war, nachlässig und bekam seinen Daumen zwischen Stanzeisen und Knopf und heulte auf vor Schmerz.

Er wurde auf Besorgungen geschickt: einmal sollte er an ein Schneideratelier an der East »hundert-und-drachzehnt' Strass'« Knöpfe ausliefern. Natürlich ging Ira artig zur East 118th Street, fand dort kein Schneideratelier, meldete sich zurück, ohne die Knöpfe geliefert zu haben.

»Ich sagte hundert-und-drachzehnt' Strass'«, wiederholte der Chef in einem Wutanfall.

»Da war ich doch!« protestierte Ira: »Einhundertachtzehnte Straße.«

»Nein! *Oj, gewald! Woß's loß mit dir? Drachzehn, drachzehn, nischt achtzen!*«

Und: im Alter von elf (wie kurz das Alter der Unschuld: der Troll lauert schon an der Brücke, Billygoat Gruff), mit elf Jahren arbeitete er in Biolows Drugstore. Jeden Tag nach der Schule, und samstags den ganzen Tag. Alle möglichen Dinge machte er, angefangen vom Haushalt bis zu Botengängen: den Kachelfußboden wischen, die Schaukästen blankpolieren – mit einem Stück Zeitungspapier. »Ein wenig mehr Armschmalz«, sagte der gedrungene, kahlköpfige, leutselige Mr. Biolow. Armschmalz. Das hörte Ira zum ersten Mal, und einen Augenblick dachte er, eine solche Substanz gäbe es wirklich. Verordnete Arzneien liefern, Botengänge. Und alles für zwei Dollar fünfzig die Woche. Und als Ira einmal eine Fünf-Dollar-Note, die Mr. Biolow ihm für Medikamente vom Großhandel an der Third Avenue gegeben hatte, verlor, oder diese aus seiner

Tasche gestohlen wurde, da mußte er zwei Wochen umsonst arbeiten, um den Verlust zu ersetzen. Mörser und Stößel, ja, ja, mit denen Kräuter gemahlen wurden, gemischt wurden im Hinterzimmer des Drugstores. Sirup war einfach nur Zuckerwasser, nicht wahr? Sarsaparilla nahm man mit Rizinusöl. Mr. Biolow war »a schtikl dokter«, sagte Mom und meinte, er sei ein Stückchen auch Arzt. Er leistete Erste Hilfe bei Unfallopfern, die in den Drugstore gebracht wurden, bis die Ambulanz eintraf. Er entfernte Zinder aus den Augen; er wußte, wann Seidlitzpulver angebracht, wann die getrockneten Beeren zu verschreiben waren, aus denen Mom einen Tee braute, der so angenehm sanft abführte, und wann man Magnesiumzitrat verordnen mußte – was eisgekühlt aufbewahrt wurde, kalt und sprudelnd und säuerlich und einen fast ebenso rasch zur Toilette schickte wie Rizinus. Sarsaparilla. Salmiakgeist. Pfefferminzöl. Unmengen von Gefäßen, Gefäße aller Art zur Lagerung in den Regalen, keine gewöhnlichen Gefäße, sondern alle gleich in der Form, aus hübscher Keramik, mit weiten Hälsen und Glasstöpseln.

Im hinteren Teil des Drugstores waren besondere Bretter mit langen Rillen, in die Mr. Biolow die Paste einfüllte, die er selber herstellte, indem er Heilkräuter miteinander verrieb und dann die langen Würmer aus Paste zu Tabletten schnitt, die hernach in Puderzucker gewälzt wurden. In jeder Ecke des Schaufensters stand eine prächtige Glasamphore, beide mit Flüssigkeit gefüllt, eine leuchtend grün, die andere leuchtend rubinrot. Dazwischen, in der Mitte des Schaufensters, vollführte ein Spielzeugaffe seinen ermüdenden, unermüdlichen Trick, ein und dieselbe Flüssigkeit immer wieder von einem Glas ins andere zu gießen. Und einmal, neugierig geworden durch Mr. Biolows Heimlichtuerei, warf Ira einen flüchtigen Blick in ein kleines Päckchen, das man ihm zum Liefern ausgehändigt hatte: eine merkwürdige flache Gummikappe mit einem Ring. Rätselhaft, es war kein Kondom; das hätte er erkannt, darüber wußte er Bescheid: Rotzbeutel nannte man die auf der Straße. Auch er hatte aus einem Abfalleimer ein Päckchen herausgefischt und versucht, sie aufzublasen, aber der Gummi hatte schon gelitten, und sie platzten. Am besten überhaupt gefiel es ihm, Leute zum Telephon im Laden zu holen; fast immer bekam er dann einen Nickel Trinkgeld für den kleinen Dienst; und mehr als einmal, wenn er ein irisches Mädchen ans Telephon holte, das hübsche irische Mädchen mit rosigen Wangen und Augen, die glänzten, wenn sie hinter ihm die Treppen hinuntereilte, durch das nach Kohl riechende Mietshaus, bekam er von dem schwer atmenden, verträumt wirkenden Mädchen sogar einen Dime. Er konnte ahnen, warum, aber er konnte es noch nicht verstehen. Mr. Biolows Gemeinheit, ihn zwei Wochen umsonst arbeiten zu lassen, wurmte ihn, Ira arbeitete dort noch ein paar Wochen und hörte dann auf.

Und jetzt war wieder Sommer, freizügiger, üppiger Sommer. Es gab bestimmte Bäume an der Madison Avenue, die wuchsen direkt zwischen Bürgersteig und dem Mt. Morris Park und warfen kleine grüne Samenschoten ab, die kreiselnd zu Boden fielen. »Papageienschnabel« sagten die Kinder dazu; man konnte sie auseinanderziehen, innen waren sie klebrig, und sich auf den Nasenrücken setzen, wo sie haften blieben. An einem Sommerabend verprügelte Ira das einzige Kind, das er je in Harlem verprügelt hat, den jüdischen Jungen Morty Nussbaum, der ganz oben im Haus an der 108th East wohnte. Morty hatte Ira zeigen wollen, wie man sich einen »abwichst« – als sie bei warmem Wetter oben auf dem Dach saßen und ihre Schwänze rausgeholt hatten. Aber ganz plötzlich weigerte Ira sich weiterzumachen. Erinnerung schien blitzschnell zu einzelnen häßlichen Klumpen zu gerinnen: ein hoch aufgeschossener Mann mit rundem, flachem Filzhut und abgetragener, reinlicher Kleidung; das, was er Ira antun wollte und das, was er dann gegen einen Baumstamm getan hatte. Trotz Mortys Drängen, es sei doch so schön, weigerte Ira sich; statt dessen knöpfte er seine Hose wieder zu. Wie konnte etwas schön sein, das doch so abscheulich war? Später dann, wegen eines läppischen Streits, besiegte er Morty in einer Schlägerei, besiegte ihn mit Leichtigkeit. Auch als Ira schon wußte, er würde gewinnen, war er sich doch der irischen Kinder bewußt, die sie beide gegeneinander aufstachelten, zwei jüdische Jungen. Obgleich er innerlich über seinen Sieg jubelte, als Morty sich ganz plötzlich geschlagen gab, ignorierte Ira die Aufforderung der irischen Kinder, ihn auf den Rücken zu schmeißen und mit traditionellem Triumphgeheul auszuzählen: zwei, vier, sechs, acht neun, du bist tot, ich kann mich freu'n. Bald darauf sind Morty und seine Familie weggezogen.

Im Sommer konnte man weite Fußwege machen, ganz bis zum Museum of Natural History spazieren. Im Informationsblatt über Tagesereignisse für die Klasse 6A war zu lesen gewesen, daß etliche große Meteoriten, die vom Himmel gefallen waren, jetzt vor den Türen des Museums lagen. Man mußte gar nicht unbedingt hineingehen, wurde vielleicht auch nicht gelassen, aber das spielte keine Rolle, denn es waren die Meteoriten, die man sehen wollte, und die waren draußen. Du wolltest sie dir ansehen, weil im Kleingedruckten unten am Schluß des Buches mit altnordischer Mythologie geschrieben stand, der Grund, warum Siegfrieds Schwert so scharf war, könnte sein, daß es aus einem Meteoriten gemacht sei, und Meteoriten enthielten oft besonderen Stahl, so hart, daß man das Schwert nach dem Schmieden und Schärfen in einen Bach tauchen könnte: winzige Baumwollfasern und Teilchen der Schafschur, die dagegentrieben, würde es durchtrennen. Stell dir vor, wie scharf das war! Etwas, worüber man staunen konnte, während man immer weiterging, auf den gepflasterten Wegen im Central Park, im grünen Grün des Sommers – vorbei an eleganten Menschen, die stolz ihre silberbeschlagenen Spazierstöcke schwangen, vorbei an den Kindermädchen und den schicken Kinderwagen, schicker noch als der von Mrs. Biolow, dem schicksten in der ganzen Straße – bis der lange, lange Fußmarsch einen zu dem riesenhaften Museumsgebäude führte, dessen Eingang am Fuße einiger Treppenstufen lag. Zaghaft ging man die Stufen hinab und stand dann ehrfürchtig vor den nackten, zernarbten Findlingsbrocken: dies waren Meteoriten, die vom Himmel zur Erde gefallen waren.

»ß'is a majße mit a Bär«, zog Mom ihn liebevoll auf, als er schließlich nach Haus getrottet kam und ihr erzählte, was er entdeckt hatte.

»Es ist kein majße mit a Bär!« brauste er auf. »Es handelt von den nordischen Göttern: Odin und Thor und Loki. Und von Siegfried und Brunhilde. Du weißt nicht, was für ein wunderbares Schwert er hatte.«

»Asoj!« beschwichtigte sie. »Mein kluger Sohn. Ein bulke mit frischem Bauernkäse wäre wohl nicht zu verachten, nach einer so langen Reise, hm?«

Bärchengeschichten, so nannte es Mom. Ihm gefielen sie viel besser als die von Horatio Alger, die Sorte Geschichten, die Davey Baer liebte: Tom the Bootblack oder Pluck and Luck, Geschichten, wie die anderen Kinder sie liebten: über Tom Swift und sein Motorrad, und wie einfallsreich er es mit einem Stück Maschendraht reparieren konnte; oder über die Rover Boys, die so rechtschaffen waren und so gut Baseball spielten; oder über Young Wild West in seiner Lederhose mit Fransen, der gegen heimtückische »Indjaner« kämpfte, obgleich Ira nicht sagen konnte, warum. Und einige Märchen und Geschichten über Hexen und Kobolde erschreckten ihn so, daß er Angst im Dunkeln hatte, Angst, allein in den Keller zu gehen und einen Eimer Kohlen aus der mit einem Vorhängeschloß gesicherten Hürde zu holen; ängstlich sogar, wenn er abends den Abfalleimer zu den großen Mülltonnen vor dem Haus hinuntertragen sollte – wie er sich wand, wie er gegen diese Pflicht ankämpfte! Die geschlossene Kellertür am Ende der schwach beleuchteten Treppe, bevor es um die Ecke ging und er den Hausflur zur Straße hin betrat, erfüllte ihn mit Panik.

Dennoch, dies waren die Geschichten, die er mehr als alle anderen schätzte, Geschichten, die er liebte: von Verzauberung und Zartgefühl, von Prinzlein und schönen Prinzessinnen. Wie häufig waren die Prinzessinnen nicht nur *fair*, hold und schön, sondern auch gerecht, die *fairsten* Wesen in der ganzen Christenheit. Das stand fest. Vielleicht machte es ihnen ja nichts aus, daß er jüdisch war. Und die Ritter des König Artus, die suchten den Heiligen Gral, das strahlende Gefäß, das aussah wie der Kelch, aus dem Jesus Wein getrunken hatte. Also war alles Schöne christlich, oder etwa nicht? Alles Makellose und Reine und Kühne, alles Ritterliche und Galante war *gojisch*. Manches Mal wußte er nicht, was er fühlen sollte: Traurigkeit; er kam nicht vor; es war ein Segen, wenn Juden nicht erwähnt wurden; er war dankbar: so konnte er mit Roland gegen die Sarazenen kämpfen. Oder er konnte Gefallen daran finden, Mr. Toil überall zu sehen, wie der Knabe in dem Märchen, der vor Mr. Toil, seinem Lehrer, davonrannte, ja sogar eine Musikkapelle konnte er leiten – solange er nur kein Jude war...

XIII

M. kam ins Arbeitszimmer. Sie hatte zwei Lagen Wolle, die sie ihm zeigen wollte, eine tiefschwarz und eine oxfordgrau. »Ich weiß gar nicht, wieso ich nie daran gedacht habe, die dünnen Stellen in dem *chaleco* nachzuweben«, sagte sie.

»Den du jetzt umhast?« fragte er: M. trug den pfeffer- und salzfarben gewebten *chaleco*, den sie in Mexiko gekauft hatte – wo war das doch gleich? Nicht in Tlaqui-paqui, oder wie immer man das schrieb, wo die junge Frau bei schlechtem Licht an einem Webstuhl arbeitete (und Ira sich auch einen *chaleco* kaufte). Das war in den späten sechziger Jahren.

»Ja. Es stimmt, er hat ausgedient«, sagte sie. »Aber ich hänge daran.«

»Und wo bekommt man schließlich noch einmal so eine Rarität«, stimmte er ihr zu.

Noch einmal so eine Rarität – dachte er später, als sie im Wohnzimmer ans Klavier gegangen war. Meine Liebste, es bedarf eines Tadsch Mahal in *belles lettres*, wollte man dir gerecht werden, hochgewachsene, zerbrechliche Frau, nun alt geworden, dein einst aschblondes Haar grau. Faltig deine lieblichen Züge, aber immer noch edel. Wo sind die Millionen Augenblicke geblieben, die Millionen und aber Millionen Augenblicke, die wir zusammen verbracht haben? Sie war gerade vom Einkaufen zurück und sagte: »Glaub nur nicht, das kalte Wetter hätte die Menschen vom Einkaufen abgehalten. In hellen Scharen sind sie heute dagewesen. Aber die letzten beiden Tage waren ja für Einkäufe nicht besonders günstig. Niemand wollte in die Kälte hinaus.«

»Ja, das stimmt.«

»Und ich habe dir ein Geburtstagsgeschenk mitgebracht: ein Stück Puterpastrami.« Sie zeigte es ihm, ein kleines, eckiges Stück Fleisch, fest eingeschweißt in Plastik.

Er hatte eher an ein elektrisches Messer gedacht, wollte eines anschaffen, aber sie war dagegen: Noch ein Teil mehr im Haus, würde sie in ihrer ausgeglichenen, vernünftigen Art sagen. Darum begnügte er sich mit: »Oh, großartig! Dank dir.«

»Wahrscheinlich müssen wir die beiden Gutscheine für die zwei Roastbeef-Sandwiches zum Preis von einem wegwerfen. Morgen ist der letzte Tag, und wir haben Margaret zu Besuch.«

»Weißt du denn, daß McDonald's jetzt für einen Hamburger zu neununddreißig Cent Werbung macht?«

»Die Konkurrenz ist wohl groß.«

»Es gibt noch eine andere Kette mit Hamburgern zu neununddreißig Cent, die hat gerade in der Stadt aufgemacht. Du hast es neulich mit mir gesehen.«

»Ja, richtig.«

»Wie wohl ein neununddreißig-Cent-Hamburger aussieht?«

»Holen wir uns ein halbes Dutzend«, schlug er vor. »McDonald's ist doch nicht weit.«

»Dann werde ich wohl alle drei Hackscheibchen in ein Brötchen tun.« Darum behielt sie immer ihre schlanke, ausgezeichnete Figur: drei Hackscheibchen auf ein Brötchen. Und er, ein Plebejer: »Oh, ich liebe diese Brötchen in Seidenpapier. Ich bin gewöhnt, so zu essen.«

All das, reflektierte er, nachdem sie nun richtig mit dem Klavierüben angefangen hatte – übrigens ein bekanntes Stück, dessen Titel, so mußte er sich beschämt eingestehen, er nicht kannte, den er aber ein andermal herausfinden wollte – all das, nur weil er sie gefragt hatte, ob sie wüßte, wo eine seiner Kurzgeschichten war oder aufbewahrt wurde: Sie war so methodisch, so effizient, sie hatte alle beneidenswerten Eigenschaften, die er nicht hatte. Sie wußte es und brachte ihm treu ergeben den Karton und verlangte nur, sie müsse sich setzen, während sie nach dem einen Artikel kramte, den er suchte: Es war ein Sketch für den *New Yorker*, mit dem er dann ziemlich viel Glück gehabt hatte, weil er angenommen wurde. Geschrieben 1940 – und was hielt er heute davon? Würde es in das, was er hier machte, hineinpassen, in die Struktur, die Stimmung? Fünfundvierzig Jahre war das nun her, fünfundvierzig Jahre wieder näher dran an dem selbstverliebten, zügellosen, einsamen, launischen, ziellosen Taugenichts von damals, der sich in seiner Haut nicht wohlfühlte…, maßgeschneidert, das steht fest, für den *New Yorker*. Würde das Stück noch genug Wahrheit in sich tragen, Treue gegenüber dem, was er einst war, um die Mühe des erneuten Abtippens zu rechtfertigen, um hier einbezogen zu werden?

Eine Treppe nach oben, vorbei an den Vasen und der Uhr vor dem Erwachsenen-Lesesaal, vorbei an cremefarbenen Wänden, Schnitzereien und Bücherregalen aus Eiche und der Perseus-Statue von Cellini lag der Saal für Kinder in der Bücherhalle an der 123rd Street. Der junge Sammy Farber zog eine arg mitgenommene Lesekarte aus seiner Tasche und ging hinein. Er war ein rundlicher, aufgeweckter Knabe, elf oder zwölf Jahre alt. Er strich seine Karte auf dem Pult glatt und schaute sich um, während er auf die Bibliothekarin wartete. Nur wenige Jugendliche waren im Leseraum. Zwei Jungs in farbigen Pullis standen flüsternd vor einem der Bücherregale. An der Wand über ihrem Kopf hing ein Fries mit griechischen Kobolden, die Trompete spielten. Die Bibliothekarin nahte.

»Frau Lehrerin«, so begann Sammy, »wir sind gerade umgezogen, Frau Lehrerin. Sie wollen das sicher ändern – die Adresse?«

Die Bibliothekarin, eine magere Frau, ergraut und teilnahmslos, mit einem Kneifer auf der Nase, schaute auf die Karte. »Zeig mal deine Hände, Samuel«, sagte sie.

Er hob die Hände. Sie nickte wohlwollend und drehte seine Karte um. Sie war fast vollgestempelt. »Du brauchst wohl eine neue«, sagte sie.

»Ginge das wohl nächstes Mal, Frau Lehrerin? Ich habe es eilig, irgendwie.«

»Ja. Wo wohnst du jetzt, Samuel?«

»Nummer 520 East 120th Street.« Er sah zu, wie sie die Orchard Street-Adresse durchstrich und mit der neuen anfing. »Frau Lehrerin«, sagte er mit so leiser Stimme, daß es kaum vernehmbar war, »Sie haben hier doch das *Lila Märchenbuch*?«

»Das was?«

»Das *Lila Märchenbuch*.« Verlegen rieb er sich die Nase. »Alle sagen, ich bin schon zu groß für Märchenbücher. Meine Mutter nennt sie Bärchengeschichten.«

»Bärchengeschichten?«

»Genau. Sie kann nicht gut englisch. Haben Sie's da?«

»Wieso. Ja, ich glaube, es steht im Regal.«

»Wo, Frau Lehrerin?« Er wandte sich sofort Richtung Gang.

»Warte einen Moment, Samuel. Hier ist deine Karte.« Er nahm sie an sich. »Und jetzt zeige ich dir, wo es steht.«

Gemeinsam durchquerten sie den Raum und kamen zu einem Regal mit einem Messingschild, auf dem »Märchen« stand. Sammy kniete nieder, damit er die Titel besser lesen konnte. Es waren nicht sehr viele Bücher da – ein paar Legenden für Jungen von König Artus und Roland auf dem obersten Bord, ferner eine kurze Reihe mit Märchen, nach Ländern geordnet, und schließlich ein paar Märchenbücher, geordnet nach Farben: blau, blau, grün. Ihr Finger tippte auf die Buchrücken, wanderte die Reihe entlang und zurück. »Rot…, gelb… Tut mir leid.«

»Ach!« seine Anspannung löste sich. »Die haben's mir wieder weggeschnappt.«

»Hast du die andern schon gelesen? Zum Beispiel das blaue?«

»Jaa, das blaue habe ich gelesen.« Langsam stand er auf. »Ich habe das blaue und das grüne und das gelbe gelesen. Alle Farben. Und sogar die Farben, die hier gar nicht stehen. Ich habe Rosa gelesen. Aber irgend jemand schnappt mir immer das Lila weg.«

»Ich bin mir ganz sicher, das *Lila Märchenbuch* ist überhaupt nicht ausgeliehen«, sagte die Bibliothekarin. »Schau doch mal auf den Tischen nach. Vielleicht liegt es da.«

»Ich schaue«, sagte er. »Aber ich weiß es. Wenn sie's einmal wegschnappen, dann auf Nimmerwiedersehen.«

Dennoch ging er von Tisch zu Tisch, nahm die liegengelassenen Bücher hoch, überflog die Titel und legte sie wieder hin. Sein rundes Gesicht war ein Bild verzweifelter Hoffnung. Als er sich einem der letzten Tische näherte, blieb er stehen. Da saß ein Junge und hatte einen Stapel Bücher neben seinem Ellenbogen und las mit enormer Konzentration. Sammy trat hinter ihn und blickte ihm über die Schulter. Eine Seite war mit Text bedruckt, die andere farbig illustriert, ein heiteres Prinzlein, die Hand am Schwert, betrachtet einen griesgrämigen, finsteren Gnom. Das Buch hatte einen lila Umschlag. Sammy seufzte und ging zur Bibliothekarin zurück.

»Ich hab's gefunden, Frau Lehrerin. Da drüben ist es«, sagte er und zeigte hin. »Er hat es.«

»Es tut mir leid, Samuel. Das ist das einzige Exemplar.«

»Seine Hände sind aber nicht so sauber wie meine«, brachte Sammy vor.

»Oh, ganz gewiß sind sie das. Warum versuchst du's nicht mit etwas anderem?« legte sie ihm nahe. »Abenteuerbücher sind doch bei Jungen sehr beliebt.«

»Bei ihm aber nicht.« Sammy stierte finster auf den anderen Jungen. »Das hat man mir auf der East Side schon immer gesagt – beliebt, ich verstehe gar nicht, warum sie so beliebt sind. Wenn ein Mann in einem Abenteuerbuch einen Schatz findet, dann geht es gleich um Dollars und Cent. Wen interessiert schon das Gerede von Dollars und Cent? Davon habe ich genug bei mir zu Haus.«

»Da drüben stehen die Romane«, erinnerte sie ihn. »Vielleicht gehörst du zu der Sorte Jungs, die gern etwas über Erwachsene liest.«

»Ja, das auch!« Ruckartig warf er den Kopf zurück. »Ich habe einen Roman gelesen, da kam ein Held mit einer Brille vor. Hihihi!« Sein Lachen war kurz und mitfühlend. »Wie können Helden nur eine Brille tragen? Wie mein Vater.«

Die Bibliothekarin drückte ihren Kneifer etwas fester auf die Nase. »Es könnte natürlich sein, daß er das Buch daläßt, wenn du wartest«, sagte sie.

»Kann ich ihn fragen?«

»Nein. Nicht stören.«

»Ich will ihn doch nur fragen, ob er's mitnimmt oder nicht. Warum sollte ich sonst den ganzen Tag hier herumhängen?«

»Gut, gut. Aber mehr nicht.«

Sammy ging wieder hinüber zu dem Jungen und sagte: »Heh, du nimmst das wohl mit, oder nicht?«

Wie plötzlich aus dem Schlaf gerissen, blickte der Junge erstaunt auf, mit glänzenden, großen Augen.

»Was willst du von dem Kram schon lesen?« fragte Sammy. »Märchen!« Seine Lippen, Augen, sein ganzes Gesicht drückte Verachtung aus. »Hier ist ein Abenteuerbuch«, sagte er und nahm das am nächsten liegende auf. »Magst du keine Abenteuerbücher?«

Der Junge richtete sich in seinem Sessel auf. »Warum störst du mich eigentlich?« sagte er.

»Ich will dich nicht stören. Hast du schon das *Blaue Märchenbuch* gelesen? Das ist das beste. Das ist schwer zu bekommen.«

»Heh, ich werd' dich gleich bei der Lehrerin melden!« Der Junge blickte sich um. »Ich lese das hier!« sagte er ärgerlich. »Und ich will kein anderes. Lies die doch selbst!«

Sammy wartete einen Augenblick und versuchte es dann noch einmal. »Du weißt, daß man keine Märchenbücher in der Bibliothek lesen darf.«

Der Junge drückte das Buch vorsichtshalber fest an sich und stand auf. »Suchst du Streit?«

»Reg dich nicht auf!« Sammy schubste ihn in den Sessel und trat einen Schritt zurück. »Ich wollte dir nur sagen, es ist viel schöner, wenn man Märchen zu Hause liest – oder etwa nicht? –, wenn du in der Stube sitzt und deine Mutter kocht in der Küche. Ist das nicht besser?«

»Ja, und?«

»Darum kann man in der Bibliothek von anderen Dingen lesen. Von König Artus und anderen Leuten, die durch die Gegend reiten.«

Der Junge durchschaute auch diese List. Er schob Sammy beiseite. »Ich lese es hier und lese es auch zu Hause, du Klugscheißer.«

»Schon gut. Mehr wollte ich auch nicht wissen«, sagte Sammy. »Du nimmst es also, ja?«

»Aber sicher nehme ich es.«

»Ich dachte mir, daß du es nimmst.«

Sammy zog sich an einen der mittleren Pfeiler des Lesesaals zurück und blieb dort stehen, paßte auf. Dasselbe Schauspiel von Staunen und Verlockung, das die schmalen Züge des Jungen beim Lesen beseelte, belebte auch Sammys rundliches Gesicht, als ob das Vergnügen übertragen würde. Nach einer Weile stand der Junge auf und ging nach vorn, das Buch noch in der Hand. Die Bibliothekarin nahm die Buchkarte an sich und drückte einen Stempel auf die Lesekarte des Jungen. Dann händigte sie ihm das Buch aus. Sammys rundes Gesicht verdunkelte sich. Dann wartete er allerdings solange, bis der Junge Zeit genug gehabt hätte, den Lesesaal zu verlassen und die Treppen hinunter zu gehen, ehe er seine abgenutzte Lesekarte in die Tasche steckte und sich zum Ausgang wandte.

»Jemand schnappt mir immer das Lila weg«
The New Yorker, 23. März 1940

Nun gut ... rührend, aber nicht zu rührend. Immerhin, es war der *New Yorker*, der von damals, mit einer Zielsetzung, wie sie es heute vielleicht auch ist, obgleich er die Zeitschrift kaum las, nämlich den Leser zu unterhalten, vornehmlich den recht kritischen, wohlhabenden Leser. Das Stück war gemäß den Direktiven geschrieben worden, die sein Literaturagent ihm damals auferlegt hatte: nie sollte der Leser sich mit der Hauptfigur einer Geschichte identifizieren können, sondern er sollte sich ihr leicht überlegen fühlen. Und also war das Kind in dem Sketch er selbst und nicht er selbst. Ironisch dachte Ira an die Hamlet-Alternative von Sein oder Nichtsein. Immer war es beides und konnte nur eine Einheit sein, wenn beides zusammen war. Dennoch mutete es seltsam an, war nicht gerade wenig retardierend – war dies das richtige Wort? –, war es fesselnd oder hemmend, diese Aussage des Schriftstellers, der er war, der er früher war, das konservierte Probestück des Schriftstellers, der er gewesen war, in Augenschein zu nehmen: des arroganten, selbstsicheren Verfassers seines ersten Romans. Das neuerliche Lesen seines Produkts von vor fünfundvierzig Jahren beraubte ihn all dessen, was er heute war ... etwas Besseres als *damals*, dachte er, hoffte er. Ach, wie konntest du es zulassen, daß dieses Leben, all dies Leben und seine Gestaltung, seine Schärfe und sein Konflikt dir entfloh – als es noch zugänglich war, noch verfügbar, noch zurückzugewinnen war, noch nah.

Gott, vierzehn Jahre in diesem Harlemer Slum mit seiner wechselnden Belegung und seinem sich wandelnden Milieu, seinen schmutzigen Lebensentwürfen – setze dich darüber hinweg; ein Berg von literarischem Material, wie der Journalist sagen würde, Lokalkolorit, Ungewöhnliches, von dem Augenblick an, da du auf die Straße tratest, in das oder aus dem Treppenhaus.

Du hast es verflucht, das war der gängige Ausdruck; er würde noch millionenfach häufiger daran denken, nachdem M. ihn im Bett aufgerichtet hatte, weil seine rheumatische Arthritis ihn nach der Unbeweglichkeit einer Nacht fast bewegungsunfähig gemacht hatte. Er nahm eine heiße Dusche, um ein wenig geschmeidiger zu werden, und kam eher trauernd heraus denn nachdenklich: ach, der verlorene Reichtum – was war das überhaupt? Der Joycesche, verkommene Reichtum?

Vielleicht, weil sich seine Ansicht dazu geändert hatte: er konnte eine *nur* oberflächliche Wahrnehmung desselben nicht mehr akzeptieren. Was waren die Auswirkungen des Marxismus? Die des Einflusses der Partei? Er mußte die darunter schwelenden grausamen sozialen Verhältnisse, die grausamen Klassenunterschiede, das durch Deprivation entstandene, hinter offenkundiger Lächerlichkeit verborgene Chaos in seinen Schriften berücksichtigen, akzeptieren, irgendwie ausdrücklich darauf hinweisen.

Nicht mehr die olympische Mischung aus Ironie und Mitleid eines Anatole France. Und das war der Grund, warum er heute mit so viel Animosität gegen Joyce rebellierte. Irgend etwas hatte sowieso den Weg versperrt und ihn gleichzeitig unterminiert. Dieses Etwas würde man heute den Verlust der Identität nennen. Und mit dem Verlust der Identität kam der Verlust an Zustimmung. Und ohne Identität und ohne Zustimmung wurde ihm das große Panorama seines vierzehnjährigen Lebens in allen Winkeln und Ecken der 119th Street in Harlem abgesprochen – ja, wenn man es ausdehnen, es auf die Spitze treiben wollte, war ihm sogar das Erwachsensein untersagt, ein angemessenes Erwachsensein.

Also war er düsterer Stimmung, nachdenklich... Du weißt, warum ich es jetzt nicht genauer beschreiben kann, Ekklesias.

– Ich weiß, du weißt, warum.

Was für ein Sommertag, als er in der Morgenfrische ausschritt und mit dem Glücksgefühl soeben angebrochener Schulferien zum Metropolitan Museum ging – einsam? (Keine Sorge, keine Sorge: niemand sonst aus der 119th Street wollte mit.) Er wanderte an der dunklen, verwitterten, niedrigen Steinmauer entlang, welche an der Innenseite des Parks auf dem Wall verlief, der den Park von der Avenue und den langen Reihen mit Villen abgrenzte, den unbeschreiblich opulenten Villen auf der anderen Seite der Straße. Unter Bäumen, die in ihrem Laub standen, an der Fifth Avenue, schritt Ira kräftig aus, bewundernd schwelgte er im Anblick fürstlicher Erkerfenster an imposanten Gebäuden, stolz vorgebauter Fenster, alle Rollos auf gleiche Höhe gezogen. Die Fensterstürze aus Marmor, die Schornsteinrohre mit ihrem Kupferrand, der schon Grünspan angesetzt hatte, und die sich wie Orgelpfeifen aus den Schieferdächern erhoben. Während er an der Avenue entlangging, verkehrten dort die Doppeldeckerbusse, die zehn Cent kosteten und die sich nur die Reichen leisten konnten.

»Wohin des Wegs, junger Mann?« fragte der beleibte Herr mit dem strohfarbenen Schnurrbart, der da neben der Dame mit der Brille stand, die ebenfalls vorn am Bordstein auf den Bus wartete.

»Ich? Ich gehe ins Museum.«

»Tatsächlich? So früh am Morgen?«

»Ja. Es ist ziemlich weit.« Hatte er inzwischen gelernt, sich vor freundlichen Fremden in acht zu nehmen? Oder gab ihm die Anwesenheit einer Frau ein Gefühl der Sicherheit? »Und wenn ich da war und was gesehen habe, muß ich den ganzen Weg wieder zurücklaufen.«

»Natürlich.«

Die beiden, die da auf den Bus warteten, wandten einander ihre Gesichter zu und schauten sich mit einem leisen Lächeln an, und schon war er wieder unterwegs. Dieser Augenblick würde in seiner Erinnerung fortleben wie die zarte Strophe eines Gedichts oder einige Takte einer zarten Melodie, die in späten Jahren trösten sollte. In diesen hohlen, späten Jahren, Ekklesias, wenn das silberne Band sich löst, das Wappenbild verbrannt ist, die Fäden von der Spindel gestreift oder die Kontaktlinse vom Winde verweht.

XIV

Der Große Krieg war viel nähergekommen. Ira würde sich nun seinen Weg durch ins Unreine getippte, in Unordnung geratene Seiten bahnen müssen, so gut er konnte, und sein Gedächtnis war ziemlich durcheinander. Viel näher. Schon hatte Ira gesehen und gehört, wie ältere Juden im Mt. Morris Park sich ärgerlich von den Bänken erhoben und gegenseitig mit ihren Spazierstöcken bedrohten, während sie sich auf jiddisch Beleidigungen an den Kopf warfen: »Aufgeblasener Deutscher! Ungehobelter Litwaker!...«

Unterwegs zu dem schwimmenden Freibad auf dem East River wurde ihm von finsteren Gestalten einer italienischen Kindergang aufgelauert. Sie drohten ihm: »Auf welcher Seite bist du? Was bist'n du? Ein Deutscher? Du aus Österreich?«

Ira stellte Vermutungen an, was da noch kommen mochte. »Nee. Ich doch nich.«

»Was bist'n du dann?«

»Ich bin Ungar. Und Ungarn mögen keine Österreicher.«

Die ihn angemacht hatten, waren verdutzt. »Sag was auf ungarisch«, forderte der Anführer.

»Aber sicher. *Choig iggid bolligid.* Das bedeutet, ich mag dich.«

»Woher soll'n wir das wissen«, fragte einer der Anführer.

»Ich kann es nochmal sagen«, bot Ira an.

»Sag auf ungarisch, daß du auf der 'tollienschen Seite bist«, bedrängte er ihn.

»*Choig iligid bolligid Tollyanis.*«

»Laß ihn gehn«, verfügte der Anführer. Was er auch tat.

Der Große Krieg kam näher. Die Hunnen spießten Babys mit Bajonetten auf – dennoch zog Mom die Berichte von deutschen Greueltaten ins Lächerliche. »Was, der Russ' ist besser? Zar *Kolki is a fajner mensch?* Wer in aller Welt ist denn umnachteter als der russische *mujik*? Wer erinnert denn nicht mehr die *pogromen*, die *pogromen* 1903 in Kishinev? *Pogromen*, die von Seminarstudenten angeführt wurden, besonders an Ostern – in Kishinev, als ich noch Dienstmädchen war. Und kaum hatten sie gegen die *japontschikß* verloren, als ich deinen Vater kennenlernte, da ließen sie's an den Juden aus! Geh! Das sieht dem Russ' viel ähnlicher, 'n Säugling auf ein Bajonett zu stecken.«

Und dieses eine Mal stimmte Pop ihr von ganzem Herzen zu. »Erinnerst du dich nicht an Mendel Beiliss, als wir noch an der East Side wohnten?« Pop half Ira auf die Sprünge. »Wo hast du nur deinen Kopf? Du erinnerst dich nicht mehr an den Aufruhr, als der Russ' ihn vor Gericht stellte und verurteilte? Und weshalb das? Der Jude hätte ein *gojisches* Kind geschlachtet, er wollte das Blut, um *mazeß* zu machen für das Passahfest. Und der *mujik* hat das geglaubt.«

»Vielleicht hat ja ein *goj* gesehen, wie wir an Passah *borscht* gegessen haben«, brachte Ira vor. »Der ist rot.«

»Geh, du bist doch ein Dummkopf«, sagte Pop. »Ein *mujik* ist ein *mujik* und stirbt als *mujik*. Wer kennt nicht einen *mujik?*«

»Ich sag' dir was, Kind«, sagte Mom. »Mit den Juden ist das so: Wenn zwei Könige miteinander Krieg führen, und der eine straft die Juden des anderen, dann sagt der andere, ›Da du meine Juden strafst, werde ich deine Juden strafen‹.« Mom lachte freudlos. »Du verstehst?«

Der Große Krieg rückte näher. Oh, welch ein Durcheinander im Kopf eines Kindes! Onkel Louis, immer noch in der Uniform eines Postboten, kam zu Besuch und hatte den sozialistischen *Call* in der Tasche; er entfaltete die Zeitung auf dem Küchentisch mit der grünen Wachstuchdecke, las daraus vor, was Eugene Debs über den Krieg sagte – und bezog auch immer Mom mit in die Unterhaltung ein: »Hörst du, Lea? Debs sagt, es wäre ein kapitalistischer Krieg, in dem die Arbeiter mit ihrem Leben bezahlten – damit die Kapitalisten des einen Landes mächtiger würden als die Kapitalisten eines anderen Landes, um deren Handel, ihre Kolonien zu übernehmen – die den kleinen Leuten, die dort lebten, mit Gewalt genommen wurden, du kannst auch sagen: gestohlen. Aber ganz gleich, wer dann gewonnen hat, die Arbeiter sind immer noch Lohnsklaven geblieben.«

Pop hörte engagiert zu, sein ganzes Gesicht nahm einen neuen Ausdruck an, wie erleuchtet; Mom etwas distanzierter. »Woodrow Wilson spricht von Verteidigung der Demokratie. Du hast keine Ahnung, wie sehr der Antisemitismus bei der Post zugenommen hat.«

»Wo ist ein Jude gern gesehen?« fragte Mom rhetorisch. »Nirgendwo. Er gibt gutes Kanonenfutter ab. So ist es in Rußland, in ganz Europa. Sogar in Österreich, wo Franz Josef den Juden toleriert. Er würde nie zulassen, daß Schwarze Hundertschaften *pogromen* anzetteln, wie sie es in Rußland tun unter dem Zaren. Also ist dort der Jude ein wenig sicherer, er kann ein wenig freier atmen. Dennoch, ist der Jude gern gesehen? Muß ich da noch fragen? Für eine Sache sieht man ihn gern: Gib mir deinen Juden als Soldat. Er wenigstens hat lesen und schreiben gelernt.«

Onkel Louie sah sie bewundernd an, schaute weg, seine Mundwinkel rückten auseinander, als er schluckte. Und zu Pop: »Du wärest auch beinahe Soldat geworden.«

Pop strahlte; er liebte es, Erinnerungen auszutauschen: »Als ich nach Österreich zurückkehrte, wurde ich dazu verleitet, sie zu heiraten.«

Mom verstand keinen Spaß. »Natürlich, du hast ja auch zuerst nur mit Gabe gestritten«, erinnerte sie ihn. Gabe war Pops ältester Bruder und lebte jetzt in St. Louis. Auf Pops Seite der Familie gab es ein ganzes Netz von Verwandten, die fast alle nach Chicago oder St. Louis eingewandert waren, Verwandte, zu zahlreich und zu weit entfernt, als daß man hoffen konnte, sich über ihren Verbleib auf dem laufenden zu halten. Wie Mom durchblicken ließ, war es vornehmlich ihr skandalöses Benehmen in Amerika oder Galizien, welches Ira das dürftige Gefühl von Verwandtschaft vermittelte, das er besaß.

Was, wenn sie sich in New York niedergelassen hätten, wie Pop es schließlich tat? Dann hätte es zwei Familienclans gegeben, die längst etablierte, eingebürgerte erste Generation, die »gelb-reifen« Amerikaner, wie Juden den akkulturierten Einwanderer nannten, und die »grünen« Amerikaner, Moms Familie. Was für ein familiäres Netz wäre das geworden, wenn er zwischen der Strenggläubigkeit und den Eigenschaften des Sejde, Onkel Gabe und Sam in St. Louis und Onkel Jacob in Chicago hin- und hergependelt wäre. Man konnte davon ausgehen, daß es eine Affinität oder Gleichartigkeit zwischen Onkel Jacob und dem Sejde gegeben hätte, aber nicht so sehr, oder weit weniger, zu den anderen Onkeln auf der

Seite seines Vaters. Obwohl diese dem Sejde in Alter und Temperament recht ähnlich waren, entnahm Ira Moms Ausführungen, daß ihre Anschauungen und ihr Verhalten dem seiner kürzlich angekommenen Onkel noch viel ähnlicher waren.

Oh, das wäre vielleicht was gewesen – Ira hielt inne und dankte seinem Glücksstern, daß er sich mit diesem Familiennetz nicht auseinandersetzen mußte. Schon ein knapper Abriß dessen, was er in Erinnerung hatte, hätte ihm gereicht – wenn nicht selbst das schon zuviel des Guten war:

Sam, Pops nächstälterer Bruder, stark und stämmig, war Soldat gewesen und hatte sich in die Frau eines anderen verliebt – zum großen Mißfallen seines Vaters, des strengen, bärtigen Juden mit den Schläfenlocken, der neben dem Porträt seiner gleichfalls ernst dreinschauenden Frau an der Wand des Vorderzimmers hing. Und sie stritten sich, Sam und sein Vater, der seinen Stock gegen seinen Sohn erhoben hatte zu nichts Besserem, als daß er ihm aus der Hand gerissen und er selbst damit geschlagen wurde. Sam floh mit der Frau des anderen nach Amerika. Das berichtete Mom, die Quelle all dieser Geschichten; und daß Gabe eine Frau geheiratet hatte, die beträchtlich älter war als er, Clara mit Namen und ein alter Hausdrachen. »*Oj*, ist das eine Clara«, sagte Mom. »Und eifersüchtig. Und eine Schreckschraube. Fürchterlich!« Pops Bruder Jacob, ihm altersmäßig am nächsten, derjenige, der in Chicago lebte, der mit dem Hautausschlag, war ein Weichling und wurde oft beim Lernen des Talmud von seinem jüngeren Bruder Pop so gepiesackt, bis beide handgreiflich wurden. Und einmal wurde Jacob von Pop so schlimm verprügelt, daß dieser sich vor seines Vaters Strafe verstecken mußte. Er schlief draußen in einem Nebengebäude und wurde spät am Abend heimlich von seiner Mutter mit Nahrung versorgt. Es gab noch eine ältere Schwester, Chatsche, die einen Dandy namens Schnapper geheiratet hatte, ein ausnehmend hübscher Mann und libertin. Beide lebten im Mittleren Westen, aber nicht in St. Louis oder Chicago. Sie fühlte sich durch die fortgesetzten und unverhohlenen Amouren ihres fremdgehenden Ehemannes so gepeinigt, daß sie sich eines Tages mit Kerosin übergoß und anzündete (Mom senkte die Stimme, als sie das erzählte). Und Ira wurde selbst Zeuge, ja, viele, viele Jahre später, als er Fannie besuchte, eine sehr hübsche Frau mit ebenmäßigen Zügen, unübersehbar Schnappers Tochter – da wurde Ira Zeuge, wie der alte Mann, Schnapper höchstpersönlich, inzwischen über neunzig, im Erdgeschoß am Fenster saß und jede Frau taxierte, die vorüberging: es war wie ein Reflex, die Art, wie er beim Anblick eines Rockes Zuckungen bekam. Und weil nun Pop das *jüngste* Kind seiner Eltern war und Onkel Louis der Erstgeborene von Pops älterer Schwester, hatte es sich so ergeben, daß der Neffe älter war als der Onkel.

Und an Pops Vater, an den konnte sich Ira überhaupt nicht erinnern, obgleich Mom erzählte, an dem Abend, ehe sie mit ihrem Kind nach Amerika aufbrechen sollte, habe Ira, ein Knirps von zweieinhalb Jahren, so entzückend vor seinem Stammesvater getanzt, daß dem alten Mann die Tränen in den Augen standen, während er, auf seinen Stock gelehnt, zuschaute. Aus einem anderen Zeitalter, wahrhaftig, so dachte Ira von ihm – wie auch von einigen seiner sehr alten Grundschullehrer –, von diesem Großvater, der, über achtzigjährig, 1914, kurz nach Kriegsausbruch, starb. Als reicher Jude wurde er von zaristischen Soldaten festgenommen und beim Einmarsch in Galizien als Geisel gefangengehalten. Als die russischen Truppen, in Auflösung begriffen, vor dem Gegenangriff der österreichischen Armee flohen, warfen sie ihn vom Wagen in den Graben. Es war schon kalt draußen; er erlitt Erfrierungen und wurde nur gerettet, weil ein Bauer, der vorüberkam, das Stöhnen des alten Mannes hörte und ihn als Saul erkannte, den Verwalter der Schnapsbrennerei des Barons, den man weit und breit wegen seiner Kunstfertigkeit als Veterinär schätzte. Der Bauer nahm den Achtzigjährigen mit in seine Unterkunft, pflegte ihn, bis

Verwandte benachrichtigt waren, die ihn abholten und unter ihr eigenes Dach zurückbrachten. Aber die Unterkühlung und der Schock waren zuviel für seinen alten Körper und Saul, der Verwalter, Scha'ul Shaffer, wie er hieß, starb kurz darauf – im Herbst 1914, dem Herbst eben des Jahres, in dem die Bobe und der Sejde mit ihren Kindern nach Amerika kamen. Pop hatte sich damals noch nicht mit seinen Schwiegereltern zerstritten. Er ging in ihr Haus, als Ira dort war, und hockte sich auf einen Schemel unten am Boden. Zum ersten Mal hatte Ira jemanden *achiwe* sitzen sehen, wie die siebentägige Trauer genannt wurde.

»Ja«, fuhr Pop, zu Onkel Louie gewandt, fort. »Man hat mich ins Gefängnis gesteckt, in die *srajmulke*« (war das nicht ein komisches Wort für Gefängnis?). Pop lachte. »Weil ich nach Österreich zurückging und mich nicht habe einschreiben lassen. Da warfen sie mich ins Gefängnis. Die wußten nicht, daß ich schon amerikanischer Staatsbürger war – oder sie wollten es nicht wissen. Gabe ließ mich einbürgern, noch ehe ich volljährig war, damit ich die komplette Republikanische Liste wählen konnte. Im Jahre 1900 wurde ich dann Staatsbürger. Geboren bin ich 1882. Ich war erst achtzehn, und eine Geburtsurkunde, die hatte ich nicht. Also, meinte Gabe, sag, du bist einundzwanzig; Gabe war mein Zeuge, daß ich einundzwanzig war.«

»Und warum haben die Österreicher dich aus dem Gefängnis entlassen?« fragte Onkel Louis.

»Ob nun, weil sie herausgefunden hatten, daß ich amerikanischer Staatsbürger war, oder weil ich die Musterung nicht bestanden hatte – groß und stark bin ich ja nicht gerade –, der Gefängnisdirektor kam herein, und ›Raus! Raus!‹ hat er gesagt.« Pop lachte und lachte und lachte: »Da war noch einer – wir waren drei oder vier in der Zelle – bitte *antschuldikt mir*, aber der konnte einen *farz* machen, wann er wollte. Sag zu ihm ›farz, Stanislas‹. Pup! Ein *farz*. Kich, kich, kich!«

XV

Der Krieg kam näher. Verwirrt durch seltsame Aufwallungen in seinem Innern und seltsame Gerüchte von außen, blieb ihm der Große Krieg doch immer irgendwie undurchsichtig, ein nebulöser Komplex in der Erinnerung, ohne Bezug zu Zeit und Bedeutung. Tante Mamie, inzwischen Mutter von zwei Töchtern, kaufte Ira immer ein Flanellhemd zum Geburtstag, ein neues, graues Flanellhemd. Was das mit dem Großen Krieg zu tun hatte? Mit dieser Frage fühlte er sich immer auf Herz und Nieren geprüft: in dem verarmten Leben in dieser als gegeben hingenommenen trübseligen Kaltwasserwohnung, immer noch mit Gasglühstrümpfen beleuchtet, im Winter nur die Küche beheizt – von einer einzigen Reihe flackernder blauer Perlen im Gasbrenner des Backofens. Allein die Küche war warm, manchmal stinkend, während die anderen Zimmer hinter der zum anderen Teil der Wohnung geschlossenen Küchentür eiskalt waren. Und so legte er sich denn ins Bett, unter den mit Gänsefedern gefüllten Drillich. Da ungesteppt, verschoben sich die Federn anfänglich von einem Ende zum anderen und bildeten dicke Klumpen, und man mußte immer die ersten paar Minuten nach dem Hinlegen mit den Füßen imaginäre Pedale treten, um in seiner Hülle Wärme zu erzeugen. Ja, die kamen noch aus Europa: die Federbetten waren Familienstücke und aus Gänsedaunen.

»Im Winter, wenn wir nichts zu tun hatten«, sagte Pop in nostalgischer Erinnerung, »saßen wir alle um den runden Tisch versammelt im Haus meines Vaters, und wir nahmen die großen Federn von der Gans, die großen Schwungfedern und die Schwanzfedern, und wir zupften die Fasern vom Kiel. Sogar die verwendeten wir, die kleinen Fasern vom Federkiel.« Im Drillich waren auch zwei oder drei Münzen eingenäht – Ira konnte sie manchmal fühlen, wenn sie alle in eine Ecke gerutscht waren, aber der Drillich war so fest zusammengenäht, daß er sie nicht herausbekam. (Es waren Talismane, so erfuhr er später, zwischen den Federn versteckt, um Fruchtbarkeit und Glück zu bringen.) Die gutherzige Mamie schenkte ihrem Neffen ein Paar hochgeschnürte Stiefel, nicht neu, aber oh, gehütet wie ein Schatz! Hohe Stiefel für jeden Schnee, egal wie tief!

»Auf deinem Mist sind die nicht gewachsen«, sagte Mom ironisch. »Jedoch, magst du dich in ihrem Glanze spiegeln.«

Unerklärliche Aufwallungen und Zwänge: er war in der 6A oder 6B, seinem letzten Jahr auf der P.S. 103, der »Elementarschule«, wie das hieß. Was veranlaßte ihn an diesem Nachmittag, sich nach Schulschluß gegenüber den großen Eichentüren des Haupteingangs herumzudrücken? Und zu warten, bis Miss Driscoll herauskam, seine Lehrerin. Die große, schlanke, ernste, zurückhaltende Miss Driscoll mit dem vornehmen, zarten Gesicht. Mit schuldbewußter, bislang unbekannter Erregung schlich er hinter ihr her, Block für Block, bis zur 125th Street, verlor sie immer gerade nicht aus den Augen. Zu was für einer geheimnisvollen Wohnung würde er wohl gelangen? Was für geheimnisvolle Riten würden dort vollführt, welchen Sehnsüchten gab sie sich hin, welchem heimlichen Geliebten?

Miss Driscoll schlenderte weiter nach Westen, die belebte 125th Street entlang, allein und damenhaft, während Ira zwischen all den Fußgängern im Zickzack hinter ihr herging. Jetzt nach Norden, die schmucklose, bahnbefahrene Amsterdam Avenue entlang, zu beiden Seiten langweilige, fünfstöckige Mietshäuser ohne Fahrstuhl, deren Dächer und Treppenaufgänge Absatz für Absatz höher den Berg hinaufführten. Aber Ira war sich ganz sicher, daß am Ende eine dunkle Ahnung atemloser Offenbarung auf ihn wartete, eine seltene Einsicht, eine Entdeckung. Nach Norden, bis zu den 130er Nummern, und immer noch nördlich. Miss Driscoll wandte sich wieder nach Osten, den Hügel hinab, zwischen den Mauern eines riesigen

Stadions und grauweißen Gebäuden wie Kirchen, die er auf Bildern in Märchenbüchern gesehen hatte, oder wie gewaltige Schlösser, grau mit weiß. Und dann – sie ging bei einem der Schlösser am Fuße des Berges um die Ecke und war plötzlich, wie von Zauberhand, verschwunden... Dort, wo sie um die Ecke verschwunden war, stand aber eine Tür offen, zu ebener Erde, wo die Gebäude einen großen Hof umschlossen, mit Fahnenmast und Bäumen und einer hoch aufragenden Uhr in einem Türmchen aus grauweißen Steinen. Also hier wollte sie hin? Es liefen dort noch ein paar Menschen herum, einige Frauen wie Miss Driscoll, aber hauptsächlich junge Männer, viele mit Büchern oder Aktentaschen unterm Arm. Es war nur eine andere Schule, sonst nichts. Das war alles? Enttäuscht und gekränkt wandte er sich um und ging seinen Weg zurück in der Stunde vor Sonnenuntergang, ließ hinter sich die grauweißen Gebäude, die ihm aussahen wie Kirchen oder Schlösser...

Wie viele Male würde er nun auf seinem Weg in die Schule an genau dieser Tür vorübergehen, so viele Male, daß er schon fast vergaß, daß es immer dieselbe Tür war. Man konnte brüten, darüber brüten, daß die Verantwortungslosigkeit, nein, die Torheit des Jugendlichen sogar größer war als die simple Verantwortungslosigkeit des Kindes, das er einst gewesen war. Aber was, zum Teufel, nützte es, sich dessen bewußt zu sein?

Kamen noch diese ersten Anzeichen hinzu – Signale, deren Bedeutung er später erkennen würde, später erst benennen konnte, als er danach strebte, sie umzusetzen – Anzeichen einer Berufung. Etwas Angeborenes keimte in dir, erkennbar und doch meist wortlos, ein Drängen, das kein anderer empfand. Der Knabe in der Holzfällerjacke auf seinem Heimweg von der Bücherhalle in der 124th Street, abends um sechs, wenn der Lesesaal oben geschlossen wurde. Unter den Arm geklemmt die Bände mit Mythen und Legenden, die er so liebte. Und er ging unterhalb des Hügels am Mt.

Morris Park in der herbstlichen Dämmerung, den Abendstern im Westen, über dem hölzernen Glockenturm, am klaren Himmel. So wunderschön war das: siehe da, eine Erscheinung. Es bereitete ihm ein Problem, von dem er nicht im Traum gedacht hätte, daß ein Mensch es sich selbst bereiten könnte. Wie drückte man das aus? Ehe die blaßblaue Dämmerung aus seinen Augen schwände, mußte er es sagen können, Worte finden, die es beschrieben: blau, indigo, blau, indigo. Treffende Worte, die diesem über Hügel und Turm schwimmenden Stern gerecht würden; welche Worte paßten hier? Einsamer, schwimmender Stern über dem Hügel. »Blinken« nicht, oh nein: blinke, blinke, kleiner Stern – diese Worte gehörten schon einem andern. Du mußtest selbst etwas Passendes finden: schwimmend in der blauen Flut, könntest du sagen ... eventuell. Wie das Waschblau, in dem Mom die weißen Hemden spült. Nein, das kann man nicht sagen... Es ist doch so klar. Ein einzelner Stern steht über dem Mt. Morris Park-Hügel. Und es wird Nacht, und es wird kalt – oh, Mann, wenn ich nun nicht kalt, sondern kühler sagte. Ein Stern steht überm Mt. Morris Park-Hügel. Und es wird Nacht, und es wird kühler...

ZWEITER TEIL

I

Die Zeit kommt näher… Hinfällig und noch im Banne wilder Träume der letzten Nacht, fiebrig und verzweifelt, unter dem Einfluß des Medikaments, das er in den frühen Morgenstunden eingenommen, um die extremen Schmerzen seiner RA zu lindern, haßte er es weiterzumachen. Haßte es aber noch mehr, weil die Zeit näherkam.

Ach, es war nicht nur der Krieg – was bedeutete schon der Krieg für ein Kind, das gerade zwölf geworden war? Oberflächliches Begreifen, sporadisches Problembewußtsein: die Sammlung von Pfirsichsteinen für Gasmasken in der Schule, eine patriotische Rede, ein Comic, ein Poster, ein bestimmtes Lied, ein paar Worte hin und wieder über das Thema, zu Haus und auf der Straße. Kurzerhand trat er den Pfadfindern bei, saß an einem Sommerabend mit Davey Baer am Straßenrand vor der Bücherhalle an der 124th Street, gegenüber dem Nordende des Mt. Morris Park – und verkaufte bald abends schüchtern Liberty Bonds an die vielen Menschen, die sich zu einer patriotischen Kundgebung versammelt hatten, die von seiner Gruppe auf der Seventh Avenue und 116th Street veranstaltet worden war.

Heterogene, fragmentarische Aspekte, die wenig dauerhaften und tiefen Eindruck hinterließen – bis zu jenem Tag im April, als Amerika bereits in den Krieg eingetreten war.

– Aber das war ein Jahr später, als du zwölf warst.

In der Tat. Das war 1918.

– Und du sprichst von dem Jahr davor, 1917.

Ganz kurz bevor die Vereinigten Staaten in den Krieg eintraten. Ja.

– Aber der kritische Punkt, der Augenblick, der war 1918.

Ja.

– Dann warte doch noch!

Warum eigentlich nicht?

– Früher oder später mußt du diese Hürde nehmen.

Ja.

– Ich habe dir von Anfang an gesagt, als du diesen so kritischen Punkt in deinem Bericht absichtlich ausgelassen hattest, daß du nicht darum herumkommen würdest, dich damit zu beschäftigen.

Hast du, Ekklesias, hast du. Vielleicht war ich noch nicht reif dafür.

– Bist du's jetzt?

Ja. Ich bin es geworden.

– Als du mußtest. Letztlich konntest du nicht mehr davor weglaufen.

Ja. Da ich immer weitermachte, mußte ich konsequenterweise irgendwann dem Problem ins Auge sehen. Und das ist etwas, mußt du wissen, Ekklesias, was ich in dem einzigen Roman, den ich bislang geschrieben habe, erfolgreich vermieden habe: mich damit auseinanderzusetzen.

– Sehr geschickt. Aus der Vermeidung machtest du eine Klimax, eine Apokalypse aus deiner Weigerung fortzufahren, eine apokalyptische Gewalttour unter Verzicht auf eine literarische Zukunft. Ein sehr löbliches Feuerwerk deines Talents, es fand Anklang, auf jeden Fall. Mach weiter.

Pop faßte plötzlich den Entschluß, nach St. Louis zu reisen; er hatte Sehnsucht, seine Brüder dort wiederzusehen. Oder war es eine gewisse Nostalgie, eine Erinnerung an jene allerersten Monate im Jahre 1899, als er nach Amerika kam? Und mit hinein spielte womöglich die übliche Illusion, er könnte mit Hilfe seines Bruders Gabe einen neuen Anfang machen, Gabe, der in beständiger Treue zu den Republikanern (und ebenso durch seine Verbindung zur Freimaurerei) innerhalb der Republikanischen Partei zu einer Position von einiger Bedeutung aufgestiegen war: Durch Gabes Vermittlung hatte sich sein Bruder Sam die Position des Hygieneinspektors im Amt für Straßenreinigung von St. Louis gesichert. Auf dieselbe Weise hatte Gabe seinem Neffen, der ebenfalls Gabe hieß, eine Position beim Rechnungshof besorgt. Onkel Gabe, Pops Bruder, war in der Republikanischen Partei eine Autorität geworden, einerseits wegen seiner langjährigen und unerschütterlichen Treue zu ihr, andererseits und sogar noch eher, weil er es vorgezogen hatte, in einer weitgehend »farbigen« Gegend zu wohnen und den Bedürfnissen seines Distrikts mit großem Einfühlungsvermögen und so außergewöhnlicher Hingabe zu dienen, daß man ihm zutrauen konnte, endlich »die Stimmen der Farbigen« zu gewinnen. »Kann sein, kann sein«, sagte Pop, »daß ich diesmal Glück habe.« Erfolg oder Mißerfolg waren für Pop fast immer eine Frage des Glücks – *masel* – und fast nie eine Frage des guten oder schlechten Urteils. »Vielleicht, vielleicht habe ich endlich Glück. Gabe könnte mir helfen. Er hat ganz viel Einfluß. Du verstehst, was Einfluß bedeutet?« Er knöpfte sich Mom vor und übersetzte das Wort ins Jiddische, eigens für sie. »Einfluß bedeutet, er hat das Ohr des Bürgermeisters und des Abgeordneten und anderer *gewirim* unter den Politikern. Er weiß vielleicht, wo man im Rathaus eine gute Imbißstube eröffnen könnte. Mit Einfluß und einer Leihgabe von ein paar hundert Dollar könnte ich auch ein *macher* werden.«

»Letztes Mal hast du dich mit ihm gestritten«, erinnerte Mom.

»Letztes Mal war letztes Mal. Was hat das hiermit zu tun?«

Mom verzog das Gesicht.

»Und wenn auch schon nichts daraus wird, würde ich doch meine Brüder sehen. *Du* hast deinen ganzen Verein hier in New York. Wen hab' ich zum Quatschen? Niemanden.«

»Und als du dort warst, in St. Louis, das ist dir dann ja auch unwahrscheinlich gut bekommen.«

»Geh, du sprichst wie eine Idiotin. Wie kannst du nur den jungen Mann von achtzehn, der ich damals war, mit dem Mann vergleichen, der ich heute bin? Ich habe einen Beruf. Ich bin Kellner. Ich verstehe etwas vom Restaurantgeschäft. Ein Imbiß, wenn ich den mit Gabes Rat aufmachen würde, ich wette, der wird ein Erfolg. Laß ihn nur bei den Politikern für mich sprechen. Sieh dir an, was er für meinen Bruder Sam, für meinen Neffen Gabe S. getan hat. Und für den jungen Sam. Wie ich höre, hilft er ihm, an einer belebten Avenue einen Zigarrenladen aufzumachen.«

»Mag es sein, wie es sei«, beschwichtigte Mom. »Solange du mir nur mein Haushaltsgeld läßt.«

»Das laß’ ich dir, das laß’ ich dir. Was, ich sollte abreisen, ohne dir deine acht Dollar die Woche zu lassen? Miete ist bezahlt, Gasrechnung bezahlt«, Pop verfiel in einen *dawenen* Singsang. »Zwei Wochen Haushaltsgeld, das laß’ ich dir. Der Rest wird sich finden.«

»*Nu*«, Mom zog resigniert die Augenbrauen hoch und fügte sarkastisch hinzu: »Ich werde also ohne Mann sein – verlassen wie Mrs. Greenspan von drüben. Und wenn die Familie das hört, was die wohl sagen wird.« Sie schüttelte den Kopf.

»Laß sie sich die Mäuler zerreißen«, sagte Pop. »Viel Gutes haben sie mir getan. Laß mich nur ein klein wenig Glück haben, das ich ihnen zeigen kann.«

Ira war erleichtert zu hören, daß sein Vater weg sein würde, tagelang, erleichtert und gleichzeitig ein wenig beunruhigt. Die Atempause während Pops Abwesenheit, die Freude einer neuen Freiheit, die er währenddessen genießen würde, wurde überlagert von Moms Besorgnis über die Abwesenheit des Ernährers der Familie.

Nach einer Woche war alles gepackt und Pop fertig zum Abmarsch, die Verschlüsse seiner gebraucht gekauften Tasche auf dem Küchenfußboden mit Wäscheleine verstärkt. Angespannt, das Gesicht verkniffen, seine Nervosität in jeder Bewegung erkennbar, überzog ein Netz aus winzigen roten und blauen Kapillargefäßen seine Nasenspitze, auffällig trotz ihrer Winzigkeit, wie feine Linien auf einer Banknote. »*Nu*, Lea«, sagte er, kurz angebunden vor Nervosität, »laß uns Adieu sagen und uns in den Arm nehmen.«

»Laß uns Adieu sagen«, sagte Mom.

Sie umarmten sich, der dünne, schmächtige Mann mit den Brillengläsern und die schwere, füllige Frau mit den vollen Lippen, beinahe gleichgültig. Wie zwei Fremde, peinlich berührt von ihrer Förmlichkeit, schieden sie. »Bleib gesund«, sagte Mom.

»Und daß ich nichts Schlechtes über dich zu hören bekomme«, sagte Pop zu Ira.

Er beugte sich hinab, küßte Ira mit seltsam weichen, zarten Lippen und nahm seine Tasche auf.

»Du schreibst doch«, sagte Mom.

»Was denn sonst? Selbstverständlich.« Sein Gesicht verdunkelte sich in düsterer Vorahnung, er öffnete die Tür. »Auf Wiedersehen.« Und machte sie hinter sich zu.

»Möge es eine glückliche Stunde sein, in der er geht«, sagte Mom, wenn auch ohne Überzeugung, und seufzte. »*Aj*, wie er rennt. Rennt. Gott helfe ihm. Seltsamer Mensch. Was kann man machen?« Und nach einer sorgenvollen Pause: »Ich werde ein Weilchen zur Bobe gehen. Auf dem Nachhauseweg einkaufen. Möchtest du mitkommen?«

»Nein, ich werde lesen.«

»Du wirst dir noch die Augen auslesen. Soll ich den Glühstrumpf anzünden? Es wird bald dunkel sein.«

»Nein, so schnell nicht«, sagte er muffelig. »Ich kann am Fenster noch sehen.«

Ein, zwei Stunden blieb sie weg, kam zurück, als die Abenddämmerung gerade auf Wäschepfahl und Leinen im Hof niedersank. Sie wirkte gar nicht so verloren, eher unwillig, ärgerlich und freudlos. Stirnrunzelnd bereitete sie das Abendessen – eine von Iras Lieblingsspeisen, paniertes Kalbskotelett – und versuchte dann, seine Gefräßigkeit einzudämmen. »Schon zweimal alleingelassen. Das erste Mal in Tysmenitz, mit dieser strengen, abweisenden Schwiegermutter, und jetzt hier. *Nu*, laß ihn geh'n – in einem guten Jahr«, fügte sie hinzu und ärgerte sich darüber, daß sie sich ärgerte. »Hier ist nicht Tysmenitz, wo ich – von meinen Schwiegereltern geduldet – monatelang wartete, bis die Schiffskarte kam, und noch dazu mit einem Kleinkind. Ich sehe dir an, daß du keinen Wert darauf legst, diese Geschichten zu hören.«

»Ja, ganz recht. Das ist Europa.«

»Und das war natürlich ganz was anderes –. Ja, wahrhaftig«, korrigierte sie sich. »Du hast recht. Ich müßte sagen: Das war Tysmenitz, und dort war ich allein, fast nur unter Fremden. Dies ist New York, Amerika. Meine Familie ist hier. Ich habe Verwandte. Dennoch, wo rennt er nur hin? Glaubt er, bei dem Bruder besser aufgehoben zu sein, mit dem er sich vor Jahren so gestritten hat? Die brauchen ihn da? So wie ich 'ne Pestbeule. Er jagt nach rostigen Hufeisen. Ein reifer Mann hätte sich schon längst einen passenden Lebensunterhalt gesucht: wenn nicht in Damenbekleidung, wie Mamies Mann Joe, dann eben was anderes. Er ist Kellner, dann soll er doch Kellner bleiben. Mein Bruder Moe ist jetzt dort Oberkellner, wo er mal als Kellner angefangen hat. Meinen Chaim kennt man inzwischen in der Hälfte aller milchigen Restaurants auf der East Side, und zweifellos auch in fast allen vegetarischen Gaststätten. Was soll man machen?«

»Is' ja gut!« entgegnete Ira ungeduldig.

»Allerdings is's gut. Ich habe Kompott gemacht.«

»Das is' gut.«

Sie stand vom Tisch auf, um ihn zu bedienen. »Oben wohnt eine Mrs. Karp. Der Mann geht Tag für Tag zur Arbeit. Was er arbeitet? Er macht Vorhänge. Er strebt nicht danach, über Nacht Chef zu werden. Ich bin sicher, daß sie auch Geld sparen. Weil sie mir erzählt hat, wenn die Zeit reif ist und sie das Geld zusammen haben, dann hoffen sie, mit Gottes Hilfe eine kleine Vorhangfabrik kaufen zu können. Es ist möglich, daß der Boß sich auf Teilzahlung einläßt. Seine Kinder verabscheuen das Vorhangmachen. Ihre Gedanken kreisen nur ums College. So planen kluge Leute. Sie will mithelfen; ihre Bengels wollen mithelfen. Die denken praktisch. Sie vertrauen einander. Sie denken sich ihre Zukunft gemeinsam aus. Bei ihm ist alles ein Geheimnis, sein Einkommen, seine Pläne.«

»Jetzt reicht's allmählich!« unterbrach Ira.

»Wahrhaftig, warum belaste ich dich auch damit.« Sie stellte ihm das Kompott hin. »Das Herz spricht, wie ihm zumute ist.«

Bis er zu Bett ging, machte er Hausaufgaben. Er haßte Arithmetik; meistens hatte Arithmetik mit Dollar und Cent zu tun: Zinsberechnung für Geld auf der Bank, Provision bei Verkäufen, Profit beim Handel. Er haßte die ungekürzte Division. Nur wenn es sich um eine geometrische Form handelte, stellte er gern die Berechnungen an: ein Rechteck, ein Quadrat, ein Dreieck, bei denen man eine Formel anwenden konnte. Er verabscheute Geographie, fand Geschichte erträglich. Aber Lesen, ah! Das war sein Problem: er verbrachte zuviel Zeit mit Lesen, zu Lasten aller anderen Fächer. In der 9th Street, da hatte er noch nicht so viel gelesen; er erinnerte sich nicht einmal, wo auf der East Side die Bücherhalle war. Er wußte, wo der *chejder* war, aber kannte nicht die Bücherhalle. Jetzt war es fast genau umgekehrt. Er kannte den Standort von mindestens vier verschiedenen Bibliotheken. Und Englisch konnte er auch viel besser lesen; er konnte den Sinn von Wörtern in Märchen und Legenden erraten, auch wenn er sie nicht richtig aussprechen konnte. Ira lächelte in sich hinein. Einmal, als er in der Klasse 3B laut vorlesen mußte, hatte er »Kirkel« statt Zirkel gesagt. Da hatte sogar die Lehrerin gelacht.

II

Die gedrungene, plumpe Mrs. Shapiro kam jetzt gern abends zu Besuch (wie könnte Ira je vergessen, wie nett und mutig sie damals bei Pops Wutanfall gewesen war). Mit einem Klopfen machte sie sich bemerkbar und rief dann von draußen durch die geschlossene Wohnungstür. Sie hatte schon während der letzten paar Wochen damit begonnen, abends vorbeizuschauen, weil Pop als »Mädchen für alles« Überstunden schob: Seit kurzem bediente er bei allen drei Mahlzeiten, auch beim Dinner – zusätzlich zu seiner regulären Frühstücks- und Mittagsschicht, um soviel Geld wie möglich anzusparen und für gute Gelegenheiten in St. Louis bereitzuhalten. Weil sie es so herzlich liebte, den *roman* zu hören, die romantische Fortsetzungsgeschichte, die täglich in *Der Tag* abgedruckt wurde, hatte Mrs. Shapiro sich Pops Abwesenheit zunutze gemacht. Ira sonderte sich ab von Moms jiddischem Redefluß, grinste sarkastisch hier und dort, wenn er sie sagen hörte: »*Cha! cha! cha! hat er gelacht.*« Was für eine Art, »ha, ha, ha, lachte er« zu sagen.

Mom sagte zuerst nichts über Pops Abreise, da er sowieso abends nie dagewesen war, aber nach einer Weile vertraute sie ihrer Nachbarin an, daß er in St. Louis sei. Sie sprachen viel über seine Abwesenheit, und Mom las ihr auf jiddisch einen langen Brief von ihm vor, in dem alles über sein St. Louis stand. Er war sehr positiv beeindruckt. Er erwartete dort gute Aussichten, hoffte, im dortigen gemächlicheren Lebenstempo Erfolg zu haben – es war nicht wie New York, schnippisch und voller *chochems*. Und er kam gut mit *schwarze* aus. Gabe meinte, eine Imbißstube oder ein Café würde sich in dem Bezirk, in dem er selbst wohnte, gut machen, weil dort fast nur *schwarze* lebten. Diese besuchten lieber Lokale, die Weißen gehörten, als solche von Leuten ihrer eigenen Rasse. Und außerdem hatten sie keine Ahnung, wie man ein Restaurant betreibt.

»Das klingt ja ganz so, als wolle er für immer in diesem St. Louis bleiben«, sagte Mrs. Shapiro. »Und Sie?«

»Ich? Wenn er denkt, ich würde nach St. Louis kommen und dort leben, dann ist er wahrlich übergeschnappt. Soll ich etwa dorthin geh'n und bei seinen kaltschnäuzigen Verwandten wohnen?«

»*Asoj?* Und was wollen Sie tun?«

»Soweit sind wir noch nicht«, erwiderte Mom, kurz und bündig.

»Pop sagt, es ist eine große Stadt«, mischte sich Ira ein. »Vielleicht wären da nicht so viele Irländer. Ich könnte Freunde haben.«

»Wenn nicht Irländer, dann *schwarze*. Würde dir das besser gefallen?«

»Es wäre anders.«

»So ein unbegabtes Volk«, sagte Mrs. Shapiro. »Und so einfach. *Oj gewald*.«

»Und *schlepn* mit die Möbel. Du müßtest auch auf eine andere Schule gehen. Du klagst über Irländer – *gojim*, fanatische Antisemiten. Wie willst du wissen, was du dort zu leiden hast?«

»Pop sagt, es sind Freunde. In der P.S. 24 gibt es mehr Irländer als in der P.S. 103«, entgegnete Ira. »Nächstes Jahr komme ich auf die P.S. 24. Also muß ich sowieso die Schule wechseln. Und wie willst du wissen, daß es dir in St. Louis nicht besser gefällt?«

»Hören Sie sich das Kind an!« wandte sich Mom zu Mrs. Shapiro. »Kindermund tut Wahrheit kund. Als wir hierher nach Harlem zogen, da weinte er und wollte zur East Side zurück. Jetzt, wo er sich an das Leben hier gewöhnt hat, möchte er nach St. Louis.«

»Du hast hier Großmutter und Großvater«, mahnte Mrs. Shapiro, zu Ira gewandt. »Und Onkel und Tanten...«

»Dort werde ich auch Onkel und Tanten haben«, unterbrach Ira.

»Aber hier wohnen sie nur wenige Blocks entfernt: 115th Street.«

»Geh«, winkte Mom ab. »Hier habe ich Schwestern und eine Mutter. Hier kenne ich mich aus. Ich weiß, wo ich Kleidung kaufen kann oder eine Bettdecke, wo ich Meerrettich bekomme, frischen Hecht und Knickeier. Der jüdische Bankkassierer grüßt mich in der Sparkasse. Was werde ich dort kennenlernen, eine neue *gojische* Stadt? So weit in die Wildnis. Sofort werden die sich über jeden meiner Schritte und Wege lustig machen. Es wird ein Chaos geben, wenn er sich in den Kopf setzt, dorthin zu ziehen. Ich werde nicht mitgehen! Immerhin habe ich meine Familie hier; ich kann die

Armut ertragen. Wie würde es unter seinen Leuten sein? Sie sind mir fremd. Fühlen ganz anders. Und Sie wollen mir nicht glauben, daß er in kürzester Zeit mit ihnen Krach haben wird? Wohin sollte ich mich dann wohl wenden? Ich bleibe hier. Soll er mir doch jede Woche mein Haushaltsgeld schicken. Oder was sagen Sie, Mrs. Shapiro?«

»Ganz recht. Ganz recht«, sagte Mrs. Shapiro.

»Also gut.« Ira schaute bekümmert auf Moms ärgerliches, verstocktes Gesicht. Und doch, genährt durch das Unwohlsein, das ihre Besorgnis in ihm auslöste, lockten sonderbare Gegensätze: verschwommene Vorstellungen vom Leben in St. Louis, einer fernen Welt, einer mit mehr Platz, einer frischen und besseren als hier in Harlem. Welche wollte er? Hier ohne Pop oder dort mit ihm, in St. Louis? Hier ohne Pop und auf immer ohne die Gefahr nochmaliger fürchterlicher Schläge, wie damals, als Mrs. True gekommen war, eigentlich nur, um sich zu beschweren – und Mrs. Shapiro, die den Abend auch hier war und ihn ohne großes Aufhebens vor wer weiß wieviel Schlimmerem gerettet hatte. Nein, nie hatte er es jemandem erzählt – und wem hätte er es auch erzählen sollen? –, daß er in jener Nacht träumte, er versuche ein Messer aufzunehmen, mit dem er Pop erdolchen wollte, aber es klebte auf dem Tisch fest, als ob ein Magnet es halte. Noch einmal hatte er es geträumt, wie glänzte die scharfe Klinge! Ja, ihm würde es ohne Pop besser gefallen, oder mit Pop in einer neuen Welt, mit neuen Verwandten, Verwandten, die englisch sprachen. Er konnte nichts dazu sagen.

Nachdem Mrs. Shapiro gegangen war, schien Mom sich zu besinnen; sie ärgerte sich, daß sie sich aufgeregt hatte: »Was quatsche ich denn da? Die hatten doch so auch nichts mit ihm zu tun, seine Brüder, oder? Sie kennen doch Chaim gar nicht, seinen Leichtsinn und seine Mätzchen! Ich quatsche nur. Es ist nichts. Du wirst wieder einen Vater haben – gib ihm eine Woche, oder zwei.«

Sie nickte abrupt, bestätigend. »Was? Sie ertragen ihn, wie ich es tue? Sie bedauern ihn, wie ich es tue? Wer's glaubt, wird selig. Bist du fertig fürs Bett?«

»Ja.«

»Du schläfst in meinem Bett.«

»Aber wo wirst du –« Er wußte nicht, wie er den Satz zu Ende bringen sollte. »Ich schlafe in deinem und Pops Bett?«

»Allerdings. Damit ich dich nah bei mir habe, falls etwas passiert.«

»Was soll schon passieren?«

»Wer weiß. Ich bin allein. Das allerdings weiß ich. Geh pinkeln.«

Manchmal machte er noch ins Bett, was ihn demütigte, aber er konnte es nicht ändern: ihm träumte oft, er pinkele in den Rinnstein oder unten an die Außenkellertreppe. Er verließ die Küche, ging hinaus in den Durchgang, dunkel, weil die Hausmeisterin die spärliche Gasbeleuchtung im Treppenhaus auf den ungeraden Etagen immer löschte – nach neun Uhr. Vom Gang zur Toilettentür. Selbst im Dunkeln konnte man das schimmernde Weiß der Toilettenschüssel erkennen – sie stand nah am Fenster, darum. Er urinierte. Wäre schrecklich, wenn er einnäßte – nein, er würde nicht, nicht heute nacht. Er suchte und ergriff die Kette im Dunkeln, zog und hielt sie so lange, wie eine Spülung dauerte. Kam zurück, entkleidet bis auf die Unterwäsche, blickte fragend auf seine Mutter, ehe er zu ihr sagte: »Wo möchtest du?«

»Du schläfst an der Wand«, sagte sie...

III

Zwei oder drei Abende später, es war noch früh, das Abendbrot kaum vorbei, das Klopfen für Mrs. Shapiro zu früh, meldete sich die Stimme hinter der Tür auf Moms »Wer is' da?« mit »Louis,

Louie S.«. Mom wurde rot im Gesicht, öffnete die Küchentür, und herein kam, groß und dünn und angetan mit seiner Postuniform, Onkel Louie.

»Onkel Louie!« Ira sprang auf und begrüßte ihn stürmisch. »Onkel Louie!«

»*Jingele*«, er lächelte sein breites, quadratisches Goldzahnlächeln. »Er wächst heran und wird ein großer *jingotsch*«, sagte er zu Mom. Das war die andere wundervolle Seite von Onkel Louie: er konnte jiddisch sprechen wie jeder andere Jude und doch auch englisch wie ein echter Amerikaner, ein Yankee. »*Nu*, Chaim ist in St. Louis, Lea. Ich habe eine Postkarte von ihm bekommen. Wann ist er abgereist?«

»Diesen Montag. Er hat dir geschrieben? Komm, setz dich«, lud Mom ihn ein. »Was macht die Familie? Wie geht's Sara? Und den Kindern?«

»Allen geht es gut, gelobt sei Gott. Sara hat viel zu tun mit den Kindern und dem Haus. Für Rose haben wir ein Klavier gekauft.« Er wandte Ira sein goldzahniges Lächeln zu.

»Ja?« Ira senkte den Blick und grinste schüchtern.

»*Nu, masel tow*«, sagte Mom. »Ein kleiner *schabe* gefällig«, scherzte sie. *Schabe* hieß Frosch, konnte aber auch Kaffee bedeuten: Java, Kava.

»Nein«, er lehnte ab. »*A schejnen dank*. Chaim hat dir geschrieben.«

»Er hat mir geschrieben«, sagte Mom. »Einen langen Brief. Er wohnt bei Gabe und Clara.«

»So hat er mir auch geschrieben. Und wie lange?«

»Das allerdings« – Mom lächelte abwägend – »das weiß nur Chaim allein.«

»Er schrieb mir, er fühle sich, als sei er gerade erst in Amerika angekommen. In einem völlig neuen Land. In der Tat –«, sinnierte Onkel Louie. »Seine Worte klingen mir so, als wollte er dort mehr, als nur Gabe und Sam und den Rest der *mischpoche* zu besuchen. Ist das so?«

»Mir hat er gesagt – wie soll ich's sagen? Ein Besuch und mehr. Ich kenne Chaim. Nichts, was ihm widerfährt, geschieht einfach nur so – wenn du verstehst, was ich meine: alles zieht neue Ideen, neue Möglichkeiten nach sich. Vielleicht wird Gabe ihm geschäftlich helfen. Gabe ist Politiker; vielleicht wird er seinen Einfluß nutzen, ihn beraten, wo man am besten einen Imbiß aufmacht, eine Cafeteria, unter all die *schwarze*, und so. Meinst du, Gabe hilft ihm? Kennt er Chaim nicht? Weiß er nicht, wie töricht er ist? Und das sage ich jetzt nicht, um ihn klein zu machen. Er hat nun mal nicht so einen Kopf. Und mich zieht er nicht in Betracht noch ins Vertrauen. Nicht, daß ich etwa so einen Kopf hätte.«

»Aber ruhig bist du. Und vernünftig.« Onkel Louie schüttelte mißbilligend den Kopf. »Du weißt wohl, wie schwer du es ohne Hilfe hast. Und dein chronischer Katarrh?«

»Heute nicht so schlimm. Nur ein Pfeifen im Ohr.«

»Nur ein Pfeifen«, wiederholte Onkel Louie mitfühlend und nickte. »Hörst nur du es, oder kann ich es auch hören?«

»Das weiß nur das Unglück.«

Louis stand auf, brachte seinen Kopf so nah an Moms, daß ihre Wangen sich beinahe berührten. Sie errötete. Das einzige, wovon Ira sicher wußte, daß er es sich nicht einbildete, war die Schamröte in Moms Gesicht, nicht, daß Onkel Louies Augen auf Moms Busen ruhten oder ihr Blick sich schnell von seinem Schenkel in Postbeamtenblau abwandte. Es war wieder diese höchst seltsame Sache, die man sich vorstellen konnte, wenn man wollte. Man wollte und wußte kaum, warum.

Louis richtete sich auf, sein Blick mitfühlend. »Nein, ich höre nichts, Lea.«

»Es ist ein Leiden, nichts weiter. Ich bin glücklich, wenn es nur so leise pfeift. Eine Plage, *nu*.«

»Ich fürchte, ja.« Louis setzte sich. »Einige Freuden mehr im Leben würden dir nicht schaden, da bin ich sicher. Gesellschaft, Veränderung, ein anderes Klima, Englisch lernen, ein wenig von der Welt sehen...«

»Leidenschaft und Choljorado«, lachte Mom.

»Ganz genau: Leidenschaft und Colorado«, wiederholte Louis. »Wer weiß! Hoch oben in den Bergen, in dünner, klarer Luft, mag das Pfeifen ganz und gar aufhören.«

»In einer anderen Welt. Ben Zion, mein Vater, hat mir viele Schläge verpaßt, weil ich so dickköpfig war. Wenn sie nein sagt, so brüllte er oft, kannst du sie noch so schlagen.«

Louis schüttelte ganz leicht den Kopf, wandte sich nun Ira zu. »*Nu, jingele,* du erinnerst dich sicher an die Küken, die dein Vater und ich in East New York aufgezogen haben.«

»Ich erinnere mich!« sagte Ira gespannt.

»An East New York? *Asoj.* Du kannst höchstens drei Jahre alt gewesen sein.«

»Ein großer, dicker, roter Hahn«, sagte Ira. »Und Tante Sara beschimpfte mich vom Fenster aus. Vielleicht wollte ich mit einem Stock nach ihm schlagen.«

Onkel Louie lachte sein breites Goldzahnlachen. »Ein *jingotsch*«, sagte er anerkennend zu Mom.

»Ah, war das ein stattlicher Hahn«, sagte Mom. »Und dann wurden sie alle in einer Nacht gestohlen. Allesamt.«

»Ich mag Chaim«, sagte Onkel Louie und meinte es ernst. »Für ihn gibt es soviel, worüber er lachen kann, wenn er nicht nervös ist. Und gutherzig ist er. Aber ein wohldurchdachtes Urteil, das geht ihm ab, nicht? Das ist traurig, aber was kann man da noch sagen? Und Gabe weiß das auch.«

»Im Augenblick ist es so besser für mich. Ich weiß, er wird wieder nach Hause kommen. Ich werde nicht verreisen müssen −«, gestikulierte sie. »Der Gedanke an St. Louis macht mir schon zusätzliche Sorgen. Und du, du bist heute abend in New York.«

»Ein Briefsortierer ist krank – vielleicht die ganze Woche. Ich übernachte bei Fannie in Brooklyn. Lea, warum gehen wir nicht ein Stück spazieren? Es ist angenehm draußen. Beinahe schon Sommer. Ein kleiner Spaziergang zu dem Park, der hier in eurer Nähe ist.«

»Der Mt. Morris Park«, warf Ira eifrig ein. »Ich bin gerne dort.«

»Ich habe nur meine Postlerjacke an«, sagte Louis. »Es ist wirklich schon wie Sommer.«

»Mom, komm doch mit Onkel Louie mit!«

Onkel Louie half Mom in einen leichten Mantel, sie verließen das Haus, das Gaslicht ließen sie brennen. Ira war überglücklich. Onkel Louie nah zu sein, neben ihm zu gehen, während er über die Farm in Stelton und die Krise in der Welt redete; mit Gewißheit würde es Krieg geben, sagte er auf Moms Bemerkung »Gott sei Dank habe ich keinen Sohn, der Soldat werden muß – jetzt geht das schon fast drei Jahre«, und sie fügte hinzu: »Ein Fluch ist über die Welt gekommen. Und wie geht's Sara?«

»Sara ist Sara«, sagte Onkel Louie und machte ein bedauerndes Geräusch mit der Zunge. »Es reicht ihr nicht, Hausfrau und Mutter von drei Kindern zu sein. Und ich verdiene gutes Geld, das muß ich dir nicht sagen...«

»Hier entlang.« Ira zeigte den Weg, als sie die Madison Avenue erreichten. »Hier ist meine Schule.«

»Ja.« Onkel Louie nahm Mom bei der Hand und ging voran.

»Was wünscht sie sich denn?« fragte Mom.

»Daß wir von Stelton wegziehen, weg von den Sozialisten, irgendwo anders hin, irgendwie nach New York. Dort ein größeres Haus kaufen und einige zahlende Gäste aufnehmen.«

»Jiddische Geschäfte«, sagte Mom.

»Genau.«

»Nun, wenn sie will. Alle Arbeit wird an ihr hängenbleiben.«

»Ich weiß. Und mehr Geld würden wir haben, vielleicht. Aber ich bin kein Geschäftsmann, Lea. Und das versteht sie nicht. Mit anderen Sozialisten reden oder mit Freidenkern oder einem guten Redner zuhören – das bringt mich weiter. Und danach eine Diskussion...« Louies hageres Gesicht belebte sich, mit seinem langen Arm machte er eine schwungvolle Bewegung durch die Luft, »... über die Zukunft, darüber, wie sich die Menschen ändern werden, wenn die Religion uns nicht länger spaltet, und über *gelt*, wie wir sagen, wenn Frauen die Gleichheit haben werden in der Politik, in der Ehe, in der Liebe. Manchmal verspüre ich sogar den Drang, darüber zu schreiben, besonders darüber, wie verändert das Leben von Frauen sein wird. Die freie Liebe, da bin ich ganz sicher, die freie Liebe wird kommen. Wir können stundenlang über solche Themen reden. Wir werden auch mal böse und aufgeregt, aber wir bleiben doch Freunde. Sara versteht das nicht.«

»*Asoj?*«

IV

Der Vorfrühlingsabend war wunderbar lind. Die Straßenlampen leuchteten sanft aus dem dunklen Innern des Mt. Morris Park, an dessen Peripherie die drei nun entlanggingen, schienen wehmütig von den wenigen Laternenpfählen herab, die sich den Hügel hinaufzogen bis zum höchsten Punkt. Der Nachthimmel wölbte sich gütig über ihren Köpfen und beherbergte unter sich den Mt. Morris Park-Hügel mit seinem dunklen Turm, der seinen Glockenstuhl zwischen die verschleierten, flackernden, nach Westen ausgestreuten Sterne reckte. Spaziergänger bummelten ruhigen Schrittes vorüber. Auch Autos, und seltener ein Trolleybus, schienen ruhiger zu rollen als sonst. Die Madison Avenue war ihm nie so ruhig und beruhigend erschienen. Warum hatte Pop das nie gemacht, grübelte Ira. Nie hat er das getan, niemals. Immer zu nervös, immer gereizt. Er ging nur aus, um irgendwo hinzukommen, so schnell wie möglich, an ein Ziel, etwas zu erledigen, es hinter sich zu bringen – nicht so wie Onkel Louie, der um des Spaziergangs willen ausging, beim Bummeln sich unterhielt, groß und schlank in seiner Postuniform. Meine Güte! Er unterhielt sich auch über Themen, die Pop nie berührte, interessante Dinge, verheißungsvolle, nicht immer nur über die Verwandten, die Miete, die Gasrechnung oder Moms Haushaltsgeld...

»Wenn ich Debs sprechen höre«, sagte Louis auf jiddisch zu Mom, »ist es, als ob ich mein eigenes Herz sprechen höre.«

»So eloquent ist er?« Eine Spur von Förmlichkeit lag in Moms Ton – und in ihrer Haltung, als sie neben Louis einherging, etwas Wachsames oder gehemmt Distanziertes. »Ich habe über ihn in *Der Tag* gelesen. Er ist kein Jude. Aber ein wirklich feiner Mensch scheint er zu sein.«

»Er ist Sozialist«, sagte Louis. »Und unter Sozialisten spielt es keine Rolle, ob Jude oder Christ. Er hat gegen Unterdrückung gekämpft und gegen die Verfolgung aller Menschen. Nicht nur der Juden, der geschundenen Farbigen im Süden auch.«

»*Asoj?*«

»Zeig mir doch einen Menschen, zeig mir nur einen einzigen Juden, der soviel für die Armen und die Arbeiter getan hat wie Debs. Er ist für sie ins Gefängnis gegangen.«

»Ich weiß.«

»Er träumt davon, daß die Arbeiter regieren«, fuhr Louis enthusiastisch fort. »Der Dichter Jack London hat über ihn geschrieben – den Traum des Mr. Debs: die Arbeiter brauchten sich nur zu vereinigen und fest zusammenzustehen. Sie könnten es erreichen, daß alle Fabriken schließen müssen. Sie könnten die aufgeblasenen Kapitalisten in die Knie zwingen. Nichts ginge mehr, keine Eisenbahn, keine Nähmaschine, in den Ausbeutungsbetrieben. Alle müßten zu den Arbeitern kommen.«

»Das ist ein ehrenwerter Traum«, sagte Mom und lachte kurz auf. »Aber eben nur ein Traum. Ist das dem einfachen Arbeiter bewußt? Welcher einfache Arbeiter in Amerika wünschte sich nicht, Geschäftsmann zu sein? Warum kommt er denn hierher? Nimm nur meinen Chaim: er wünscht sich sehnsüchtig ein Restaurant, eine Cafeteria. Sogar ich habe dieses Wort gelernt: ›Luncheonette‹. Ich spreche es doch richtig aus, oder? Und so ist es mit den meisten Juden. Hier ist Amerika, das goldene Reich. In Europa haben uns die Dampfschiffahrtsgesellschaften Bilder von einfachen Arbeitern gezeigt, die hatten Säcke voller Goldmünzen auf dem Rücken. Was werden die Sozialisten mit dem kleinen Ladenbesitzer machen, dem Gemüsehöker, dem *galizijaner* Heringsverkäufer an der Park Avenue – der besitzt doch nichts außer zwei oder drei Fässern mit Hering. Dennoch ist er Unternehmer. Warum wohl wäre mein Chaim sonst nach St. Louis gegangen? Er möchte Unternehmer werden, ein Boß, wie man auf englisch sagt.«

»Aber einige von uns, und das sind nicht wenige, haben Ideale«, entgegnete Louis ernst. »Einige haben mehr Weitblick als der *galizijaner* Heringsverkäufer. Der ist nur herübergekommen, um es wirtschaftlich besser zu haben, und warum das? Weil er unter einem gutmütigen Tyrannen gelebt hat: Franz Josef. Aber diejenigen, die unter der Zarenherrschaft lebten, sind herübergekommen, weil sie Freiheit suchten. Viele waren Bundisten, jüdische Sozialisten. Und Sozialisten streben nach Freiheit für alle Menschen und zuerst und in erster Linie nach Befreiung von der Lohnsklaverei.« Louis hob den Kopf. »Wenn es keine Idealisten gäbe, keine Menschen, die sich zum Wohle der gesamten Menschheit einsetzten, dann wäre die ganze menschliche Rasse verloren. Und ich sage dir, Lea, die kleinen Leute, wie den *galizijaner* Heringsverkäufer, die meinen die Sozialisten nicht. Auf die kommt es kaum an. Auf die großen

Industriebosse kommt es an, Mr. Schwab von der Steel-Company, Mr. Ford, dieser Antisemit, die Eisenbahnmagnaten, die Schifffahrtsgesellschaften; in Massachusetts die Tuchfabrikanten. Diese alle und dazu die Banken und die Wall-Streetler, das sind diejenigen, welche. Aber auf wen sind die denn angewiesen? Auf wessen Rücken haben sie denn ihre Vermögen gebildet? Auf dem Rücken der Arbeiter. In den Stahlwerken, den Bergwerken, in den Fabriken. Wo wären sie ohne den Arbeiter? Selbst der Bankier, wo wäre er, wo wäre J.P. Morgan? Wenn sich die Arbeitstiere zu Millionen zusammentun, die Stahlarbeiter, die Eisenbahner, die Bergarbeiter, dann sind die Eigentümer, die Magnaten, die Kapitalisten am Ende. Ist dir bewußt, daß ein Jude sich als erster diese Gedanken gemacht hat? Karl Marx.«

»Den Namen habe ich in der jüdischen Zeitung schon gelesen«, sagte Mom. »Sein Vater konvertierte, das weiß ich genau: der Sohn eines Rabbis, ein Apostat. Mein Vater, der Sejde, sagt, er sei ein erbitterter Feind der Kinder Israels gewesen wie alle Apostaten. Wie schrecklich, wo er doch selber Jude war.«

»Und deswegen glaubst du seinen Worten nicht?«

»*Oj gewald*, Louis, was weiß ich denn schon? Was soll ich sagen. Ich bewundere deine Ideale, aber mir scheinen sie nicht praktikabel. Du bist Briefträger. Du hast uns selbst erzählt, wie antisemitisch die *gojim* dort sind. Das sind doch Leute mit einer gewissen Bildung, ja? Und du erwartest, daß sie sich vereinigen? Du siehst einfach nicht, wie jeder dem anderen das Fell über die Ohren ziehen will. Selbst ich nehme es von meinem Chaim, mein karges Haushaltsgeld. Was soll ich machen? Ich muß mich verhalten wie der Rest.«

»Chaim wird dich noch ganz auf sein Niveau herunterziehen. Du verdienst was Besseres als Chaim.«

»Das ist etwas anderes.« Mom drehte den Kopf zur Seite und nickte. »Wen ich verdiene, hängt davon ab, wer das Sagen hat. Für Ben Zion Farb war jeder, der mich heiraten wollte, der Ehemann, den ich verdiente – ich war ja schon eine trutschige alte Jungfer von zweiundzwanzig. Ich brauche dir nicht zu sagen, daß ein achtzehnjähriges Mädchen in Galizien schon als…«

»Sprich es nicht aus. Ich bin Freidenker. Und wir sind nicht in Galizien.«

»Das ist richtig, aber ich rede davon, wie es war. Ich hatte doch nichts zu bieten. Und das mit vier Schwestern, die alle danach schmachteten, sich zu verheiraten. *Freg nischt.* Mein Vater Ben Zion war in Panik. Wir alle saßen dort fest, in diesem elenden kleinen Nest Veljisch, wo es nur den Heiratsvermittler gab, der einem hätte da heraushelfen können. Und wie habe ich geweint, als mein Vater mich zu Tante Riwke in Lemberg auf Besuch mitgenommen hatte. ›Laß mich doch hier Dienstmädchen sein‹, flehte ich ihn an. ›Vater, laß mich hierbleiben.‹ Er mußte mir mit dem Stock drohen, ehe ich endlich mit nach Hause kam.«

»Ich weiß. Ich kenne die ganze Geschichte. Eine Tragödie.«

»*Nu.*«

»Du bist so ein feiner Mensch.«

»Es hilft, wenn man ein feiner Mensch ist«, sagte Mom trocken.

»Ach Lea, du solltest nicht so reden«, Louis schüttelte den Kopf. »Dein Herz, deine Güte werden sich nie ändern. Das ist es auch, was mich an dir so anzieht. Sara…«, er hob den Zeigefinger, um seinen Worten Nachdruck zu verleihen, »Sara ist wahrlich diejenige ohne Zärtlichkeit. Sara ist kalt. Nicht du.«

»Für mich ist es zu spät, Louis, für all das, was du sagst und wünschst. So wie ich lebe, werde ich auch sterben.«

»Du bist noch eine junge Frau, Lea. Und glaube mir, eine attraktive.«

»Kann man wohlhabend sein ohne Geld? Also bin ich jung ohne jugendliche Gedanken.«

Eine Weile gingen sie weiter, ohne zu sprechen. »*Nu, jingele.*«

Louis blickte Ira mit seinem breiten Lächeln an, der mit federnden

Schritten auf der nackten Erde zwischen dem gepflasterten Gehweg und der Umzäunung des Parks entlanghuschte.

»Ich gehe zu gern auf dem weichen Boden«, erklärte Ira.

Onkel Louie lachte. »Sieh mal, Lea, wie sehr er das natürliche Leben liebt, das blanke Erdreich.«

»Er möchte ein *kanter* sein«, sagte Mom mit eigentümlicher Betonung, von der Ira schon lange wußte, daß sie eine bestimmte Bedeutung vor ihm verbergen sollte. Das Wort *kanter* klang fast wie das englische »hunter«, aber nicht ganz. Er konnte sich denken, daß er nicht mehr davon verstehen sollte. Dennoch kam ihm das Wort im Englischen bekannt vor. Konnte das sein? Im Lampenlicht hatte Mom einen schelmischen Gesichtsausdruck, amüsiert und affektiert zugleich.

»Er braucht das nicht«, Mom versuchte, es zu verhindern – vergeblich. Trotz ihres Protests wechselte klimperndes Kleingeld den Besitzer: von Onkel Louies Hand in Iras Hand.

»Danke, Onkel. Danke!«

Sogar im schummrigen Licht der Straßenlaternen und des Hausflurs konnte Ira sehen, wie sich Onkel Louies Gesichtsausdruck unter dem Schirm seiner Postuniformmütze veränderte; das Lächeln wich einer absichtsvollen Entschlossenheit, als er Mom ansah. Dann wandte er sich ab, schritt davon, groß und schlank, die Postuniform wurde immer heller blau, je weiter er in Richtung Straßenecke voranschritt.

Wieder allein mit Mom, zählte Ira seine Reichtümer, während sie beide die Treppen zum Haus hinaufstiegen. »Er hat mir zweiundzwanzig Cent geschenkt, Mama.«

»Du hättest es nicht nehmen sollen. *Schnorer*«, schalt Mom.

Ira murrte einen Einwand. »Er wollte es mir schenken. Ich habe nicht gefragt.«

»Das ist das einzige, was du versäumt hast«, bemerkte Mom ironisch über die Schulter, als sie die dürftig von Gasfunzeln erleuchteten Treppen erklommen. »Ich brauche ihn nicht, und ich brauche seine Geschenke nicht.«

»Ääh?«

»Du bist eines armen Mannes Kind, in der Tat. Warum sollte ich dich also schelten? Welch ein Jammer.« Sie kamen zum ersten Stock und betraten den düsteren Gang. »Geh nicht aus dem Haus, falls er noch einmal zu Besuch kommt. Hörst du? Du bleibst die ganze Zeit bei mir, solange dein Vater weg ist.«

»Ja?«

»Wie schnell er wieder vorbeigeschaut hat. Wie schnell.« Mom schloß die Tür auf. »Wie gut, daß mir Mrs. Shapiro eingefallen ist. Das zeigt mir, daß Freundlichkeit manchmal belohnt wird.« Sie drehte die Gasbeleuchtung höher, die auf Sparflamme angeblieben war, und als ihr Gesicht heller erleuchtet war, verzog sie es zu einer Grimasse: »*Lyupka*«, stammelte sie mit einem leicht sarkastischen Seufzen.

Das war ein polnisches Wort oder ein russisches Wort oder ein slawisches Wort aus Galizien, aber ein jeder konnte es erraten: *lyupka*. Ihr gefiel es nicht, sie lehnte es ab. Was war *lyupka*? Wie im Film? Küsse und Umarmungen? Warum hatte sie ihre Lippen so verzogen? Das zu verstehen, war er ganz begierig. Warum war ihr Gesicht so rot und ihr Ausdruck so verächtlich gewesen? *Lyupka*. Das mußte es sein, was die großen Jungs meinten, wenn sie auf der Straße diese Wörter sagten: ficken, bumsen, eine flachlegen, alle diese Wörter: Votze, Möse, Pussy, Loch, da war es wieder: »cunt« – *kanter*, das Wort, mit dem Mom ein Wortspiel gemacht hatte; was war das? Und wofür waren diese Gummis, die Biolow in den Mülleimer schmiß und die Kids wieder herausfischten? Rotzbeutel, so sagten die großen Jungs dazu. Da spritzt du rein, wenn du kommst. Wieso spritzen? Wohin kommen? Dieser Dreckskerl, der wollte, daß er in diesem meilenweit entfernten Park seine Hose runterzog, und der dann etwas wie Eiweiß an den Baum spritzte…

Oh! Dann war das *lyupka?* Oder wie das irische Pärchen gerade rechtzeitig vorbeikam, heftig erregt. War das eine andere Sorte, oder was? War das, was Onkel Louie machte, so etwas wie diese *lyupka…?*

Er kroch unter das Federbett, zu warm, seit es Frühling war; er glitt hinüber zum äußersten Rand der Matratze, glitt nahe an die Wand, wie er es immer getan hatte, seit Pop fort war. Nie schlief er dicht neben seiner Mutter. Sollte er wohl auch nicht. Warum nicht? Das hatte etwas mit *lyupka* zu tun. Sobald sein Gehör die Geräusche wahrnahm, die seine sich in der Küche entkleidende Mutter machte, erschien ihm vor seinen geschlossenen Augen Moms Bild, wie damals, als er einmal in die Wohnung gestürmt kam – wann war das? –, als sie nichts mit der Bobe und ihrer Familie zu tun haben wollten. »*Oj, gewald,* ich hab' die Tür nicht abgeschlossen!« hatte Mom gerufen. Sie stand in dem runden gußeisernen Bottich, die Füße im Wasser, und wusch sich, ihr großer üppiger Frauenkörper splitterfasernackt. Sie griff sich ein Handtuch und bedeckte sich damit. »Mach die Tür zu. Geh ins Wohnzimmer!« befahl sie. Er tat wie geheißen. Man durfte nichts sehen. Das war *lyupka.* Darum hatte Pop ihm diese fürchterliche Tracht Prügel mit dem dicken Ende der Pferdepeitsche verpaßt, weil er und die anderen Jungs mit den kleinen Mädchen in der Henry Street, wo sie wohnten, unanständige Spiele gespielt hatten, weil deren Mutter sich beschwerte, sie hätten unanständig gespielt. »*Genuk! schojn genuk!*« Schluß jetzt! Wie einst Mrs. Shapiro, ließ sich Mom auch nicht von Pop zur Seite drängen. Aber was hatte Ira hinterher für blaue Striemen auf seinem Rücken. So … das war sie also, *lyupka.* Hinter dem Vorhang seiner geschlossenen Augen konnte er immer noch das Bild seiner Mutter sehen, aber nun war er am Einschlafen…

Und erwachte wieder … und war entsetzt! Er spielte unanständig an Moms nackten Beinen, lag auf der Seite und stieß, rieb, quetschte sein steifes Glied zwischen Moms Schenkel. Sie wachte auf.

»Das war nicht mit Absicht!« Ira heulte auf vor Scham. »Ich habe geträumt...«

Sie lachte nachsichtig. »Schlaf weiter.«

Er rollte sich schnell auf die andere Seite und legte sich, immer noch keuchend, mit dem Rücken zu ihr, so weit weg, wie er konnte. Was war das für eine süße Wonne, die da überquellen wollte? Die ihn trieb, die ihn zwang, im Traum so etwas mit seiner Mutter zu tun ... noch ein klein wenig länger hätte er gebraucht, gewollt: *lyupka*.

Von da an schlief er in seinem eigenen Bett.

– Ich habe vorausgesehen, du würdest Schwierigkeiten haben.

Das war nicht schwer vorauszusehen.

– Soll ich dich in die Zukunft tragen, ein Vierteljahrhundert von heute an, an Bord eines Güterzugs nach Osten?

Ich flehe dich an, hab Erbarmen, Ekklesias.

– Was willst du tun?

Verzichten.

– Tschugga. Tschugga. Tschugga. Whee-e-e! Das Pfeifsignal an der Bahnkreuzung. Dunkel ist die Nacht über Texas. Und kalt. Und Sterne, so groß wie Steinschlag, kamen aus dem mondlosen Himmel gestürzt.

Jaja. Aber *Procul O, procul este, por favor.*

V

Es war ein Samstagabend, als Onkel Louie wieder vorbeischaute, diesmal ohne Uniform. Er wirkte noch schmaler, drahtiger und groß, flachbrüstig. Etwas an der Art, wie er Mom unverwandt ansah, die Augen hinter einer Goldrandbrille, etwas an seiner Stimme ließ Ira ganz fest versuchen, seinen Blick auf die Seiten seines Buches zu fixieren, das *Jugendbuch von König Artus.* Etwas aber, dasselbe Etwas, belastete die Luft in der Küche und drängte Ira, gegen seinen Willen, die Augen von dem Buch zu lösen und verstohlen ein, zwei gierige Blicke auf die beiden zu werfen, während sie am grünen wachstuchbedeckten Tisch saßen und sich unterhielten. Er konnte spüren, daß ihr beiläufiger Ton vorgetäuscht war; er war sich dessen fast sicher, obgleich er sich nicht sicher war, warum. Sie sprachen über den Krieg, den Kapitalistenkrieg, wie Onkel Louie ihn nannte; Männer der Arbeiterklasse kämpften und bluteten für den Profit von Kapitalisten. Gott sei gedankt, daß ihrer beider Kinder noch jung waren, daß ihnen dieses Leichenhaus erspart bliebe, sagte Mom. Würde Pop von der Einberufung freigestellt werden?

»Mein Held«, lachte Mom. »Er hat mir geschrieben, Gabe hat einen neuen Vorschlag: eine Konzession für eine Cafeteria im Rathaus. Als Geschäftsmann, als Besitzer eines Geschäfts, verheiratet und Vater eines Kindes, wäre er vor dem Militärdienst sicher, oder nicht?«

»Aber du müßtest nach St. Louis gehen.«

»Ich muß ihm unverzüglich schreiben.«

»Gehst du denn?«

»Niemals.«

»Und wenn er bliebe? Wenn er darauf bestünde, in St. Louis zu bleiben?«

»Dann soll er mir meinen Unterhalt hierher schicken.«

»Lea«, hatte Louis begonnen – der Rest des Gesagten ging plötzlich in ausländischen Worten, polnisch oder slawisch, unter.

»Ich weiß«, antwortete Mom auf jiddisch. Sie schüttelte den Kopf. »Ich denke, ich schreibe ihm noch heute abend.«

»Lea, quäle mich nicht!«

»*B'narrischkajt*«, sagte Mom. »Das ist Wahnsinn.«

Ira kannte das Wort, wußte ganz sicher, daß seine Vermutung richtig war: es handelte sich alles von *lyupka*.

»Du hast eine Frau«, fuhr Mom fort, klar, fest, auf jiddisch: »Eine Frau und drei Kinder. Du suchst wohl Ärger?«

»Aber wenn ich mich doch verzehre?«

Leichtes Achselzucken. »Du hast eine Frau – für den Fall, daß du dich verzehrst.«

»Das ist nicht dasselbe. Du weißt, daß es nicht dasselbe ist. Du hast auch einen Mann.«

»Allerdings. Da hast du wahr gesprochen.«

»Du liebst ihn? Sag nun selber die Wahrheit.«

»Das spielt keine Rolle mehr. Vor Jahren schon, an der East Side, da wußte ich bereits: Liebe ist mir versagt. Wo Liebe sein müßte, da ist bei mir ein Hohlraum, eine Leere.« Sie verfiel ins Polnische, blickte zu Ira hinüber – der das Sekunden vorher ahnte und seinen Blick auf das Buch senkte. »Der *jeled*«, warnte sie.

»Dann sag Chaim, er soll bleiben. Warum nicht Chaim sagen, er soll dort bleiben?« bat Louis mit Nachdruck. »Er wünscht sich dringend Erfolg, ein eigenes Geschäft. Er könnte beides finden, er könnte in St. Louis zu sich selbst finden, unter seinen Brüdern – dort, wohin er zuerst in seiner Jugend kam. Du würdest ihm zu Glück, Respekt und allem anderen verhelfen, wonach er sich sehnt. Und uns beiden, uns würdest du das Leben schenken. Ich hätte etwa keine Leere in meinem Leben? Du würdest die Leere in meinem Leben ausfüllen. Du würdest die Leere in unser beider Leben ausfüllen. Du würdest uns beiden Liebe geben! Lea, bedenk doch nur, was das für Glück bedeuten würde!«

»Nein, Louis, früher wäre das einmal wichtig gewesen: Als ich einmal in der Küche stand, in der 9th Street, und mich so ein ausgehungertes Gefühl überfallen hatte: nach irgend etwas, nach einer Torheit: *lyupka*. Aber heute – jetzt wäre es wahrhaftig reiner Wahnsinn. Laß mich dir eins noch sagen, und dann laß uns ein Ende damit machen –«

»Nein, Lea! Ich werfe mich dir zu Füßen. Lea!«

»Das wäre wohl ein hübscher Anblick. Einmal habe ich meinen Bruder Morris in seiner ganzen Nacktheit gesehen und war entflammt. Ich gebe es zu. Es ist anstößig, seinen –« Mom kehrte zu Polnisch oder Slawisch zurück, dann wieder jiddisch. »Es ist aber wahr. Entflammt. Und heute bin ich so –« sie spreizte die Finger ihrer beiden Hände weit auseinander. »Und heute bin ich so: *ojßgebrent*. Damals und dort habe ich mich dazu entschieden...«

»Lea, das ist doch nicht dein Ernst. Ich bin nicht dein Bruder. Ich bin Louis S. Gib mir, wonach ich mich sehne: deine Liebe. Befriedige mich!«

»Es hat keinen Zweck, Louis. Ich werde mich dir nicht hingeben.«

»Du machst dir gar nichts aus mir?«

»Louis, zum letzten Mal, ich hab' mit der Liebe nichts mehr im Sinn. *Ich bin ganz ojßgebrent.* Glaube mir.«

Louis saß ein paar Minuten ganz still da, dann stand er auf, finster, grübelnd betrachtete er Mom. »*Nu*«, sagte er mit bitter ironischem Unterton. »Und wann kommt deine Nachbarin, um die letzte Folge von dem Roman zu hören, Lea?«

»Heute endet der *schabeß*«, nahm Mom die Unterhaltung wieder auf. »*Der Tag* erscheint nicht am *schabeß*.«

»Ja, natürlich nicht.« Er seufzte tief, blieb stehen, seine knochige Hand an den Lippen. »Du brauchst Chaim nichts von mir zu schreiben. Du wirst mich nicht wiedersehen – allein.«

»Ich werde nichts über dich sagen«, antwortete Mom. Sie blickte in Iras Richtung. »Wohin gehst du jetzt?« fragte sie wie beiläufig.

»Zu Fannie und Will. Die haben immer ein Bett für mich.«

»Grüß schön von mir.«

Er nickte fast schroff, verbissen, öffnete die Küchentür und sagte im Hinausgehen »Gute Nacht, Lea« und schloß die Tür hinter sich, noch ehe Mom antworten konnte.

Und er bekam auch kein Kleingeld geschenkt. Das Gedruckte verschwamm vor Iras starrem Blick: Augen, die nichts sahen, verfolgten Mom vom Spülstein zum Porzellanschrank, wo sie den Holzfederhalter mit der Stahlfeder herausholte und die Flasche mit blauer Tinte. Warum konnte er nicht Onkel Louie zum Vater haben? Auch wenn er sich in Stelton, auf Onkel Louies Farm, unmöglich benommen hatte, würde er viel lieber auf einer Farm wie jener leben. Aber Mom, sie war diejenige, die Farmen haßte; sie haßte *derfer*, kleine Weiher, so sagte sie jedenfalls. Sie hätte schon genug davon gesehen. Aber auch wenn Onkel Louie nicht auf dem Dorf, auf einer Farm leben würde, ihn wollte sie ohnehin nicht. Es war ein Jammer: Er war mager und ganz ausgetrocknet, wie Mom sagte, ja, und er hatte einen »Schatten« auf der Lunge, weshalb er auch nicht Soldat geworden war. Aber er wußte alles über den Wilden Westen, er kannte Amerika, er wußte, wer Debs war, er wußte etwas über den Sozialismus, über eine bessere Welt, in der man nicht immer Jude, Judenjunge oder Itzig-Bastard gerufen wurde.

Mom setzte sich und fing an, mit ihrer Feder auf einem Blatt liniertem Papier herumzukratzen, von einem Block, den Pop noch gekauft hatte. Also, was würde es bedeuten, einen Vater wie Onkel Louie zu haben? Es würde Reden auf Podien bedeuten, in Stelton, unter elektrischer Beleuchtung, am Abend. Einem verschlafenen, feuchten Abend mit Moskitos. Sein Name war Cornell, so erinnerte sich Ira immer noch. Das bedeutete warmer Sonnenschein und weites Land, Gärten, wo Gemüse wuchs, Kühe und Hühner, lange Dreckstraßen, die er erkunden konnte.

Er hätte Rosy nicht necken sollen, als sie auf dem Pappkarton-Piano übte. Er sollte Rosy ja eigentlich heiraten – denn, lang, lang ist's her, als sie alle noch in East New York lebten, wo Ziegen in leeren Höfen angepflockt wurden und im Winter der Schnee tief war, vor langer Zeit also, da hatte sie ihm ihre rote Spalte gezeigt und er ihr seinen *pezl*, und danach hatte er überall verkündet, daß er sie heiraten würde. Ach, wie anders doch alles wäre, wenn man seinen Vater lieb hätte: Die irischen Kinder liefen ihren Vätern entgegen und hängten sich an ihre Arme, wenn sie heimkamen von der Arbeit, im Sommer noch bei Tageslicht: »Hey, Dad, wie wär's mit einem Nickel? Was sagst du, Dad?« Und die Väter lächelten amüsiert, versuchten, es nicht zu zeigen und fischten eine Münze aus ihrer Tasche. Wenn *er* das mal versucht hätte, dann hätte er sich so eine Kopfnuß eingefangen, daß ihm ganz schwindelig geworden wäre.

Mom unterbrach ihr Schreiben. »Du wirst doch nichts sagen.«

»Was?« fragte Ira.

»Daß Louis hier war – einmal. Er war *einmal* hier. Soviel kannst du sagen.«

»Er war *einmal* hier«, wiederholte Ira gehorsam. »Sind wir in den Park gegangen?«

»Sehr gut. Wir sind spazierengegangen.« Und dann, einer nachträglichen Eingebung folgend: »Ich werde es ihm selbst erzählen. Ich teile es ihm mit. Wenigstens zum Teil.« Sie fuhr mit Schreiben fort.

So ging das also: von der kleinen roten Ritze und dem *pezl* wuchs es heran zur *lyupka*: Louis, der Mom anfleht »befriedige mich«. Und wie es wohl gemacht wird? Vielleicht so, wie er es geträumt hatte, mit dieser seltsamen Aufwallung, als er sich an seiner Mutter rieb. So ging das also. Der schäbige, schlaksige Dreckskerl brauchte keine Damen – er machte es sich selbst, gegen einen Baum. Und wenn Mom nun ja gesagt hätte, anstatt »ich werde mich nicht hingeben«. Wenn Mom ja gesagt hätte, wäre Louis dann sein Vater geworden? Du stellst dich schlafend: was machen sie dann wohl? »Guck mal, was ich hier habe, Lea«, hatte Morris gesagt. Ach, wenn sie doch nur nach St. Louis ginge…

»Morgen muß ich bei Biolow eine Zwei-Cent-Briefmarke kaufen«, sagte Mom. »Ich habe ihm auf jiddisch geschrieben. Glaubst du, du kannst auf dem Umschlag englisch schreiben?«

»Ich denke schon. Was schreibe ich?«

»Die Adresse, die er uns auf diesem Zettel gegeben hat.«

»Das kann ich schreiben.« Ira studierte Pops Handschrift. »Zuerst kommt Hyman Stigman.«

»Dann schreib.« Mom schob ihm den Briefumschlag hin. »Leg dein Buch eine Minute zur Seite.«

»Du gehst also nicht?«

»Wer hat denn da gelauscht?« Sie gab ihm Feder und Tinte. »Hier. Paß aber auf.«

VI

Er hätte keine Wahl, dachte Ira. Er erinnerte sich an keine der bedeutungsschwangeren Erklärungen mehr, die Woodrow Wilson von sich gab, als die Vereinigten Staaten immer mehr in die Situation gerieten, in den Großen Krieg hineingezogen zu werden. Erklärungen, Vorwürfe, Gegenvorwürfe. 1917 – das war fast siebzig Jahre her. (Er blickte staunend auf Jahre, die so zusammengepreßt waren, daß sie ihm undurchsichtig erschienen.) Was konnte man darüber sagen, was konnte er noch aus seiner eigenen Erinnerung sagen? Gewiß mußte er viele Male gehört haben, wie gewaltig das Abschlachten in Europa war, daß die Krise in den amerikanisch-deutschen Beziehungen sich vergrößert hatte, vom Untergang der *Lusitania*, dem Tod von Franz Josef von Österreich-Ungarn – »Franz-Joßl«, wie er humorvoll von Juden genannt wurde. Wiederum spürte Ira, wie ihn dieser stechende Schmerz der versäumten Gelegenheiten durchfuhr: ja, 1934, als er seinen ersten Roman beendet hatte, als er erst achtundzwanzig Jahre alt war, als seine Erinnerung ein ganzes halbes Jahrhundert dichter an jenen Ereignissen dran war und er sich noch an Menschen wenden konnte, die sich selbst daran erinnerten, die seine Erinnerung an jene kritischen Tage, die dann zu Amerikas Eintritt in den Großen Krieg führten, auffrischen konnten. Jedoch, die Erinnerungen eines Kindes waren alles, was er jetzt hatte, die Schlacht von Verdun, nachgespielt auf einer Vaudeville-Bühne, eine Aufführung, in die ihn vielleicht sein Onkel Max mitgenommen hatte: Funken stoben aus ausgebrannten Häusern, brennende Mauern stürzten ein, dumpf dröhnte entfernte Artillerie...

Längst schon hatte er die siebzig überschritten. Wer hatte denn heute noch Zeit, die historischen Ereignisse seines elften Lebensjahres zu recherchieren, das Jahr 1917 im Jahre 1980 noch einmal erstehen zu lassen? Dennoch – irgend etwas, wie kurz es auch sein mochte, brauchte er, um ein vergangenes Szenario nachzustellen. Und was? Im Augenblick hatte er keine andere Alternative, als das nächstverfügbare Material zu konsultieren, die auf mikroskopisch kleines Format komprimierte Zusammenfassung der wichtigsten Ereignisse des Jahres 1917, laut *The World Almanac* von 1972. 1917, das Jahr, da Pop nach St. Louis ging und Onkel Louie versuchte, sich an Mom heranzumachen. Schicksalhaftes Jahr für Ira, als er sich im Traum an Mom gerieben und dieses seltsame Aufwallen gespürt hatte – und Scham. Schicksalhaftes Jahr für Ira, als er anfing, einen Schimmer davon zu bekommen, was Onkel Louie begehrte und Mom nicht gewähren wollte. Und seine eigene Ambivalenz danach, als er sich vorstellte: was, wenn Mom ja zu Onkel Louie gesagt hätte – der hagere Onkel Louie und die pummelige Mom. Sich schlafend stellen und lauschen ... sich etwas vorstellen ... und sanktionieren, was nie geschah.

Warum nur? Ira fragte sich: Warum war er so verrückt? Warum brachte er immer die Bombenexplosion bei der Parade zum »San Francisco Preparedness Day« des Vorjahres und das über die unschuldigen Arbeiterführer Mooney und Billings verhängte Todesurteil mit Louies Wut und Moms Verzückung in Verbindung! Warum? Ganz unnormal und frühreif mit Moms Deprivation identifiziert, vermutlich. Das war es wohl, seine unter Entbehrung leidende Mutter, die sich beim Anblick von Moes Phallus verzehrt, *Aj, wud maj maneken gewesn soj fi, Mojsche*: »Man braucht ein Pferd für dich. Ein Pferd für dich.« – »*Farbrent*, von zwei Uhr morgens, wenn er zu seinem Milchwagen ging, war ich immer mit meiner Leidenschaft allein, und mein kräftiger Bruder schnarchte nebenan. *Oj, gewald.*« Schicksalhaftes Jahr für Ira: wenn Mom Ja zu Pop gesagt hätte und sie nach St. Louis gezogen wären, wie anders wäre das Leben gewesen.

1917 – Amerika tritt in den Krieg ein

Als Deutschland den uneingeschränkten U-Boot-Krieg begann, brachen die USA am 3. Februar alle Beziehungen ab und weigerten sich zu verhandeln, bis der (deutsche) Befehl wieder aufgehoben würde. Am 26. Februar bat Wilson den Kongress, die Bewaffnung von Handelsschiffen anzuordnen; als der Senat ablehnte, setzte Wilson dies durch Präsidentenerlaß vom 12. März durch. Ein Funkspruch des deutschen Außenministers Zimmermann vom 28. Februar an den deutschen Gesandten in Mexiko besagte, Mexiko solle gebeten werden, in den Krieg einzutreten, um den Südwesten der Vereinigten Staaten zurückzugewinnen. Am 6. April erklärten die Vereinigten Staaten Deutschland den Krieg, führten am 18. Mai die Wehrpflicht ein und zogen am 5. Juni alle Männer von 21–30 zu den Waffen ein...

Bald nach seiner Rückkehr aus St. Louis, die – wie Mom vorausgesehen hatte – natürlich stattfand, wurde Pop zur Kenntnis gebracht, er habe eine kriegsnotwendige Arbeit aufzunehmen – andernfalls drohe ihm Gefängnis oder die Einberufung zu den Streitkräften. »Sie werden gebeten, Ihrer örtlichen Musterungskommission bis zum 30. d. M. einen Beschäftigungsnachweis vorzulegen«, half Ira seinem Vater, das Dokument, Mom zuliebe, ins Jiddische zu übersetzen. Das Dokument war in einem großen, einschüchternden Umschlag angekommen und trug den auffälligen schwarzen Aufdruck WAR LABOR RESOURCES BOARD. »Nachstehend finden Sie eine Aufstellung wichtiger Arbeiten ohne Anspruch auf Vollständigkeit. Falls Sie noch Fragen dazu haben, ob die Arbeit, die Sie zur Zeit ausüben, für die Kriegsanstrengungen wichtig ist, wenden Sie sich persönlich oder telephonisch an Ihre örtliche Musterungsbehörde. Hierbei ist es von Wichtigkeit, daß Sie dieser Aufforderung sofort nachkommen.«

»*Nu*, lies. Laß hören, was notwendige Arbeit ist«, sagte Pop.

Iras Augen wanderten über die aufgelisteten Berufe: »Kons... Konstruktion. Das bedeutet, wenn man was baut«, Ira las laut und übersetzte dann jede Kategorie, so gut er konnte. »Werftarbeiter, Farmer, Nahrungsmittel-Produzent, Fischer, Fernstraßen-Instandhaltung, Maschinist, Schweißer, Transportarbeiter wie z. B. Zugführer, Schaffner, Wagenführer, Schienen-Instandhaltung, et cetera...«

»*Woß hejßt ›zetra‹?*« fragte Mom.

»Das verstehst du nicht?« sagte Pop herablassend. »Zehn Jahre in Amerika, und sie weiß nichts!«

»Dann bist du wohl oberschlau«, kam die Retourkutsche. »Wo soll ich's denn lernen? Über Töpfen und Pfannen oder bei den jiddischen Straßenhändlern?«

»Dann lern es jetzt. ›*Zetra*‹ bedeutet: noch anderes.«

»Kannst du das nicht sagen, ohne so ein Theater zu machen?«

»Schhh!« Pop würgte ihre Entrüstung ab. Und zu Ira gewandt: »Nahrungsmittel-Protzent – was ist das doch gleich?«

»Wie Salami«, spekulierte Ira. »Oder alle möglichen *gojischen* Sachen zum Essen. Du weißt schon: sowas wie Ketchup im Restaurant. Glaube ich.«

»Dann werden Köche vielleicht zurückgestellt?« gab Mom zu bedenken.

»Geh«, spottete Pop. »Köche! Wenn sie Köche verschonen, dann verschonen sie auch die Nudelträger.«

»Dann tun sie was?«

»Ich hab die Lösung.« – »Tatsächlich? So schnell?«

»Trolleybus-Schaffner. Lies nochmal, Ira, ab diesem *zetra.*«

Ira wiederholte die Liste der Berufe aus dem Transportwesen.

»Das wird ihnen den Mund stopfen – Trolleybus-Schaffner«, sagte Pop.

»Weißt du denn, wie? Was weißt du schon über Trolleybusse?« fragte Mom.

»Was gibt's denn da zu lernen? Wenn so'n blöder Irländer das lernen kann, kann ich das auch. Die werfen einen Nickel in den *pischke* aus Glas. Du schüttelst ein bißchen, bis er in eine kleine Schale durchfällt. Du ziehst an einer Schnur. Du gibst den Fahrschein aus. Das andere werden sie mir schon beibringen. Ich muß herausfinden, wo man sich bewirbt.«

»Aber die Straßen«, gab Mom zu bedenken. »Erschreckend viele Zehntausende von Straßen! Die wirst du auch alle lernen müssen. *Gewald!*«

»Die Frau faselt!« Mit seiner wohlbekannten Handbewegung wischte er ihre Ängste weg. »In New York habe ich nichts zu befürchten. Wie habe ich denn als Milchmann die Straßen gelernt? Ich habe sie gelernt. *Schojn.* Und Pferd und Wagen mußte ich auch hindurchlenken.«

»Das war die East Side«, erinnerte Mom. »Hier sind –«, sie legte die Hand an die Wange – »Brooklyn, die Bronx und wer weiß, was noch.«

»Was? Ist es etwa besser, im Militärgefängnis zu vermodern als eine Route in – ach, ist doch ganz gleich, wo: in Brooklyn, in der Bronx zu lernen? *Nu.*«

Also wurde Pop Trolleybus-Schaffner. Die Route, die ihm zugewiesen wurde, hätte nicht besser gelegen sein können: es war die Linie in der Fourth und Madison Avenue und kreuzte die 119th Street nur einen Block entfernt. Er hatte die »Entlastungs-Schicht«, wie es hieß: vom späten Vormittag bis in den Abend hinein. Auf dem Weg zur Arbeit und zurück nach Haus trug er die Uniform eines Trolleybus-Schaffners, ein marineblaues Jackett und eine Schirmmütze mit Abzeichen. Ein oder zweimal konnte Ira ihn kurz sehen, als die Schule aus war – er besuchte ja immer noch die P.S. 103 an der Ecke Madison Avenue und 119th Street. Da sah er dann, wie sein Vater auf der rückwärtigen Plattform eines vorüberfahrenden Trolleybusses die Münzen durch die transparente Rinne in den Geldkasten schüttelte.

Alles hätte so schön sein können. Pops Job entsprach den offiziellen Kriterien für unverzichtbare Arbeiten. Diese Arbeit war unverzichtbar. Aber nach einer Weile fing das dauernde Schlingern des Busses an – so klagte er jedenfalls, obgleich es auch seine nervöse Anspannung gewesen sein mag –, sich auf ihn auszuwirken. Immer häufiger litt er unter Diarrhoe. Schließlich wurde das Leiden chronisch.

Diarrhoe auf dem Trolleybus! Manchmal waren seine Darmkoliken so schwer, daß er unfähig war, sich so lange zu kontrollieren, bis der Bus die Endstation erreichte, wo neben Büros auch die Toiletten waren. Statt dessen mußte er dem Fahrer ein Zeichen geben, er solle mitten auf der Strecke halten, damit er in das eine oder andere Mittagsrestaurant an der Avenue laufen konnte, um sich zu erleichtern.

»*Majn orme man*«, wurde er von Mom bedauert (was Pop einerseits gern hatte, andererseits sich verbat). »Mein armer Mann. Vielleicht, wenn du nur Naturkost ißt, hartgekochte Eier, ein wenig Hühnerbrühe, Kaffee mit abgekochter Milch, lauter Sachen, die der Diarrhoe vorbeugen. Oder starken Tee mit Zitrone. Aber am besten ist gekochte Milch mit einer dicken Haut – das wird den wilden Fluß eindämmen.«

»Wie denn? Wo denn? Gekochte Milch mit einer dicken Haut im Trolleybus? Wärest du nach St. Louis gekommen, als ich dich darum bat, müßte ich jetzt nicht diese Qualen erleiden. Aber du wolltest ja nicht. So bin ich jetzt ein doppelt armer Mann, arm an Geld und arm an Gesundheit.«

»Und was wäre gewesen, wenn du nach St. Louis gegangen wärst und eine Cafeteria aufgemacht und Schiffbruch erlitten hättest? Was dann? Wie sollte es dir dann wohl besser gehen? Als Bankrotteur hätte dich das Militär mit Sicherheit geholt.«

»Uff, sie sieht mich schon bankrott!«

»Etwa nicht? Bei geschäftlichen Dingen gerätst du immer so durcheinander.«

»Geh, verpfeif dich und halt die Klappe«, sagte Pop. »Ich habe schließlich Brüder dort in St. Louis, oder nicht? Selbst wenn ich geschäftlich versagt hätte, Gabe ist ein politischer Drahtzieher. Der hätte sich für mich verwendet. Er hat doch auch für meinen Bruder Sam den Job eines Abfallsammel-Inspektors an Land gezogen; er hätte mir auch eine sichere Nische gesucht, wo ich dem Militär entkommen wäre.«

»Wer konnte denn wissen, daß sich die Dinge derart zuspitzen würden«, fuhr Mom beherrscht fort, sich zu rechtfertigen. »Du brauchtest mir doch nur mein Geld zu schicken, und du hättest in St. Louis bleiben können, bis der Messias kommt.«

»*Asoj?* Ohne Frau? Zwei getrennte Wohnsitze? Dann hätte ich ebensogut zum Militär gehen können – als strammer Soldat, den ich abgegeben hätte. Ein vaterloser Haushalt. Es ist klar, was du wolltest.«

»Für dich ist das klar«, sagte Mom eisig.

»Etwa nicht? Und wenn ich dir kein Haushaltsgeld geschickt hätte?«

»Dann wäre ich mit Mrs. Shapiro zur Synagoge gegangen und hätte mich als Putzfrau zum Fußbodenschrubben vermitteln lassen.«

»Und du glaubst, ich würde allein leben? Ganz allein?«

»Du Mustergültiger! Gelobt sei der Tag, an dem du eine andere findest.« Ruhig und gelassen ließ Mom ihrem Sarkasmus freien Lauf. »Chaim, du hast dir selbst ausgesucht, Trolleybus-Schaffner zu werden.«

»Da war viel auszusuchen.«

»Du hättest auch wieder Milchmann sein können. Milch wird von allen Leuten mit Kindern gebraucht.«

»Geh, du weißt nicht, wovon du redest! Milchmann. Man sieht doch heutzutage kaum noch Milchwagen auf der Straße! Ich meine Pferdegespanne!«

Mom schwieg still. Dann senkte sie zustimmend den Kopf und seufzte. »Allerdings. Ach, hätte ich nur ebensowenig Sorgen.«

»Na bitte. Heute wollen die Milchgesellschaften nur noch Fahrer, die kleine Drehorgeln bedienen können, diese kleinen Kurbeln vorne, wo dann der ganze Wagen bebt, wenn man sie dreht. Solche Fahrer wollen sie heutzutage.«

»Vielleicht hätten sie es dir beigebracht, wenn du bei Sheffield und Borden's nicht Mist gebaut hättest.«

»Du sprichst wie eine Närrin.«

»Dann weiß ich auch nicht. *Oj*, welch schwerer Kummer.« Mom wiegte sich von einer Seite zur anderen – blieb stehen: »Soll ich dir was sagen – ein Mittel, das dich heilt? Lach mich nicht aus.«

»Zum Lachen bin ich gerade aufgelegt«, gab Pop mit einer grimmigen Kopfbewegung zurück.

»Jeden Tag fährst du an der 119th Street vorbei. Hin und zurück. Immer wieder. Laß den *kadisch* dort warten. Ich gebe ihm in einer Tasche Essen für dich mit. Du nennst uns eine Zeit – wann du dort vorbeikommst. Er kommt aus der Schule. Er rennt nach Haus. Ich hab' dein Essen fertig. Er rennt damit zur Ecke.«

Pop dachte lange und tief nach, Unschlüssigkeit quälte ihn.

»Maismehlbrei ist bei solcherart Krämpfen auch sehr gut. Mit einem Klacks Butter drauf. Dein Lieblingsessen«, drängte Mom. »Er wird ganz heiß sein. Und freitags ein wenig Brühe in einem Marmeladenglas, ein wenig gekochtes Geflügel in einer sauberen Serviette. Ira wird damit an der Ecke warten. Er weiß ja, wo.«

»*A schlok uf eß!*«, brauste Pop wütend auf. »Die und ihr verfluchter Krieg. Mögen sie in ihm untergehen, einer nach dem andern, und bald!«

»Amen, *ßela*«, sagte Mom.

Folglich wurde Ira Tag für Tag, wenige Minuten, nachdem er aus der Schule nach Haus gekommen war, mit einer braunen Papiertüte ausgestattet, die Pops Nachmittagsmahlzeit enthielt. Immer wartete Ira an der Ecke auf der Uptown-Seite, weil die Endstation in Uptown-Harlem nur ungefähr ein Dutzend Blocks entfernt war. In den wenigen Minuten, in denen sie dem vorangegangenen Trolley ein wenig mehr Vorlaufzeit einräumten, schaffte Pop es dann, fast seine ganze Mahlzeit aufzuessen. Ira postierte sich immer an dem neueröffneten Gemischtwarenladen gegenüber dem grauen Schulgebäude und wartete auf Pops Trolley ... und wartete ... und kam unweigerlich ins Tagträumen, war nicht bei der Sache –

Bis urplötzlich aus dem Dunst seiner Träume Pop erschien, sich in seiner blauen Schaffneruniform aus der hinteren Plattform des Trolleybusses herauslehnte und zornig auf jiddisch »*Dumkop!* Hierher! Die kleinste Aufgabe verpatzt du!« rief. Und jedesmal fast von den Trolleystufen absprang, um selbst nach seiner Papiertüte auszuholen – und vermutlich auch zu einem Schlag, den er Ira für seine Bummelei verpassen wollte.

Armer Pop! Das hausgemachte Essen half zwar zuerst, aber nur eine Zeitlang, dann kehrte die chronische Diarrhoe zurück. So ging es nicht. Der Grund für seine Gesundheitsstörung, dabei blieb er, seine *schilschl*, wie er es nannte (schon der Klang des jiddischen

Wortes suggerierte gastrischen Aufruhr), sei das Wackeln und Schlingern des Trolleybusses, nichts anderes. Kaffee mit gekochter Milch, starker Tee mit Zitrone oder hartgekochte Eier würden nicht helfen und halfen auch nicht. Das andauernde Schwanken verursachte ein Durcheinander im Gedärm. Er verfluchte den »Jop«, verfluchte sein Geschick – und von Zeit zu Zeit erinnerte er Mom daran, wieviel Schuld sie an seiner Misere trüge, weil sie sich geweigert hatte, nach St. Louis zu ziehen.

»Hättest du mir ein paar Wochen genehmigt, mich ein paar Wochen dort bleiben lassen«, schnaubte er, »bis ich genügend Geld für deine Bahnfahrt und den Transport der Möbel beisammen gehabt hätte – wir wären wieder vereint worden wie in einem neuen Land. Was sage ich da – für dich wäre es besser gewesen als in einem neuen Land. Es wäre leichter gewesen. Es ist schließlich dasselbe Land. Und ein kleines bißchen hast du ja doch gelernt – zugegeben, es sind nur ein paar Brocken, aber ein Greenhorn bist du nicht mehr: Du hast gelernt zu fragen – wo ist und wieviel, und du kannst ja und nein sagen.«

»Allerdings.«

»Wir wären aus diesem verfluchten New York herausgekommen.« Pop rieb seinen Bauch. »Wer hätte dann noch deine hartgekochten Eier gebraucht und deine gekochte Milch mit Haut? Vielleicht hätten wir uns zu gegebener Zeit in einem der Vororte unser eigenes Häuschen gekauft, wie meine Brüder, hätten einigermaßen gut leben können, mit einem Baum vorm Haus und Rasen im Garten.«

»Ein neues Veljisch«, sagte Mom. »Hier, in New York, hier, in Harlem sind meine Verwandten. Ich habe mich entschieden. Ich bleibe hier.«

»Du wirst dafür bezahlen, genau wie du dafür bezahlen wirst, daß ich so leide«, drohte Pop düster. »Deine Entscheidung ist katastrophal. Du wirst schon sehen.«

»Sag bloß, du wolltest nicht hierher kommen mit deinem jämmerlichen Milchwagen?«

»Ich bin nur mitgegangen. Wer weiß, was ich sonst gemacht hätte. Ich hätte den Pferdewagen auch für andere Botenfahrten benutzen können. Wie dein Cousin Joßel mit dem roten Bart. Ich hätte zum Beispiel Brot von den Bäckern zu den Geschäften liefern können.«

Mom behielt ihre ernste Gelassenheit: »Chaim, sag an: Wie halten diese *gojim* das aus, das Wackeln auf dem Trolleybus?«

»Weil sie *gojim* sind«, sagte Pop.

»Doch wohl nicht, weil sie immer so gereizt sind wie du? Wohl kaum, weil sie einen nervösen Magen haben?«

»Warum sollten sie einen nervösen Magen haben?« wiederholte Pop in kindischer Abwehr. »Mußten die auch so knapsen wie ich, bis ich genug Geld für deine Überfahrt nach Amerika zusammen hatte?«

»Wer hat gesagt, daß du hungern solltest? Von einer süßen Kartoffel leben solltest, die ein Straßenhändler in seinem Ofen gebacken hat, oder von einem gekochten Maiskolben oder einem Entengericht für fünfzehn Cent, wo keiner weiß, wie die Ente zu Tode gekommen ist. Dann hätte es eben noch ein oder zwei Monate länger gedauert, bis du meine Überfahrt zahlen konntest.«

»Noch zwei Monate? Dann hätte ich für den da ganz sicher den vollen Preis zahlen müssen. Wer hätte dann noch geglaubt, daß er erst anderthalb sei.« Pops Entgegnung kam recht flott. »In Galizien warst du immer vernünftig, wenn es ums Warten ging; du hattest Geduld. Warum nicht, wenn ich in St. Louis wäre?«

»Aus gutem Grund.«

»Welchem?«

»Chaim, noch länger darüber zu reden ist zwecklos.«

VII

Wo könnte er ausprobieren, wie aus einem *pezl* ein steifer Schwanz wird? Da war Dora Baer, Daveys dürre Schwester. Deren Kellertür führte zum Garten. Dahinter konnte man sich verstecken. Oder Meyer Shapiros jüngere Schwester, falls man sie allein erwischte und falls sie wollte – oder eine von diesen kleinen irischen *schikßeß* – »Mary, Mary what a pain I got«, das leierten die Mick-Kids immerzu. »Let's go over to the empty lot. You lay bottom. I lay top. Mary, Mary, what a pain I got.« Nie hätte Pop nach St. Louis fahren dürfen. Immer wieder wollte man dieses Gefühl haben, das entstanden war, als er sich an Mom gerieben hatte – das war es wohl auch, was Onkel Louis gewollt haben muß. Onkel Moe auch, als er seinen großen Turm von rotem Fleisch entblößte – und dieser schäbige Dreckskerl, der wollte, daß Ira seine Hose runterzog. Und der dann sein dickes Ding pumpend gegen einen Baum entleerte. Und, was ihn am meisten erstaunte, Mom auch, wenn auch jetzt nicht mehr – wie sie sagte – *ojßgebrent* auf jiddisch. »Ausgebrannt.« Also Mädchen auch. Und mit ihrem eigenen Bruder, Moe, mehr, mehr als mit Pop, aber nicht erlaubt. Alles für dieses Gefühl. Wo konnte man es bekommen? Mit wem? Der Hoffman-Junge auf dem Dach; das war irgendwie fies, sich im Sitzen einen abzuwichsen, genau wie dieser verdammte Dreckskerl. Es mußte jemand sein, in den man sich versenken konnte: lebendig, warm, wie Moms Schenkel, ein Mädchen mußte es sein, wie Rosy S., Louies Tochter, die ihm gezeigt hatte, daß sie ein Mädchen war, mit ihrer feuerroten Spalte anstelle eines *pezl*. Wem gefiel das, wer wollte es genauso wie er, wer fühlte sich zwischen den Schenkeln genauso wunderbar an, wie er es beinahe bei Mom erlebt hatte, als sie aufwachte und lachte. Welches Mädchen? Wo?

Und dann kam eines Abends, viel früher als seine Schicht dauerte,

Pop mit zwei blaugeschlagenen Augen nach Hause, die Nase verquollen, Blut klebte noch an seinen Nasenlöchern. Er hatte versucht, einen betrunkenen Seemann aus dem Trolleybus zu werfen und war dabei übel zugerichtet worden, so schlimm, daß ihn der Fahrdienstleiter nach Hause schickte.

Mom weinte; Ira ebenfalls. Und Pop auch, über sein unheilvolles Schicksal.

»*Oj gewald!*« rief Mom aus. »Weh mir, welche Not! Mußtest du dich mit einem betrunkenen Seemann anlegen?«

»Ich mit ihm? Er hat mich angegriffen. Er wollte sein Fahrgeld nicht bezahlen, als ich es ihm abverlangte. Da habe ich nur gesagt, er würde aussteigen müssen.«

»Dann laß die Finger von ihm. Und laß ihn tot umfallen«, lamentierte Mom. »Möge der Krieg seinen Blutzoll von ihm fordern!«

»Das ist aber mein Job«, sagte Pop. »Und wenn ein Inspektor auf dem Wagen gewesen wäre und wenn ich ein Fahrgeld zu wenig gehabt hätte, dann hätten sie mich gefeuert.«

»*Aj,* mein armer Mann!« Mom drückte ihren zart gebauten Ehegatten an ihren breiten Busen. »Wollte, ich könnte an deiner Stelle sein! Wollte, ich wäre da gewesen, dich zu verteidigen. Ich habe Schultern. Ich habe Kraft!«

»Jetzt willst du mich trösten!« Pop wand sich aus ihren Armen. »Ich habe gedacht, wenn Amerika in diesem verdammten Krieg ist, würde er nur zwei, drei Monate dauern. Wenn so viele Männer Soldaten wären, auch Geschäftsleute, dann könnte ich mich ganz leicht mit einer Luncheonette in St. Louis etablieren. Oder mit Gabes Gaunereien – ich bin schließlich sein Bruder – *aj,* zum Glück, zum Glück. So ein Glück sollen Woodrow Wilson und seine Berater erst mal haben. Gabe hat gesagt: Bloß nichts mit den stinkenden Demokraten zu tun haben. Wie recht er hatte. Wie recht, wie recht! Noch zehn Tage muß ich auf diesem verfluchten Trolleybus leiden – bis meine blaugeschlagenen Augen geheilt sind –

glücklicherweise habe ich meine Brille abgenommen, als ich ihn rausschmeißen wollte.«

»*Oj gewald!*« Mom war bekümmert. »Das hab' ich angenommen.«

»*Nu,* was denn sonst?« – »Und dann?« fragte Mom.

»Und dann können die verrecken mit ihrem Jop. Zehn Tage noch, zwei Wochen. Höchstens. Dann schau' ich mal beim Arbeitsamt rein: nicht in der Gewerkschaftshalle mit all den Patrioten, sondern bei einem ganz einfachen Arbeitsamt. Wo wird ein Kellner gesucht, werde ich fragen. Es muß dort Jops zu unerhört-Tausenden geben.«

»Und wenn sie dich holen? Wenn sie kommen, die Drückeberger zu suchen, die Wehrdienstbetrüger! Von allen Seiten hört man doch die Schreckensgeschichten.«

»*Losn sej m'r gejn in dr'erd.* Ich sag denen dann: Geh'n Sie doch mal selbst hin und seien Sie mal Schaffner auf einem Trolleybus, wenn Sie alle halbe Stunde zur Toilette müssen. Woll'n wir doch mal seh'n, was Sie dann machen. Ich bin eine Art Invalide – oder nicht? *Krempf. Krempf. Krempf.* Sie woll'n ein'n Soldat mit Krämpfen im *militer?*«

»Wahrhaftig«, sagte Mom. »*Oj,* daß sie dich nur nicht fassen!«

»Mich fassen!« Pop reagierte verächtlich. »Ich hab' mich wohl schon mal fass'n lass'n, hä?«

»Und ich würde sie mal fragen, ein General braucht wohl keinen Kellner? Ein Offizier braucht keinen Kellner? Man braucht nicht so großartig zu sein, so ein Held…«

»Solange man weiß, wie man einen Tisch deckt, wie man serviert, ist es genug.« Pop schöpfte Mut und unterbrach sich. »Besser, man ist Kellner bei einem General, einem Oberst, als man ist Busschaffner. *Halewaj*«, fügte er nach einer Pause inbrünstig hinzu. Einen Stundenlohn müßten die mir schon bezahlen, damit ich meine Familie ernähren kann. Auch wenn ich nie ein Trinkgeld bekäme, das wäre immer noch besser als Bauchgrimmen auf der hinteren Plattform eines Trolleybusses.« Er strich mit den Fingern über seine geröteten Wangenknochen. »Und ein blaues Auge, wenn man versucht, das Fahrgeld zu kassieren. So ein böses Schicksal wünsche ich mal meinem Freund Präsident Wilson!«

VIII

Pop arbeitete noch zwei Wochen, meldete sich dann beim Personalbüro und gab an, er könne wegen seiner Verdauungsstörungen nicht länger auf dem Trolleybus arbeiten. Er bat um seine Entlassung, damit er sich eine andere kriegsnotwendige Arbeit suchen könne. Die Entlassung wurde genehmigt, und er gab sein Abzeichen zurück (Schirmmütze und marineblaue Jacke hatte er sich selbst besorgt, und Mom verkaufte beides in genau dem Secondhandladen an der 114th Street, wo sie schon so oft – zu Iras größter Verlegenheit – mit unglaublicher Hartnäckigkeit um getragene Kleidung für ihn geschachert hatte).

Am Tag nach seinem Abschied von der Trolley-Linie hatte Pop schon wieder Arbeit. So selten waren erfahrene Kellner! Die Vermittlungsagentur schickte ihn zu einem der exklusivsten Restaurants in der Stadt: dem Dining-room des Börsenclubs an der Wall Street. Keine Trinkgelder – den Speisenden war es untersagt, welche zu geben, und ihm, welche anzunehmen. Er erhielt ein festes Gehalt und Prozente von der Rechnung, das war alles – nicht soviel, wie er in einem vornehmen Restaurant verdient hätte, aber er hatte an den Wochenenden frei und konnte sich »Extra-Jops beim Benket« suchen und leicht finden.

Wenigstens hatte er diese Bus-Plage hinter sich. Er gratulierte sich und fügte hinzu: »Alles ist besser als das. Meinen Lebensunterhalt verdiene ich. Meine Eingeweide haben ihre Ruhe. Und aufspüren werden sie mich sicher auch nicht.«

»Nein? Wollte, es wäre so. Wieso eigentlich nicht?« fragte Mom.

»Ich arbeite bei Magnaten. Was sage ich, Magnaten? Magnaten von Magnaten.«

»*Asoj?* So reich?«

»Gestern habe ich J. P. Morgan bedient.«

»*Asoj!*«

»Und Bernard Baruch am Tag davor.«

»*Gottinju!* Und die gestatten es einem Plebejer wie dir, sich ihnen zu nähern?«

»Wer sonst würde ihnen ihren Salat vorsetzen? Natürlich, der Oberkellner hat die Verantwortung. Er nimmt die Bestellungen auf. Er überwacht alles, was ich mache. Ich nehme den Teller mit Essen vom Wagen, setze ihn auf den Tisch. Alles geschieht nach festen Regeln. Aber ich höre sie reden, untereinander.«

»Und was reden die so, solche Mächtigen wie diese?« sinnierte Mom.

»Was sie wollen. Morgan sagt vielleicht zu Baruch: ›Was hältst du von diesen und jenen Papieren, Bernie?‹ Und der wird vielleicht antworten: ›Ich sage dir, John, so und so ein *gescheft* hat eine große Zukunft.‹ Sie reden über den Krieg, über Wilson, sein Kebinet, über großartige Transaktionen.«

»Nun hör dir das an!« sagte Mom. »Und keiner von diesen Großen fragt, ob du nicht –« Sie zögerte. »Mein Kopf ist so dösig, daß ich das Wort ganz vergessen habe. Du wirst also nicht für den Krieg gebraucht?«

»Der Oberkellner ist nur allzu froh, einen tüchtigen Kellner laufen zu haben«, sagte Pop. »Und einen flinken dazu, nicht so einen hinfälligen *alten kaker* aus einem privaten Klub. Er schweigt so still wie eine Maus, der Oberkellner, ob ich nun essentiell bin oder ob ich nicht essentiell bin, wie die es nennen.« Pop benutzte das englische Wort. »Dorten bin ich essentiell. Manchmal bringt Morgan oder ein anderer dieser Mächtigen einen Gast mit, einen Admiral oder einen hohen Staatsbeamten. Glaube mir, die drücken ein Auge zu. Hätte ich die nur früher gekannt. Dann hätte ich mir wegen essentiell überhaupt keine Sorgen gemacht.«

»Gott sei Dank«, sagte Mom.

Was Pop sagte, war die Wahrheit. Er arbeitete während des gesamten Krieges im Börsenrestaurant. Er wurde völlig ignoriert – oder absichtlich übersehen. Nicht aber Onkel Moe, jetzt Oberkellner in Radsky's berühmtem milchigen Restaurant in der Rivington Street.

Stattlicher, sanguinischer Onkel Moe wurde eingezogen.

»*Majn Mojsche*«, lamentierte die Bobe, weinte, wiegte ihren Körper vor und zurück in ihrer Qual. »*Wej is mir, oj wej is mir*. Mein gutes Kind, mein treuer, glücklicher Sohn, mein Mojsche. *Aj! Aj! Aj!* Nun schicken sie ihn in das Leichenhaus. Gott gib mir die Kraft, es zu ertragen.«

Fortan, von dem Tage, da Moe seinen Einberufungsbefehl erhielt, grämte sie sich, schrumpfte sichtbar – welkte dahin. Weder wollte sie abgelenkt noch aufgeheitert werden, verbat sich allen Trost. »Möge ich nicht den Tag erleben, da ihm etwas zustößt.«

Noch wollte sie dem Schelten des Sejde nachgeben: »Du mußt essen! Du mußt leben! Wie willst du ihm helfen, wenn du dich zu Tode hungerst? Du machst noch einen Witwer aus mir mit deinem Trauern, das ist alles, was du erreichst.«

Morris wurde in die Kaserne geschickt. Sie verschmachtete, sprach kaum. Ihr Gesicht wurde braun, runzlig und faltig. Zum Glück wohnte Tante Mamie auf der anderen Straßenseite. Sie erledigte die meisten Einkäufe für den Haushalt und übernahm auch häufig das Kochen. Teilnahmslos saß die Bobe unter der Markise am Fenster, saß dort stundenlang, zwei Finger an der Wange, einen quer über die Lippen gelegt, und starrte, starrte hinaus auf die

Straße. Ein Arzt wurde gerufen; er versuchte, vernünftig mit ihr zu reden. »Sie möchte sterben, ehe sie erleben muß, daß ihr Sohn gestorben ist«, berichtete er dem verzweifelten Sejde. »Passen Sie auf, daß sie genug trinkt. Wenn sie schon nicht essen will, zwingen Sie sie zum Trinken. Sonst könnte es sein, daß sie ins Krankenhaus muß.«

»*A schwarz jur!*« Der Sejde ballte vor Wut die Fäuste unter seiner *jarmelke*. »Welch heftige Strafe, die mich überfällt. Wenn sie doch nicht essen will, dann wird sie nicht essen. Aber wenigstens sollen wir kochen. Ich sterbe hier noch vor Hunger. Wenn Mamie nicht wäre, würde ich zu einem Hälmchen vergehen, vertrocknen wie Schilf. *Oj.*«

Aber es war die Bobe, nicht der Sejde, die immer schwächer wurde, als die Wochen von Moes Grundausbildung ins Land gingen. Mit Sicherheit hätte man sie in das Mt. Sinai Hospital bringen müssen – so hörte Ira von Mom –, wenn Moe nicht noch gerade rechtzeitig Heimaturlaub bekommen hätte. Zusammen mit anderen Familienmitgliedern war Ira bei der Bobe, um ihn zu begrüßen. Man hatte ihm nicht von Bobes schlechtem Zustand berichtet, während er in der Kaserne war, und nun warteten sie niedergeschlagen, daß er sich selbst ein Bild mache. Unter dem breiten Rand seines khakifarbenen Uniformhutes schaute er mit strengem Blick hervor, blickte auf seine klagende Mutter, mit Augen, die gewohnt waren zu befehlen. »Was fehlt dir denn, *mamele?*«

»Sie schicken dich auf die Schlachtbank. Ich will nicht mehr leben.« Ihre Tränen rannen durch die Furchen in ihrem Gesicht.

»*Asoj?* Du weißt schon, daß ich auf die Schlachtbank geschickt werde?« sagte Moe ironisch, wobei seine Hände ruhig und stark auf seinen in Khaki gehüllten Schenkeln lagen und seine Augen unverwandt auf seiner Mutter ruhten. »Ein jiddischer Soldat trägt wahrlich eine schwere Last. Er hat zwei Befehlshaber. Der eine ist seine Mutter, der andere sein Oberst. Glücklicherweise ist er wenigstens von den Gesetzen der Thora befreit, Gott weiß, wie er sonst alles ertragen würde.«

»Sag's ihr, sag's ihr!« drängte der Sejde. »Sie ist von solchem Wahn befallen, daß sie sich nichts sagen läßt. Gott befahl den Nachkommen Israels zu leben. Bei ihr redest du zu einem Stein.«

»*Mamele*«, sagte Moe. »Keiner meiner Lieben sollte schlechter leben als ich. Ich lebe wie ein Graf. So wie ich eben lebe. Wie ein Lord.«

»Geh, du mit deinem seichten Geschwätz. Foltere mich nicht.«

»Ich schwöre es dir, *mamele*. Siehst du das hier?« Moe drehte seinen Arm, so daß die Insignien auf dem Ärmel seiner Uniform besser zu sehen waren: drei Winkel mit einem Viertelmond darunter. »*ß'heißt* Messeoffizier«, erläuterte er die Bedeutung der Streifen. »Der Allmächtige meinte es gut mit mir, als er aus mir einen Oberkellner machte. Nicht einer in der ganzen Kaserne konnte das Essen für so viele Leute organisieren: wie sollte man so viele satt kriegen, wie den Köchen sagen, was sie tun sollen? Wer sollte den Service und – und vor allem *wie* – für eine derartige Horde Männer arrangieren? Man nennt das die Messe, *mamele*. Dein Mojsche macht das. *Soj wi an ofizir bin ich.*«

Die Bobe blickte vom Ärmel des Sohnes auf sein kräftiges, dünnhäutiges Gesicht mit der Narbe an der Braue; mit trauriger Skepsis erforschte sie seine blauen Augen.

»Glaube mir, *mamenju*«, sagte Moe ernst: »Mit diesen Streifen hier komme ich nie und nimmer ins Leichenhaus. Ich könnte sogar reich werden – die Lieferanten wollen mir das Geld hinten und vorn reinstecken. Wenn ich nur den Mut hätte, es zu nehmen.«

»Mojsche, Kind. *Oj*«, stöhnte ungläubig die Bobe.

»Was, nicht? Frag doch, frag wen du willst, jemand, den wir nicht kennen. Frage, was ein Messeoffizier ist. *Trejfe* muß ich essen. Aber ins Leichenhaus – niemals. Wer soll denn für das ganze

Regiment einkaufen? Da braucht es schon einen jiddischen *kop*.«
Moe sprach in einem Ton, als wolle er der Bobe befehlen zu
verstehen. »Ich bin entscheidungsberechtigt, ich allein. Würde ich
von diesem und nicht von jenem Händler kaufen, so würde er mir
fünfzig Dollar zustecken. Glaube mir. Aber das lehne ich ab. Nicht,
daß es sich für mein Leben lohnte, ehrlich zu sein, aber ich tue es um
deinetwillen. Um nicht meinen Rang aufs Spiel zu setzen, so nennt
man das in Englisch. Das hier –«, und er zeigte auf seine Winkel.
»Verstehst du? Es gibt nichts, worüber du jammern müßtest.«

Vielleicht wollte die Bobe glauben. Solange Moe zu Hause war,
erholte sich ihr Appetit. Sie ging sogar einkaufen, bemutterte ihren
erstgeborenen Sohn mit den frischesten *bulkeß*, geräuchertem
Lachs und Weißfisch, allen nur erdenklichen Delikatessen; sie buk
kischke, stopfte *dermer;* sie kochte *borscht* und *kreplech*, *blinzeß*
und *latkeß* und Wurzelpudding, *gefilte fisch* und Hühnchen. Moe
wurde dem Sejde vorgezogen, der's zufrieden war und ihm den
Vortritt ließ: immerhin lebte seine Frau wieder auf, kleidete sich am
Sabbat in ihr bestes schwarzes Satingewand, trug ihre Perlen,
servierte das Dinner und speiste mit – aß, weil Moe sich weigerte zu
essen, ehe sie nicht aß. Ihre Wangen füllten sich, nahmen fast
sichtbar Nahrung auf; ihre blauen Augen schienen aus ihren Höhlen
aufzutauchen wie Irisblüten, sie bekam wieder Farbe. Sie wollte
glauben. Wieder und wieder blieb ihr Blick auf Moes Insignien eines
Messeoffiziers haften, als seien sie ein Talisman. Ihr Sohn würde
verschont bleiben.

Und dann kamen die gefürchteten letzten Stunden von Moes
Heimaturlaub, die schreckliche Zeit, da jeder außer der Bobe – und
sogar Ira – Bescheid wußte, alle sich verbündet hatten, nichts zu
verraten, nicht durchblicken zu lassen, daß es nur eine Frage von
Tagen war, ehe Moes Division nach Übersee geschickt würde – über
den Atlantik, wo die U-Boote lauerten – nach Frankreich, hinaus
auf das Schlachtfeld. Das Geheimnis wurde gut gehütet, die Ver-

schwörung des Schweigens blieb unentdeckt, selbst im letzten Augenblick: fröhlich umarmte Moe jeden einzelnen, drückte noch einmal seine weinende, ihn umklammernde Mutter; ihre Augen waren fest zusammengepreßt, ihre Hände tasteten nach den Rangabzeichen. Er sagte zu Max und Harry, sie sollten bei ihr bleiben und verließ mit dem Sejde und Saul das Haus. Die ganze Familie drängte sich an den beiden zur Straße liegenden Fenstern, winkend und rufend; und Moe erwiderte ihre Abschiedsrufe mit hoch erhobenen Armen, bis alle drei an der Madison Avenue um die Ecke bogen und nicht mehr zu sehen waren. Im Abstand von wenigen Schritten folgte ihnen, fast unbemerkt, der elfjährige Ira.

Ein klarer, milder Sommertag. 1917. Auf der Madison Avenue schienen mehr Fußgänger herumzulaufen als sonst, vor den Häusern standen die Menschen oder spazierten unbekümmert vorüber. Ein Stückchen vor Ira erreichten Moe und seine beiden Begleiter Saul und der Sejde die Kreuzung 116th Street und Madison, die sie an der Nordwestecke überquerten und sich dann weiter in Richtung Fifth Avenue bewegten. Sie kreuzten die Fifth Avenue. Vor ihnen, auf der Mitte des sehr langen Blocks zwischen der Fifth Avenue und der Lenox, lag der Sammelplatz, es war der Schulhof der P.S. 86, sowie das sehr große, graue Steingebäude seiner Schule. Schon parkten Busse davor, Busse voll oder annähernd voll mit uniformierten Männern. Ein leerer Bus, ein zweiter und noch einer rückten neben den anderen auf und parkten in zweiter Reihe. Bei diesem Anblick brachen der Sejde und Saul, die bis dahin noch kein einziges Wort von sich gegeben, sondern sich nur wie in Trance bewegt hatten, plötzlich in markerschütterndes Wehklagen aus. Vor Verzweiflung laut aufheulend, hängten sie sich an Moes Arme. Und Moe, der harte Bursche, der durch die wochenlange Grundausbildung noch härter geworden war, zog die beiden hinter sich her, sein Gesicht unter dem Uniformhut hochrot vor Anstrengung, ein Schlepper zwischen zwei Lastkähnen. Als sie einsahen, daß der

Versuch, ihn zurückzuhalten, ein nutzloses Unterfangen war, ließen sie von ihm ab. Jeder überließ sich seinem ganz persönlichen Übermaß an Kummer: der Sejde wühlte mit beiden Händen in seinem Bart, rupfte büschelweise Haare heraus, wehklagte so laut er konnte. Saul raufte sich die Haare, warf seinen Oberkörper hin und her, unter hysterischem Geschrei. Die Vorübergehenden blieben stehen, um sich das anzusehen; Autos fuhren langsamer, Menschen lehnten aus den Fenstern.

Genau am Bordstein blieb Moe stehen. Als Sohn seinem Vater gegenüber immer noch gehorsam und nachsichtig, sagte er: »Ich flehe Sie an, Vater, verschonen Sie mich. Lassen Sie es gut sein. Gehen Sie, und du auch, Saul, bitte nicht weiter. Es ist schon schlimm genug, daß ich Soldat bin. Ich trage Uniform. Macht es mir nicht noch schwerer.«

Sie beruhigten sich, verfielen in unterdrücktes Stöhnen. Verängstigt, in sich zusammengesunken vor Verlegenheit, den Tränen nahe beobachtete Ira in der Nähe des Sammelplatzes, wie sie sich unter die anderen Soldaten und deren Familienangehörige mischten, die alle zu den Bussen gingen.

»Jetzt guck sich einer diese Juden an«, sagte der diensthabende Polizist zu einem, der neben ihm vor einem der Geschäfte stand: »Hast du sowas schon geseh'n? Man könnte mein'n, der Kerl da drüben wär' schon tot.«

IX

So zog Moe denn über den Ozean in den Krieg. Eine Zeitlang glaubte die Bobe das Märchen, das ihre Familie ihr immer wieder auftischte, Moe sei noch in Camp Yaphank in New Jersey; aber dann, als die Wochen verstrichen und sie ihn immer noch nicht wiedergesehen hatte, sie aber Briefe voller aufmunternder Worte bekam, da bemerkte sie, daß das Papier europäisch war und wollte die Umschläge sehen. Diese zeigte man ihr nicht, und sie durchschaute die Täuschung. »Wie lange wollt ihr mich eigentlich noch mit euren Lügen beschwatzen?« So habe, sagte Mom zu Ira, die Bobe sie gescholten. »Ihr seid alle Betrüger. Als ob ich nicht wüßte, wo die Kämpfe und das Töten stattfinden.« Endlich sagte der Sejde ihr die Wahrheit: Moe war in Frankreich.

Zur Verwunderung aller nahm die Bobe die Nachricht mit erstaunlicher Seelenstärke auf. »Mit Gottes Hilfe und diesen Streifen an den Armen wird mein Mojsche leben«, sagte sie. Dennoch grübelte sie viel, wirkte ausgemergelt und erschöpft. Sie kaufte ein, sie versah ihren Haushalt, aber obgleich der Sejde sie nicht länger wortreich überreden mußte, damit sie aß, schien sie dahinzuschwinden: sie schien dahinzuschwinden, während sie wartete ... wartete von Brief zu Brief, Briefe von ihrem Sohn.

Auf diese Weise vergingen Wochen und Monate eines fernen Krieges. Tante Mamie, so drall und so aufdringlich, verteilte frisches jüdisches Gebäck und heißen, gesüßten *café au lait* aus ihrer emaillierten Milchkanne mit dem engen Hals an die Infanteristen, die unter der Grand Central Eisenbahnüberführung Wache hatten. Und Mom, die ihrem enorm großen Mitgefühl recht offen und ungehemmt freien Lauf ließ, sagte zu so einem jungen Soldaten, der am Viadukt patrouillierte: »Sie ham so schejne schtrame bejner jez. Gott sol helfn daß Sie's noch hobn wenß widerkumen.«

Und der junge amerikanische Bursche lachte wohl und sagte: »Aach, keine Sorge, Mom. Wir komm' schon klar.«

Oh, diese schrecklichen Jahre, Ekklesias, wer kann sie überhaupt ertragen?

An jenem Nachmittag im August 1914, als er auf die vor Hitze flimmernde Straße geschickt wurde, um das »Ekstra« zu kaufen, das die beiden Zeitungsverkäufer ausriefen, war Ira schon alt genug, um in seinem Kopf die gedankliche Verbindung zwischen zwei völlig voneinander unabhängigen Ereignissen herzustellen, die nun nicht länger ohne Zusammenhang blieben, sondern deren eines der Vorbote des anderen zu sein schien, selbst wenn das andere so spät kam, daß man das erste schon fast vergessen hatte: eine druckfrische, noch warme jiddische Zeitung, auf der Straße gekauft, und Moe in seinem Khaki, auf in den Krieg, auf nach Frankreich – und Saul, der heulte, und der Sejde, der sich ganze Händevoll Barthaare ausriß ... Und dann der Polizist an der Ecke, der feixend zu einem sagte, der daneben stand: »Jetzt guck sich einer diese Juden an! Man könnte mein'n, der Kerl da wär' schon tot.« Tief in seinem Innern verstand Ira den Sinn all dessen, brütete ihn aus, obgleich er nicht sagen konnte, was es war. Nur so weit konnte er denken: daß er beide Episoden gefühlsmäßig erfaßte und daß sie in seinem Kopf zu einer Einheit verschmolzen – aber das war auch alles. Alles andere waren nur Randerscheinungen ein und desselben unlösbaren Zusammenhangs: Moe schickte Briefe aus Frankreich, Briefe und Souvenirs für den Neffen, den er so mochte, den er so viel mehr mochte als dessen eigener Vater – beinahe so mochte wie Mom: Patronenhülsen aus Messing, graviert und ziseliert, ein französisches Opernglas, drei deutsche Eiserne Kreuze ...

Der Winter nahte, und als er nach Weihnachten wieder in die Schule ging, bescherte der Winter eine neue Jahreszahl, die man mit dem Datum oben über den Schulaufsatz schreiben mußte: 1918. 1918. Die Geschichte wirbelte um ihn herum wie kleine Schneewehen. Debs war im Gefängnis. IWW hieß jetzt »I Won't Work« – ich werde nicht arbeiten. Sich vor dem Kriegsdienst drücken, galt als feige. Karikaturen in den Zeitungen zeigten, daß Moskitos mehr Seele hatten als Profitgeier. Bolschewiken hatten gezwirbelte Schnurrbärte und trugen runde Bomben mit brennenden Lunten in der Hand.

Ira nahm die drei Eisernen Kreuze mit in die Schule, zeigte sie seiner Lehrerin in der 6B, Miss Ackley. Miss Ackley war als strengste Lehrerin an der ganzen Schule bekannt. Sie hatte einen massigen Körper und eine heisere Stimme: »Oh, diese Unverfrorenheit! Die Unverfrorenheit dieses Knaben!« rief sie wohl manchmal, während sie strafte, indem sie den Missetäter mit Daumen und kräftigen Fingern in die Wangen zwickte, bis dieser vor Schmerz laut aufschrie. (*Unverfrorenheit*, registrierte Ira während der Züchtigung: was für ein wunderschönes neues Wort!) Miss Ackley schrie auf vor Entsetzen, als Ira ihr absichtlich die Lüge auftischte, sein Onkel habe die Eisernen Kreuze von den Leichen deutscher Soldaten auf den Schlachtfeldern in Frankreich geklaut.

»Nimm sie weg!« Sie schien einer Ohnmacht nahe. »Nimm sie weg!«

Er war dabei, es ihr heimzuzahlen; seine plötzliche, überschäumende, freudige Erregung sagte ihm das. Ganz intuitiv hatte er genau richtig gelogen, just da, wo es die größte Wirkung hatte. Sie hatte ihn mindestens ein halb dutzendmal bei den Kinnladen gepackt – meistens, weil er sich unbotmäßig verhalten, während der Schönschreibübungen gekichert hatte. Er konnte keine Ovale nach Palmer zeichnen. Er versuchte es, aber sie wurden immer ungleichmäßig in Form und Größe und tanzten wild außerhalb der vorgeschriebenen blauen Linien, bis sie wie kleine Rauchwölkchen aussahen, vom Winde verweht; viel zu tief tauchte er seine Feder in das Tintenfaß auf dem Pult, so daß die Übungen für Wellenlinien in großen Klecksen endeten. Schlemihl, wie Pop sagte: ein Schlemihl in allen Dingen. Und Schlemihls wurden bestraft. Darum grinste Ira in sich hinein, als Miss Ackley beim Anblick der Eisernen Kreuze beinahe ohnmächtig wurde – wegen einer Lüge, die er sich ausgedacht hatte, über deutsche Soldaten, hingestreckt auf dem Schlachtfeld, denen Moe die Eisernen Kreuze von der Brust riß. Vielleicht hatte er sogar...

Der besonderen Aufmerksamkeit der Schüler oblag die sichere Verwahrung ihrer »blauen Zeugniskarte«, wenn er (oder sie) die P.S. 103 erfolgreich abschloß, die Elementarschule an der 119th Street und Madison Avenue. Auf ihr war die komplette Schullaufbahn festgehalten, einschließlich der Vollendung des sechsten Schuljahres. Nun besuchte er nicht länger die Elementary School; er ging nun auf die Grammar School. Ihm wurde gesagt, er solle seine blaue Zeugniskarte zur P.S. 86 mitnehmen, der Schule, die sich von der 127th bis zur 128th Street nahe der Madison Avenue weit ausdehnte, und solle sich dort, zusammen mit seiner blauen Zeugniskarte, bei einem der für die Aufnahme neuer Schüler zuständigen Lehrer melden. Es war eine reine Jungenschule, und alle standen sie, die blaue Karte in der Hand, in langen Reihen vor den klobigen Eichentischen, an denen sonst gegessen wurde. An jedem Tisch saß ein Lehrer und schrieb die Neuen ein.

Es war ein Februartag, die erste Woche im Februar 1918. In wenigen Tagen würde er zwölf Jahre alt sein. Nun Lebewohl, Kindheit...

X

Du hast eine Reihe so hübscher Zeichen oben auf deinem Keyboard, Ekklesias. Oder sollte ich lieber sagen – eine Anordnung? ! @ # $ % ^ & ( ) – + ... Ich bin neunundsiebzig Jahre alt. Einerseits freue ich mich aufs Sterben, andererseits bin ich gegenüber M. von zu großer Dankbarkeit erfüllt, um auch nur in Gedanken dem Wunsch nachzugeben, mein Leben möge sich seinem Ende nähern. Abgesehen davon – wozu lebe ich überhaupt? Oder ist es etwa ganz egal? Ich möchte dasselbe Thema einmal ganz anders diskutieren, dasselbe leidige alte Thema. Ich mache mir Gedanken, ob »dieser Zweig, der so kräftig und gerade hätte wachsen können«, von dem Kit Marlowe spricht, auf ewig ein Gefühl dieser verlorenen Geradheit, dieser verlorenen Aufrichtigkeit in sich tragen wird. Nehmen wir meinen Vater, den Zionisten. In ein paar Monaten wird die Balfour Declaration veröffentlicht werden. Laß uns weg nach Israel, laß uns weg in einen Kibbuz. Ich würde hauptsächlich harte Arbeit kennen, Unbilden und Gefahr, aber auch Verwandtschaft, inniggeliebte Verwandtschaft, Menschenwürde. Aber ach, ich hätte M. nicht kennengelernt...

– Du bist wieder in dem gleichen Teufelskreis, mein Freund, oder im gleichen Geduldspiel – nenne es wie du willst: Rollenspiel. Schicksal oder Geschichte haben sich das ausgedacht. Genauer gesagt: Nur, weil du es geschafft hast, dich darüber hinwegzusetzen, und dank M. hast du ein Maß an Größe erreicht, das einer gewissen Reife nahekommt, einer approximativen Reife, einem passablen Faksimile deiner selbst. Oder noch anders gesagt: Fast fünf Jahrzehnte lang warst du annähernd gelähmt wegen deiner Unfähigkeit, dich über deine Kindheit hinwegzusetzen. Stimmt das etwa nicht?

Ganz recht, mein Gebieter...

Dieser Mehrzweck-Eßraum, trist und grau, dieser Pausenraum im Keller, wo wir alle warteten, bis wir mit der Registrierung an die Reihe kamen, war dampfig und stinkend an jenem Wintertag, einem nebligen Tag –

– Weiter. Das ist nicht die Krise.

Und was soll ich machen, wenn ich dahin komme?

– Erinnerst du dich an den Speer, den Siegfried warf, und die unsichtbare Brunhilde half ihm dabei? Und an diesen Sprung?

Den Quantensprung? Ja.

– Glaube an ein existentielles Universum, an die Dialektik von fünf Jahrzehnten.

Ich hätte wohl besser, Ekklesias, mein Freund, die blaue Zeugniskarte hernehmen und verstecken oder zerreißen sollen. Hätte nie auf die P.S. 86 gehen sollen. Wer hätte das schon gemerkt? Mom und Pop. Aber sonst? Was für ein primitives Vertrauen die Institutionen damals hatten.

Man drücke dem Jugendlichen seine blaue Zeugniskarte in die Hand und lasse ihn von einer Schule zur andern wechseln. Welche Kontrolle gab es denn? Welchen Nachweis, daß der Schüler sich tatsächlich vorgestellt und an der Schule, auf die er überwiesen wurde, auch hatte einschreiben lassen? Oh, vermutlich gab es sogar eine Schülerliste, die Namen darauf einzeln übermittelt. Und wenn nicht, dann zum Teufel mit der verdammten Karte. Weg damit, in eine Mülltonne vor einem der Wohnblocks, und dann abhauen. Erinnerst du dich an Kelsey, der mit zwölf von zu Hause weggelaufen ist?

– Ja, brave jüdische Jungs laufen aber nicht mit zwölf von zu Hause weg. Und Mamas guter jüdischer Junge schon gar nicht. Nie hättest du M. kennengelernt, und nie hättest du Erlösung – auch nur teilweise – gesucht und gefunden…

Oh, das klingt aber verdammt nach dem lieben Jesulein und Milton…

– Dann eben Wiedergeburt, Erneuerung, Rehabilitation.

Vielleicht hätte ich das nicht gebraucht.

Dampfig und stinkend, die abgestandene Luft in dem trübseligen Kellerpausenraum war beladen mit den Ausdünstungen verkommener Urinale in den Toiletten am anderen Ende. An der niedrigen Decke sicherten Drahtkörbe mehrere Kränze elektrischer Glühlampen. Von den Schuhen kleckerte matschiger Schlamm auf den dunklen Steinfußboden. Die kleinen vergitterten Fenster gingen zur einen Seite auf einen schmalen Sportplatz, zur anderen auf die Straße. Entlang der dunkel vertäfelten Wände standen mehrere Reihen klobiger, verkratzter Holzbänke. Auf einer dieser Bänke, neben der Reihe, in der Ira wartete, saßen drei irische Jungen, schon etwas größer, Jugendliche; ihre Körpergröße, ihre Selbstsicherheit wiesen sie als Achtkläßler aus. »Zeig mal deine Zeugniskarte«, sagte einer – in einem Ton, der keinen Widerspruch duldete.

Fügsam, wenngleich zögerlich, reichte Ira ihnen seine blaue Zeugniskarte, die sie einen Moment gründlich studierten. Dann vergewisserten sie sich, daß auch niemand zusah und spuckten darauf. Der eine warf sie auf den Boden, die beiden anderen trampelten darauf herum. In Sekundenschnelle – mit einem Blick auf den Lehrer am Tisch – schossen sie durch die Seitentür, auf die Straße hinaus.

… Und wieder dachte Ira, als er den Vorfall aufzeichnete: wie schade. Wie schade, daß er sich nicht den ganzen Weg freigekämpft hatte – wie Greeny –, selbst wenn er dabei einen Zahn, ein Auge verloren hätte, niedergestochen oder sogar umgebracht worden wäre, wie der Junge aus den Slums, den die Rowdys im Block einen Wichtigtuer nannten, weil er wie die Soldaten in den Schützengräben eine Uhr am Handgelenk trug. Wenn er denn mit aller Gewalt aus der East Side hatte verpflanzt werden *sollen,* wenn es nun einmal sein Schicksal war, schützender Homogenität entrissen worden zu sein, dann aber gekämpft zu haben und jene neue – härtere und aggressivere – Haltung sich manifestiert und weitere Miß-handlungen und Schikane verhindert hätte… Oh, verdammt, sagte er sich, hielt inne, um nachzudenken: dann wäre das also der Grund, weshalb er Bill Loem zur Hauptfigur seines zweiten, indes gescheiterten Romans gemacht hatte: Bill kämpfte. Und er, der Romancier, war genau deswegen über Bord gegangen, romantisierte seine Romanfigur, glorifi-zierte deren Kampfeslust und interpretierte diese dann als sozialistische Militanz. Alles war miteinander verflochten, wie klügere Köpfe als seiner schon vor langer, langer Zeit herausgefunden hatten. Doch der Versuch, ihnen zu folgen, war müßig: in die Vergangenheit konnte man nicht folgen; man konnte sich nur geistig und moralisch aufbauen und bemüht sein, das Prinzip anzuwenden. Und hätte er das vermocht, er würde jetzt nicht hier sitzen und über seine Unfähigkeit, eben das zu tun, schreiben. Je nun. Armer Tropf, der schon eine Nickelbrille trägt.

»Was haben wir denn hier?« Der Lehrer am Tisch runzelte die Stirn, als Ira seine blaue Zeugniskarte vorzeigte. Der Lehrer war Mr.

Lennard, wie Ira später erfuhr, Geschichtslehrer, ein Mann mit vollen, ja wulstigen Lippen, dessen blaue Augen Ira von unten her durch einen Kneifer hindurch anstarrten.

»Ein paar große Jungs haben sie mir weggenommen und bespuckt und sind drauf rumgetrampelt«, jammerte Ira.

»Welche Jungs?«

»Die sind weggerannt.«

In seinem Stirnrunzeln mischte sich Resignation mit Verärgerung. »Dann wirst du mir jetzt ein wenig auf die Sprünge helfen müssen. Soll das Tysmen heißen, wo es hier verschmiert ist – oder was? Österreich-Ungarn.«

»Tysmenitz«, sagte Ira. »So spricht es jedenfalls mein Vater. Mit einem ›z‹ am Ende.«

»Mit einem ›z‹ am Ende.« Mr. Lennards Füller mit der Goldfeder malte neue Buchstaben über die verschmierten. »Und du bist wann geboren?«

»Am achten Februar 1906.«

»Hier steht ganz eindeutig Januar«, sagte Mr. Lennard scharf. »Zehnter Januar. Ist das hier eine Sechs am Ende oder eine Fünf? Neunzehn-null-fünf.«

»Das hätte ich fast vergessen!« flehte Ira. »Ich hab's vergessen!«

»Du hast's vergessen? Was hast du vergessen?«

»Meine Mutter hat einen Fehler gemacht. Sie dachte, sie sollte schreiben, wann sie geheiratet hat.« Ira wußte es besser: Mom hatte absichtlich gelogen, um ihn schon ein Jahr früher einzuschulen. »Sie konnte nicht gut englisch.«

»Du bist in der 7A-2. Dein Klassenzimmer hat die Nummer 219.« Mr. Lennard überreichte Ira ein Blatt Papier mit den Zahlen, die er soeben darauf geschrieben hatte. »Melde dich dort morgen früh vor halb neun. Der nächste Junge...«, beendete er Iras Anmeldeprozedur. Und hinterher fiel ihm noch ein: »Du mußt das aber im Büro noch aus der Welt schaffen.«

So gestaltete sich Iras Aufnahme an der P.S. 86, der Schule, an der er nicht – wie er glaubte – zwei Jahre verbringen würde, ehe er auf die normale High School ginge, sondern drei: zwei Jahre bis zum Erwerb seines Hauptschulabschlusses und ein drittes, da er es sich in typischer Entschlußlosigkeit genehmigte, sich mit stolzgeschwellter Brust zur Teilnahme an einem neugegründeten weiterführenden Schulzweig überreden zu lassen, gemeinhin als Junior High School bekannt. Zu allem Überfluß war es eine Wirtschaftsoberschule: dort gab es Kurse, die er verabscheute, Buchhaltung, Maschineschreiben, Stenographie. Hatte man je so einen Schlemihl gesehen? Hatte es je einen solchen *schlimasl* gegeben? Doch davon später. Heute davon zu erzählen, gab Ira das Gefühl, er schalte so abrupt im Getriebe der Zeiten hin und her, daß die Gänge knirschten. Davon also später. Jetzt ging es erst einmal um die drei D-Noten, die er in seinem ersten Zeugnis bekam; D D D, die Noten seines ersten Monats: ein D in Betragen, ein D in Fleiß, ein D in Leistung. Er hatte den Vogel abgeschossen, schmachvoll auf allen Gebieten versagt.

Mom und Pop hatten alle beide genügend Bekanntschaft mit Zeugniskarten gemacht, um zu wissen, was die Noten bedeuteten. »Das soll der Rasen decken«, Pop unterschrieb die Zeugniskarte mit hastigem Schwung. »Schick ihn nur zur Schule. Ein *golem* aus Kreide; ganz klar, daß er es auf die High School und aufs College schafft, ist doch klar, da geh' ich auch bald hin.« Mißbilligung provozierte Rechtfertigung. »Du betrügst dich wohl gerne selbst? Dann betrüg dich doch selbst«, mokierte sich Pop über seine Frau. »Er ist zu einem Leben als Arbeitstier verdammt, und du kannst von Glück reden, wenn er wenigstens darin Erfolg hat.«

»Nun ist er auf einmal ein Arbeitstier, ein Rasenleger«, entgegnete Mom sarkastisch, aber Tränen standen ihr in den Augen. »Ich werde das nicht zulassen. Und wenn ich Fußböden schrubben muß, aber zur High School wird er geh'n.«

»Ich weiß, ich weiß«, sagte Pop. »Sie hat ihn schon auf der High School. Hör mal genau zu: Es ist besser, du nimmst zwei Steine und schlägst dir diese albernen Ideen aus dem Kopf.«

»Niemals!« erklärte Mom. »Als die Hebamme ihn mir auf die Brust legte, da habe ich ihn gesegnet: ›Mögest du hohes Ansehen genießen‹, habe ich gesagt. Und das wird er. Mein Segen bleibt nicht unerfüllt. Laß ihn doch ein schlechtes Zeugnis haben – D D D, na und? – Was denn!« fiel ihr plötzlich ein: »Sein *melamed* wäre nicht in unser Haus gekommen, um ihn zu segnen? Dein Sohn ist dabei, ein Rabbi zu werden. Er kann schon *dawenen* wie ein Erwachsener. Er merkt sich alles felsenfest – was ist denn nur los mit dir?«

»Ich weiß nicht«, antwortete Ira mürrisch.

»Versuch mal, aus dem was rauszukriegen«, Pop flippte die Zeugniskarte quer über den langen grünen, wachstuchbedeckten Tisch zu Ira zurück. »Und gib acht, was ein *melamed* sagt – du weißt schon: Ein Stich mit dem Spaten ist ein Wurf auf den Misthaufen.«

»Mein kluger Ehemann«, gab Mom zurück.

XI

Je weiter er vorankam, desto mehr ähnelte alles einem Traum. Er hörte seine Frau von ihrer wöchentlichen Einkaufsexpedition zurückkommen, groß und schlank in ihrem grauen Mantel. »Brauchst du Hilfe?« fragte er, wohl wissend, wie gering seine Hilfe nur sein konnte im augenblicklichen Zustand seiner körperlichen Tauglichkeit.

»Ja, gleich«, lächelte sie ihr damenhaftes Lächeln, das Lächeln einer fünfundvierzigjährigen Vertrautheit miteinander, und ging ins Bad …

Die Taschen vom Gemüsemann waren schwer gewesen und hatten ihn ungeheuer angestrengt, als er sie durch den langen Flur ihres transportablen Fertighauses trug, durch das Wohnzimmer mit dem Baldwin-Flügel bis in die große Küche mit der Eßecke, wo ihn Bizets Sinfonie aus dem kleinen Radio oben auf dem Kühlschrank begrüßte. Keine Kleinigkeit für ihn. Schwer atmend, hatte er die Taschen lieber auf Stühle gestellt, statt sie noch auf den Tisch zu heben, er, der einst Zentnersäcke geschleppt hatte, mit Getreide und Küchenabfällen und Schrot für die Enten und Gänse, die er züchtete; nicht daß ihm die Säcke leicht vorgekommen wären, aber auch nicht besonders schwer: ohne Mühe hatte er normalerweise fünf oder sechs Säcke in die drei Zuckerfässer in der Scheune geleert, wo er das Geflügelfutter aufbewahrte. Und er hatte sogar M. monatelang auf seiner Schulter zum Auto getragen und sie hineingesetzt, solange sie an dieser »atypischen« Form des Guillain-Barré-Syndroms litt, gelähmt war, in dem Farmhaus in Maine, als die Söhne noch klein waren.

Also... Gerade heute, obgleich er sich an die Schmerzen gewöhnt zu haben glaubte, schienen sie unerträglich. Heute morgen hatte er gedacht, er breche mitten durch, als M. ihn im Bett aufrichtete.

»Es ist alles ein Traum, *hain't it?*« Der alte Farmer, senil und psychotisch ins Augusta State Hospital eingeliefert, hatte Ira mit unschuldigem, abwesendem Blick aus seinen blauen Augen angesehen, nachdem dieser den alten Tattergreis mit einem Scherz von seinem Vorhaben abgebracht hatte, sich seinen »Overholl« anzuziehen und den Haushalt zu machen: »Es ist alles ein Traum, *hain't it?*« Ira hatte sich länger mit diesem Wort beschäftigt: »hain't«, *hain't,* alter Dialekt für »haunt« – nachjagen, verfolgen – und heißt genau dasselbe: *a dream haunted,* ein Traum verfolgte ihn. Wenn doch die Menschheit das nur wüßte. Aber so kam man nicht weiter, nirgendwohin; erst am Ende des Lebens könnte es so aussehen: ein Traum, dem man nachjagte. Bis dahin war es alles andere, nur kein Traum, alles andere als ein Verfolgtwerden. Es war Longfellows ernstgemeinte Realität. Auch seine stechenden Schmerzen, die bohrenden Stiche, dieses Ziehen überall war leider Realität. Sein Blick wanderte von seinem Keyboard hinüber zu dem erschreckenden Stapel

Manuskripte in verschiedenen gelbbraunen Umschlägen. Knapp einen Fuß hoch. Würde er lange genug leben, um all diese Prosa von Papier auf Diskette zu übertragen? Das war zweifelhaft.

Im darauffolgenden Monat machte Ira sich besser: C C C; seine Leistungssteigerung wurde in einer Beurteilung auf der Rückseite seiner Zeugniskarte vermerkt. Es war zu Beginn der Osterwoche, zu Beginn der Osterferien, die teilweise mit Passah zusammenfielen. Sonnig warmes Wetter hatte begonnen, die unbeschwerten Tage des Frühlings 1918, zwei Monate nach Vollendung seines zwölften Lebensjahres. Mom machte den Hausputz für »Passover«, hängte die Federbetten aus dem Fenster in die Sonne, streute Insektengift in die Ecken unter dem Waschtisch, rieb die Sprungfedern in den Betten mit widerlich stinkendem Spiritus ab, und wer weiß, was sonst noch alles. Bald würde sie das Passah-Geschirr auswickeln, das ganz oben im Schrank stand: Pop würde die gravierten silbernen Weinpokale blank polieren, das silberne Salzfäßchen auf seinen drei kleinen Füßchen – und auch das Silberbesteck, alles aus Europa mitgebracht, Hochzeitsgeschenke: Initialen an den Griffen, das Datum konnte man noch erkennen: 1898. Oh, bald würde es *mazeß* geben, natürlich, bald *charoßeß*, natürlich, Meerrettich auf Matzen-Chips und selbstgemachten Rotwein, vielleicht diesmal nicht gar so sauer. Und dann die vier Fragen, die man fragen mußte und die so begannen: *Ma nischtano ha-leila hase:* Worin unterscheidet sich diese Nacht von allen anderen Nächten? Und hartgekochte Eier in Salzwasser, natürlich; und etwas, das Ira so besonders gern hatte, diese Bilder in der *Haggada:* Moses, wie er den Ägypter tötet, bam! mit seinem langen Stab. Und wie das Rote Meer sich auftut – und über dem ägyptischen Roß und Reiter wieder schließt. Das war schön. *Gefilte fisch,* Hühnerbrühe mit *mazeß*-Klößchen waren köstlich. Aber das Hühnchen, naja, total ausgekocht und kein Aroma. Doch war das der einzige langweilige

Gang; hinterher servierte Mom immer ein Kompott aus Trocken-
früchten: Birnen, Pflaumen und Rosinen.

– Und weiter?

Siedendes Wasser, in zwei großen Töpfen, stand auf dem Gasherd;
damit sollte das kalte Wasser temperiert werden, das aus den
Hähnen an der Badewanne kam. Aus beiden Hähnen an Wanne und
Waschtisch floß nämlich nur kaltes Wasser. Warum hatten Wanne
und Waschtisch jeweils zwei Hähne, wenn doch nur kaltes Wasser
kam? Das hat Ira nie verstanden. Aber es war so. Und um die
beißende Kälte zu mildern, die noch vom Winter im Wasser steckte,
mußte man es mischen, mit heißem Wasser vom Gasherd. Oh, das
Wasser aus den Messinghähnen ergab ein wunderbares Glas kaltes
Wasser zum Trinken, aber kein Badewasser. Brrrr–! Zuerst mußte
man ein wenig kaltes Wasser in die Wanne laufen lassen, in die lange
Zinkwanne in ihrem sargähnlichen Holzkasten aus bräunlichen
Brettern. Denn wenn man das nicht tat, weichte das heiße Wasser
die grüne Farbe auf –: als nämlich jener irische *goj*, dieser anti-
semitische Vermieter endlich, nach vielem Bitten, eingewilligt
hatte, das Bad streichen zu lassen, da gab es grüne Farbe, die auf
deinen *tocheß* abfärbte, ja doch, die einem den Hintern grün
einschmierte. *Er* sollte einmal so leben, dieser Vermieter, wie Mom
sagte, mit seiner grünen Galle, mit der er Küche und Wanne
gestrichen hatte: so eine lange Badewanne hatte man noch nicht
gesehen, lang genug, hoch genug, um sich darin auszustrecken und
– auf die Fingerspitzen gestützt – treiben zu lassen, wenn genug
Wasser darin war; im Sommer ganz gewiß, wenn man sie mit dem
lauwarmen Wasser aus der Leitung füllte.

Aber in dieser Jahreszeit würde immer nur soviel Wasser darin
sein, wie man brauchte, um sich zu waschen, sauber zu sein für das
Passahfest, das »Passover« von 1918, während des Großen Krieges.

Was kann ich dir sonst noch erzählen?

– *Mucho mas.* Du bist der Maler, der sich selbst in die Ecke seiner Kindheit gemalt hat.

Das ist es nicht, dabei bleibe ich, obgleich es sehr wahrscheinlich geholfen hat. Zweifellos hat es geholfen. In Ordnung? Genügend Zugeständnisse gemacht? Es waren diese fürchterlichen Prügel, mörderische Prügel, die Pop verabreichte, die alles so anders machten...

– Du warst auf der East Side schon genauso scheußlich verprügelt worden. Oh, ich weiß schon, was du jetzt sagen willst: Wollte Gott, du hättest von Institutionen zum Schutze mißhandelter Kinder gewußt – oder überhaupt gehört, daß es so etwas gab. Ganz sicher hättest du – sofern du die schwarzblauen Male auf deinem Rücken irgendeinem Polizisten, der gerade seine Runde machte, gezeigt hättest – Zuflucht und Schutz erhalten. Aber garantiert wußtest du nichts über solche Dinge, fürchtetest sie mehr als die Züchtigungen, die du bekamst, und wenn auch dein Vater brutal war – wie oft bist du doch das ungezogene, hinterlistige kleine Schlitzohr gewesen?

Ja, aber ich habe mein Argument noch nicht gebracht.

– Ich kenne es schon.

Warum mich dann beschuldigen? Solange ich wenigstens eine äußere Umgebung hatte, die mich schützte, die homogene, orthodoxe East Side, mag eine Entfremdung zu dem unberechenbaren, gewalttätigen Vater entstanden sein. Aber hier in Harlem waren das häusliche und das Leben auf der Straße gleichermaßen von Unsicherheit geprägt, war das Leben kaum lebenswert, wenn nicht sogar feindselig (außer für Mom, die mit ihrer ewigen Duldsamkeit wahrscheinlich am meisten zu der verheerenden Schädigung seiner Psyche beigetragen hat).

– Ich habe durchaus Kenntnis davon. *Farfaln is Jeruschalajim.*

In der Tat. Diese Unverfrorenheit! Wie Miss Ackley mich angeschrien hat an jenem bleiernen Septembernachmittag, als die Schule nach den Ferien wieder begann und ich aus einem Blatt Löschpapier und einem hindurchgesteckten Bleistift ein Segel gebastelt hatte; eine leichte Brise zog durch das offene Fenster und wehte mein Boot über den Tisch.

– Du kannst dort nicht bleiben.

Nein.

Mr. O'Reilly schnappte sich Ira in der Pausenhalle, fischte ihn aus einer Reihe von Schülern heraus, die zwischen den Unterrichtsstunden dort vorbeigingen. »Ich möchte dich in meinem Büro sehen«, sagte er. Mr. O'Reilly war der Direktor der P.S. 86 – sein Büro war das Direktionsbüro!

Zitternd trat Ira ein, setzte sich und wartete. Nach wenigen Minuten kam Mr. O'Reilly herein. Weißhaarig und mit seinem Stehkragen sah er aus wie ein Kirchenmann, seine schmale Wange zuckte, er hatte einen schweren Tic. »Dein Grinsen wird dich nochmal in Schwierigkeiten bringen, junger Mann«, sagte Mr. O'Reilly.

»Ich wußte nicht, daß ich grinse, Mr. O'Reilly«, stammelte Ira.

»Aber ich weiß es. Du bist doch Jude, oder nicht?«

»Ja, Sir.«

»Ich muß dich nicht daran erinnern, daß dein Volk es in dieser Welt schon schwer genug hat, da brauchst du jetzt deine persönliche Situation nicht noch selbst zu verschlimmern.«

Besorgt versuchte Ira, seine Wangen zu kontrollieren.

»Ich habe mir sagen lassen, du denkst dir nichts dabei«, fuhr Mr. O'Reilly fort, sprach kurz und abgehackt. »Du meinst es nicht böse oder schlecht. Aber nicht jeder wird das verstehen. Einige werden denken, du erhebst dich über sie. Weißt du, was eine höhnische Grimasse ist? Die macht man, wenn man sich über Leute lustig macht. Und das hat niemand gern.«

»Es tut mir leid, Mr. O'Reilly.«

»Versuch mal, dich zu bessern«, und Mr. O'Reillys Gesicht zuckte. »Du mußt nur wollen.«

»Ich werd's versuchen, Mr. O'Reilly.«

»Sonst könntest du Schwierigkeiten bekommen.«

»Ja, Sir.«

»Das wär's dann. Ach, Moment mal, ich gebe dir noch eine Notiz für deine Lehrerin mit.«

XII

Wohnung – Schule, Wohnung – Schule, bei jedem Wetter den Weg zwischen diesen beiden Zielen. Mit zusammengebundenen Büchern ging er mal langsam und mal schnell, traf gelegentlich unterwegs Schulkameraden, passierte auf dem Hin- und Rückweg den Felsenhügel und den Glockenturm im Mt. Morris Park auf der einen Seite, auf der anderen, hinter der Busspur auf der Madison Avenue, die heruntergekommenen braunen Sandsteinhäuser, in deren Erdgeschoß sich einige schmuddelige Geschäfte eingenistet hatten; auf der gegenüberliegenden Straßenseite die herrenlose Kirche aus rotem Backstein, die schon mehrfach die Konfession gewechselt hatte (worüber sich Ira in seiner Naivität wunderte: wie konnte eine Kirche, die einem Glauben geweiht war, sich selbst entweihen, ihrem Innern alle Heiligkeit entziehen und einem anderen Glauben Platz machen?). Eine neue, imponierende Augen- und Ohrenklinik war an der Madison Avenue, an seinem Wege, entstanden. Und immer wieder ging er durch die 125th Street, die Einkaufsstraße mit ihren Schaufenstern in den niedrigen ein- oder zweistöckigen Gebäuden. Wie viele Male? Zwei Jahre lang und dann ein drittes. An wenigstens fünfhundert Tagen machte er den Weg, häufig viermal am Tag, hin und zurück, wenn er mittags zum Essen nach Hause eilte, außer, Mom hatte ihm ein paar *bulkeß* mit gehacktem Tomatenhering oder einer Füllung aus Munsterkäse mitgegeben und einen Nickel, damit er sich in der Bäckerei an der Ecke bei der

Schule zwei Lebkuchen kaufen konnte, die ihn zwar vollstopften, ihm aber nicht schmeckten; oder eine Vanilleschnitte, dieses Wunder aus Blätterteig und Pudding.

Wie Spielkarten, die einem beim Mischen, kaum zu erkennen, durch die Finger gleiten, rasten die angefüllten Tage der Vergangenheit vorüber; doch ab und zu ein Verweilen, wenn eine Karte aufblitzte: einmal, auf dem Weg zum Lunch nach Haus, fand er auf dem Bürgersteig eine Dollarnote, so augenfällig, so grünlich, er konnte kaum glauben, daß alle anderen sie übersehen hatten, nur er nicht... Er stürzte sich darauf, steckte sie in die Tasche und machte einen ausgelassenen – freihändigen – Bocksprung über den Hydranten an der Ecke; dabei stieß er sich so grausam das Schienbein an dem eisernen Pumpenschwengel, der an der Haube des Hydranten ansetzte und bis zur Mitte abwärts ragte, daß er sich seither – abergläubisch wie Pop – nach einem Glücksfall immer auf einen Unglücksfall gefaßt machte. Ein anderes Mal wollte er schnell nach Haus und sprang in der Madison Avenue, wie er es bei so vielen anderen Kindern gesehen hatte, von hinten auf einen Bus auf; als er dann an der 119th Street vorbeikam, sprang er während der Fahrt ab – besorgt, der Bus könnte ihn zu weit von seinem Wege abbringen; er rutschte auf dem Kopfsteinpflaster aus und fiel der Länge nach hin. So schlimm schlug er sich das Knie auf, daß zwischen seinem schwarzen Kniestrumpf und dem Rand der Bundhose ein großer roter Fleck aufleuchtete.

Wie Mom vor Wut kochte, als sie entdeckte, was er angerichtet hatte: »Das böse Jahr soll dich holen! Zwanzig Cent zum Fenster rausgeschmissen! Neue Strümpfe! Die Cholera soll dich holen!«

»Einer ist doch noch heile«, wimmerte er.

»Dein Glück. *Wej, wej, wej!* Ich ziehe hier einen Tölpel groß! Mit diesem armseligen Hungerlohn, diesen Almosen, kauf' ich deine Schuhe, deine Kleidung, das Essen auf dem Tisch!« Zornesröte überzog ihr Gesicht vom Hals bis zu den Brauen. »Möge der Rasen dich decken. Iß jetzt, iß. Du kommst zu spät zur Schule. *Oj, gewald!«* Sie zog ihm den Strumpf herunter. »Mach den Schuh auf. Wozu so ein Hornochse doch fähig ist. Nun sieh dir das an!« Sie nahm ein Tuch und machte es unter dem Wasserhahn naß, drückte es aus. »Du hättest ums Leben kommen können.«

»Das hab' ich nicht gewollt«, weinte er. »Ich wollte nur schnell nach Hause kommen. – *Fast.*«

»*Fest*«, wiederholte sie das englische Wort, während er unter dem Druck des feuchten Tuches wimmerte. »*Solßt mir fest gejn in dr'erd!*«

Der Hausmeister der Schule schlug ihn, weil er sich auf einer Bank in der Pausenhalle hingelümmelt hatte – etwas, das andere Kinder hundertmal taten, aber bei Ira wirkte es immer auffälliger, provokativer. Der Werklehrer schlug ihn aufs Ohr, und zwar so heftig, daß es den ganzen Nachmittag darin schepperte und dröhnte und immer noch dröhnte, als abends sein Vater von der Arbeit nach Hause kam. Mom erzählte es ihm, und zu Iras Überraschung schrieb Pop eine empörte Postkarte an den Direktor Mr. O'Reilly. Was er schrieb, hat Ira nie erfahren, aber es tat seine Wirkung bei Mr. Ewin, dem Werklehrer, denn dieser ging später auf Ira zu, lächelte, bagatellisierte seinen Ausrutscher, neckte Ira mit dem Vorgefallenen. Diesmal hatte nur *eines* seiner Ohren gedröhnt – Ira kicherte unwillkürlich bei dem Gedanken an seine ewig mangelnde Voraussicht: nur *ein* Ohr hatte gedröhnt, und er hatte es zu Haus erzählt. Beim nächsten Mal dröhnten beide, und er erzählte es nicht: er hatte zehn Cent für einen großen, dicken, roten Feuerwerkskörper ausgegeben (Kinder in der Schule hatten ihm den Laden verraten, der die illegalen Kanonenschläge unter der Hand verkaufte). Was für ein Knaller! Mom war nicht da, als er nach der Schule nach Hause kam. Wer hätte da widerstehen können, ein Streichholz anzureißen und die Flamme an die Zündschnur zu halten? Und dann den Knallkörper in den Lüftungsschacht des Schlafzimmers zu werfen, den dreckigen Lüftungsschacht, wohin die Sonne – kosmisch – nur einmal im Jahr vordrang, wo die Ratten nach Belieben über den Abfall huschten, über moderne Zeitungen, kaputte Möbel, zerschmetterte Flaschen und sogar einen eingebeulten Nachttopf, was alles da unten zusammen auf einem Abfallhaufen lag. Was für einen Schreck alle bekommen würden, besonders aber die Ratten, wenn die rote Zigarre mit der böse zischenden Zündschnur explodierte! Er rannte also zum Schlafzimmerfenster, um den Knallkörper hinauszuwerfen, jedoch – das Fenster war zu! Nie wurde dieses Fenster im Sommer geschlossen, aber jetzt war es zu! Eine Sekunde der Unentschlossenheit, und kaum war er ihm aus der Hand gefallen, da explodierte der Knallkörper auch schon. Seine Hand bebte; seine Ohren dröhnten. Das erzählte er niemandem.

– So wenig ist von der einst brodelnden Dichte des Lebens geblieben?
Du weißt, was ich ausgelassen habe, Ekklesias.
– Dennoch. Das allein kann der Grund nicht sein.
Die Pforten sind verschlossen, verschlossen für Wortwörtliches und dieses vertrocknete Diurnal da draußen. Oh, gelegentlich hat uns Louis der *loksch,* wie Leo Dugonitz ihn nannte (der Ungar Leo Dugonitz) – und *loksch* hieß Nudel, weil Louis so langgezogen wirkte – gelegentlich also hat Louis uns, wenn wir nach der Schule am Mt. Morris Park vorbeikamen, durch einen Spalt oder eine kleine Öffnung des Fensters mit dem neuesten Schlager bekannt gemacht: Jaada, jaada – jadda, jadda, jing, jing, jing. Bizarr, aber drollig, ein Augenblick, dem Vergessen entrissen: drei Achtkläßler, die sich nach der Schule auf den Heimweg begeben. Nun, ich sage dir, nachdem ich nun alles Schlechte über mich preisgegeben habe, wollte ich gerade darauf zu sprechen kommen oder hätte es sich wahrscheinlich von selbst erklärt, daß ein mittelmäßiger, ganz gewöhnlicher Bursche jetzt allmählich die entstellenden Veränderungen durchmachte, die ihm eine gewisse verzerrte Besonderheit verliehen, eine bedrückende Isolation erzwangen, eine komplexe Einzigartigkeit. Ist das nicht seltsam?

– Ja.

Das glaube ich auch… Um hier ganz sicher zu gehen, mangelt mir der Beweis, und, leider, kann man dieselbe Sache unter gar keinen Umständen zweimal machen und beim zweiten Mal die Alternative wählen, zum Vergleich.

– Außer mental, imaginativ, nicht materiell.

Seltsam – eine Zeitlang schien es vergessen, während der Jugend und im Erwachsenenalter; die meiste Zeit schien es überwunden.

– Aber doch nicht wirklich, nicht im Unterbewußtsein.

Nein, das stimmt, Ekklesias.

– Warum also gräbst du das alles wieder aus?

Bis jetzt hatte ich nicht vor, es dir zu sagen, Ekklesias: um das Sterben leichter zu machen, willkommener, für mich und meinen Mitmenschen, vielleicht.

Jaada, jaada – jadda, jadda, jing, jing, jing. Manchmal spielte er Touch-Football mit den anderen, wenn auf dem Sandplatz spontan zwei Mannschaften entstanden. Im allgemeinen war er als Spieler willkommen, wenn Touch-Football angesagt war. Nicht daß er mit den Füßen besonders schnell gewesen wäre, aber das Abschießen des Balles gelang ihm auf Anhieb – sein Werfen war schlecht, wiederum wegen seiner ungeschickten Hände –, doch er konnte schießen: irgendwie hatte er es heraus, den Ball mit genau dem richtigen Effet seines Spanns in die Höhe zu befördern, ihn vierzig oder fünfzig Meter weit durchzuziehen. Sein Abstoß fand Beifall. Auch besaß er eine gewisse Sicherheit beim Fangen eines Footballs, die er bei Base- oder Handbällen nicht hatte, auch wenn er jetzt eine Brille trug. Der Football war größer und weicher als ein Baseball und wurde gewöhnlich nicht mit den Händen, sondern in einer Mulde aus Bauch und Armen gefangen. Es gab nur ein Problem: vom Schießen löste sich die Kappe seines rechten Schuhs, was ihm Moms übliche Verwünschungen und Flüche einbrachte, weil der

Schuhmacher für die Reparatur zehn Cent verlangte. Ira träumte von dem Tag, da er genug verdienen, genug gespart haben würde, um sich Footballschuhe zu kaufen – mit Lederstollen – und auch einen eigenen Football, so daß er nicht herumstehen und warten müßte, gewählt zu werden, was zwar gewöhnlich geschah, aber immer erst, wenn alle Freunde des Jungen, dem der Ball gehörte, nacheinander aufgerufen waren. Und was, wenn Ira einmal überzählig wäre?

Wie die Rippen eines Kondensators, in dem Zeit gespeichert ist: Geographie, Englisch, Mathematik, Sport, Werken, die wöchentlichen Schulversammlungen mit der Eidesformel auf die Fahne, die Bibellesungen von Mr. O'Reilly. Einmal, weil er es im Unterricht so flüssig aufgesagt hatte, bat ihn seine Englischlehrerin, die hennagefärbte Miss Delany, in der Schulversammlung ein Gedicht vorzutragen: Walter Scott – »Breathes there a man with soul so dead who never to himself hath said: this is mine own, my native land...« Aber die Worte, die er im Klassenzimmer mit soviel Gefühl gesprochen hatte, wirkten vor der versammelten Schülerschaft steif und mechanisch. Ira wußte, seine Lehrerin war enttäuscht von seiner Leistung. Warum konnte er nicht ein und dieselbe Sache zweimal hintereinander gut machen oder sogar jedesmal, stetig, gleichbleibend, so wie andere das konnten? So wie ein Schauspieler oder wie dieser eine Soldat, der von Schule zu Schule zog und faszinierende Geräuschimitationen der unterschiedlichsten Geschütze, Granaten und Maschinengewehre abgab: Whiz-bang! Whoosh! Whe-e-e pom-pom! Ticaticatica... Und der so ein Lied sang:

Chief Bugaboo was a Redman who
Heard the cry of War.
Swift to the tent of his bride he went,

The beautiful Indianola:
»Oh, me wanna go where the cannon roar.
Oh, me help the white Yank win this war.
Oh, me tararara gore,«
Blankety blankety blank blank blank.

»Over There« und »Johnny Get Your Gun« und »Keep the Home-fires Burning« hatten »I Didn't Raise My Boy to Be a Soldier« verdrängt.

Zu Hause war Mom – trotz Iras wütenden patriotischen Protests – immer noch gegen den Krieg. Die Namen Lenins und Trotzkis hörte man überall, von der Hearst-Presse zu grotesken Dämonen verteufelt, Dämonen für jedermann, so schien es Ira, außer für Juden. Die Bolschewiken waren rot. Alle Roten hatten den bösen Blick; alle Roten – so zeigten es die Karikaturen – hatten stoppelige, ungepflegte Schnurrbärte und hielten runde Bomben in der Hand, die brennenden Lunten hübsch gezeichnet. So was machten eben Anarchisten. Was für ein abscheuliches Wort: Anarchist! Aber Mom, und selbst Pop, ließen sich nicht davon beeindrucken, was die amerikanischen Zeitungen schrieben; die Bobe und der Sejde besonders: alles, was sie wollten, war, daß Mojsche sicher war, daß Mojsche gesund und munter wieder nach Hause kam. Sie kannten keinen Patriotismus, kein »Breathes there a man with soul so dead who never to himself hath said«. In den Zeitungen, die Pop aus seinem Börsenrestaurant mit nach Hause brachte, waren Karikatu-ren, die zeigten die Seelen von Klapperschlangen und Moskitos, die reichlich vergrößerten Seelen von Läusen und Zecken und anderen verabscheuenswerten Insekten, schließlich und endlich die Seelen von Taugenichtsen und Wucherern: diese waren trotz tausend-facher Vergrößerung kaum auszumachen. Kaiser Bill – jeder kannte Kaiser Bill – mit seinem gezwirbelten Schnurrbart und seiner

Pickelhaube. Und Charlie Chaplin auch, wie er den Kaiser gefangen nimmt. Ach, wie komisch das war! Wer war sonst noch ein Held? Da waren ein paar Asse, die hatten fünf feindliche Flugzeuge abgeschossen. Und überall tauchte der von Montgomery Flagg gezeichnete rot-weiß-blaue Uncle Sam mit dem Zylinderhut auf, der die Vorübergehenden mit strengem Blick verfolgte und auf jeden einzelnen mit dem Finger zeigte: *I Want You!* – Ich Brauche Dich! Wasserbomben versenkten Unterseeboote. Der Baron von Richthofen flog seine rote Fokker; die »Dicke Berta« zerstörte Paris. Es gab Karikaturen von Marschall Joffre, Marschall Foch und General Pershing und allen Mitgliedern aus Präsident Wilsons Kabinett; einer aus Iras Klasse – einige waren dafür besonders begabt – bildete einen ganzen Satz, in welchem jeder einzelne aus dem Kabinett Wilson als Wortspiel vorkam.

1918 – in jenem Jahr las man in der Grammar School »The Lady of the Lake«, man las »The Lay of the Last Minstrel«. (Wer sie wohl war? Hii-hi-hi!) Aber wie schön doch einige Zeilen waren: »'Tis merry, 'tis merry in the good greenwood where the mavis and merle are singing.« Mom mußte sich wegen deines Grinsens in der Schule melden, denn deine Musiklehrerin fühlte sich dadurch beleidigt, wie Mr. O'Reilly es schon hatte kommen sehen, und du fühltest dich gedemütigt, als du vor der Klasse standest und schluchzend stammeltest, dein Grinsen täte dir leid: häßliche Brillenschlange Miss Bergman. Ira haßte sie auf ewig, haßte sie bis zum heutigen Tag.

Und wie er Miss Bergman haßte! Er würde sie sein ganzes Leben lang hassen, dieses bebrillte Zickengesicht, haßte sie wegen der unverdienten Demütigung, die sie ihm angetan hatte, als sie ihn so übertrieben für ein Grinsen bestrafte, das sein Gesicht irgendwie in eine Fratze verwandelte, die den Leuten nicht gefiel. Selbst jetzt, während er tippte, inzwischen ein alter Mann, kamen die Ressentiments gegen die Ungerechtigkeit, die ihm angetan worden war, wieder in ihm hoch. Fünfundsechzig Jahre später! Aber wer außer ihm hätte wohl all die Lieder aus ihrem Musikunterricht ein Leben lang so gut behalten wie er, der dankbar dafür war und sie auch noch singen konnte, die Lieder, die sie ihnen beigebracht hatte:

A tinker I am. My name's natty Dan.
From morn till night I trudge it …

Natürlich flüsterten damals alle heimlich »a stinker I am« (und vielleicht hatte ihn das zum Grinsen und damit in Schwierigkeiten gebracht). Dennoch: wie sehr gefiel ihm dieses Lied, fand er Gefallen an der Identifikation mit diesem Burschen von echtem Schrot und Korn.

Er war jetzt von seinem Text abgewichen, von dem gelben zweiten Durchschlag neben ihm, seine Gedanken wanderten weg von seiner Person, wandten sich der Außenwelt zu, wie Tom O'Bedlam sagte, er fügte alles mögliche unerwartete, fremdartige Material ein. Es war unzweifelhaft das Vorherrschen des Krieges, die Allgegenwärtigkeit des Krieges in jedermanns Leben, die ihn vom Kurs abgebracht hatte. Schwache Ausrede, aber (er hörte, wie er seufzte): wieder und wieder, welche Bitterkeit fühlte er in sich aufwallen über den Zwischenfall, über die schreckliche Verstümmelung, die daraus resultierte. Nutzlos sein Groll gegen das Schicksal, und doch konnte er ihn nicht abstellen: ein Zeichen dafür, wie tief die Verletzungen seines Innenlebens gingen, das ganze Leben lang, verstümmelt für sein ganzes Leben. Glücklicherweise, glücklicherweise und mehr als glücklicherweise gab es M.

Nun …

Das Bild, das Ira immer zuerst einfiel, der Lehrer, dessen Gesicht Ira immer zuerst vor Augen hatte, wenn er an die P.S. 86 dachte (vielleicht doch erst nach dem von Mr. O'Reilly), war sein Lehrer für Naturwissenschaften, Mr. Steifen, Jude, verbraucht aussehend, der auch wie Mr. Sullivan und einige andere Lehrkräfte nach der

Schule noch einen zweiten Job gehabt haben mochte; Mr. Steifen also blickte erschöpft und gequält über seine Schulter auf die Klasse, als er demonstrieren wollte, wie der Schwerpunkt des Pappdreiecks, das von der Wandtafel hing, zu finden sei. Oder als er das ehrfurchtgebietende Gewicht der Erdatmosphäre vorführte, indem er die Flamme des Bunsenbrenners unter der Fünfliter-Blechkanne löschte, die Verschlußkappe fest aufschraubte und – während er ganz müde und matt weiterredete – eine geheimnisvolle Kraft plötzlich die Kanne eindrückte; sie fiel vor den andächtigen, ungläubigen Augen der Schüler in sich zusammen wie von Zauberhand.

Der nächste war, allerdings in nicht endgültiger Reihenfolge, Mr. Kilcoyne. Er unterrichtete Staatsbürgerkunde und Politik. Ein großer Mann, Anfang vierzig, nicht zu ordentlich, an dessen faserigem Schnurrbart gelegentlich ein austernförmiges Stück Rotz klebte, das einige Kinder für Schaum von dem Bier hielten, das er im Café an der 125th Street trank, wo er immer zu Mittag aß. Er pendelte zwischen der Arbeit und der kleinen Milchfarm, die er in Yonkers besaß, hin und her. Seine Vertrautheit mit allen Aspekten der Milchwirtschaft und seine Bereitschaft, sein Wissen weiterzugeben, machten ihn zur leichten Beute für die verrohten, hartgesottenen Rabauken in der Klasse: im richtigen Augenblick, vielleicht nach einem Vortrag über die Nachfolgeregelungen für das Amt des Präsidenten, brachten sie etwas auf wie zum Beispiel: »Wie melkt man eigentlich eine Kuh, Mr. Kilcoyne« (für gewöhnlich war es nicht etwas so eklatant Unwichtiges, aber doch etwas in der Art).

Mr. Kilcoyne zögerte.

»Wir haben noch nie eine Farm gesehen«, bettelte Victor Pellini.

»Nein? Also gut, es fängt damit an, daß man das Euter sauberreiben muß, mit einem Tuch und gut warmem, schaumigem Seifenwasser –.«

»Das Atter?« Hände zeigten auf, die Häscher lagen auf der Lauer, perfekte Komplizen – wie Vito und Guido Spompali. »Das anttere – wie war das?«

»Nein, nein. Ich habe nicht das *andere* gesagt. Das O-i-t-e-r. Das ist der Beutel unter der Kuh. Da hängen die Zitzen dran.«

»Und die muß man anfassen?«

»Ja, mit jeder Hand eine.« Mr. Kilcoyne melkte die Luft. »Und wenn man sie ausgedrückt hat...«

Die Jungs hatten genug gehört. Köpfe verschwanden unter Tischen, deren Besitzer plötzlich auf dem Fußboden nach Sachen suchten, die sie dort gar nicht verloren hatten, während ihre Gesichter sich verzogen vor Schadenfreude. Titten. Ein Lehrer sprach von Titten. Was hätte komischer sein können? Für diese Stunde jedenfalls war's aus und vorbei mit der Nachfolgeregelung für den Präsidenten der Vereinigten Staaten.

Dickensisch, dachte Ira. Eigentlich nicht: es geschah immerhin so oft, daß es ein halbes Jahrhundert im Gedächtnis überlebte; mehr noch, es überlebte dreimal zwanzig und sieben, wie Lincoln es ausgedrückt hätte. Der in erster Linie bäuerliche Mann mit seinem ganz einfachen Grundschullehrerexamen, dieser für die damalige Zeit typische Durchschnittsamerikaner, Auge in Auge mit jenen verschlagenen kleinen Halunken der ersten Städtergeneration: »Also packen Sie sie an den Titten, Mr. Kilcoyne?«

»Zitzen. Ein Euter hat Zit-zen.«

Mr. Kilcoyne konnte man vielleicht düpieren. Aber mit Mr. Sullivan war nicht gut Kirschen essen. Am ersten Unterrichtstag zog er seinen Rohrstock heraus, einen massiven Knüppel, schlug damit zwei- oder dreimal kräftig auf den Tisch und lud so jedermann ein, frech zu werden. Niemand wagte es. Er war ein schwer verkrüppelter Mann, kleinwüchsig, auf groteske Weise krumm und gezwungen, an zwei Stöcken zu gehen. Ein sanfter Mann mit einem langen Leidensweg verbarg sich hinter dieser giftigen Fassade, ein Mann mit einem unverhältnismäßig großen Kopf, an dessen Schläfen sich blaue Venen wie kleine Blitze kringelten. Mr. Sullivan hat nie einen Schüler angefaßt, er verließ sich statt dessen auf seine bitterbösen, sarkastischen Bemerkungen, die so saßen, daß sich selbst die Mutwilligsten anständig benahmen und überhaupt nur sehr wenige in Mr. Sullivans Unterricht unangenehm auffielen. Er hatte einen rudimentären Dialekt und etwas noch weitaus Schlimmeres, einen Sprachfehler nämlich, der bei jedem anderen Lehrer von vornherein jedwede Möglichkeit, eine Klasse mit Harlemer Slumrowdies zu regieren, zunichte gemacht hätte, mit oder ohne Rohrstock. Vielleicht gehörte es ja zu seinem Dialekt, jedenfalls machte er aus jedem »s« einen Zischlaut. *»Shtand up«*, sagte Mr. Sullivan zum Beispiel, und: *»Shit down«.* So wurde aus »hinsetzen« – »hinscheißen«.

Hinter seinem Rücken nannten ihn alle den »Shitdown Shullivan«, aber niemand wagte ein Grinsen, wenn er seiner Klasse befahl »hinzuscheißen«. Er unterrichtete Englisch – er war ein C.P.A. und machte nach Feierabend als Buchhalter Schwarzarbeit bei etlichen kleinen Firmen.

»Yoursh truly, Johnny Dooley«, so lehrte Mr. Sullivan seine Schüler, wie man einen Geschäftsbrief beendet. *»Bad, worsh, wursht«*, so machte sich Mr. Sullivan über das Hin und Her der Gelehrten bei der Steigerung eines Adjektivs lustig. Oder er brachte Abwechslung in seine Tadel mit *»Shick, shicker, dead«* – soviel wie krank, kränker, tot. Und dann kam der Tag, da der sich hanswurstig aufführende, ärgerlich verschämte Ira aufgerufen wurde, die Passage »Daily with souls that cringe and plot, we Sinai's climb and know it not« aus »The Vision of Sir Launfall« von James Russell Lowell laut vorzulesen und zu erläutern. Gewiß, eine Erläuterung *hat* Ira gegeben; allerdings machte er in einer Art Schutzhaltung so

viele selbstverachtende Mätzchen, daß Mr. Sullivan ihm einen giftigen Verweis verpaßte: »*Thatsh right.* Bring sie nur zum Lachen. Du weißt mehr als viele andere. Aber mach dich ruhig zum Narren. *Shit down!*«

Vollkommen verwirrt, mit brennenden Ohren, setzte sich Ira wieder hin. Mr. Sullivan hatte ihn erkannt, ihn durchschaut. Mr. Sullivan wußte, wer er war.

Mr. O'Reilly, der Direktor, war ausgezehrt und grau und hatte diesen Tic, der sein hageres, strenges Gesicht immer wieder zerknitterte. In seiner nüchternen Amtskleidung, den immer gleichen dunklen Kleidungsstücken, wirkte er beileibe nicht wie ein Schuldirektor. Vielleicht hatte er früher einmal den Wunsch gehabt, Priester zu werden und trug deshalb Stehkragen und Krawatte, die zur konservativen Gewandung jener Tage gehörten, oder sogar, noch konservativer, noch altmodischer, einen hohen steifen Kragen und ein Halstuch wie Pop auf seinem Hochzeitsbild von 1905. Wann immer Ira ihn sich vorzustellen versuchte, trug Mr. O'Reilly einen hohen, steif gestärkten Kragen – aber nach hinten gedreht, wie bei einem Priester. Energiegeladen, wenngleich sicher schon Anfang siebzig, neigte er dazu, mit bestürzender Schnelligkeit eine Englischklasse zu betreten, die Tür hinter sich zu schließen und erst einmal eine Minute stehen zu bleiben und zu lauschen, während seine blauen Augen die Gesichter vor ihm mit prüfendem Blick ausforschten. Dann, mit einem raschen, entschiedenen Kopfnicken und einer Handbewegung begann er den Unterricht. Zuerst zog er immer seine gestärkten Manschetten aus und stellte sie aufrecht wie Zylinder auf das Pult, dann nahm er ein Stück Kreide in die Hand und schrieb – mit zuckendem Gesicht – an die Tafel: »Die Zeit fliegt das können wir nicht ihre Geschwindigkeit ist zu groß.« Dann wurde ein Freiwilliger gesucht, der glaubte, diese Aneinanderreihung von Wörtern korrekt interpunktieren zu können. Niemand. Von derlei Einfällen hatte er einen unendlichen Vorrat; für jeden

Jahrgang schien er neue Witze auf Lager zu haben: »Kaum zu glauben wir rasieren Sie umsonst bekommen Sie einen Drink.« Wie müßte der Friseur sein Schild interpunktieren, damit es unmißverständlich wäre? Solche und soundsoviele andere.

So bekam Ira einen Einblick – einen verschwommenen – in eine Welt, die er nicht kannte und nie kennengelernt hätte: einen Einblick in die traditionelle Welt einer katholischen Privatschule mit ihrer rigiden, festgefahrenen, veralteten Anhäufung von Unterrichtsstoff, die zwar meist ingeniös war, aber nach immer den gleichen Prinzipien arbeitete, beruhigende Sicherheit gab, eben weil immer gleich – genau wie die ganze Skala des korrekten Gebrauchs von sollen und wollen: Sie sollen nicht sterben! »Meine Rechte ist vernichtet«, telegraphierte Marschall Foch an Clemenceau, den französischen Premier. »Meine Linke ist auf dem Rückzug. Ich werde mit der Mitte angreifen.« Die gesamte Skala: der Unterschied zwischen legen und liegen, dürfen und können, wer und wem, wie und als, immer und immer wieder eingedrillt, als ob, so reflektierte Ira später, das Leben vom korrekten Gebrauch dieser Wörter abhinge, das Leben der Straßenbengel, der Slumkinder wie er eines war. Offenbar fiel der Samen manchmal auf fruchtbaren Boden. Unweigerlich kam man ins Grübeln über die tiefe Kluft zwischen dem Siebzigjährigen und den Jugendlichen unter seiner Obhut. Es ging um mehr als nur den reinen Altersunterschied, die Zeitspanne an Jahren – überflüssig zu erwähnen. Sein Alter hatte eine andere Qualität, war qualitativ anders in seinen Traditionen – anders in seinen Aussichten und Einsichten, mitten in einem Kriege, der den Umbruch westlicher Meinungen und Wahrnehmungen markierte, das Verwerfen, Ablehnen der Regeln, die Mr. O'Reilly ihnen einzutrichtern versuchte, so ernsthaft bemüht, doch größtenteils vergebens.

Ira wünschte, er könnte sich wortwörtlich an jenen seltsamen, abnormen Augenblick erinnern, da Mr. O'Reilly sich plötzlich von seinem Ich zu entfernen schien und für die Klasse einige – wie er sagte – elementare Gedanken zu entwickeln begann, von Nietzsche. Ausgerechnet Nietzsche! Hauptsache, man ist stark, sagte Mr. O'Reilly: Man kann alles tun, was es auf der Welt gibt, Böses oder Gutes, jede Sünde begehen und (jetzt senkte er die Stimme, als wüßte er, wie sehr er hier die Grenzen des guten Geschmacks verletzte) Frauen schlecht behandeln. Aber Stärke wurde von anderen Menschen am meisten bewundert und geachtet: Macht. Was für eine seltsame Aussage eines altgewordenen Viktorianers, der sich einer Klasse Jugendlicher offenbarte, die diese fast verstohlene Enthüllung über das Abrücken von seiner für das 19. Jahrhundert typischen puritanischen Respektabilität kaum verstanden – und von denen er auch wußte, daß sie es kaum verstehen würden. »Ich bin schließlich Lehrer geworden und nicht Geschäftsmann«, sagte er vor der Klasse, »weil mir die Murmeln und Kreisel, die ich nicht verloren hatte, letztlich immer gestohlen wurden.« Und Jahre später – wie viele eigentlich? – doch wohl nur fünfzehn? –, als Ira Mr. O'Reilly besuchte, um ihm ein Exemplar des Romans zu schenken, den sein ehemaliger Schüler von der P.S. 86 geschrieben hatte, da war von der einst straffen, kraftvollen, gebieterischen Erscheinung nur noch ein zittriger, gebrechlicher, einsamer alter Mann im Schlafrock übrig, der sich, wohlweislich, nicht mehr an all die Knaben erinnerte, die er einst unterrichtet hatte, was ihm, Ira, ebensowenig half, sein provokantes Grinsen abzulegen, wie Mr. O'Reilly seinen Tic.

Außerdem gab es eine ältliche Frau an der Schule, die auch Englisch lehrte, Miss Delany, wohl noch älter als Mr. O'Reilly – wacklig und klapprig und langsam, ihr weißes Haar jetzt vom Alter völlig vergilbt. Es wurde gemunkelt, sie habe einen Pißpott in ihrem Schrank. Sie war diejenige, die alle Kinder in der Klasse Kardinal Wolseys Abschiedsrede in Shakespeares *König Heinrich VIII.* auswendig aufsagen ließ: »Farewell! a long farewell to all my greatness!« Warum bloß? Ich frage mich immer noch, warum. Worin lag die Relevanz, die Aktualität, der Nutzen, der den Versuch rechtfertigte, Slumkindern, wie er eines war, derart hochtrabende Sätze einzubleuen, den Kindern eingewanderter Eltern oder den unbändigen Abkömmlingen ungehobelter Iren?

Er allerdings trug die auswendig gelernte Rede sein ganzes Leben lang in sich, wie eine Art edles Monument des Geistes. Aber außer ihm noch jemand? Ohne sich selbst schmeicheln zu wollen: sonst doch wohl niemand außer ihm? Wieso denn auch? Relevanz war wichtig; Aktualität und Nutzen spielten eine wichtige Rolle für die Entwicklung der Merkfähigkeit. Wieso war er sich so sicher, daß nach so vielen Jahren nur er noch die große Rede im Kopfe hatte – und sonst niemand? Und wenn dem so war – warum gerade er? Und wenn es wahr wäre, daß nur er allein sie noch kannte, wie ging das zu? War das ein Hinweis, daß er damals schon eine Neigung zur Literatur zeigte, eine besondere Empfänglichkeit, etwas, das Mr. Sullivan erkannt hatte und kein anderer? Ira wußte es nicht. Er hatte so lange mit dem Zitat gelebt, daß er schließlich sogar glaubte, eine gewisse Ambiguität darin zu entdecken, als habe der Barde die ursprünglich sprechende Figur oder die ursprüngliche Stoßrichtung der Metapher vergessen. Die kleinen ausgelassenen Knäblein, die auf Schweinsblasen in einem Meer von Ruhm und Ehre schwammen, wurden schließlich von einem wilden Strom fortgerissen, der sie nie wieder freigeben würde. Aber *er* stromerte ziellos herum.

Mr. Lennard war homosexuell, eine schamlose Schwuchtel. Wie sagt man eigentlich heute dazu? Vom andern Ufer, schwul, »gay«? (Die Syph über sie, die ein so hübsches Wort wie »gay« besudeln!) Nun, Homos, Schwule, Schwuchteln – sie würden warten müssen...

Horch. Ira war ganz sicher: über sich hörte er deutlich die Schreie von Kranichen und Gänsen. Wie früh sie doch zurückkehrten, es war der

17. Februar. Das verhieß einen frühen Frühling – oder war das ein Ammenmärchen, eine Indianerregel? *E come i gru van cantando lor lai, facendo in aer di se lunga riga,* hatte Dante geschrieben, falls ich das richtig in Erinnerung habe… Abschalten, hinausgehen und nachschauen, ob man ihre lange Pfeilspitzenformation erkennen kann – nicht immer einfach, sie waren so durchsichtig, hoch oben in der Höhe, wo sie mit dem azurblauen Himmel verschmolzen.

– Die rote Escape-Taste drücken und sichern.

Ich danke dir, Ekklesias…

XIII

Im Jahre 1918 war es auch, so meinte er rückschauend, daß seine Vorlieben bei der Wahl seiner Lektüre einem Wandel unterlagen. Ob sich dieser Wandel ereignete, weil er nun auf der Grammar School war und damit Anspruch auf eine Leihkarte hatte, die ihn privilegierte, sich Bücher aus dem unteren, dem Leseraum für Erwachsene zu nehmen; oder ob der Wandel vom Mythischen zum Tatsächlichen zufällig zur gleichen Zeit – und drastisch – einsetzte (als ein mit seiner Erinnerung an diese ferne Zeit untrennbar verbundenes Phänomen), da war er sich nicht mehr so sicher. Es gab eine gute Geschichte ab, sagte er sich. Da war er wieder, dieser Abend im Frühling, als er dachte, er hätte endlich den Schatz gefunden, nach dem er so lange gesucht hatte – das *Lila Märchenbuch.* Zusammen mit anderen Büchern, die er entleihen wollte, nahm er es heraus und schob es auf einem Stapel von drei oder vier Bänden über den Eichentresen, wo die dünne, altjüngferliche Bibliothekarin mit dem Kneifer auf der Nase die Leihkarten abstempelte. So weit, so gut, bis auf eins: irgend etwas war am Zeitrahmen dieses Bildes falsch, das Ambiente des Augenblicks, da er die Bücher entlieh, stimmte nicht. Er befand sich unten in der Bibliothek, auf der Etage für Erwachsene – das war sein deutlicher Eindruck –, und die Dame mit dem Kneifer war die Chefbibliothekarin. Wie es sich für ihren Rang geziemte, war sie diejenige, die unten immer die Bücher stempelte. Die Wahrscheinlichkeit allerdings, daß sich das *Lila Märchenbuch* oder irgendein anderes Märchenbuch dort unten befand, war sehr gering. Folglich war das ein Produkt seiner Phantasie: ein reines Märchen. Als er nämlich nach Hause kam und seine Schatztruhe öffnete, um sich in den neuen Varianten der adligen und der ritterlichen Welt zu ergehen, da war es plötzlich *Huckleberry Finn* von Mark Twain. Aus der Wut über sein Mißgeschick wurde tiefes Versunkensein; je mehr er las, desto mehr nahm ihn das Buch gefangen; aus kläglicher Enttäuschung wurde Vergnügen, Heiterkeit, völliges Hingerissensein.

Oh, dies war wundervoll, einfach wundervoll, das richtige Leben, eine behagliche und doch reale Welt. Zwar war es nicht *seine*, die Welt des Harlemer Asphaltdschungels, doch handelte die Geschichte, die am Ufer dieses weit entfernten Flusses Mississippi spielte, vom Gewöhnlichen und Alltäglichen, dem Lustigen und Realen und dem Wunderbaren. Gab es denn noch mehr Bücher wie dieses? Es mußte sie geben.

So kam es, daß er seinen Einzug in die Welt des realistischen Romans anvisierte, so kam es, daß er darin eine Erklärung für seine Veränderung fand. Von da an wurde alles, was nach ein paar in der Bibliothek angelesenen Seiten sein Interesse weckte, mit nach Haus genommen, um mit Muße sorgfältig am Küchentisch durchgelesen zu werden, unter der bläulichen Flamme der Gaslampe. Manchmal genügte ihm schon der Titel allein, um sich ein Urteil zu bilden. Und manchmal etwas, das er über das Buch gehört hatte, daß es als Klassiker empfohlen, die unverzichtbare Zierde eines kultivierten Menschen sei und gelesen werden müsse.

Einmal nahm er *Das Kapital* von Karl Marx mit nach Haus, was den Hauch eines höflichen Lächelns auf das Gesicht der Bibliothekarin zauberte... Und auf ähnliche Weise kam er auch dazu, *Les Misérables* – er sprach es englisch aus: *Less Miserables* – von Victor Hugo zu lesen, weil er irgendwo einen Hinweis darauf gefunden hatte, daß es ein großartiges Buch sei, ein großes Romanwerk, ein Klassiker; daß es seine Pflicht sei, es zu lesen. Er mußte versuchen, die Klassiker zu mögen; er mußte versuchen herauszufinden, warum es Klassiker waren, warum Menschen, die gebildet waren, die das beurteilen konnten, meinten, ein bestimmtes Buch sei ein Klassiker, so daß er wenigstens, selbst wenn er es nicht vollständig verstand, der Aura eines solchen Klassikers ausgesetzt war, demütig dem Erhabenen ergeben. Die anderen Kinder mochten wohl sagen, nee, das Buch taugt nichts. Sie waren geistig weitaus unabhängiger – und gewitzter – als er. Er war, das wußte er, beeinflußbar und unsicher, versuchte erst, Sicherheit zu lernen, seinen Weg dahin zu finden, wobei ihm die Forschheit seiner Kameraden abging, die sich der Richtigkeit ihrer Vorlieben so sicher waren. Er hatte keine Meinung, und das mußte er kaschieren. In jenem verwirrten Zustand also, mit seiner verschwommenen Motivation, schleppte er *Les Misérables* zu Hause an. Und viele Tage lang lebte er nun mit Jean Valjean, dem entflohenen Sträfling, der dem Abt sein Silber und die Leuchter stahl, lebte mit den kalkverschmierten Arbeitern, die durch die Straßen von Paris stapften, nicht zu erkennen in ihrer erbärmlichen Kluft – bis diese schlichte heroische Tat, die dem Fuhrmann das Leben rettete, dem unbarmherzigen Polizeiinspektor den ersten Hinweis auf seine Identität lieferte und dieser sich dann, hin- und hergerissen zwischen Pflichterfüllung und Menschlichkeit, von einem Felsen ins Meer stürzte.

Ira heulte, unzählige Male. Und grämte sich über die immer weniger werdenden Seiten, was ihn dem Ende seiner Kameradschaft mit Jean Valjean näherbrachte – dem Ende des Buches, das er in dem kleinen dunklen Schlafzimmer unter seinem Bett verwahrte, auf das er sich beim Aufwachen an Samstagen und Sonntagen wie auf ein kostbares Geschenk freute, das nur darauf wartete, von ihm ausgepackt zu werden. Er verharrte und las einiges immer wieder, träumte. Hunderte neuer Wörter schlummerten in diesen Seiten, unbekannte Wörter in diesen aberhundert Seiten der Erzählung, und doch bedeuteten sie kein Hindernis beim Verstehen. Er hatte kein Lexikon – noch kam ihm je der Gedanke, eines besitzen zu sollen. Er brauchte auch keins. Es war, als führe ihn sein Gefühl ganz selbständig durch den Kontext, und hatte er erst einmal eine Vermutung über die Bedeutung eines Wortes, schien es von da an für alle Zeit in seinem Kopf zu wohnen, dort zu verweilen, damit er in aller Ruhe seinen Glanz und Klang bewundern konnte.

Und so wählte er willkürlich Bücher, die er wahllos und gierig verschlang: Nach *Huckleberry Finn* kam *Der Ruf der Wildnis,* auf *Der Seewolf* folgte *Lorna Doone*; durch die *Riders of the Purple Sage* bis zu *Die drei Musketiere*, von *Der Gefangene von Zenda* zu *Der Glöckner von Notre Dame* und *Der Graf von Monte Christo*; er las Poes unheimliche Geschichten, H. Rider Haggards *She* und von Lew Wallace *Ben Hur* und ... wie seltsam: in der Welt des gedruckten Worts, der Welt zwischen zwei Buchdeckeln, in der Welt der »wahren« Begebenheiten, wie vorher in der Welt der Mythen, war er ein Christ, wie es die Helden des Buches waren – außer Ben Hur, der war ein jüdischer Römer oder ein römischer Jude, das blieb sich gleich. Ira fügte sich in die Rolle eines Christen. Was sollte er auch machen, wenn er den Helden liebte und verehrte? Alles, was er von einem Buch verlangte, war, daß es ihn nicht allzu sehr daran erinnerte, daß er Jude war; je mehr er von einem Buch eingenommen war, desto mehr betete er, daß Juden darin nicht vorkamen.

Und noch etwas konnte er spüren, aber nicht definieren – es kam ihm auch nie der Gedanke, es zu versuchen: Ganz wie das Mythische ihn zuvor gefesselt hatte, so fesselte ihn jetzt das »Wahre«, und das sogar noch stärker. Aber wie fesselte es ihn? Und warum? Er konnte es nicht sagen. Die Handlung mußte einen bestimmten Verlauf nehmen, nicht wie in einem Geschichts- oder – keinesfalls! – wie in einem Geographiebuch oder einem Bericht über tatsächliche Ereignisse, so eben nicht. Aber so, daß man den Wunsch hatte zu folgen, weil es einen berührte, weil man die Versuchungen und Leiden der Hauptfigur teilen wollte oder sie vielleicht teilen mußte. Ira wußte es nicht. Er konnte fühlen, welchen Weg die Handlung nehmen mußte, ohne genau zu wissen, warum, eben so, wie man im *chejder* auf der East Side Hebräisch lesen lernte, immer wieder dasselbe, ohne recht zu wissen, was man eigentlich las...

* * *

Ein Ende des schrecklichen Weltkriegs, der da immer noch über Europa tobte, schien nicht in Sicht. Allem Anschein nach (einem Anschein, dem Ira bis dato seine zwölf Jahre alte Persönlichkeit überantwortet hatte, einem Anschein, so wußte Ira, den man nicht länger als plausibel aufrecht erhalten konnte) war der Krieg ein Gemisch aus den aberwitzigen Flüchen des Sejde (aberwitzig, so kam es Ira in den Sinn, weil gewaltsam, hilflos, gequält, überspannt, wie eine gefesselte Gans während jahrelanger Gefangenschaft zwangsernährt worden sein mochte): Mögen jene, die Kriege entfachen, ausgepeitscht werden, verbrannt, erdrosselt, enthauptet, zerquetscht, zermalmt – sein Vorrat an sinnlosen Verwünschungen schien schier unerschöpflich.

Und Bobes Klagen auch. Ihre Lebenskraft kehrte sporadisch zurück, in Schüben, und nur, um ihrer Familie vorzuwerfen, ihr die Wahrheit verschwiegen zu haben, Mann und Kinder hätten sie gleichermaßen angelogen: Moe sei tot. »Gott wird euch strafen – mich so zu täuschen, als er auf die Schlachtbank geschickt wurde.«

Und während sie ihren Körper vor Kummer vor und zurück wiegte: »Mich so zu verspotten und mir das Herz aus dem Leib zu reißen. Ihr werdet schon sehen.« Sie weinte, so schrecklich aus Iras Sicht, daß ihre durchsichtigen Tränen aus den geschlossenen Augen quollen. Vergeblich versuchten die anderen, ihren Glauben wiederzubeleben, daß Gott und die Winkel am Ärmel mit dem Halbmond darunter Moe vor Schaden bewahren würden. Sie zweifelte an der Echtheit von Moes Briefen und glaubte nicht, daß die getüpfelten Munitionshülsen und die Eisernen Kreuze, die Ira ihr als Beweis, daß Moe lebe, mitbrachte, von ihm waren.

Der Weltkrieg wütete weiter. Der *Boche*, dieser Barbar, stand mit seiner Pickelhaube auf dem Wall des Schützengrabens und ergab sich mit hoch erhobenen Armen: *Kamerad!* rief er hinüber. Aber am Boden, zwischen seinen gespreizten Beinen, zielte sein ebenfalls barbarischer Kumpan hinterhältig mit dem Maschinengewehr auf sein Gegenüber. Anleihen für die Freiheit. Patriotische Kundgebungen. Ira war Pfadfinder, hatte sich im Untergeschoß seiner geliebten Bibliothek an der 124th Street mit dem Treueschwur zur Einhaltung der Pfadfinderregeln verpflichtet. Dort war es auch, oder gelegentlich beim Oberpfadfinder zu Hause, wo Ira lernte, wie man Knoten macht: den Zimmermannsknoten, den Palstek, eine Schlinge; oder wofür die einzelnen Knoten taugten und daß man unbedingt den Hausfrauenknoten vermeiden mußte. Er las die Bücher von Dan Beard über das Leben in der Wildnis, wie man einen Unterschlupf baut, ein Lagerfeuer mit nur zwei Streichhölzern entzündet, verschiedene Fährten von Tieren im Schnee erkennt; wie man einen Arm abbindet und giftige Schlangenbisse behandelt; wie man Menschen aus brennenden Häusern rettet und sie anschließend wiederbelebt.

Er war für alles ungeeignet, selbst für die einfache kleine Rolle, die er spielen mußte, als die Pfadfinder eine Vorführung ihrer Fertigkeiten veranstalteten: der Gruppenleiter und sein Stellvertreter auf dem Podium rückten auf ihren Stühlen ganz nach vorn, als Ira sehr ungeschickt demonstrierte, wie man aus einem Dreieckstuch eine Armschlinge macht. Aber, man staune, er lernte, daß Sumpfmoos trübes Wasser filtern und zu einem genießbaren Getränk machen konnte. Er lernte, daß die Spitze einer Kiefer immer nach Norden zeigt, was Verirrten half, sich im Wald zurechtzufinden; wo man am Nachthimmel den Polarstern suchen mußte und warum General O'Ryans Division dieses eigentümliche Sternbild auf den Schulterklappen trug, das Sternbild des Orion.

Am steinigen Ufer, der New Jersey-Seite des Hudson River, versammelten sich alle nach einer Wanderung vom Steilufer bis nach unten am Lagerfeuer, das der stellvertretende Gruppenleiter angelegt hatte. Über dem Feuer hing, in bewährter Pfadfindermanier, an einem eingekerbten Stock ein Kessel mit Gemüsesuppe, deren Zutaten von allen Pfadfindern mitgebracht worden waren. In der belebenden Kühle des langsam hereinbrechenden herbstlichen Abends, während die Schatten der Steilküste schon länger wurden, schaufelte der pockennarbige, leutselige Stellvertreter des Gruppenleiters eine Kelle der Brühe in sein Kochgeschirr und kostete – vorsichtig, das Zeug war heiß! Und dann, um seine Pfadfinderuniform nicht einzusauen, beugte er sich vor und nahm einen ganzen Mundvoll. Er hat es sogar runtergeschluckt! Mitsamt dem Suppenkraut und allem, ja sogar einem Stück der Pastinake, die Ira beigesteuert hatte. Wer würde denn so etwas essen? Und eine gekochte Zwiebel noch dazu! Eine Selleriestange! Zu Hause nahm Mom das nur, um die Hühnersuppe schmackhaft zu machen. Kein Mensch würde so etwas essen. Zu Hause fischte Mom all das heraus und warf es in den Mülleimer: das war doch nur das Suppenkraut. Aber hier, wenn man ein Pfadfinder war, hier aß man alles. Und siehe da, es schmeckte gut.

– Offensichtlich gefällt dir die Erinnerung daran.

Ja. Ohne Wehmut. Alle wertvollen Erinnerungen sind jetzt getrübt. Milde ausgedrückt, Ekklesias. Getrübt, verschlissen, abgedroschen, vergällt. Je nun. Nein, nicht aus Nostalgie, wahrscheinlich, weil maßlose Furcht und Beklemmung sich ihrer bemächtigt hat... Glücklicherweise, Ekklesias, kann ich mit dir sprechen – ansonsten würde ich es wohl kaum fertigbringen weiterzuleben, so behindert, so belastet.

»Danke für den Tee«, hatte er zu M. gesagt, als er die Küche verließ und in sein Arbeitszimmer ging. Sie hatte ihn früh zum Lunch gebeten, zu einem kleinen Snack, früher als sonst, weil ihr Cellist bald erwartet wurde, innerhalb der nächsten halben Stunde. M. sollte diesen Sonntag mit ihm auftreten, in der Helen Keller Hall an der University of New Mexico, mit einem Stück für Cello und Klavier, das sie selbst komponiert hatte. Seine innig geliebte Frau: sagt sie doch heute morgen beim Frühstück, während eine hebräische Melodie aus dem Radio erklingt: »Es hat nicht die üblichen übermäßigen Sekunden. Es klingt rein mechanisch. Eines Tages spiele ich es einmal für dich, dann wirst du den Unterschied hören.«

Aus zwei verschiedenen Welten waren sie gekommen und waren aufeinandergetroffen, dachte Ira (wiederum zum tausendsten Mal); obwohl Schmerzen und Schuld ihn psychisch deformiert hatten, liebte sie ihn genügend, um treu zu ihm zu halten und durch ihr tägliches Zusammenleben, ihre häusliche Alltäglichkeit zu seiner Rettung beizutragen. Man konnte diesen Gedanken vielfach variieren, es lief immer auf dasselbe hinaus: wenn das Leben, sein Leben, lebenswert war, dann war *sie* es, die es dazu machte. Und auch wenn sie sich über die Belastungen und Prüfungen, also die Strafe für ihre Liebe, durchaus im klaren war (da war er sich ganz sicher), nun... Beharrlichkeit war ein Charakterzug, für den man manchmal dankbar sein mußte –. Nein, nicht Beharrlichkeit: neuengländische Zähigkeit, die Ausdauer der Pilgerväter. Hier wären einige Bemerkungen über gute Kinderstube, über Abstammung und Herkunft fällig.

XIV

Endlich, endlich dankte »Kaiser Bill« ab. Endlich war Armistice Day, Waffenstillstand! Zur elften Stunde des elften Tages des elften Monats. Die Sirenen der Feuerwehr heulten wie wild, Glockengeläut dröhnte und schepperte von jedem Kirchturm, Fabriksirenen tuteten, Autos hupten. Alles, was zu dem Getöse beitragen konnte, wurde benutzt, und wenn es nur eine Trillerpfeife, eine Blechtrompete, eine Spielzeugtrommel, ein menschlicher Kehlkopf war. Die Schule fiel aus. Improvisierte Umzüge jubelnder Massen drängten sich durch die 125th Street. Soldaten wurden von oben bis unten abgeknutscht; die Menschen tanzten und tollten auf der Straße. *Hooray! Hooray! Hooray!*

Moe hatte überlebt, auf wundersame Weise überlebt, unversehrt. »Alles OK, Grüße und Küsse Moe« – sein Telegramm wurde wieder und wieder gelesen. Der Sejde *dawent* Gebete der Erlösung. *»Baruch ha-schem, baruch ha-schem, Mojsche lebt!«* wiederholte er immer wieder eigens für die skeptische Bobe. *»Er lebt!* Würde ich wohl sagen, er lebt, wenn er nicht lebte? Er kommt nach Haus, etwa nicht? Du wirst ihn sehen. Ira, Kind, lies, was auf dem Papier steht, lies ihr das Telegramm vor. Sag es auf jiddisch.«

»Einhundertmal«, sagte die Bobe. »Einhundertmal, bis ich es glaube.«

»Einhundertmal?« protestierte Ira. »Hier steht ›Alles OK...‹«

»Sag es auf jiddisch.« Die Bobe saß nur da und hörte zu, saß da und schien kaum zu atmen, als sei ihr die Seligkeit über die Auferstehung ihres Sohnes Nahrung genug. Dann seufzte sie, sackte in sich zusammen und stammelte kaum hörbar: »Weh mir, daß ich mich freue. Für jeden Geretteten werden hundert andere betrauert. Weh mir«, und schlug sich auf die Lippen. »Gott vergib mir meine Freude.«

Aber Moe sollte nicht sofort nach Hause kommen. Er schrieb, er sei der Besatzungstruppe zugeordnet und nicht sicher, wann er wieder nach Amerika zurückkehren werde. Wochen, ja Monate vergingen, bis er kam. Inzwischen verbrachten Mom und Mamie viel Zeit bei der Bobe, um sie vor neuerlichem Grämen zu bewahren – besonders Mom, weil die Bobe sich ihr mehr anvertraute als ihren anderen Kindern, und meistens am frühen Nachmittag, solange Ira noch in der Schule war; dennoch kam er oft genug nach Hause, und Mom war noch fort, hing noch bei ihrer Mutter herum ... und kehrte erst um vier oder noch später zurück. Merkwürdig – oder vielleicht auch nicht so merkwürdig, wie gut er sich an das Schloß in der Küchentür dieser Wohnung erinnerte. Schwarz, mit einem kleinen, vorstehenden Messingnippel, der, wenn nach unten gedrückt, die Zunge löste, welche die Tür verschloß, nach oben gedrückt, die Zunge in Schach hielt. Oh ja, dies und viele andere Dinge über ihre Behausung hatte er noch im Gedächtnis, einige, weil er sie überhaupt nicht vergessen konnte. Weder damals noch heute ...

Wie lange gibt es eigentlich schon diesen Trick mit den Pünktchen, dieser Reihe von Pünktchen, Ekklesias?

– Nicht so sehr lange, vermutlich. Ganz sicher nicht länger als die Druckerkunst. Eine gute Frage. Zuerst hatte ich gedacht, du befändest dich in Schwierigkeiten, weil du eine so wichtige Schlüsselfigur ausgelassen oder absichtlich ausgeschlossen hast, eine, die dir nebenbei strenge Selbstbeschränkung auferlegte, doch nun denke ich beinahe, es ist –.

Raffiniert?

– Nein, das nicht gerade; du hast es schließlich nicht von vornherein so geplant, aber einigermaßen – sagen wir: opportun.

Das kommt daher, daß ich zwei Wesen bin: das eine ist eine leere Hülle und einigermaßen weise; das andere der Schlot eines erloschenen Vulkans – so ist das in diesem Zustand –, ein Rauchfang, ein Mahnmal brennender Höllenqualen, obgleich heute *sans lava*.

– Nicht nötig, die Metapher in epischer Breite darzustellen.

Bei dir nicht, das ist klar. Ist es zu früh, hier Fred Kelsey einzuführen, den ich Jahre später in Los Angeles kennenlernte?

– Das war die Geschichte, daß er im Alter von zwölf von zu Hause weggelaufen ist, nicht wahr?

Ja.

– Alles zu seiner Zeit. Du hast noch einen weiten Weg vor dir. Jetzt mußt du erst einmal einiges zur tatsächlichen Reihenfolge der Ereignisse bringen.

Den zeitlichen Ablauf?

– Ja.

XV

Es war 1919 – der achte Februar. Seine Bar Mizwa.

Plumber's Progress (ein Ausschnitt) – so lautete die nächste Zeile seines »Manuskripts«, der maschinegeschriebenen Stichworte auf dem gelben zweiten Durchschlag neben ihm. Offenbar hatte er das Stück bei anderer Gelegenheit geschrieben und sich vorgenommen, es an dieser Stelle einzufügen. Aber wo war es? Immer wenn er etwas ablegte, etwas, das er selbst geschrieben hatte, dann schien ihm der Ort, den er für die Ablage wählte, jeweils der einleuchtendste auf der Welt, und jedesmal konnte er sich nicht erinnern, wo es war. So auch jetzt. An allen »einleuchtenden« Plätzen hatte er schon gesucht. Bei ihm war ablegen wahrhaftig gleichbedeutend mit vergessen. Nun, er hatte sowieso Vorbehalte gegen dieses Stück gehabt.

Er träumte vor sich hin, grübelte. Gestern abend hatte er im nichtkommerziellen Fernsehsender »Channel 5« im Rahmen einer Diskussion über das Profiboxen den spindeldürren jungen Waliser gesehen – Bantamgewicht? Federgewicht? –, der von seinem mexikanischen Gegner knockout geschlagen wurde; bei diesem K.o. erlitt der junge Waliser eine Gehirnerschütterung, an der er starb: so ein höflicher, aufrechter junger Brite, der immer »ja, Sir« und »nein, Sir« zu Ringarzt und Schiedsrichter sagte. (Und, Jesus Christus, warum hatten nur all diese gottverdammten Promoter diese unverkennbar semitische Hakennase, trotz ihrer englischen Namen! Ihn schauderte, besonders vor diesem oberschlauen Burschen mit dem weichen Filzhut, der jenen verächtlich widersprach, die da meinten, Profiboxen gehöre verboten: »Der einzige Ort, für den das zutrifft, sind die kommunistischen Länder.« Was für eine unbeabsichtigte Schleichwerbung für die geistige Gesundheit von Kommunisten! Oh mein Gott! O Popule me!) Der Schock, den er bekam, als er den tödlichen Schlag mit ansah, steckte ihm noch in den Knochen und führte seine Gedanken zurück in den Sommer des Jahres 1919, als Jack Dempsey Jesse Willard k.o. schlug – und dorthin, wo er, Ira, zu jener Zeit gerade war, was er damals im Kopfe hatte und wovon er zwanghaft besessen war. Doch das war etwas später, wenig später.

Er dachte, hier könnte er, sozusagen als Präambel zu dieser Bar Mizwa von vor sechsundsechzig Jahren – Präambel, Ambiente (Präambiente, Meister Joyce) – eine Beschreibung der Harlemer Behausung einfügen, in der seine Eltern und er diese vierzehn Jahre gewohnt hatten, von der 3A auf der P.S. 103 bis zu seinem völlig verpatzten Bachelor of Science-Examen am City College von New York. Alles dunkel und trostlos, sagt der brutal geblendete Gloster in *König Lear.* Vier »einfache« Zimmer, wie die Wohnungen an der Eisenbahnlinie damals beschrieben wurden, daraus bestand ihr Lebensraum; am Anfang betrug die Miete 12 Dollar im Monat. *Alles dunkel und trostlos.* Zur Toilette, den »bad room«, wie ihm das Wort in seiner Kindheit klang, gelangte man nur durch den engen Flur zwischen den einander gegenüberliegenden Wohnungen. Kurz nach Ende des Weltkriegs wurde in der Trennwand zwischen Küche und Bad ein Durchbruch geschaffen, eine Tür zwischen Küchenfenster und Spülstein installiert, so daß man nun direkten Zugang zum Badezimmer hatte. Gleichzeitig wurden Gaslampen und Gasleitungen entfernt und durch elektrische ersetzt – und die Miete stieg um drei Dollar. Er hatte vorgehabt, den Leser auf einen Streifzug durch seine Wohnung mitzunehmen, in primitive Verhältnisse. So hatte er es niedergeschrieben, bemerkte aber jetzt, auf welch trügerischen Grund er sich hier gewagt hatte, bemerkte den Abgrund zwischen seiner ursprünglichen Betrachtungsweise dieses Materials und seiner jetzt veränderten Einstellung dazu. Meinte er seine heute veränderte Sicht dessen, was man den Joyceschen Charme der Verkommenheit nennen könnte, einen oberflächlichen Charme, den das Kind Ira abgelehnt hatte?

Die Kaltwasserwohnung betrat man von der Dunkelheit des engen Flures aus, zwischen zwei einander gegenüberliegenden Wohnungen, durch die Küchentür. Der Korridor war fast genauso lang wie die beiden Wohnungen und mündete in Türen mit eingesetzten Milchglasscheiben, überflüssige Türen, die nur selten benutzt wurden und in die Vorderzimmer am anderen Ende der Wohnung führten... Die Wohnung hatte die Form einer Hantel: von der Küche ging man durch Iras enges, dunkles Schlafzimmer, eine Gruft. Mom sagte »kejwer« dazu oder Grab; dann durch das größere Schlafzimmer seiner Eltern, das sich dort anschloß, wobei beide Räume denselben verrußten, engen Luftschacht nutzten; dann kam man – durch einen breiten Türbogen, allerdings ohne den Luxus einer Tür – in das sogenannte Vorderzimmer, an dessen anderem Ende die Fenster, die Feuertreppe und die Straße lagen.

Mitten in der Küche stand ein großer runder Tisch mit einer grünen Wachstuchdecke, ein eingebauter, verglaster Geschirrschrank füllte eine Wand, ein bebilderter Kalender hing zwischen Gasherd und Eisschrank an der anderen. Am Fußende von Iras »einschläfrigem« Bett stand eine kleine Kommode, die sowohl seine wie des Bettes spärliche Wäsche faßte. Blauköpfe in einer Holzleiste, die ihrerseits an die Wand genagelt war, dienten als Haken für

Kleiderbügel. Im Schlafzimmer seiner Eltern sorgte ein eingebauter Garderobenschrank mit Schubladen am Boden für Stauraum. Ursprünglich stand im Vorderzimmer (dem Aufenthaltsraum der Familie, wenn die Temperaturen es erlaubten) zwischen den beiden Frontfenstern ein hoher schwarzer Spiegelschrank sowie eine lange schwarze Couch aus Pferdeleder. Doch war diese Einrichtung inzwischen noch durch eine Anrichte mit Glasaufbau aus zweiter Hand ergänzt worden, die sie von Broncheh H. gekauft hatten, einer wohlhabenden Verwandten, die ihr eigenes Wohnzimmer neu eingerichtet hatte. Die Kredenz war recht attraktiv, die einzelnen Teile aus fein gedrechseltem Walnußholz, aber sie verstopfte den Raum. Nippes, Dresdner Miniaturen, Schafe, Wölfe und Rehe waren auf der Kaminsims-Attrappe über der Metallabdeckung des Rauchfangs aufgestellt. An der gegenüberliegenden Wand hingen die Portraits von Pops gestrengen, schon verblichenen Eltern, sepiafarben und orthodox, mit *pejeß* und *schajtl*, also mit Schläfenlocken und Perücke. Das wichtigste aber überhaupt, am entscheidendsten waren die beiden Fenster nach vorne, zur Straße hin. Das eine, das Fenster zur Rechten, war von der Feuertreppe verdeckt (auf deren Absatz Ira, wie so viele andere Kinder in den Slums auch, in so manch drückend heißer Nacht geschlafen hat). Das Fenster zur Linken war Moms ganzer Trost, und manchmal Iras auch (Pop war zu schüchtern, um sich dieser Aussicht zu bedienen). Dieses Fenster zur Linken, den Blick nicht durch die Feuertreppe versperrt, war dasjenige, aus dem man sich hinauslehnen und das wechselhafte Leben und Treiben auf der Straße beobachten konnte oder – zu Iras besonderer Freude – die Eisenbahnzüge, die so elegant und leise auf der grauen Grand Central-Überführung vorüberzogen ... und deren Schilder auf den Pullman-Waggons man von hier aus entziffern konnte: GRAND RAPIDS, TUCKAHOE, BRISTOL stand da, und dieser schönste aller Namen, voller Fernweh, voll der Verheißung von Einsamkeit und fernen Horizonten: WYOMING.

Es gab noch ein Fenster, an dem er viel Zeit verbrachte, das vor Schmutz starrende Fenster zum Luftschacht neben seinem Schlafzimmer. Schmieriger Dreck hatte sich dort unten am Boden in geologischen Schichten abgelagert, Puppen ohne Kopf konnte man sehen, alle möglichen Abfälle und gemischten Hausmüll, in dem aufgeblähte Ratten wühlten. Er hatte sich von den Ersparnissen seines Jobs in Biolows Drugstore ein »Daisy«-Luftgewehr gekauft, mit dem er die Nagetiere da unten ausrotten wollte. Aber nicht eine einzige hat er auch nur erschreckt – geschweige denn gestreift, soweit er es erkennen konnte. Die kleinen Kugeln rollten aus dem Lauf, kaum daß er mit dem Gewehr nach unten zielte. So mußte er sich denn damit begnügen, Streichhölzer an die triste gegenüberliegende Wand des Luftschachts zu schießen, wo Steine aus den Rissen im Mauerwerk gefallen waren und nun Spinnen ihre dicken, schmutzigsamtenen Netze gewebt hatten. Ein- oder zweimal gelang es ihm, ein Streichholz so abzufeuern, daß das Köpfchen gegen die Mauer prallte, sich entzündete, ehe es ein Spinnennetz erreichte und teilweise verbrannte. Zwei Streichhölzer brennen besser als eines, dachte er sich, und würden die Spinnenweben mit einem einzigen mörderischen Schlag vernichten. Zu seinem Ärger verstopfte er aber damit den Lauf des Luftgewehrs. Was tun?

Wer kam zu seiner Rettung, wenn nicht Onkel Max – Onkel Max, der große Tüftler. Er kam zu ihm nach Haus, und was machte er? Er verbrannte die Streichhölzer innen im Gewehr, indem er den Lauf am Herd über die Gasflamme hielt. Wie dankbar Ira doch war, wie sprachlos vor Bewunderung angesichts der Genialität seines Onkels – bis er merkte, daß das Luftgewehr nun keine Kugeln mehr aus dem Lauf treiben konnte. Das Lötmetall, welches das Rohr luftdicht abschloß, war geschmolzen. Was für eine Laune der Natur.

Ha, ganz genau (Ira kehrte zurück, nachdem er sich eine Tasse Tee geholt hatte; M. war nicht da, sie machte mannigfaltige Besorgungen). Was veranlaßte ihn, über sich selbst herzufallen, wie er es tat, über seine Erzählung – wollte er so seine Leiden lindern? Ganz gewiß. Aber das Leben ging weiter, während er seines rekapitulierte: morgen würde Jane aus dem fernen Toronto eintreffen, eingeladen von ihm und M., die Freundin seines Sohnes Jess, nun seltsamerweise von ihm getrennt, um mit Jesses Eltern über die Sache zu sprechen, besonders mit seinem Vater, der sich ebenfalls seinem Sohn entfremdet hatte, in den er einst so vernarrt gewesen war. Er kannte den Augenblick des dramatischen Bruchs, dachte Ira; und hatte sogar eine Abhandlung darüber geschrieben; doch das würde warten müssen. Ordnung – Ira glaubte, die Formulierung des Gedankens ginge auf Aristoteles zurück –, die Wahrnehmung von Ordnung wohne der Schönheit inne. Ordnung. Und die einzige Ordnung, die er je erreicht hatte, ruhte in einem einzigen Roman und war von da an verloren; vielleicht wäre *ungeschehen gemacht* das bessere Wort. Trotzdem, Unordnung hat auch ihre Reize, oder hatte sie die nur, solange sie als einer höheren Ordnung unterlegen verstanden wird…, war sie ein Ersatz für das Unerreichbare, ein Beschwichtigungsmittel für seine Sucht nach Worten, nach Prosa, guter, schlechter oder indifferenter, nach allem Erzählten? Herr im Himmel.

So saß der verrückte Bengel denn ohne sein Luftgewehr ganz still neben dem Luftschachtfenster und studierte das Leben der Ratten, unbehelligt durchquerten sie dort unten ihr Reich. (Eines Nachts wachte er auf, als eine Ratte gerade über sein Gesicht huschte.) Nun, es gab Schlimmeres.

Aber wenn er an seine Bar Mizwa dachte, dachte er dann an die Festlichkeiten, die Feier? Alles stellte sich ihm schließlich bitter, düster, verletzend dar. Und es war nicht nur nicht komisch; es lag ihm fern, darüber Witze zu machen. Nun, also gut, vielleicht doch nicht ganz so fern: der Sinn für Komik war in ihm angelegt, war ein Teil von ihm, war Beigabe oder Gegengift zu seiner mißlichen Lage, oder zu der Empfindungslosigkeit seiner Seele während des stokkenden, stammelnden Aufsagens eines kurzen Abschnitts aus der Sabbat-Lesung von der Thorarolle in der Synagoge, wobei ein peinlich berührter Sejde neben ihm stand und ihm vorsagte, peinlich berührt und ärgerlich über seinen erbärmlich ungebildeten Enkelsohn, der doch früher so zungenfertig und lobenswert den Klang der Sprache hervorgebracht hatte – *loschn-kojdesch* sagte man dazu.

Von der Synagoge gings zum Festmahl, das Pop zu Hause ausgerichtet hatte und das den meisten von Iras langweiligen Verwandten vorgesetzt wurde – dem Sejde auch, Essen und Küchengeschirr waren koscher, Mamie hatte dafür gesorgt; sie saßen auf gemieteten Stühlen und an gemieteten Tischen, die vom Elternschlafzimmer bis ins Vorderzimmer reichten, Räume, die im Winter nie beheizt wurden, wo der Frost beinahe ein Dauergast war trotz des stinkenden Kerosinofens, der zu dieser Gelegenheit von Mrs. Shapiro ausgeliehen wurde, und trotz der gelblich lodernden Gaslampen an der Decke. Das elterliche Bettgestell war abgebaut und zusammen mit den Matratzen im hinteren Ende des langen Durchgangs verstaut worden, um Platz für Geselligkeit zu schaffen. Nichts, worüber man beunruhigt hätte sein müssen: weder darüber, wie Pop, nervös und angespannt bis zum letzten, den Gastgeber spielte, noch darüber, daß jiddisches Lärmen in Hörweite der *gojim* stattfand; auch nicht über den Text, den Pop für seinen Sohn gewählt und unter Androhung der üblichen äußerst fürchterlichen Konsequenzen auswendiglernen und auf englisch vortragen ließ, was Ira auch tat, wobei er griesgrämig und bedrückt, mit dem Rücken an einen Türpfosten gelehnt, seinen Blick fest auf den gegenüberliegenden geheftet, zwischen den Zimmern stand und Gott und seinen Eltern dankte, daß sie ihn als Juden erzogen hatten. Amorph und chaotisch, wie sein Geist damals noch war, hätte er sich über all das beinahe lustig gemacht, ja, er grinste sogar später nachsichtig bei der Erinnerung daran.

Doch seine Bar Mizwa brachte die Erkenntnis, daß er nur ein Jude war, weil er einer sein *mußte*; er haßte es, Jude zu sein; er wollte keiner sein, sah keinen Wert darin, und machte sich klar, daß er gefangen war, eingesperrt in eine Identität, aus der sich je zu befreien er keine Chance hatte. Das Kind, das einst ein Tropfen in dem großen Wasser der East Side gewesen war, nicht zu unterscheiden von der homogenen Masse um ihn herum, das Kind, das geheult und gejammert hatte, man möge dafür sorgen, daß es dorthin zurückkehren könne und dem die Tränen der Trennung im Halse steckengeblieben waren, als es dort einen kurzen Besuch gemacht hatte, dieses Kind wollte nun nichts mehr von alledem, haderte mit seinem Schicksal, stellte sich eine Auslöschung der Bürde vor, redete sich mit wachsendem Zynismus ein, es sei kein guter jüdischer Junge: »Danke, Tante Mamie« (die ihm das graue Flanellhemd geschenkt hatte); »Danke, Sejde und Bobe« (die ihm eine Zweidollarnote gaben); »Danke, Tante Ella« (die ihm einen Füllfederhalter schenkte); »Danke, Onkel Max« (der ihm einen einziehbaren Kugelschreiber schenkte); »Danke, Onkel Nathan« (der war Sejdes Bruder, der Juwelier, der Ira eine dünne goldene Uhrkette schenkte – aber niemand schenkte ihm eine Uhr! Wenn doch nur sein Onkel Moe hier wäre und nicht in Deutschland, so weit fort).

Sein Heucheln kam ihm gut zustatten, denn hinter seinem glücklichen, zementierten Lächeln wußte er, daß er schon Laster verbarg, die sie entsetzt hätten. Er verabscheute die Zeremonie; er verabscheute sich selbst dabei. Ein Jude werden, ein Mann werden, ein Mitglied der Gemeinde, das war ein makabres Possenspiel, wurde zu einer makabren Erinnerung.

– Aber das war es nicht allein.

Nein, ganz genau. Es war wie eine Resonanz, Ekklesias, wenn dies das richtige Wort ist, ein Erstarken innerhalb der Psyche. Wie du sehen kannst: eine Selbstöffnung, ein Selbstschutz, eine Momentaufnahme meiner selbst, ein Selbstversteck. Nichts Ungewöhnliches.

– Nein, nur daß du in höchstem Maße krank geworden bist, darin hast du es zu einer veritablen Meisterschaft gebracht.

Da hast du recht.

XVI

Obwohl es der Anzeichen viele gegeben hatte, erst die Bar Mizwa rückte die Verwirklichung – nicht seiner Abkehr vom Jüdischsein, sondern seines Wunsches, nie dahin zurückzukehren – in greifbare Nähe. Seiner Meinung nach war alles, was er dafür zu lernen hatte, schlecht, ja geradezu widerwärtig, und trug den Namen Diaspora. Er kannte es damals nur als *Jüdischsein*, verabscheute es, wurde aber gehalten, gebunden durch ein einziges Band: seine Bindung an Mom, seine Liebe zu ihr, zu ihrer kunstlosen Ausdrucksfähigkeit, die so viel von dem, was sie sagte, durchdrang, zu ihrem Märtyrertum, das sie seinetwegen auf sich nahm, und zu ihrer Seelengröße, die sie trotz ihrer Sentimentalität besaß, einer bescheidenen Seelengröße, die immer wieder durch die Risse in ihrer sentimentalen Schale leuchtete: »Ich wußte nicht, wie nobel du bist, Lea«, so, erzählte Mom, habe der Sejde einst zu ihr gesagt – und seine *jarmulke* abgenommen und sich verbeugt: »Vergib mir, Lea. Ich habe dich mißhandelt, als du jung warst.« (Fast nicht zu ertragen, das Bild dieses selbstsüchtigen intoleranten alten Juden, der seine *jarmulke* abnahm und seiner Tochter unterwürfig huldigte, seinem erstgeborenen Kind, reizlos und genauso unscheinbar wie ihre biblische Namensschwester.)

Und wieder hatten die Schulferien begonnen, wieder einmal war Sommer, Frühsommer 1919. Warm, aber nicht so drückend wie an

jenem Nachmittag im August 1914, als der Sejde ihn mit dem Nickel
in der Hand nach unten geschickt hatte, um das jiddische »Ekstra«-
Blatt zu kaufen. Jetzt war es eher wie an jenem anderen Nachmittag
– zu jener anderen Jahreszeit –, da Tante Mamie und Mom, er selbst
und die kleine blonde Stella in dem frisch eingerichteten Apartment
in Harlem darauf warteten, daß die neuen Einwanderer ankämen.
Seit damals war in der Familie noch ein Kind dazugekommen: das
Rotschöpfchen Paola, Mamies zweite Tochter... Aber jetzt warteten alle, die Einwanderer von damals auch, alle warteten auf Moe,
der unversehrt aus Frankreich zurück war. Saul und Max waren
zum Ausmusterungslager gegangen, um ihren Bruder nach Hause
zu holen. Immer wieder sprangen die Wartenden beim Geräusch
eines näherkommenden Motorfahrzeugs zu den nach vorne liegenden Fenstern, schauten nach Westen aus, nach einem ersten glorrei-
chen Zeichen des Taxis, das den einen, in den sie all ihre Hoffnungen setzten, befördern würde: Moe – Sohn, Bruder, Onkel, heim-
gekehrt aus dem Weltkrieg.

Genau in dem Moment, da Mamie ihre sieben Jahre alte Tochter
Stella ermahnte, sich nicht so weit hinauszulehnen, und Ira, der
verstohlene Blicke auf die drallen Beine seiner Cousine warf, in
seinem Sessel noch weiter nach unten rutschte, um noch höher
hinaufsehen zu können und sich mit glühender Intensität ausmalte,
daß Stella schon älter sei, da hörte man ein Auto langsamer werden
und tuckernd mit gegen den Kantstein quietschenden Reifen zum
Halten kommen. »Er ist da!« kreischte Stella. »Onkel Moe ist da!
Ich hab' ihn zuerst geseh'n!«

Sie riefen »Mojsche!« und »Moe!« und rannten alle zu den
Fenstern. Unten vor dem Haus öffneten sich die Türen auf beiden
Seiten des gelbschwarzen Taxis. Der flinke Max stieg auf der
Straßenseite aus, Saul am Bürgersteig. Und nach ihm kam Moe,
kraftstrotzend und strahlend in seiner Uniform. Im selben Augen-
blick kam auch schon von gegenüber, aus dem Süßwarenladen mit

dem handgeschriebenen Plakat WILLKOMMEN ZU HAUSE im Schaufenster, der Besitzer herausgestürmt, Dave Eshkin, das krauskopfige Dickerchen mit seiner schokoladenbefleckten weißen Schürze: »Moe! Moe! Hallo, Moe!« rief er, während er mit ausgebreiteten Armen auf Moe zulief, um ihn zu begrüßen. »Der ganze Block *is glicklech*, daß du wieder da bist! Gott sei Dank, du bist wieder zu Haus! Seht nur, ihr alle an den Fenstern! Er ist hier!« Dave brüllte nach oben, während sich immer mehr Neugierige aus den Fenstern lehnten: »Es ist Moe!« Und erhielt als Antwort einen vielstimmigen Begrüßungschor – von allen Stockwerken riefen sie: »*Masel tow*, Moe! *Hooray*, Moe!« Einige kamen aus ihren Häusern, um ihm die Hände zu schütteln.

»Moe! Mojsche! Onkel Moe!« Alle waren im Vorderzimmer, alle drängelten sich an den Fenstern – so viele, daß Ira später mit Schaudern daran zurückdachte: Was, wenn die Mauer nun dem Druck dieser Menschenmenge nachgegeben hätte. »Hallo, Soldat! *Hooray*, Moe! Hier kommt Moe!« schallte es aus den Häusern von beiden Seiten der Straße – einige riefen aus ihren Fenstern, andere winkten die hinten Stehenden herbei, damit sie in den Jubel mit einstimmen konnten. Mit eigentümlicher, unbeteiligter Gelassenheit lächelte Moe, blickte nach oben, die blauen Augen beschattet vom Rand des Uniformhuts. Saul zahlte das Taxi, Max nahm die Tasche aus Düffel. Die drei Brüder betraten das Haus und ließen all die triumphierend winkenden Zuschauer hinter sich.

Harry rannte die Treppen hinunter, ihnen entgegen. Auch alle anderen liefen zur Tür, und die Türen der Nachbarn öffneten sich; im ganzen Haus klappten Türen, über und unter ihnen riefen ihm auch die anderen Mieter ihre Begrüßung zu. Und dann kam er – die Stufen hinauf, eine gold- und khakifarbene Erscheinung. »Moe! Mojsche! *Oj, majnß kind! Oj, baruch ha-schem*, gelobt sei der Name des Herrn!« Alle in der Wohnung drängten sich um ihn, hängten sich an ihn, brachen in Freudengeheul aus.

Moe trat ein, kräftige Kinnladen beherrschten seine schönen bronzefarbenen Züge, seine Lippen waren wulstig aufgeworfen. Kampfabzeichen hingen büschelweise auf seiner Brust. Nicht mehr da war allerdings der Viertelmond unter den drei Winkeln auf seinem Ärmel; an dieser Stelle saß nun ein Kastell über einer zusätzlichen schwarzen Schlaufe. Seine Art zu sprechen war nicht mehr so weich – jetzt hatte er eine trockene, heisere Stimme und kaum Intonation. Schwer ließ er sich auf einen Stuhl fallen.

»*Oj, gewald,* was haben die mit meinem fröhlichen kleinen Mojsche gemacht?« Dunkel, in glänzenden Satin gekleidet, saß die Bobe regungslos und starrte auf ihren Sohn. »Mein köstliches, glückliches Kind, mein guter Junge, mein erstgeborener Sohn, die haben aus dir einen Stein gemacht.«

»Keinen Stein, *mamele.* Einen Soldaten. Einen Feldwebel übrigens. Man wollte sogar, *mamele,* daß ich mich wieder einschreiben lasse; mein Oberst hat zu mir gesagt: ›Laß dich wieder einschreiben, Morris‹ – er nannte mich Morris – ›du bist mein Regimentsfeldwebel‹.«

»Aber jetzt bist du doch zu Hause«, wandte die Bobe ein. »Mein Mojsche, mein jiddisches Kind, komm zu uns zurück.« Sie hob beide Hände und sprach flehend: »Mojsche, so hör doch! … Regimentsfeldwebel! Dann wünschte ich mich selbst hundertmal tot.«

»Nun laß ihn doch«, herrschte der Sejde sie an. »Alles zu seiner Zeit – er wird schon zu sich kommen. Jetzt ist er zu Haus. Er wird schon wieder der alte Mojsche werden. Mögen sie alle dahinfahren, alle, die ihn so betäubt haben in diesem Leichenhaus, in dem er verweilen mußte. *Aj, aj, aj,* werden die denn nie zur Vernunft kommen? *Aj!* Was liegt nicht alles unter der Erde und verfault wegen diesem Wahnsinn. *Jit gadal wejitkadasch schme raba.*«

»Ich werde heute abend mit dir in die *schul* gehen, Vater, wenn ich darf. Gott weiß, ob mir das helfen wird.«

»*Nu*, zur *schul*, heute abend mit mir? Warum nicht?«

»Warum machen sich alle soviel Sorgen?« warf Mamie ein. »Was stimmt nicht mit uns? Wir stehen hier um ihn herum, als ob – als ob, weiß Gott, als ob der Allmächtige ihn uns nicht wiedergegeben hätte – unversehrt. Er ist hier! Er lebt! Und nicht zum Krüppel geworden. Bald wird alles vergessen sein. Was habt ihr denn nur? Er wird wieder Oberkellner sein. Vielleicht geht er sogar schon bald wieder ins Geschäft. Er kann ein Restaurant eröffnen. Er wird Erfolg haben. Durch ein normales Leben wird er wieder ganz er selber sein. Kommt, wir wollen uns freuen. *Gewald*, was ist denn nur los? Ich weiß, was du brauchst, Bruder!« Mamie drohte ihm scherzhaft mit dem Finger. »Ich weiß es noch sehr genau. Ich bringe es dir, und du wirst ein anderer Mensch sein. Jetzt gleich!« Sie eilte in die Küche, kam in Sekundenschnelle mit einem Wasserglas und einem Siphon zurück. »Du bist immer noch mein kleiner Bruder«, umschmeichelte sie ihn, als sie ihm das Glas reichte. »Hier. Das wird dich wieder auf die Beine bringen. Wie in alten Zeiten, als du noch Hilfskellner warst: ein Glas Selters. Bald wirst du wieder unser alter Mojsche sein. Hier, erquicke dein Herz!« Sie drückte den Hebel des beschlagenen Siphons und sprühte soviel Selters in den Tummler, den er in der Hand hielt, bis der beinahe überlief – »Trink, trink nur, lieber Bruder. Das ist schön kalt, genau wie du es immer geliebt hast. Du wirst herzhaft aufstoßen. Wir woll'n doch mal sehen, ob es dir danach nicht besser geht.«

Alle standen oder saßen um ihn herum, betrachteten ihn, begierig, ihn trinken, genießen zu sehen. »*Lechajim*«, sagte er und setzte das Glas an die Lippen, schluckte – aber nur einmal: seine Zähne zermalmten den Rand des Glases, kauten knirschend, als habe er Krokant im Mund. Er fiel auf seinem Stuhl nach hinten. Sein Uniformhut flog ihm vom kurzgeschnittenen blonden Schopf und fiel hinter ihm auf den Boden. Seine Hand umklammerte das zerbrochene Glas und sank auf seinen Schoß, das Khaki über seinem

Schenkel bekam einen Fleck. Er hatte ein großes Stück aus dem Tummler herausgebissen, und nun glänzte die gezackte Scherbe zwischen seinen zusammengepreßten Zähnen.

»*Gewald! Gewald!* Mojsche! Hörst du mich? Wach auf!« Der Sejde fächelte des Sohnes Gesicht mit seiner *jarmulke*. »Mojsche! Mojsche!« Der Sejde schlug mit seiner *jarmulke* auf Moes Wangen ein. »*Gewald!* So helft mir doch! Er darf das nicht schlucken! Saul! Max! Ehe er ganz kaputt ist!«

Mamie kreischte hysterisch. Ebenso Ella und Sadie. Ira weinte, Stella schluchzte. Saul kniff ihn in die Wange und schrie: »Moe! Moe! Komm zu dir!« Die Bobe drohte gleich ohnmächtig zu werden, sie hatte schon die Augen zu und wäre aus ihrem Sessel gekippt, wenn Mom nicht gewesen wäre, die ihre schwankende Mutter auffing und heiser nach Harry rief, er solle schnell laufen und einen Arzt holen. Nur Max blieb ganz ruhig. Blaß im Gesicht, mit feuchten geblähten Nüstern schaute er wie gebannt mit seinen braunen Augen auf das Spitze zwischen seines Bruders Zähnen. Moes Zunge krümmte sich, sein Unterkiefer fiel herunter. Geschickt, als seien sie eine Zange, steckte Max seinem Bruder zwei Finger zwischen die Lippen und zog die Glasscherbe heraus.

»Ich gebe dir zehn Sekunden – dann bist du oben auf diesem gottverdammten Hügel, du Scheißkerl.« Wütend und fauchend, starrte Moe seinen Bruder aus glasigen Augen an, hielt währenddessen das zerbrochene Glas gegen seinen Schenkel, als habe er eine imaginäre Waffe in der Hand. Dann ließ er es fallen und sackte in sich zusammen.

»*Oj wej is mir*, erschöpft bis zum Umfallen, und das vor unseren Augen«, stöhnte die Bobe. »Oh, das bringt mich um.«

»Nein, nein, er kommt wieder zu sich«, versuchte Mom sie zu beruhigen. »Mama, so hör doch. Mach die Augen auf. Sieh doch, sieh! Er atmet. Er bewegt sich. Dein Sohn ist gerettet.«

Moe erlangte das Bewußtsein wieder. Er sah den großen Wasserfleck auf seiner Uniformhose – und lächelte sein altes Lächeln, ungekünstelt, unerschütterlich, spitzbübisch, als wäre er wieder ein East-Side-Junge, und sagte: »*Ich hob sich bepischt?*«

»Du hast dich nicht bepißt, Bruder.« Mamie kam mit ihrem Gesicht ganz nah an seines. »Das ist nur Selterwasser. Es ist nichts.«

»Nichts ist es nicht«, lächelte Moe. »*Selzer koßt gelt.*« Er lächelte schwach. »*Nu, mamele,* ich bin zu Haus. Ich bin dein Mojsche.«

»Mein armes Kind«, weinte die Bobe.

»Fallt nicht so über ihn her, ihr alle da!« rief der Sejde. »Laßt ihn in Ruhe.«

»Mir geht's gut, Vater«, sagte Moe und lächelte der Bobe zu: »*Mamele*, weine nicht. Ich bin kein Soldat mehr: *Ich bin ojß-soldat, ojß-sergeant.*« Und zu Mamie: »*Nu, schweßter,* wo ist denn nun das Selterwasser?«

»Jetzt habe ich richtig Angst, dir nochmals etwas einzuschenken«, sagte Mamie. »Soll ich ihm noch etwas geben?« fragte sie ratsuchend.

»Nein. Nicht!« pflichteten alle ihr bei. »Warte noch. Warte noch, bis er ganz zu sich gekommen ist.«

Moe lächelte stillvergnügt in sich hinein. »Versuch's mal mit dem Siphon, Schwester. Aus dem Hahn…« Wieder gluckste er vor Lachen, suchte seinen Hut hinter sich. »Ich habe nicht mehr genug Zähne im Mund, um die Tülle zu zerbeißen. Ach, *asoj.*«

Auch wenn der Große Krieg schon Monate vorher zu Ende war – erst jetzt, während er seinem Onkel zuschaute, wie der in seiner khakifarbenen Uniform Selterwasser in sich hineinschüttete – direkt aus dem stumpfen Metallzapfen des Siphons – und danach mit einem glückseligen Grinsen laut rülpste: erst jetzt war auch für Ira der Große Krieg zu Ende gegangen.

DRITTER TEIL

I

»Ich möchte Soldat werden, Onkel Louie«, sagte Ira, als Louie sie das nächste Mal in seiner Postleruniform mit einem Besuch beglückte. »Ich möchte nach Westpoint und Offizier lernen.«

Onkel Louie lächelte sein Goldkronenlächeln und schüttelte den Kopf: »Die mögen keine Juden in Westpoint.«

»Nicht?« – Enttäuschung machte sich in ihm breit wie eine Art Brand, vergiftete unaufhaltsam seine Träume. Onkel Louie würde ihn nicht anlügen; Onkel Louie wußte Bescheid; er war ja selbst Soldat gewesen. »Die mögen keine?« wiederholte Ira. Es schien, als spüre er etwas in sich zerbrechen.

Nur leicht schüttelte Onkel Louie den Kopf, sein mitfühlendes Lächeln wirkte tröstlich. »Nein.«

»Wo werden denn Juden gemocht? Sag mal – wo?« witzelte Mom.

»Er kann sich kaum den Arsch abwischen und will Offizier werden«, sagte Pop.

»Nein, Chaim, er ist doch noch ein Kind«, wandte Onkel Louie ein. »Ein Junge. Ich war auch Soldat. Für einen Jungen hier in Amerika ist es ganz normal, daß er Soldat werden will. Meine beiden Söhne wollen das auch. Wir sind hier nicht in Galizien, wo man den jüdischen Knaben die Zehen abschneidet, damit sie nicht eingezogen werden können –«

»Hat man das nicht auch mit Ben Zion gemacht, meinem Vater?« fragte Mom.

»Was sonst«, sagte Louie. »Wir Juden haben das mit Tausenden unserer männlichen Kinder gemacht, um sie vor dem Militär zu bewahren, damit sie kein Schweinefleisch, *trejfe* Nahrungsmittel essen oder, am schlimmsten von allem, nicht etwa in den Kampf ziehen müßten und – wer weiß! – gelegentlich sogar gegen andere Juden, Glaubensbrüder in der gegnerischen Armee, zu kämpfen hätten. Warum auch? Wir hatten doch kein eigenes Land, oder?«

»Und hier haben wir etwa eins?« provozierte Mom.

»Nein, ich meine nur, daß es eine Zeit gegeben hat, die alten Zeiten, da sind wir für ein Land in den Krieg gezogen, das unser war: in *Erez-Jißroel.* Wir haben gegen die Kanaaniter gekämpft. Wir haben gegen die Philister gekämpft. Wir haben gegen die Römer gekämpft. Wir haben also nicht immer die Zehen abgeschnitten, um den Dienst an der Waffe zu umgehen. Ehe wir Juden waren, waren wir Hebräer. Du weißt das selber, Chaim.«

»Ach, das ist so lange her.«

»Richtig, aber wir feiern immer noch Chanukka, oder nicht? Ich bin Freidenker, aber ich feiere es auch. Und die Bundisten in Rußland? Juden, die den Mut hatten, sich gegen die Schwarzen Hundertschaften aufzulehnen – mit Waffengewalt. *Nu?«*

»Also, soll ich ihn jetzt doch zu einem Soldaten heranwachsen lassen?« fragte Mom ironisch.

»Nein, aber wir sind schließlich in Amerika. Warum sind wir denn hierher gekommen? Amerika ist kapitalistisch – das wissen wir –, und wir haben es hier auch mit Antisemiten zu tun. Aber nun laß Amerika mal sozialistisch werden – dann könntest du sehen: es wäre die Heimat aller Glaubensrichtungen, aller Menschen. Auch der Juden – und auch solcher ohne Religion, wie ich. So ein Land würden alle bereitwillig verteidigen.«

Mom verzog skeptisch das Gesicht, schüttelte den Kopf.

»Abwarten«, legte sich Louie ins Zeug. »In Rußland ist es schon so geschehen. Wer führt denn die Rote Armee? Trotzki, ein Jude.«

»Weißt du eigentlich, daß ich ihn mehr als einmal in einem Restaurant an der Second Avenue bedient habe? Ich sehe ihn noch vor mir, mit seinem kleinen Bärtchen…«

»Onkel Moe ist Soldat gewesen!« brach es aus Ira heraus. »Er war Feldwebel. Er hatte einen Streifen mehr als ein Feldwebel. Du warst Soldat, Onkel Louie. Also, warum kann ich nicht Offizier werden, wenn ich das will?«

»Ich sagte dir schon, *jingele,* die mögen keine Juden. Soldat – ja gut. Aber nicht Offizier. Die wollen, daß ein Offizier so ist wie sie, jemand, von dem sie glauben, daß sie ihm vertrauen können.«

»Geh, jetzt hör mal auf zu nörgeln«, sagte Pop.

»Juden als Kanonenfutter, damit sind sie zufrieden«, sagte Mom. »Zar Kolkie, möge er verrotten, verabscheute die Juden auch. Aber als Soldaten, ja, da war er von ihnen begeistert. Die Bolschewiken haben meine ungeteilte Unterstützung.«

»Nun, wärest du denn einverstanden, wenn er Offizier bei den Bolschewiken wäre?« fragte Louie.

»Wer weiß?« sagte Mom. »Vorläufig finde ich etwas hier sehr gut: Wenn die keine Juden zum Offizier ausbilden wollen, bin ich ihnen zu Dank verpflichtet.«

»Nur keine Sorge«, spottete Pop. »Offizier! Er soll doch *melamed* werden.«

»Du hast wohl nie mit ihm über den Fall Dreyfus gesprochen, Chaim?« wandte sich Onkel Louie an Pop.

»Geh, versuch mal, dem was zu erklären«, sagte Pop.

»Ich habe ihm über Dreyfus gesprochen«, sagte Mom. »Er weiß Bescheid. Der jüdische Offizier, den man entehrt hat. Du erinnerst dich nicht?«

»Ich erinnere mich an irgendwas«, gab Ira knurrig zu.

»*Nu?*« sagte Mom.

»Er war Unteroffizier«, erläuterte Onkel Louie. »Und nicht nur das. Er gehörte sogar dem französischen Oberkommando an, wenn du verstehst, was das heißt. Das heißt, er hätte alle Geheimpläne der Streitkräfte verraten können. Der Judenhaß war so groß, daß er für schuldig befunden wurde, als herauskam, daß jemand die Pläne weitergegeben hatte. Er habe sie an die *Deutscher* gegeben, so sagte man, und schickte ihn auf die Teufelsinsel. Auf die Teufelsinsel *noch.*« Mit einer Bewegung seiner knochigen, behaarten Hand verlieh Onkel Louis seinen Worten Nachdruck. »Ein gewisser

Major Esterhazy, ein Nichtjude, hatte aber die Geheimnisse der französischen Armee verraten –.«

»Ich würde ihm ins Gesicht spucken, wenn ich ihn bloß mal zu fassen bekäme«, unterbrach Mom.

»Die fühlen sich nur unter ihresgleichen sicher«, sagte Onkel Louie. »Verstehst du? Darum gibt es keine jüdischen Generale. *Bißt doch gebojrn in Galizie«*, verfiel Onkel Louis ins Jiddische und lächelte sein breites, goldenes Lächeln. *»A jid.* Erinnerst du dich noch an die ersten Worte, die du auf englisch gelernt hast?« Er senkte die Stimme: »Gottverdammterlausigerbastard.«

Wenn doch nur Pop so mit ihm sprechen würde wie Onkel Louie, ihm zeigen könnte, wo's lang geht, schon früher dagewesen wäre, den Weg bereitet hätte. Aber da waren nur Mom und Pop – und jene, die gerade nach Amerika hineinreiften, seine Onkel und Tanten. Und immer ging es bei ihnen nur ums Geschäft und die Geschäfte, ums Geld und wieder ums Geld. Auf die Bank, auf die Bank, auf die Bank! Die *gojischen* Kinder veranstalteten einen rhythmischen Sprechgesang: Fußball, Baseball, schwimmen auf dem Tank. Wir ha'm das Geld und bringen's auf die Bank…« Es hatte keinen Zweck. Er hätte heulen mögen, wenn er allein gewesen wäre. Amerika wollte ihn nicht, selbst wenn er willens war, kein Jude zu sein, zu versuchen, anders zu sein, Geschäfte, Profit, Provision und Zins zu vermeiden – also alles, was er an Mathematikbüchern so haßte: Wenn ein Gros Federhalter soundso viel kostet… Wenn der Preis einer Tonne da und davon soundso viel beträgt… Wenn ein Barrel irgendwas soundso teuer ist…

Was veranlaßte ihn, in diesem Augenblick an H. S. M. Hutchesons Buch *The Happy Warrior* zu denken, das er erst wenige Tage zuvor ausgelesen hatte? Warum kam ihm gerade jetzt ein bestimmter Absatz wieder irritierend in den Sinn: darüber, daß der Held mit einem bescheidenen Einkommen von fünfzig Pfund im Jahr, aus einem Erbe, das aus Anteilen an einer indischen Textilfabrik bestand, ein Gentleman sein konnte. Wieso machte ganz allein diese weit entfernte Textilfabrik einen Gentleman aus ihm? Diese merkwürdigen, dunkelhäutigen Leute, die er in seinen Geographiebüchern gesehen hatte, barfuß, mit idiotischen weißen Windeln bekleidet. Wieso konnte das einen Engländer zum Gentleman machen? Die zählten nicht, das war es wohl. Aber was hatte das alles mit ihm zu tun oder mit diesem Dreyfus, über den Onkel Louie sprach, mit Westpoint und damit, daß man dort keine Juden mochte? Wenn er doch nur Onkel Louie bewegen könnte, ihm alles zu erklären. Was sollte man tun, wenn man nicht herausfinden konnte, wie etwas zusammenhing? Sein Denken endete immer in einem ... ach, in einem großen Durcheinander.

Warum mußte gerade er über diese Inder in ihren großen Windelhosen nachdenken, wenn es doch sonst niemand tat? Warum kam ihm aus einem ganzen langen Buch gerade das wieder in den Kopf? Er war doch kein Inder. Nein, es lag daran, daß er nicht zählte. So bemerkte er, was er nicht bemerken sollte über das, was nicht zählte. Sie wollten ihn also nicht in Westpoint. Nie gelang es ihm, etwas nicht zu bemerken, was er nicht sehen sollte. Auch nicht, wenn er es versuchte... Er beobachtete Pop, wie der ganz begeistert Onkel Louie zuhörte, welcher gerade über die Möglichkeit sprach, ein paar Sommergäste in seinem neuen Haus in Spring Valley unterzubringen... Nein. Nur weil er über Dinge nachdachte, die nicht zählten, bedeutete das noch lange nicht, daß *er* nicht zählte. Nur weil er über Inder in weißen Windelhosen in Textilfabriken, die den Helden zu einem Gentleman mit Müßiggang machten, nachdachte – und weil Ira selbst Jude und Sohn eines Kellners war und sie in einer Harlemer Bruchbude wohnten –, bedeutete das noch lange nicht, daß er nicht doch eine andere Art »hohen Rang«, wie es in den Märchen hieß, genoß. Er konnte in Worte fassen, was er fühlte. Wenn man seine Gefühle in Worte fassen konnte, dann waren sie auch echt. Das konnte man zwar niemandem sagen, aber es stimmte. Man mußte keine Reichtümer besitzen, um ein Edelmann zu sein, wie das Buch es beschrieb. Man konnte Worte finden über die Art, wie das Leben verlief, wie sich das Leben anfühlte, und auch ein Edelmann sein – selbst wenn niemand deinen Titel kannte: allenfalls Mom oder Onkel Louie oder Mr. Sullivan...

Und schließlich kam das Jahr 1920, ein frisch geprägtes Jahrzehnt, und mit ihm der Abschluß auf der Public School: im Winter, Ende Januar. Für die Mehrzahl von Iras Klassenkameraden war die Schulzeit nun vorüber; die Schule war für immer vorbei. Petey O'Hearn war schon als Träger für Stangeneis engagiert. Frankie Spompini (so geschickt im Flechten von Bastmatten, so akkurat) war schon für seines Onkels Friseurgeschäft verpflichtet worden. Der dürre Davey Baer, der in Iras Block wohnte, hoffte auf einen Job als Bürojunge. Sid Deffer, der sowieso schon nach Schulschluß in einem Photostudio ausgeholfen hatte, wurde dort fest angestellt. Leo Dugonz, der ungarische Klassenkamerad von Ira, mit dem er so gut auskam, hatte sich bei einem Materialprüflabor beworben und sollte sich mit Abschlußzeugnis und Arbeitserlaubnis vorstellen.

Fast die ganze Klasse fing an zu arbeiten, fast alle hatten ihre Arbeitserlaubnis bekommen oder warteten darauf. Eine gewisse Euphorie lag in der Luft: Euphorie über den letzten Schultag, Euphorie angesichts der beginnenden Zukunft. Nur eine kleine Gruppe von Iras Klassenkameraden würde auf die High School gehen oder wurde – wie er selbst – überredet, die neue Junior High School zu besuchen, die gerade erst an der P.S. 86 eingerichtet worden war.

II

Die Frage, die ihn zur Zeit beschäftigte, war, ob er seine Erzählung mit Ereignissen von rein persönlichem Interesse spicken oder diese für ein anderes Mal, eine andere Geschichte aufsparen sollte (seine Handschrift, das muß man zugeben, war inzwischen zu fast vollständiger Unleserlichkeit verkommen). Sollte er die Ereignisse, die ihn ganz persönlich und unmittelbar betrafen, als die eine Geschichte, die autobiographische Erzählung auf einer anderen Schiene oder beide zusammen erzählen? Es würde schon einfacher sein, beides gemeinsam zu verarbeiten, beides in derselben Datei. Übrigens hatte er ja schon damit begonnen, es so zu machen, hatte es ohne lange Erklärungen einfach so gemacht, ohne lange Vorrede. Also... selbst wenn es nicht allerfeinster literarischer Stil war, sondern mehr oder weniger spontan entstanden: warum nicht genau so weitermachen? Es war praktischer.

Am Wochenende hatte er Jane angerufen, um etwas über ihren Zustand, ihre Stimmung und ihre Lebensumstände seit ihrer Rückkehr nach Toronto zu erfahren. Nach dem, was sie erzählte, fand er sie unausgeglichen, unstet und fragte sie zum wiederholten Male, ob sie es nicht einrichten könne, nach Albuquerque zu kommen. M. protestierte, er mache sich nicht klar, welche Verantwortung er mit seiner sogenannten Großmütigkeit auf sich lade − und hatte ihn scharf aufgefordert, das Ferngespräch zu beenden. Er hatte geantwortet, er habe einen Hintergedanken, warum er Jane hier haben wollte, einen Beweggrund, der für sie beide von Nutzen sein könnte, für Jane und ihn. Kurz gesagt, er war der Meinung, sie mit sehr geringem Zeit- und Kraftaufwand, da sie eine erfahrene Journalistin sei, anleiten zu können, etwas zu schreiben, das sich − frei heraus − gut verkaufen würde. Er sehe da eine Geschichte mit einer ganz ungewöhnlichen Wendung sich ereignen. Und dieses Gefühl, wenn es schon nur ein Gefühl war, hatte er, weil sie unbedingt eine Kopie dieses einen Tonbandes mit ihrem Gespräch haben wollte, das er absichtlich einbehalten hatte (er versprach, es ihr zu schicken und tat es auch).

Weiterhin war interessant, daß sie konstatierte, beim Abhören der anderen Bänder sei ihr klar geworden, sie hätte immer wieder dasselbe gesagt und nicht begreifen können, welche Maßnahmen für eine vernünftige Lösung ihres Problems erforderlich seien (was M. und Ira ebenfalls daraus gefolgert hatten).

So lief alles in groben Zügen darauf hinaus, daß Ira versprach, mehr über Einwanderungsgesetze herauszufinden und über ihre Chancen, eine Aufenthaltserlaubnis zu erhalten, aber auch − und das war die entscheidende Frage − darüber, was ihre eigenen Neigungen in dieser Richtung waren. Sie klang immer noch unentschieden.

Inzwischen gab es zwei andere aktuelle Probleme: eines mit seinem Computer, alter Freund Ekklesias, der äußerst unangenehm immer wieder die alten Sprüche klopfte: Abbrechen. Ungültig. Wiederholen. So daß er übers ganze Wochenende keine Möglichkeit zum Schreiben hatte, während der Computer bei Entre, dem Händler, diagnostischen Tests unterzogen wurde und, oh Ärger über Ärger, kein Fehler am Gerät oder an der Software zu entdecken war. Als er zurückkam und das Gerät wieder in seinem Arbeitszimmer installierte, tauschte er die Sicherung aus, entfernte die Leuchtstofflampe und den Adapter vom Tonbandgerät, stellte das schnurlose Telephon woanders hin und − vielleicht die einzige Ursache der Funktionsstörung oder vielleicht auch nicht − schloß das kleine Gitter vor dem Diskettenlaufwerk etwas weniger zimperlich, etwas energischer. Glücklicherweise (!) hatte er sich zwingen können, diesen ungeliebten Müßiggang zum Ausfüllen seiner Steuerrückzahlungsanträge zu nutzen, wenigstens halbwegs komplett.

Zwischendurch, am Dienstag, kam auch noch eine Musikerfreundin von M. vorbei, freie Mitarbeiterin beim *Albuquerque Journal,* Leslie H., Oboe, zusammen mit ihrem Begleiter John O., Tuba, die gern ein Autogramm in Iras Jugendroman haben wollten (von übertriebenen Gerüchten über seine Zurückgezogenheit abgeschreckt, hatte sie sich nicht getraut, um ein Interview nachzusuchen). Ira nutzte die Gelegenheit, um sich − wegen Jane − nach Zimmern, Wohnungen und Mieten zu erkundigen, nach günstigen Plätzen, wo man per Anschlag nach Mitbewohnern suchen konnte, wie zum Beispiel das Schwarze Brett der University of New Mexico; und um in Leslie H. zusätzlich jemanden zu gewinnen, der bei der Übersiedlung von Jane nach Albuquerque behilflich sein würde, falls Jane sich denn dazu entschließen sollte...

III

Mit dem Schulabschluß in der Tasche und gelockerter Disziplin war Iras Klasse jetzt sich selbst überlassen, man durfte sich im Klassenzimmer frei bewegen, wenn man wollte, durfte untereinander reden. Auf einmal wirkte das Klassenzimmer behaglicher als je zuvor, schien sie alle ein letztes Mal vor den Unbilden des neuen Lebensabschnitts zu beschützen, von dem sie sich nur noch Stunden entfernt sahen, der pragmatischen und hohe Anforderungen stellenden Außenwelt. Schnee auf den Fensterbänken schloß sie und die gemütliche Einrichtung, die Reihen von Holztischen und die Schiefertafeln, luftdicht von der Außenwelt ab, als wären sie Reliquien, während die Uhr über der Wandtafel die letzten Minuten, die es aus ihrer Sicht sein würden, verstreichen ließ. Niemand benahm sich schlecht; schlechtes Benehmen schien nicht mehr attraktiv, ziemlich sinnlos sogar, wenn doch fast alle aus der Klasse demnächst mit dem Lehrer darin ebenbürtig sein würden, daß sie alle ihren Lebensunterhalt selbst verdienen mußten. Einige lasen: selbstgewählten Lesestoff, Bücher, Zeitschriften. Einige waren damit beschäftigt, zum Abschied einen Dankesbrief an Mr. O'Reilly zu schreiben, wie der warmherzige Klassenlehrer Mr. Conway vorgeschlagen hatte; andere saßen in einem Kreis um Mr. Conway herum und diskutierten mit ihm ihre Aussichten auf einen Job und ihre Ambitionen. Aus irgendeinem Grunde schnürte sich

Iras Kehle vor lauter ungeweinten Tränen zu, als er sich im Raum umblickte. Spürte er vielleicht die bevorstehende, unwiderrufliche Trennung – nicht nur des gemeinsamen Weges, sondern auch im Geiste –, eine geistige Trennung, eine Trennung ihrer Pläne und Perspektiven? Sie würden anfangen zu arbeiten, die meisten; sie würden jetzt von Konzernen geformt, von Zielen und Sorgen und Tätigkeiten, von denen er ausgeschlossen wäre, genau wie er von Dingen geformt würde, von denen jene ausgeschlossen blieben. Selbst wenn sie und er in derselben Straße wohnten, wie es sogar jetzt mit einigen war, und er die anderen häufig sehen würde, selbst dann wären sie für immer und ewig geschiedene Leute. Auch wenn sie heute schon grundverschieden waren, so war das noch latent; bald schon würden sie unwiderruflich voneinander abweichen. Dort und damals beschloß er bei sich, nicht an der Abschlußfeier teilzunehmen.

»Nicht einmal mir zuliebe, um meinetwillen?« flehte Mom am Abend. »Dieses kleine Bröckchen Trost, meine Belohnung für diese acht Jahre, die ich dich gehätschelt habe, das könntest du mir abschlagen? Warum nur?«

»Ich will nicht hingehen«, sagte er mürrisch.

»Du schämst dich wohl deiner jüdischen Eltern, ist es das?«

Er plusterte sich auf: »Laß mich in Ruhe! Es werden schon genügend andere jüdische Kinder dort sein.« (Und doch erkannte er, daß auch dies eine bislang nicht eingestandene Rolle bei seiner Weigerung gespielt haben könnte.) »Ich will arbeiten gehen. Alle anderen fangen an zu arbeiten. Fast alle. Die haben sogar schon ihre Jobs.«

»*Nu,* wäre das denn nicht sowieso viel besser?« Pop las seine Zeitung und schaute auf: »Ich frage dich, Lea, der Vater darf Arbeiter sein, der Sohn nicht? Soundso viele jüdische Jungen gehen arbeiten. Wieso würde es ihm schaden? Er könnte dann abends auf die High School gehen, wenn er unbedingt wollte. Das wäre mal ein tüchtiger Sohn. Er würde Kostgeld zahlen. Es wäre für alle leichter. Für dich etwa nicht? Du schnüffelst doch schon lange nach einem Persianermantel. Sehr viel schneller könntest du darauf sparen! Wie dein Schatz wachsen würde, wenn er arbeiten ginge, ja?«

»Verschwindet tief unter der Erde, alle beide!« reagierte Mom beleidigt. »Ob ich nun einen Persianermantel will oder nicht, er geht zur High School!«

»*Schojn*«, gab Pop bissig zurück, »sie schmollt.«

»Und warum sollte ich nicht, wenn ein Vater stillschweigend duldet, daß sein Sohn ein Schwerarbeiter wird, ein Rasenleger?« gab Mom zurück. Und zu Ira gewandt: »Es wäre ja auch sehr passend, Gott behüte, wenn sich die Erde über dir schließt, um den ich all die Jahre geweint, für den ich mich abgerackert habe.«

»Ich werde auf jeden Fall mein Diplom machen!« zeterte Ira. »Nächste Woche gehe ich wieder hin, auf die Junior High...«

»Geh nur. Du bist wahrhaftig mein Sohn, das bist du.«

* * *

Vom Direktor und den Lehrern gleichermaßen überredet, sich für die neu eingerichteten unteren Klassen einer Wirtschaftsoberschule einschreiben zu lassen, blieben also die wenigen aus der Klasse, die nicht arbeiten gingen, auf der P.S. 86, wohingegen die sehr wenigen, die unbedingt gleich auf die Senior High School gehen wollten, dies auf eigenen Wunsch hin taten. Schulabgänger anderer »Grammar« Schulen in Harlem und Umgebung wurden durch die Aussicht, Kurzschrift, Maschineschreiben, Buchhaltung zu lernen und nur noch ein Jahr zur Schule gehen zu müssen, angelockt und überschwemmten die Anmeldelisten der Junior High. (Zum ersten Mal sah Ira im Klassenraum farbige Schüler – ziemlich scheu, zurückhaltend, aber schwarz!) Er hatte den Unterricht in Wirtschaft immer gehaßt, jedenfalls seitdem ihm bewußt wurde, von

Nichtjuden und Juden gleichermaßen eingeredet wurde, daß alles, woran Juden dachten, Busineß sei: *bisneß*.

Aber: »Maschineschreiben und Kurzschrift, wie man seine Bücher führt und spanisch spricht, das wird euch für euer ganzes Leben nützlich sein«, sagte Mr. O'Reilly in seiner Einführung. »Die Zeit, die ihr hier auf diese Fächer verwendet, wird sich vielfach auszahlen. Erinnert euch, was ich einigen von euch über die Murmeln erzählt habe: daß diejenigen, die ich nicht verloren hatte, mir später gestohlen wurden. Paßt auf, daß euch so etwas nicht passiert. Das ist echter Wirtschaftsunterricht. Ihr werdet lernen, diese Dinge sehr geschickt zu handhaben. In der heutigen Welt muß man das. Und wenn ihr an diesem Unterricht hier auf der P.S. 86 teilnehmt, dann werdet ihr genausogut instruiert werden wie auf der Wirtschaftsoberschule im Zentrum der Stadt – direkt hier auf der Schule, wo ihr bisher auch gewesen seid, bei den Lehrern, die ihr kennt und die euch kennen.« Mr. O'Reillys Tic tickte vor sich hin, während er sprach.

Mr. Housman, den Geographielehrer, hatten sie nun in Maschineschreiben und Kurzschrift. Er unterrichtete beide Fächer mit der eifrigen Sorgfalt und Klarheit eines Menschen, der diese Fertigkeiten erst kürzlich selbst erlernt hatte. Er zeigte der Klasse, wie man Tippfehler beseitigt, indem man beim Radieren ein Blatt Papier so darunter hielt, daß es wie ein Tablett die Krümel auffing, ehe sie sich in die neuen Maschinen setzten – und knuffte Ira kräftig, als er ihn erwischte, wie er diese Praktik ignorierte.

Mr. Sullivan unterrichtete Buchhaltung und Mittelstufenenglisch und konnte unmöglich begreifen, wieso Ira in dem einen Fach so klug und in dem anderen so gnadenlos begriffsstutzig sein konnte. Und das äußerte er auch in recht drastischen Worten. Warum zum Teufel man debitierte, wo man debitierte, und kreditierte, wo man kreditierte, das entzog sich vollkommen Iras Verständnis, obgleich Klassenkameraden, die nicht so helle waren wie er, das ohne

Probleme zu verstehen schienen. Auch wie man einen Aktivposten davor schützt, sich mit proteischer Leichtigkeit in eine Verbindlichkeit zu verwandeln – und umgekehrt, überstieg seine geistigen Fähigkeiten. Es überstieg aber auch Mr. Sullivans Fähigkeiten, den Unterschied zu erklären, so daß er es sich hätte merken können, und beide, Lehrer wie Schüler, verzweifelten. Mr. Kilcoyne, der Milchfarmer aus Yonkers, unterrichtete Staatsbürgerkunde, und Mr. Lennard wurde, kraft mehrerer in Puerto Rico verbrachter Ferien, vom Lehrer für Amerikanische Geschichte zum Lehrer für Spanisch.

IV

Schmerzzerquälte arthritische Nächte und der alte Mann... In seiner qualvollen Unbeweglichkeit brauchte er M., um sich von ihr im Bett in eine sitzende Position bringen zu lassen. Und das machte es dann nur noch schlimmer. Eine sonderbare Erkenntnis bereiteten ihm diese Schmerzen, ebenso abgedroschen wie intensiv: er war nichts anderes als ein leidendes Mitglied des Königreichs der Tiere...

Gestern abend wollte er mit M. ein Gespräch über seinen Sohn Jess führen, ein Gespräch, das er auf Band aufzunehmen hoffte; aber die Umstände waren ungünstig, und er schnitt das Thema nicht an. Jetzt pendelte es in einem schleppend langsamen Bogen in seinem Kopf hin und her. Seit seiner Rückkehr aus Afrika – aus Tansania, wo er unterrichtet hatte, aus Johannesburg, wo er einen Rechner in Betrieb gesetzt hatte, und von einem langen Trip per Anhalter nach Dakar – machte Jess durch seine distanzierte Art den Eindruck, er habe beschlossen, seine innersten Gedanken und Probleme nicht mehr mit seinen Eltern zu besprechen, besonders nicht mehr mit dem Vater. Bis auf wenige kurze Phasen setzte er diese Praxis fort – weitete sie sogar aus, bis nur noch die oberflächlichsten Banalitäten zum Gesprächsthema gemacht wurden, Dinge, welche die am wenigsten persönlichen Bereiche berührten. Er wich aus, hütete sich vor jeder Form eines seriösen Gedankenaustausches. Nach Janes Enthüllungen über Jesses Handeln entstand in Iras Kopf ein ganzer Hypothesenkomplex: daß nämlich – hätte sein Sohn von seinen »Problemen« gesprochen und hätten er und sein Vater ihre Gedanken dazu ausgetauscht, oder besser noch er und seine *beiden* Eltern –, daß nämlich sein Benehmen soweit hätte gemildert werden können, daß er Jane nicht so schäbig behandelt hätte, wie es offensichtlich der Fall war, mit so erschreckender Härte und Gefühllosigkeit.

Doch dann kam der Gegengedanke: Es könnte doch gut möglich sein, daß die Art und Weise, wie *er* mit Jane umging, Jess bereits vor der Krise in der Beziehung zu seinen Eltern bewog, lieber nicht darüber zu sprechen, und daß dort der Grund für die ausgedehnte Lücke im Gedankenaustausch zwischen Sohn und Elternteil zu suchen sei. Sagte doch M.: »Rührt deine übertriebene Sorge um Jane von deinem Ressentiment gegen Jess her?« Und wie konnte Ira es abstreiten, daß dies *durchaus* zu seiner Einstellung beigetragen hatte: das Gefühl der Verzweiflung über das Abgewiesenwerden von einem, den er liebte, abgewiesen, ausgeschlossen. So etwas hatte er nie mit Mom gemacht. Bis zu dem Maße, das ihm möglich war, hatte er ihr – der Einwandererfrau, die sie war, und kaum vertraut mit dem amerikanischen Sittenkodex – über das, was er machte, seine Erfahrungen und seine Reflexionen über seine Erfahrungen berichtet (nicht so Pop; ihm hatte er nie etwas erzählt, fühlte er sich doch selbst von Anfang an von ihm verkannt). Und doch – so mußte er vor sich selbst zugeben – war seine Aussage nicht hundertprozentig wahr: was hatte er Mom für quälende Vergehen vorenthalten, was für schmutzige Abgründe böser Taten. Also gab es hier eine Parallele, eine ziemlich kleine, nur um das klarzustellen, zwischen Jesses Weigerung, sich seinem Vater mitzuteilen, und seiner eigenen in bezug auf Mom. Was, wenn er gesagt hätte: »Mom, ich...« Was, wenn er gestanden hätte: »Ja, Mom, ich...« Nein, ganz unmöglich...

Nie würde er Gewißheit haben, es sei denn, der einschlägige Nachweis würde auftauchen, oder er würde sich die Mühe machen wollen, danach zu suchen. (Das Zeugnis von der Public School, da war er sich fast sicher, war noch vorhanden; aber sein Arbeitszeugnis von Park & Tilford – wer weiß? Gab es die Firma überhaupt noch?) Er mußte die Sache angehen, mußte willkürlich entscheiden, was zuerst stattgefunden hatte, wenn es nicht sogar etwa gleichzeitig gewesen war. Auf jeden Fall konnte er sich in einer Beziehung ganz sicher sein: daß sich die beiden Dinge, die für sein späteres Leben so wichtig waren, überlappt haben mußten. Interessant, so reflektierte er, dieser Prozeß einer introspektiven Charakterstudie, einer introspektiven Materialbestellung für seine Autobiographie; wie ein Schachspiel, obgleich er sehr wenig von Schach verstand: jede Mutmaßung in eine bestimmte Richtung wurde von einer kontradiktorischen Erinnerung blockiert. Wenn er den Job nach der Schule bei Park & Tilford nun bekommen hätte, ehe er Farley H. auf der Junior High kennenlernte – und das war nun mit Sicherheit auf der Schule gewesen –, dann hieße das ja, er hätte schon mit dreizehn angefangen, bei Park & Tilford zu arbeiten. Denn ziemlich genau mit Beginn des Unterrichts auf der Junior High wurde er vierzehn Jahre alt, und zwar im Februar. War es Jugendlichen unter vierzehn Jahren überhaupt von Gesetzes wegen erlaubt, von namhaften Firmen für Nachmittags-Jobs nach der Schule eingestellt zu werden? Ira war sich nicht sicher. Einige Nachforschungen, vielleicht nur ein paar Anrufe, konnten hier die Unsicherheit beseitigen (schließlich war es ihm soviel lieber, innerhalb genau definierter Zusammenhänge zu arbeiten). Aber wieso zum Teufel, wieso war er nicht fleißig bei der Arbeit bei Park & Tilford gewesen, sondern hatte an einem schönen Sommertag, in seinem Junior High School-Jahr, das sein vierzehntes Lebensjahr war, mit Farley einen Ausflug gemacht? (Andererseits konnte der Ausflug auch an einem Sonntag gewesen sein, obgleich die Erinnerung die Aura eines Werktags hatte.)

Inmitten des Wirrwarrs widersprüchlicher Impressionen war seine womöglich sicherste Vermutung, daß er von Park & Tilford angestellt wurde, als er dreizehn war – sehr zu seiner heutigen (wie damaligen) Überraschung; und daß er dann ebendort während des größten Teils der achten Klasse und eines Teils des Junior High School-Jahres, in welchem er Farley kennenlernte, arbeitete. Wenn dem so war, hieße das, er würde einiges ändern müssen, was er vorher geschrieben hatte – aber er dachte nicht daran. Also fangen wir jetzt mit Park & Tilford an –, und in der Tat gab es einen sehr klaren, eindeutigen »Beweis« zur Absicherung seiner Vermutung, ein Stückchen unwiderlegbare geistige Denkwürdigkeit: vollkommen außer Frage stand, daß er an seinem ersten Tag bei Park & Tilford in seinem »neuen« blauen Bar Mizwa-Anzug zur Arbeit erschien. Das belegte die unmittelbare Nähe zu seinem dreizehnten Lebensjahr, war ein starkes Argument für das Jahr 1919 als dem Jahr, da er eingestellt wurde, dem Jahr, da er in der achten Klasse war.

V

Als Ira an jenem Freitagnachmittag nach Hause kam, lag ein Lächeln auf Pops Gesicht. Pop rief ihn sogar *Irale*, wie er seinen Sohn nur rief, wenn er höchst zufrieden mit ihm war – oder ihn um einen Botengang oder anderen Gefallen bitten wollte. Ira blickte auf seine Mutter, fragend.

»Der Briefträger hat dir dies gebracht, nachdem du das zweite Mal zur Schule aufgebrochen warst.«

»Nach dem Essen?« Ira streckte die Hand aus nach dem Brief.

»Möge es ein gutes Omen sein«, sagte Mom.

Und Pop in drolliger Stimmung: »Eine deiner Großmütter ist deinetwegen aufgewacht.«

Ira zog den Brief aus dem bereits geöffneten Umschlag: »Donnerwetter, ich hab 'nen Job! Park und Tilford! Nach der Schule! Na also!«

»*Take*, na also«, sagte Pop. »So ein *gojischer*, piekfeiner Laden, und die nehmen ein *jidel* auf. Das hat's noch nie gegeben.«

»Haben sie gefragt?« sagte Mom.

»Nein. Aber auf dem Bewerbungsformular habe ich bei Religion geschrieben: jüdisch.«

»Wunderbar!«

»Das muß wohl Mr. Sullivan gewesen sein«, sagte Ira. »Der hat mir gesagt, wo ich mich bewerben soll. Er arbeitet nach der Schule als Buchhalter.«

»Aha«, sagte Mom. »Da kannst du mal sehen: ein *goj*. Man hört mal dies, mal das. Ein *Mensch* ist ein *Mensch*, *goj* oder Jude. Er hatte bestimmt Mitleid mit dir.«

Was es nur noch wahrscheinlicher machte, sinnierte Ira, daß er den Job in seinem dreizehnten Lebensjahr bekommen hatte, als er noch in der achten Klasse und Mr. Sullivan von seinen Englischfähigkeiten beeindruckt war; denn wäre es im darauffolgenden Jahr gewesen, als Ira in Mr. Sullivans Buchhaltungsklasse war, hätte dieser verkrüppelte und bösartige Giftzwerg, der ansonsten ja ganz menschlich sein konnte, sehr gut zweifeln können, ob er einen derart begriffsstutzigen Schüler wie Ira überhaupt für irgendeine Art Job empfehlen sollte (aber er hat es später dann noch einmal getan).

Am Montag sollte Ira im Geschäft von Park & Tilford an der 126th Street und Lenox Avenue zur Arbeit antreten. An normalen Werktagen arbeitete er regelmäßig von halb vier Uhr nachmittags bis sechs Uhr abends. An Samstagen den ganzen Tag, von halb neun morgens bis sechs Uhr abends, Ladenschluß. Er sollte fünf Dollar die Woche verdienen.

Oh, es war so lange, lange her … Mom ermahnte ihn, als er sich morgens vor der Schule mit nervöser Hast ankleidete: er solle allen mit Respekt begegnen, tun, was man ihm sage und dazu ein fröhliches Gesicht machen – und nach Möglichkeit seinen blauen

Anzug nicht einsauen, ehe er am Nachmittag zur Arbeit ginge. Ira hörte irritiert zu. In seinem besten Hemd, angetan mit seiner besten Krawatte, ausgestattet mit einem Nickel extra für seinen Lunch und begleitet von Moms besten Segenswünschen machte er sich auf den Weg zur Madison Avenue und erklärte den Schulkameraden, die er unterwegs traf, als er am Mt. Morris Park vorüberging, warum er sich so »fein« gemacht habe. Und seinem Klassenlehrer Mr. Conway erklärte er es auch, nur für den Fall, daß die Klasse wegen schlechten Benehmens nachsitzen müßte. Sie mußte nicht. Und sobald die Schule zu Ende war, marschierte Ira los.

Er marschierte Richtung Lenox Avenue, versuchte, seinen Schritt zu bremsen, nicht in Trab zu verfallen. Er wollte nicht ins Schwitzen geraten, nicht seinen Sonntagsstaat verschandeln, nicht den gepflegten Eindruck ruinieren, den er machen wollte als einer, der für die nebulösen Verhandlungen, an denen er bald teilnehmen würde, geeignet war, als rechte Hand des Geschäftsführers oder für andere finanzielle Aufgaben abkommandiert, für die man Charme und Takt und Diskretion benötigte. Eine Minute wartete er draußen vor den reich dekorierten Schaufenstern, bis sein aufgeregtes Keuchen abklang, packte seinen Bücherriemen mit neuem festem Griff, nahm den Brief in die andere Hand und betrat den stark duftenden, äußerst gedämpft wirkenden Mahagonisaal. Der ältere würdige Herr mit Stehkragen und weißem Sträußchen im Knopfloch, der hinter dem Tabak- und Mineralwassertresen stand, dirigierte Ira zum Schreibtisch des Geschäftsführers.

Der befand sich mitten im Laden, und Ira näherte sich ihm mit einem Hauch von Beklemmung und Ehrerbietung. Auf einem Podest saß, an einem Rollpult, hinter einem schmiedeeisernen Gitter, Mr. Stiles. Wie ein Monarch regierte er über ein Dutzend eifrig schreibender Verkäufer in braunen Arbeitsjacken, die fleißig gelbe Zettel auf einem langen, dunklen Tresen ausfüllten, vor dem gut gekleidete Herrschaften auf hohen Drehstühlen saßen. Diese orderten ausgesuchte Lebensmittel aller Art, soweit man das von der gleißenden Auswahl an Glaskrügen auf dem Tresen schließen konnte und den Beuteln mit aromatischem Kaffee, welche die Verkäufer eifrig unter den beiden prächtigen, rotgoldenen, elektrischen Mühlen hinter sich hervorholten.

Finster und dünn wirkte Mr. Stiles und blickte von seinem Tisch auf. Er hatte glattes, mausgraues Haar, zurückgekämmt und seitlich gescheitelt. Seine Zunge stopfte ein Stück Kautabak in die Wange, als Ira den Brief offerierte.

»Du bist also Ira Stigman?« Mit diesen Worten reichte er ihm den Brief zurück.

»Ja, Sir.«

»Schon mal für Park und Tilford gearbeitet?«

»Nein, Sir.«

Mr. Stiles beugte sich über die Armlehne seines Sessels, ließ seinen Tabaksabber in den Messingspucknapf direkt unter ihm fließen und stand auf. »Na schön, Ira, dann komm mal mit.«

»Ja, Sir.« Ira fühlte sich, als ob sein Eifer zu gefallen ihm durch sämtliche Knopflöcher drang.

Er folgte Mr. Stiles eine Treppe hinunter bis in den hell erleuchteten Keller. Reihe um Reihe standen dort die Regale, voll mit allen möglichen Konserven und Glaskrügen, reichten weit hinein bis in die hinterste Ecke. Vorne, am Fuße der Treppe, standen zwei Männer in Arbeitsjacken und legten die Lebensmittel – zum Beispiel Eingemachtes, hübsche kleine Päckchen und zugebundene Papiertüten – aus den Regalen auf einen breiten, verzinkten Tisch, über dem zwei riesige Bindfadenrollen hingen. Die beiden Angestellten sortierten die einzelnen Posten fein säuberlich in einen großen Weidenkorb. Mr. Stiles machte Ira mit einem etwas klein geratenen, stämmigen, energischen Mann mit lockigem, dunklem Haar bekannt, der selbstbewußt auf nicht direkt krummen, aber merkwürdig konkav gebogenen Beinen stand und mit unüberhörbar jüdischem Akzent sprach. Das war Mr. Klein. Er war der Versand-chef. Er hielt ein Bündel Rechnungen in der Hand. Im Knopfloch seines Revers steckte der kleine Bronzestern, den Ira als das Abzeichen der Veteranen aus dem Weltkrieg erkannte.

»Wo ist Harvey?« fragte Mr. Stiles.

»Irgendwo hier unten. Harvey?« rief Mr. Klein.

»Bei der Arbeit.«

»Er ist da drüben, am Spülstein.«

Mr. Stiles krümmte einen Zeigefinger und bedeutete Ira, ihm zu folgen. Ein wenig seitlich hinten im Keller rührte der geschmeidige, muskulöse Arbeiter in dem hohen Emaillespülbecken mit einem Wischmop Seifenwasser schaumig. »Hier bin ich, Mr. Stiles.« Er hielt den Stiel des Fransenbesens in seinen großen, kräftigen Händen. Seine Hände wirkten hell gegen den Schrubberstiel, sein Gesicht war ernst und aufmerksam; auf seiner Arbeitsjacke trug er das gleiche Emblem wie Mr. Klein.

»Harvey, die Senkgrube unterm Aufzug sieht schon wieder schlimm aus, meinst du nicht?«

»Ja, Sir, Mr. Stiles.«

»Würdest du diesem jungen Mann hier – Ira?«

Ira bebte vor Eifer.

»Ach, zeig ihm doch, wie man die Grube reinigt, ja?«

»Ja, Sir!«

»Wenn er damit fertig ist, schick ihn rüber zu Mr. Klein. Der wird dir dann sagen, was du als nächstes machen sollst«, gab Mr. Stiles seine Instruktionen.

»Ja, Sir.«

Auf Harveys Wink hin hängte Ira sein Jackett im Toilettenraum neben das Waschbecken. Zwischen den Walzen des großen Eimers wrang Harvey den Wischmop aus, leerte den Eimer in das Becken, holte eine breite, flache Schaufel aus dem Spülschrank, reichte sie Ira und nahm selbst den Eimer. Er führte Ira hinüber zu dem

Aufzug, der benutzt wurde, um Waren zwischen Keller und Gehweg auf- und abwärts zu transportieren. Die Aufzugrampe war auf Straßenniveau hinaufgefahren und somit aus dem Weg. Unten drunter, ein paar Fuß tiefer als die Kellersohle, sah man die wuchtige Welle, um die der Antriebsriemen des Aufzugs lief, wie eine Brücke über der schmierig-schwarzen Oberfläche eines quadratischen, übelriechenden Wasserlochs. »Du stellst dich einfach auf die Achse da«, sagte Harvey. »Ich reiche dir dann Eimer und Schaufel.«

Das war seine Aufgabe: die Grube reinigen. Den Modder mit der Schaufel in den Eimer schöpfen. Als er den Eimer etwa so voll hatte, wie er ihn zu füllen wagte – schließlich mußte er ihn ja noch bis zum Fußboden hinaufhieven, während er selbst auf dem Motorgehäuse balancierte –, kletterte er hoch, zerrte den Eimer zum Ausguß und kippte ihn aus. Das war also der schicke Job, für den er sich so proper angezogen hatte, dachte Ira düster. Verdammter Dreckskerl von Geschäftsführer, warum ließ er das nicht den Arbeiter machen? Dafür war ein Arbeiter doch da! Immerhin – ein Verdacht verstärkte sich in ihm, während er den fauligen Schlamm aufschaufelte –, vielleicht sollte er nur getestet werden. Sie testeten ihn, darauf wettete er. Wenn er nur nicht seinen guten Bar Mizwa-Anzug trüge, seinen einzigen guten Anzug für Hochzeiten und besondere Gelegenheiten. Warum mußten die gerade heute ihre Grube leeren? Aber es war nicht ihre Schuld; es war seine eigene Schuld, daß er voller verrückter Illusionen steckte, daß er so beflissen war zu gefallen. Trotz aller Sorgfalt, die er walten ließ, um von Spritzern frei zu bleiben, hatte er schon ein Dutzend Flecken auf seinen Kniehosen. Und man sehe sich seine Knie an – verschmiert vom Klettern an den Wänden der Grube. Nun, er konnte es nicht ändern. Was Mom auch sagen mochte, er verdiente Geld, fünf Dollar die Woche.

Dutzendmal mußte er den Eimer schon geleert haben. Allmählich sank der ölige Wasserspiegel. Jedesmal machte er die Runde zum Ausguß und wieder zurück und nutzte die Gelegenheit zu einer heimlichen Erkundung des Kellers. Dort, auf der anderen Seite des Beckens, stand ein sehr großer Eisschrank mit Türen aus Glas. Die eine war abgeschlossen, die andere nicht. Hinter der verschlossenen Glastür konnte er Früchte sehen, von denen er noch nicht einmal geträumt hatte: orangefarbene glatte Formen, klein und groß, andere schokoladenfarben, andere dunkelblau, alle verlockend und köstlich aussehend, erlesen. Es lagen dort noch andere Früchte, die er zwar kannte, aber selbst noch nie gekostet hatte: Trauben, lang und grün, Trauben, rund und rot, Äpfel von deutlich erkennbarer Reife und Saftigkeit, Birnen, Pflaumen, Pfirsiche, Aprikosen, Kirschen, Tangerinen. Was für eine Pracht! Ob er so etwas je in die Finger bekäme?

Hinter der unverschlossenen Glastür lagen unscheinbarere, aber nicht weniger verführerische Lebensmittel: ganze Käse, groß wie Wagenräder oder geformt wie eine Ananas, auch kleine irdene Töpfe mit Käse – jedenfalls stand es so auf den Etiketten: Cheddarkäse in Wein. Wer, um alles in der Welt, hätte je von Cheddarkäse gehört? Oder gar von Cheddar in Wein? Vermutlich nicht koscher; darum hatte er nie davon gehört. Abgepackte Butter und Eier im Karton. Wartet, wartet nur, bis er sich hier unten besser auskannte. Und schau bloß mal zu diesem Gang da drüben: extra feine Lachskonserven. Dosen mit Hummer und Krabben, die bestimmt nicht koscher waren. Und was war das für ein kleines irdenes Gefäß? Beluga – was? Kaviar! Sardinen kannte er. Aber was waren Anchovis? Winzig kleine Dosen, da würde er jemanden fragen müssen. Und dann der nächste Gang, an dem er listig mit leerem Eimer vorbeiging, als es keiner sah: uiih! Kumquats in süßem Zuckersaft – was zum Teufel waren Kumquats? Kastanien-Eis und Feigen kannte er, aber Stachelbeeren, Loganbeeren – vielleicht konnte Mr. Kilcoyne ihm etwas dazu sagen. Der wußte alles über Obst und Gemüse. Aber hier! Das war nun überhaupt das Merkwürdigste: ganz hinten im Keller, mit zwei Vorhängeschlössern gesichert, verstaubt, verdreckt, hinter dicken Eisengittern. Oh, er wußte, was das war und erkannte beim Hindurchsehen die von Spinnenweben überzogenen, eingestaubten Flaschen: mit allem gefüllt, was das Gesetz verbot. Prohibition, das war's.

Schließlich und endlich, nachdem er den Eimer viele Male vollgeschaufelt hatte, wurde stellenweise der dreckverschmierte Mörtel unter dem Schlamm sichtbar, dann der feuchte Boden der Grube selbst, den er sauberzukratzen versuchte. Er rief nach Harvey, der seine Arbeit beurteilen sollte.

»Noch besser, und du ruinierst den Boden, Kind.«

»Was?«

»Nun wasch mal lieber den Eimer und die Schaufel ab.«

»Ja, Sir.«

»So ist's recht. Und das Waschbecken, wer macht das sauber?«

»Wollen Sie, daß ich das mache?«

»Hier ist wohl sonst niemand, der das macht.«

»Ja, Sir.«

»Dann kannst du mal fragen, was Mr. Klein jetzt wünscht.«

»Ja, Sir.«

Mr. Klein wünschte, daß er sich zuerst einmal Gesicht und Hände wusch. Und als Ira vom Waschbecken zurückkam: »Na, wie hat er sich denn angestellt?« erkundigte sich Mr. Klein bei Harvey, während dieser mit einer Fensterleiter, Eimer und Handschrubber Richtung Treppe ging.

»Oh, *comme ci, comme ça*«, sagte Harvey und wirbelte den Fensterschwamm an seinem Griff herum.

Mr. Klein zwinkerte Walt, seinem Helfer, zu, der sich hinter Harvey heranschlich, als dieser die erste Stufe erklomm, und ihn mit einem piepsenden, glucksenden Zwitschern erschreckte.

Harveys ganzer Körper bäumte sich auf: »Jesses, Mann, laß das doch!« Wasser spritzte aus dem Eimer. »Mann!« Er riß die Augen weit auf. »Jesus Maria, Mann, ich hab's dir doch erzählt. Beinahe wäre ich einmal vom Dach eines Güterwagens gesprungen, als jemand sowas mit mir gemacht hat, damals, als ich nach Norden kam!« Behutsam balancierte er die Stufen hinauf.

»Schon mal jemand so Schreckhaftes gesehen, Walt?« Mr. Klein grinste seinen Helfer an.

»Ich? Noch nie.« Walt, klein und rund, trug auch ein Veteranenemblem im Knopfloch seiner Arbeitsjacke, griff nach einem Gegenstand auf dem Tisch mit der Metallplatte. »Ich hab ja schon schreckhafte farbige Burschen gesehen, aber der hier übertrifft sie alle. Weißt du, Black Jack Pershing befehligte ein Regiment, das nur aus Schwarzen bestand, als er hinter diesen mexikanischen Schweinen her war. Kannst du dir vorstellen, was das für Typen waren? Pancho Villa hätte seinen Revolutionären nur befehlen müssen, sie tüchtig zu erschrecken.«

»Tja, Pershing hätte wohl keine Soldaten mehr gehabt.«

»Für die Mexikaner wäre das ein ›Freier-tag‹ gewesen.«

»Sicher.«

»Oh, Mann, du hast meinen Witz überhaupt nicht verstanden. Hast *du?*« wandte er sich an Ira.

»Ich weiß nicht. Ein Tag im Freien?«

»Paß mal auf – Ira? – so heißt du doch?« sagte Mr. Klein. »Du siehst dort diese kleinen braunen Tüten und den Zucker in dem Faß – bist du gut im Wiegen?«

»Gut im Lieben?« fragte der Arbeiter namens Walt.

»Jetzt ist's aber genug. Du kannst nach oben gehen, an den Tresen«, sagte Mr. Klein. »Ich habe einen neuen Helfer.«

»Ganz wie Sie wünschen.« Und zu Ira: »Hüte dich vor dem da. Ein Sklaventreiber, das ist er.«

»Mach, daß du weggkommst.« Mr. Klein verabschiedete seinen Helfer, der hinter dem Tresen hervortrat und die Richtung zur Treppe einschlug, um hinaufzugehen. Zu Ira gewandt, zeigte er auf eines der Fässer und sagte: »Siehst du das? Du weißt, was das ist?«

Ira schaute hin. Das Faß war halbvoll wohlbekannter weißer Kristalle. »Das ist Zucker.«

»Ganz genau.« Mr. Klein kam mit erhobenem Zeigefinger näher: »Kann deine Mutter leicht an Zucker kommen?«

»Natürlich nicht. Sie muß weit laufen.«

»Dann verstehst du also. Zucker ist knapp heutzutage. Wir geben nur ein halbes Pfund an jeden Kunden ab. Wir rationieren, wie Hoover es will. Bei anderen Sachen spielt das keine so große Rolle, aber den Zucker, den sollst du genau auswiegen, nicht zuviel und nicht zuwenig. Ganz exakt!« Der Zeigefinger der drohenden Hand krümmte sich und bildete zusammen mit dem Daumen einen Ring, noch bedrohlicher. »Einmal mache ich es dir vor. Du bist Jude?«

»Ja.«

»Also gut. Dann hast du auch einen jüdischen *kop*. Nun sieh mir mal genau zu. Dies ist ein Halbpfundgewicht.« Er legte das runde Gewicht in eine der weißen Waagschalen und ließ, zuerst schnell, dann langsamer, den Zucker von der Schaufel in seiner Hand in die Papiertüte rieseln, die Schale mit dem Gewicht hob sich kaum. *»Farschtejßt?* Okay. Das ist alles. Versuch mal, flink zu sein, aber stimmen muß es.« Dann zeigte er Ira, wie er die Tüte verschließen sollte, indem er von einer riesigen Rolle am Ende des Tisches ein Stück Bindfaden abriß, um das kleine Päckchen wickelte und eine Schlinge zum Abschneiden legte. »Du wirst den Dreh schon rauskriegen«, sagte Mr. Klein, als er Iras ersten unbeholfenen Versuch beobachtete, ging zurück zu seinen Bestellungen, suchte die entsprechenden Lebensmittel heraus und verstaute die einzelnen Posten in einem großen Tragekorb. Ab und zu hielt er inne und konsultierte einen kleinen roten New Yorker Straßenatlas, den er neben sich auf dem Metalltisch liegen hatte. »Du weißt, wo die

124th Street ist?« fragte er auf sonderbar jüdische Art, als Ira etwa zwanzig Tüten ausgewogen und zugebunden hatte.

»124th Street? Da gehe ich zur Bibliothek.«

Einen Moment lang schaute ihn Mr. Klein ganz andächtig an. »Da gehst du also zur Bibliothek. Also dann. Komm mit.«

»Jetzt?«

»Natürlich jetzt. *We im lo achschaw, matai?* Kannst du ein wenig Hebräisch?«

»Nein.« Ira folgte ihm. »Oder doch, vielleicht *baruch ato adonoj.*«

»Und du bist auch zum *chejder* gegangen?«

»Jaja. Aber es hat mir dort nicht gefallen.«

»Was meinst du damit?«

»In der 9th Street hat es mir besser gefallen.«

»Wo du vorher gewohnt hast?«

»Jaja. 749 East 9th Street.«

»Was war denn dort besser?«

Ira zog die Schultern hoch. »Alle im Block sind dort zum *chejder* gegangen.«

»Aha. So ist das also.« Mr. Klein blieb vor der verschlossenen Glastür des Eisschranks stehen, löste das Schlüsselbund von der Schlaufe an seinem Gürtel. »Du weißt doch, was ein Präsentkorb ist?« Er schloß die Glastür auf, bückte sich, und während Ira noch nachdenklich das Wort »Prä-sent-korb« wiederholte, förderte er aus dem untersten Bord den atemberaubendsten Korb zutage, den Ira je gesehen hatte: wunderschönes Weidengeflecht, ein hoch geschwungener, graziöser Henkel, der Korb gehäuft voll mit den herrlichsten Früchten, wie sie in diesem Teil des Eisschranks gelagert wurden, eine Pyramide aus den verschiedensten Früchten, durchsetzt von Bonbons, Pfefferminz und Weingummi, Gläsern mit gemischten Nüssen. Der gesamte Inhalt wurde von einer durchsichtigen Haube aus Cellophan zusammengehalten, mit einigen Windungen des Bandes am Rand des Korbes festgemacht.

»Donnerwetter!«

»Jetzt paß auf«, sagte Mr. Klein streng. »Ich will, daß du das an die Adresse hier auf der Karte lieferst. An diese Leute und an niemand anderen. *Farschtejßt?* Das Ganze kostet mehr *gelt,* als ich in einer Woche verdiene. Also keinen –«, er runzelte die Stirn, hob gebieterisch den Kopf und drohte Ira noch einmal mit einer kreisenden Handbewegung, »keinen Irrtum.«

»Hier hast du Namen und Adresse. Alles steht auf dieser Karte. Merrill. Du gehst zu Nummer 27, West 124th Street. Du bist kein Kind mehr. Du mußt nur aufpassen.«

»Und wann gehe ich?«

»Wann du gehst?« Mr. Klein lachte kurz auf, tat verzweifelt. »Ich habe es doch schon gesagt. Heute abend. Diesen Abend. Jetzt gleich. Du holst jetzt deine Jacke und deine Kappe und gehst heut' abend hin. Du hast den Namen, die Adresse. Es ist schon dunkel, also gib acht, daß es das richtige Haus ist.«

»Ich weiß, wie die Hausnummern laufen.«

»*Sehr gut.* Und wenn du geliefert hast, gehst du nach Hause. Das wäre alles. Jetzt nimm Jacke und Mütze und komm her zum Tisch.«

Der hinreißende Korb wartete am oberen Tischende auf Ira, daneben stand Mr. Klein: »Es ist schon alles bezahlt. Paß nur auf, daß du das richtige Haus erwischst. Merrill heißen die Leute. Siehst du den Anhänger? 27 West 124th Street. Nahe der Fifth Avenue…«

»Ich sagte schon, ich kenne das Haus!«

»Keine Frechheiten, hörst du?«

»Schon gut.«

»Und *pawolje,* wenn du weißt, was das ist.« Er senkte die Stimme und nickte mit dem Kopf. »Ganz vorsichtig. Nicht drücken. So mußt du ihn halten. Du kommst von Park & Tilford.«

Ira steckte seinen gebogenen Arm unter dem hohen Griff hindurch und umspannte behutsam den Korb.

VI

Eine Autobombe explodiert neben einer Moschee, zieht schiitische Vergeltungsmaßnahmen gegen Israel nach sich und lenkt den Schriftsteller von seiner Erzählung ab. Tatsächlich könnten die Syrer hinter der Provokation stecken. Wann wird das kaltblütige, erbarmungslose Schlachten enden? Wer weiß denn – ob es überhaupt jemals enden wird? Sündenbock der Welt, Israel. Genauso grauenvoll, aber mich naturgemäß weniger betreffend, die Kriegshandlungen der Vietnamesen gegen die Roten Khmer, die der Sowjets in Afghanistan, die zwischen Iran und Irak, die in Massenmorden gegenseitig ihre Zivilbevölkerung abschlachten. Wohin soll das führen, würde man in Maine sagen. Die Blutlüge lebt in vielen Teilen der Welt noch immer fort. Dr. Maarouf al Dawalibi, Berater des Königs und Delegierter von Saudi-Arabien, sagte letzten Dezember auf einer Konferenz über religiöse Toleranz in Genf: »Im Talmud steht: ›Ein Jude, der nicht jedes Jahr das Blut eines Nichtjuden trinkt, ist verdammt in alle Ewigkeit‹.«...

Und wenn man dann über diesem Wahnsinn brütet, dann scheint es nur eine einzige Lösung zu geben: die Abschaffung jeglicher Religion! Wenn die menschliche Rasse erhalten, wenn sie davor bewahrt werden soll, sich selbst auszulöschen, dann bietet der marxistisch-sozialistische Atheismus die einzige Rettung: Marxismus-Sozialismus-Atheismus plus Zwang. Die Juden gehen unter, die Verrückten von Me'a Sche'arim mit ihren ellenlangen Schläfenlocken gehen unter, ebenso die rabiaten Fanatiker anderer Überzeugungen mit ihren *purdahs* und *muezzins.* Gibt es einen anderen Ausweg? Sie werden sich gegenseitig vernichten in ihrer fanatischen Raserei, bis daß ihr Königreich kommt. Aber nein, nicht doch, ich irre mich. Das ist nicht das entscheidende Element im Friedensstiftungsprozeß. Zum Teufel auch, ich irre mich ganz gewaltig. Welche religiösen Unterschiede spielen überhaupt eine Rolle im Krieg zwischen Vietnam und den Roten Khmer, zwischen China und Vietnam, China und Rußland, Südkorea und Nordkorea, dem Irak und dem Iran? Verdammt

wenige – oder gar keine. So? Wo bin ich denn? Was ist der wahre Grund –
oder was sind die wahren Ursachen des Streits zwischen den Nationen,
die all diese Schlächterei anzetteln? Immer wieder das eine: materielle
Interessen. Ökonomische Erwägungen, strategischer Vorteil, Gebiets-
erweiterung, mehr Macht... Leider.

Meine Stimmung wurde gestern abend durch einen Anruf von Jane aus
Toronto noch mehr getrübt. Höchst beunruhigend, höchst bedrückend.
Diesmal nicht über meinen Sohn Jess und sein Verhalten im Rahmen
meiner »Hypothese«. Nein, meine Hypothese hat sich bestätigt. Jess
wird allmählich rehabilitiert: Seine Bemerkung, die er ihr – mit rotem
Kugelschreiber auf einen Fetzen Papier geschmiert – hinterlassen hatte,
als er vorübergehend ausgezogen war, bezüglich seines Unvermögens,
es noch länger mit ihren bösen Geistern auszuhalten, wirkte nun, im
Lichte neuer Informationen, glaubhaft. Wie M. es ausdrückte, war wohl
das Schlechteste oder das Beste, was man dazu sagen konnte, daß sie,
Jane, sich überhaupt nicht bemühte, mit ihren bösen Geistern fertigzuwerden. Mehr, viel mehr hätte man dem noch hinzufügen können, um die
bittere, beunruhigende Schwarz-Weiß-Malerei zu belegen: Sie sei einer
heftigen Schimpfkanonade ihres männlichen Mitbewohners ausgesetzt
gewesen (ein Brief mit Einzelheiten, so sagte sie, sei unterwegs); er habe
sie beleidigt und aus allen möglichen Gründen über sie hergezogen, was
sie auf seine eigene unglückliche Liebesaffäre mit einer untreuen Frau
zurückführte. Aufs Wesentliche reduziert oder übersetzt in das Temperament des anderen, trug diese Tirade eine beunruhigende Ähnlichkeit mit
Jesses Beschimpfungen, mit seiner Haftbarmachung der bösen Geister.
In beiden Fällen schienen die Vorwürfe der gleichen Ursache zu erwachsen: Janes verwirrtem Zustand oder ihrem exzentrischen Benehmen. Ihr
Verhalten exzentrisch zu nennen, wäre noch das nachsichtigste Urteil
über ihre Ausbrüche. Weniger nachsichtig ließe sich sagen, es riecht hier
nach Verfolgungswahn.

Zweitens, aber vermutlich von großer Bedeutung, hat der Arzt Jane
vorgeschlagen, sie möge sich in eine psychiatrische Klinik begeben, um

»Ruhe, ein Bett und warme Mahlzeiten« zu bekommen. Man kann dies nun überbewerten oder es so sehen, wie es ist: das Mädchen braucht psychiatrische Betreuung. Ihr Widerstand gegen die Vorschläge des Arztes, die auf zwei Befunden gründeten, war unerbittlich, fast irrational starrsinnig: Nein, sie würde die Wohnung, die sie mit ihrem »bescheuerten« Gefährten teile, *nicht* verlassen, vor dem allerdings jeder normale Mensch weglaufen würde, ganz gleich, wohin – nur weg. (Ob vielleicht ihre Katze sie dort hält?) Auch ist ihr Arbeitslosenunterstützung oder Sozialhilfe verweigert worden, weil sie vermutlich mit ihrem Vermieter oder Mitbewohner ins Bett gehe.

Die Anregung des Arztes, um darauf zurückzukommen, der auch eine Erklärung beigefügt war, daß sie wohl kaum in ein »normales« oder Allgemeines Krankenhaus eingeliefert werden könne, weil bei ihrer guten physischen Verfassung eine ganz normale medizinische Versorgung nicht angezeigt sei, diese Anregung des Arztes sollte vielleicht den Schock lindern, die Schande mindern, die der Aufenthalt in einer Nervenheilanstalt mit sich brächte. Sie lehnte den Vorschlag aber ab, weil sie dort, zusammen mit Geisteskranken, isoliert wäre – obgleich ich, der ich vier Jahre als Aufseher in einer psychiatrischen Anstalt gearbeitet hatte, ihr versicherte, daß sie dort gut aufgehoben wäre und keine Angst zu haben brauchte, weniger Angst vielleicht als zusammen in einer Wohnung mit einem, der sie dauernd wie ein Wahnsinniger anbrüllte.

Nein. Sie war nicht zu bewegen. Auch nicht eine Sekunde lang wollte sie diesen Gedanken in Erwägung ziehen. Als ich vor fünfunddreißig Jahren am Augusta State Hospital angestellt war, habe ich ein mnemotechnisches Hilfsmittel erfunden, CIO, die Initialen jener Eigenschaften, deren Nichtvorhandensein bei einem Patienten auf eine Psychose hindeutet: *Contact, Insight, Orientation,* – also Kontaktfähigkeit, Einsicht, Orientierungsfähigkeit. Und es scheint sich herauszustellen, jedenfalls spricht vieles dafür, daß es Jane an der zweiten dieser drei Stützen der Normalität fehlt. Welch erschütterndes Anzeichen!

VII

Harvey und Ira begegneten sich auf der Treppe, als Ira aus dem Keller ins Geschäft hinaufkam. Verschwenderisch in elektrisches Licht getaucht, von den Buntglaslampen sanft beleuchtet, sah der Laden reich und prächtig aus. Obwohl schon bald Geschäftsschluß war, saß noch eine überraschend große Anzahl Kunden auf den Hockern vor den Tresen, fast nur Männer. Vielleicht kamen sie von der Arbeit und nahmen sich auf dem Heimweg das ein oder andere mit. Angestellte in ihren Arbeitsjacken hinter den dunklen Verkaufstischen notierten höflich die Bestellungen auf kleinen Blöcken, hielten gelegentlich einen Artikel hoch, um ihn dem Kunden zu zeigen.

Sehr würdevoll und ehrerbietig – Ira war bemüht, nicht zu auffällig hinzuschauen oder zu laut zu schniefen. Was das wohl für eine eckige Blechdose war, die der Verkäufer dort einem Kunden zeigte? Feinstes Olivenöl. Und der andere – der namens Walt – sagte gerade: »Kapern? – sofort, Sir.« Was das wohl war? Mr. Stiles saß nicht auf seinem erhöhten Platz in der Mitte. Mr. MacAlaney war der Stellvertreter des Geschäftsführers, so hatte Mr. Klein Ira erzählt, und der einzige, der die Präsentkörbe zusammenstellte. Ein rotblonder, lockiger Mann mit einer Goldrandbrille blickte von seinem Block auf, sah, was Ira da anschleppte und warf ihm einen argwöhnischen Blick zu.

»Heute nur einen halben Tag?« Der würdevolle weißhaarige Verkäufer mit dem Stehkragen fragte von seinem Platz hinter dem Tabakstand aus.

»Ähm? Ich arbeite doch noch. Ich hab' hier – diesen Korb hier muß ich noch ausliefern.«

»Oh, ja, sehr richtig. Wo denn?«

»Hier in Harlem. 124th Street.«

»Mr. Klein läßt dich früher gehen?«

Ira schaute auf die große Wanduhr im Geschäft, die über den Regalen mit erkennbar edlen Tabaksorten in Gläsern und Dosen hing. Es war zwanzig Minuten vor sechs. »Ich weiß nicht.«

»In der Beziehung ist er schwer in Ordnung, Mr. Klein. Und korrekt. Ihr zwei solltet gut miteinander auskommen.«

»Ich muß jetzt los.«

»Ach ja. Du mußt ja noch ausliefern. Ist der Korb schwer?«

Inzwischen schöpfte Ira Verdacht, es könnte noch etwas anderes hinter der Fragerei des vornehmen alten Herrn stecken, etwas Falsches, Unnettes, Hämisches. Beabsichtigte er, ihn aufzuhalten? Sich über ihn lustig zu machen? *Ihr zwei solltet gut miteinander auskommen.* Listige Überlegenheit auf dem Rücken des Schwächeren, besonders, wenn es ein jüdischer war. »Nein, Sir. Er ist nicht schwer.« Er ging zur Tür.

»Leicht wie eine Feder.«

Ein spöttisches Lachen folgte ihm, als er die Tür öffnete. Dreckiger alter Bastard, was habe ich dem denn getan? Er tauchte in der heimwärts strebenden Menschenmenge auf der Lenox Avenue unter, bahnte sich an der 125th Street seinen Weg durch das Gedränge am U-Bahn-Kiosk. Sein erster Arbeitstag – eine gehörige Portion Stolz verdrängte den Stachel der Verstimmung: er hatte diese miese Drecksarbeit erledigt, unter dem Fahrstuhl saubergemacht – wie hatten sie dazu gesagt? Die Grube. Irgendeine Grube. Aber warte, bis Mom seine blauen Kniehosen sähe. Oh je, die Hose von seinem fast neuen Bar Mizwa-Anzug. *Oj, joj, joj.* Warte, bis er ihr erzählte, daß er Zucker abgewogen habe. Wie Gold, wird sie sagen. Und Mr. Klein, tja, was für ein Glück, daß er Jude war. *Ihr zwei solltet gut miteinander auskommen,* der alte Schleimscheißer – aber Mom würde sagen: *Asoj.* Sie würde sagen: *Take gliklech.* Glückskind. *Take.* Und dann erst der Korb. Warte, bis er ihr das erzählte. Was für Früchte und Naschereien. Das hättest du sehen sollen. Mehr als Mr. Klein verdiente.

Ira wartete an der Kreuzung 125th und Lenox, daß der Verkehrspolizist auf seinem hohen Podest mit dem Stab die Signale gebe, mit seinen Händen in den weißen Handschuhen winke und pfeife. »Jetzt bin ich groß«, sagte sich Ira ... und ging hinüber auf die Südseite der 125th.

Sie sind alle tot, sie sind doch alle tot – den Gedanken konnte er nicht loswerden, als er gerade die »Escape«-Taste drücken und »sichern« wollte, was er an diesem Tage gearbeitet hatte. Hörst du, Ekklesias, sie sind alle tot. Wenn ich damals dreizehn war, und wir schrieben das Jahr 1919, und ich heute neunundsiebzig bin, dann ist das jetzt sechsundsechzig Jahre her. Ganz gewiß war nicht einer dabei, der weniger als fünf Jahre älter war als ich – wer also kann noch am Leben sein? Weder dieser aufgeblasene alte Bonvivant von ehemaligem Wein- und Schnapsverkäufer, nur Haut und Knochen. Noch Mr. Stiles, noch Mr. MacAlaney – oh, eventuell der jüngste von allen: Tommy vielleicht, Quinns Hilfsarbeiter auf dem Lieferwagen. Dennoch, es sind noch einige Veteranen des Ersten Weltkriegs am Leben, zittrig, kränklich, schwach. Wer hätte sie damals die Veteranen des *Ersten* Weltkriegs genannt? Sie waren einfach nur Kriegsveteranen, höchstens Veteranen des Großen Krieges. Es würde keinen weiteren mehr geben, hatte Woodrow Wilson versprochen, keinen neuen, keinen zweiten Großen Krieg.

– Und du.

Ja, und ich. Aber meine Zeit ist bald um, Ekklesias.

»Es ist jetzt vier Uhr«, sagt die liebe und sachliche Stimme von M., die mich ertragen und mich die ganzen Jahre erhalten hat. »Soll ich den Abend einläuten?«

»Darüber muß ich nachdenken. Ist das der richtige Ausdruck? Abendläuten? Oder Totengeläut?«

VIII

Den Korb noch immer vorsichtig auf die Hüfte gestützt, ging er die Lenox Avenue entlang bis zum nächsten Block und bog östlich in die 124th Street ein. Die späte Stunde und die neue Verantwortung veränderten die für ihn sonst so vertraute Route. Auf halber Strecke zur Fifth Avenue standen braune Sandsteinhäuser zu beiden Seiten der dunklen, stillen Straße und schauten einander an. Jenseits der kurzen Straße namens Mt. Morris Park West, der westlichen Begrenzung des Mt. Morris Parks, gab es nur noch auf einer Seite Häuser, die kein Gegenüber hatten, sondern auf den von Laternen erleuchteten Park blickten. Die graue Front der Bibliothek lag noch weit voraus. Besorgt schaute er auf die abnehmenden Hausnummern über den Türbalken – was sollte er machen, wenn die Nummer falsch war, wenn er das Haus nicht finden konnte? Das war es, was er am meisten fürchtete, vor allem anderen, was ihn auf Schritt und Tritt verfolgte: seine Patzer bei Botengängen. »Hundertdrachzehnt' Street«, dorthin hatte der Inhaber des Knopfladens ihn geschickt, und Ira war zur 118th Street gegangen. Und das eine Mal, wo er mit dem Smoking, den sein Vater für ein Bankett brauchte, an der falschen Ecke wartete – nie, niemals würde er seine Erleichterung vergessen, als er einen Mann kommen sah: Pop, endlich! Der Mann sah ganz und gar wie Pop aus, Ira rannte auf ihn zu – und dann war er's nicht! Und damals am Trolleybus auf der Madison Avenue, als er Pops Mittagessen dabei hatte... und am Träumen war, bis Pop ihn von der Busplattform aus an-brüllte.

Oh, bloß nicht! Er würde schnell zum Geschäft zurücklaufen müssen, wenn er sich irrte. Ob es dann noch geöffnet hätte? Was für eine Schande! Oder die andere entsetzliche Möglichkeit: Er würde den Korb mit nach Hause nehmen und bis zur 119th Street tragen müssen – den schönen Korb durch die häßliche 119th Street – und die häßlichen Treppen hinauf. Und Mom würde sagen: *Woß is doß?*, und Pop würde sagen: Uuuh! *Er hot schojn ufgeton.* Wieder hat er es verbummelt. Selbstverständlich würde der Geschäftsführer ihn dann rausschmeißen. Gleich am ersten Tag. Nein, vielleicht konnte er am nächsten Morgen, vor der Schule, noch im Geschäft vorbei-gehen. Auch wenn es dann zu spät wäre: »Ich werde gehen, ich werde hingehen, Mr. Klein. Bitte sagen Sie mir noch ein einziges Mal, wo das ist.« Doch vielleicht würde all das Obst nicht mehr frisch sein – Ahh! Aber hier war es ja: die Nummer 27 in glänzend goldenen Ziffern, und viele Autos vor dem Haus.

Er stieg die Außentreppe hinauf – andächtig. Und gerade, als er den Klingelknopf drückte, überkam ihn eine böse Ahnung. Sollte er überhaupt hinaufgehen? Sollte er nicht überhaupt nach unten gehen, dorthin, wo die Kellertür war? Er kehrte um und wollte schnell nach unten springen, aber – zu spät: Die Haustür öffnete sich bereits, ein eleganter Herr mit einem herzlichen Lächeln auf dem nach oben gerichteten Gesicht erwartete, einen erwachsenen Gast zu begrüßen und – blickte nach unten...

»Ich habe mich geirrt«, brach es aus Ira heraus. »Ich – ich komme...« Er deutete auf den Korb: »Ich komme von Park & Tilford.«

»Ach ja? Tatsächlich? Ist das für Merrill?« erkundigte sich der Herr liebenswürdig.

»Ja, Sir. Für Merrill, Sir. 27 West.«

»Raymond, so laß ihn schon herein«, rief von drinnen eine Frauenstimme.

»Aber sicher, Schatz! – Na, dann komm du mal rein.« Der vornehme Herr lachte vergnügt, als Ira die Halle betrat und, total verwirrt, in den geräumigen Wohnraum geführt wurde, wo dann jemand sagte – es war eine Dame, die dort saß –: »Gott sei Dank, keine Prohibitionskontrolle!« Eine Woge allgemeinen Gelächters rollte über ihn hinweg.

Und jetzt sah Ira, was los war. Unter den glitzernden Kristallen des Kronleuchters, der von der hohen Decke hing, saßen auf geschwungenen, samtbezogenen Sesseln Damen mit langen Perlenketten, mit kleinen, festgesteckten Hütchen und rauchten ihre Zigaretten aus langen Zigarettenspitzen. Zu ihrer Bedienung standen Herren in dunklen Anzügen und engen Hosen bereit, kleine Halstücher in den steifen Kragen und goldene Uhrketten vorn an ihren Westen. Zwei Frauen mit kleinen Schürzchen und rüschenbesetzten Häubchen trugen Tabletts mit seltsam geformten Häppchen, bewegten sich zwischen den Versammelten, boten ihre Delikatessen an, die öfter abgelehnt als gegessen wurden. Ein Mann in gestreifter Hose und einem Jackett mit Schwalbenschwanz füllte aus einer Flasche mit einer Serviette um den Hals die flachen Kelche langstieliger Gläser nach. Ein sprudelnder Wein schäumte bis zum Rand, dessen Duft trotz des Zigarettenrauchs zu riechen war. Er war in eine Party hineingeplatzt.

Unbeholfen streckte er ihnen den Korb entgegen und nahm seine Mütze ab. »Das ist der Korb«, stammelte er.

Und wieder überrollte ihn das Gelächter. Mit einem freundlichen Lächeln und einem »Dankeschön« befreite ihn der Herr, der ihm die Tür geöffnet hatte, von seiner Last. Dann warf er einen raschen Blick auf die Karte: »Myrtle, von dir?« sagte er leicht vorwurfsvoll zu einer der Damen. »Nur du konntest auf so eine Idee kommen!«

»Hinreißend! Was für delikate Früchte. Oh, guckt mal, die süßen kleinen Marmeladentöpfchen!« riefen die Gäste, als er den Korb auf einem runden Tisch mit gemaserter Marmorplatte absetzte.

»Ich denke, wir sollten ihn jetzt öffnen, meinst du nicht auch, meine Liebe?« fragte der vornehme Herr eine der Damen, die mit dem dunkelgrünen Kleid mit grüner Spitze.

»Ich meine schon, daß wir das sollten, solange unsere Gäste bei uns sind. Sonst können wir ja keinen Eindruck damit machen.« Alle lachten. »Jenny, würden Sie bitte den Korb öffnen? Danke.« Das sagte sie zu einem der Dienstmädchen mit den gerüschten Häubchen. Und zu der älteren Dame gewandt: »Myrtle, du hast ein geniales Händchen für große Wirkung.«

Die angesprochene Dame hatte stark geschminkte rote Lippen, lila Lidschatten und trug Ringe an fast jedem Finger ihrer beiden Hände. »Ich konnte ja nicht ahnen, daß ich so einen charmanten Komplizen haben würde.« Wie neckisch ihre Stimme war. Ihr Blick ruhte auf dem fassungslosen Ira.

»Ich begleite dich zu Tür«, sagte der höfliche Gentleman.

»Danke, Mister.« Ira folgte ihm nur allzu bereitwillig.

»Und die Treppe hinunter findest du allein?«

»Ja, Sir. Gewiß, Sir.«

»Hier hast du etwas für deine Mühe.«

»Es war keine …«, fing Ira an zu sprechen, verstummte, als er die beiden Münzen in seiner Hand fühlte, und sagte nur noch inbrünstig: »Danke.«

»Dank *dir*. Und: Gute Nacht.« Die Tür zwischen dem lächelnden Gentleman und Ira fiel ins Schloß.

Er stieg die Stufen zur Straße hinab, wo die Automobile parkten. Als er sich nach Osten wandte, bemerkte er, daß in zweien oder dreien der Fahrzeuge Chauffeure saßen, schwarze Limousinen mit uniformierten Chauffeuren, die ihn beäugten, als er vorüberging. Reich. Meine Güte. So feine Herrschaften. Im Licht, das aus den Fenstern seiner Bücherhalle drang, inspizierte er die Münzen. Fünfzehn Cent. Junge, Junge. Taschengeld.

Aus Gewohnheit überquerte er die Straße, folgte dem Verlauf des Gitterzauns außen am Park, bis er den Eingang an der Fifth Avenue erreichte, ging hinein und umrundete den Hügel auf der Seite der Madison Avenue. Reich, so war es also, wenn man reich war? Wenn man reich war, hatte man – oh, er wußte das Wort: Geschmack. Geschmack und Manieren. Davon konnte man nur träumen: hohe Decken und Kronleuchter, Damen mit doppelten Perlenketten und

Gläsern mit perlendem Sekt in der Hand. Und dann der Herr mit dem Manjou-Bärtchen, der den Damen Feuer gab. Gold- und schokoladenbraun gesprenkelte Tapeten, feingerippt. Schachbrettmuster auf dem Boden. Reich. Brauchte man nur einen Haufen Geld, um so zu sein? Ira fühlte, wie seine Stimmung sank, während er seinen Weg in Richtung 120th Street fortsetzte. Nein. Es war, wie Onkel Louie sagte... Man mußte eben sein wie die – kein Jude. Nicht nur reich; diesen besonderen Glanz mußte man einfach haben, diesen Stil. Wo gab es eine solche Welt für ihn? Wo?

Von den fünfzig Cent Taschengeld, die Mom mir jede Woche von meinem Lohn genehmigte, hatte ich jetzt soviel zusammengespart, daß ich mir eine Ingersoll-Armbanduhr kaufen konnte, Preis: ein Dollar, eine Uhr mit Leuchtziffern. Man konnte die Uhr unter das Federbett, ins größte Dunkel halten, stets verbreiteten die Leuchtziffern in der kleinen Höhle einen schwachen Lichtschein, genug, um sie zu erhellen. Welche Verlockung! Wie der gemeine Anglerfisch (siehe *Webster's Collegiate,* Definition 2). Wäre ich doch nur an jenem Abend – mit den Gedanken im Kopf, die sich schon ganz in der Spur bewegten, die ich eifrig zu vertiefen trachtete – nach Hause gegangen. Hätte ich etwa nicht Pläne schmieden, Erwägungen anstellen, Berechnungen machen sollen und, oh, dem nächsten Sonntagmorgen entgegenfiebern, mir ausdenken sollen, was ich wohl mit fünfzehn Cent anfangen könnte?

– Offenbar nicht.

Welche Bürde, Ekklesias. Manchmal lehnt man sich zurück und versucht rein physisch, ja physisch, die wolkige Plazenta, die einen umschließt, beiseite zu schieben und versucht, durch einen Akt des Willens zu fühlen, zu ergründen, wenn auch nur für einen Augenblick, wie das Leben ohne diese Bürde gewesen wäre. Wäre ich nicht bis in den Himmel gesprungen? Fünfzehn Cent, *yippee!* Ein Schokoladen-Eclair, gekauft von meinem eigenen Geld in der Bäckerei an der Ecke neben der P.S. 86 – oder eine lockere, flockige Eiercremeschnitte. Was sonst, was sonst hätte sich ein Kind im Jahre 1919 denn für seine fünfzehn Cent kaufen können? Einen Kinobesuch. Ein Ice-cream-Soda für zehn Cent. Mein Lämmchen am anderen Ende unseres transportablen Sommerhauses – was hätte wohl sie sich in der herrlichen, strengen Unschuld ihrer Mädchenzeit gekauft? Einen Mohrenkopf? Wenn Onkel Bub sie in Chicago besuchte, der reiche Onkel Bub, und die Familie zum Dinner ausführte: oh, Eis mit Heiß hat sie sich dann immer bestellt. Ich hingegen –.

– Du hast dein Geld gespart und dir eine Ingersoll-Uhr gekauft.

Ich wurde Höhlenforscher unter meiner Bettdecke.

IX

Die Niederlassung von Park & Tilford, wo ich arbeitete, lag an der 126th Street, Ecke Lenox Avenue, und die P.S. 86 lag an der 127th – 128th Street zwischen Madison und Fifth. Eine Entfernung von nur etwa drei Blocks trennte diese beiden Orte, leicht zu schaffen in der halben Stunde, die ich zwischen dem Ende meines Schultages und dem Beginn meiner Schicht im Laden hatte.

An Wochentagen, wenn keine Botengänge zu machen, keine Artikel von einem der anderen P & T-Geschäfte zu holen waren, die Gillette-Rasierklingen des stellvertretenden Geschäftsführers Mr. MacAlaney nicht in dem Laden an der Third Avenue, der diese Dienste versah, nachgeschliffen werden mußten und auch kein üppiger Obstkorb darauf wartete, zu irgendwelchen Leuten nach Haus geliefert zu werden, an solchen Tagen machte ich mich im Laden nützlich: Ich packte unten im Keller die Regale voll, füllte oben die Kaffeebehälter auf, benutzte unten die Waage auf der weiten Fläche des Metalltisches, um die gängigsten Artikel in braune Papiertüten abzuwiegen. Meistens jedoch verbrachte ich meine Zeit damit, Mr. Klein, dem Versandchef, zur Hand zu gehen. Stämmig, energisch und entscheidungsfreudig, war Mr. Klein für das Packen der Lebensmittelbestellungen in riesige Körbe verantwortlich, die – unter gebührender Berücksichtigung einer gewissen Logistik – jeden Morgen auf die Lastwagen verladen wurden. In der Woche half ich ihm, die Körbe zu packen, damit sie am nächsten Morgen zur Verladung fertig waren, aber samstags fuhr ich selbst auf einem der Wagen mit.

Wir schrieben das Jahr 1919, und damals wurden die Waren in den größeren und imposanteren Apartmenthäusern noch per Lastenaufzug angeliefert. Seitdem waren Lastenaufzüge für mich beinahe mein Leben. Für die Samstage traf das absolut zu, aber auch häufig für normale Wochentage: sie waren mein Leben und meine Qual. Lastenaufzüge in den schummrigen Kellern von Wohnungen an der West End Avenue und dem Riverside Drive, Lastenaufzüge in den Apartmenthäusern am Broadway, Lastenaufzüge in den neuen Betonklötzen in der Bronx. Besonders am Anfang, als ich noch nicht wußte, wo sie eingebaut waren, mit meinem schlechten Orientierungssinn, häufig überaus verwirrt in meinem übertriebenen Bemühen, eventuell gegebene Direktiven genau zu befolgen, wanderte ich manchmal in echter Panik zwischen eckigen Säulen und labyrinthartig gemauerten Verschlägen hin und her und suchte nach dem für meine Lebensmittellieferung richtigen Aufzug.

Ach, und dann erst! Den richtigen Namen neben dem richtigen Klingelknopf ausfindig zu machen, zu drücken, zu hören, wie oben die Tür geöffnet wurde, zu sehen, wie Licht in den dunklen Schacht fiel, laut »Park und Tilford« hinaufzurufen, den Kasten mit Lebensmitteln in dem Förderkorb mit den zwei Fächern zu verstauen, an dem kratzigen Tau zu ziehen, bis ungefähr die richtige Höhe erreicht war, und dann zu versuchen, den Anweisungen von oben zu folgen: »Ein bißchen höher« oder: »Ein bißchen tiefer« und schließlich: »Halt, so bleiben!« Und nach einer Weile, auch nach einem Dankeschön, meinen Kasten wieder nach unten zu befördern, wozu man einen Beschleunigungshebel betätigte, der den Förderkorb des Lastenaufzugs unten dumpf aufschlagen ließ. Nach gelungener Zustellung gehörte es aber zur vollständigen und erfolgreichen Erledigung eines Auftrags, daß ich meinen Weg zurück zur Straße fand, an welcher der Lastwagen parkte – und das möglichst innerhalb einer angemessenen Zeit. Alle drei Fahrer – Shea, Quinn und Murphy – sowie Quinns reguläre Hilfskraft Tommy Feeney, nur wenig älter als ich, amüsierten sich köstlich über mich, wenn ich endlich wieder aus dem Irrgarten heraustrat und ins Tageslicht blinzelte.

Einmal, es war nach den Thanksgiving-Feiern, fand ich einen zusätzlichen Dollar in meiner Lohntüte, $ 6 statt $ 5. Da fing ich an herumzuprahlen, ich hätte für vorbildliche Dienste eine Lohnerhöhung erhalten. Sagte doch der vornehme alte Bonvivant mit seinem Stehkragen, der einst Chefeinkäufer für edle Weine und Spirituosen gewesen, aber jetzt, in Zeiten der Prohibition, zur Bedienung hinter dem Zigarren- und Tabaktresen degradiert worden war: »P & T gibt keine Lohnerhöhungen.«

Ich dachte, er sei einfach nur gemein, weil ich Jude war, aber es stellte sich heraus, daß er recht hatte. Ich hatte den Extra-Dollar bekommen, weil Quinn für sich und seine Mannschaft zwei Überstunden angerechnet hatte, die wahrscheinlich, zumindest teilweise, auf das Konto meiner belächelten, Verspätung verursachenden Irrwege gingen, die ich in den höhlenartigen Betonkellern der Bronx, auf der Suche nach den Lastenaufzügen machte, und auch auf der Suche nach dem richtigen Ausgang…

In den altmodischen, kleineren Wohnblocks und den ruhigen Sandsteinhäusern, besonders denen an der Nord- und Westseite des Mt. Morris Park, aber auch in anderen Häusern der Nachbarschaft des Ladens mußten die Lieferungen gewöhnlich ohne die Erleichterung eines Lastenaufzugs gemacht werden. Als Mr. Klein mich mit

Shea losschickte, der den T-Truck fuhr und nur in der näheren Umgebung auslieferte, mußte ich mich auf eine ältere und einfachere Form der Zustellung besinnen. Wohl oder übel mußte ich mir die Apfelkiste unter den Arm klemmen und die Treppen hinaufsteigen. Das gefiel mir übrigens viel besser, weil es hierbei keine quälende Unsicherheit und Verwirrung gab und außerdem vielleicht ab und zu ein Trinkgeld.

Ich erhielt auch Gelegenheit zu beobachten, wie verschieden die gutgestellten Leute lebten, die *vornehmen* Nichtjuden, die ganz anders waren als die in dem Slum, in dem ich wohnte, auf der »Müllhalde«, wie damals alle zu sagen pflegten, in den Kaltwasserwohnungen an der East 119th Street: Nichtjuden in sorgenfreien Lebensumständen, die durchaus nicht immer ein Bild von Jesus an der Wand hatten, das die Blicke auf sein entblößtes, blutrotes Herz lenkte. Manchmal wurde ich wohl durch den Anblick eines seriösen Gentleman in Hausschuhen aus Leder und einer Hausjacke aus Samt belohnt, der an seiner Meerschaumpfeife zog. Manchmal auch wurde ich von der Dame des Hauses, die noch ihren wunderhübschen, figurbetonten seidenen Morgenmantel trug, in die Küche gebeten. Und mehr als einmal fühlte ich wohl, während ich noch in meine Aufgabe, die Lebensmittel auf dem Küchentisch auszupakken, vertieft war, die Finger einer Hand leicht durch mein Haar gleiten. Dann blickte ich auf und schaute in das spitzbübische Grübchengesicht einer Frau, die sich sehr über das, was sie da tat, zu wundern schien: »Du hast doch nichts dagegen?«

»Nein, Ma'am«, antwortete ich ihr dann ganz weltmännisch. »Einige andere Damen haben das auch schon mal gemacht.«

»Tatsächlich? Das überrascht mich nicht. Was würde eine Frau nicht alles geben für einen Lockenkopf wie deinen.«

X

... Er hörte einen Plumps im Wohnzimmer, hörte einen dumpfen Aufprall, den er nicht definieren konnte: »Ist alles in Ordnung?« rief er.

»Ich hab' nur nicht aufgepaßt«, rief M. zurück. »Es geht schon wieder.«

»Du bist gefallen. Arme Kleine. Worüber bist du denn gestolpert?«

»Das sage ich lieber nicht.« Ihre Stimme war mädchenhaft. Sie war schon wieder aufgestanden und auf dem Weg in die Küche.

Mädchenhaft. Sein Gehirn löste diesen einen Gedanken aus dem Bündel der Erinnerungen an ihre früheren Stürze heraus, ihre allzu häufigen Stürze: das eine Mal in Florenz, als sie gemeinsam mit Mario M., dem italienischen Übersetzer seines Romans, spazierengingen und sie über eine Unebenheit auf dem Bürgersteig gestolpert und hingefallen war, ehe noch jemand sie auffangen konnte. Ihre Brille war zerbrochen, Augenbraue und Nase hatten Schrammen abbekommen. Ihre Spitzfuß-stellung war schuld, eine Folge ihrer monatelangen Immobilität, einer Lähmung vergleichbar, verursacht durch eine undiagnostizierbare Form von Rückenmarksentzündung, ähnlich dem Guillain-Barré-Syndrom. Sehr viel müßte vorausgeschickt werden, so viele Episoden, so viel von ihrer persönlichen »Geschichte« würde gebraucht, um wenigstens halb-wegs gerecht auch nur die Skizze eines Vorworts zum Thema ihrer Mädchenhaftigkeit zu liefern, dieser Mädchenhaftigkeit hinter dem falti-gen, lieben Äußeren der heutigen Großmutter. Kraft dieser Mädchenhaf-tigkeit hatte er seine gesundheitliche Wiederherstellung erreicht, war er zu einem besseren Erwachsenendasein gelangt und – wie sollte man es sonst ausdrücken? – zu einem Bild seiner selbst, das einer akzeptable-ren, weniger abstoßenden Identität entsprach.

... Und erreichte diesen Zustand, welche Ironie des Schicksals, erst, als er sich schon in der nutzlosen Zone des letzten Lebensabschnitts befand, als seine Gedanken wieder und wieder zu seinen toten Freunden zurückkehrten, den vergangenen Zeiten, den verpaßten Gelegenheiten. Am schlimmsten aber war es, daß sie, die toten Freunde und die vergangenen Zeiten, so wenig Spuren in ihm hinterlassen hatten, so wenig bleibende Ablagerungen ihrer selbst, daß er kaum die thematischen Schwerpunkte, Inhalt und Strömungen der unterschiedlichen, übereinstimmenden oder gegenteiligen Meinungen, die sich in jenen Tagen herausbildeten oder veränderten, in Erinnerung hatte: die Themen, die Wirbel von Meinungsverschiedenheiten und Übereinkunft oder Opposition, die sich in jenen Tagen bildeten und umbildeten, ihren Inhalt im einzelnen und im besonderen. Ach, er hatte einfach nicht genau genug zugehört! Meistens nur so getan, als ob. Er hatte sich nicht engagiert, sich nicht ernsthaft mit den Dingen auseinandergesetzt, hatte nie gründlich und durchdacht zugestimmt oder leidenschaftlich widersprochen. Im Grunde war er innerlich immer unberührt geblieben.

Er dachte an Joyce: Wie viele Male ist über ihn gesagt worden, er habe doch immer nur über Irland geschrieben, das kleinkarierte, engstirnige Irland, obwohl er es doch verlassen hatte, um die »großartige universelle Kultur« Europas zu umarmen. Kurz gesagt, er konnte sich der großartigen, kosmopolitisch-universellen westlichen Kultur, die ihn auf dem europäischen Kontinent umgab und zu der er nun ungehinderten Zugang hatte, nicht anpassen. Warum? Oder warum nicht? Ein anderer Ire, Bernard Shaw, auch aus Dublin, allerdings kein Katholik, hatte Irland etwa zwanzig Jahre vor Joyce verlassen, ohne Pauken und Trompeten, ohne sich aufzuspielen und großartige Erklärungen abzugeben, sondern einfach, weil es praktisch war. Er war nach England gegangen, um dort zu leben und hatte leicht und ohne Unterlaß Europas Schwächen, seine Sitten ausgebeutet, amüsant und erfolgreich. Mit einem Wort, er hatte es verstanden, die europäische Kultur als Schriftsteller, als Dramatiker zu »nutzen«. Warum? Ganz einfach, vielleicht zu einfach: weil er sich aktiv mit dem damaligen Gedankengut, den Vorurteilen und Problemen beschäftigte.

Das tat Joyce nicht, absichtlich nicht. Er verdrückte sich aus Irland, um sich vor aller Beschäftigung mit Ideologie zu drücken. »Schweigen, Exil, Schläue«, gleich einer Ordensregel, sei seine Praxis gewesen (so sagte er). Und warum hatte er sich diesen Regeln unterworfen? Wahrscheinlich hatte er aus der Not eine Tugend gemacht. Er hatte sich in sich selbst verkrochen, aus irgendeinem Grund, ganz wie Ira sich innerlich auch abgekapselt hatte. Er hatte sein Denken in »geschmiedete Fesseln« gesperrt, wie Blake es nannte. Hätte er sich damit auseinandergesetzt, hätte er die Fesseln gesprengt, hätte er dafür gekämpft, sich von seinem enorm starken Ego zu befreien, so wäre er seinem selbstverkündeten Lebensmotto wohl näher gekommen als auf jenem Kurs, den er tatsächlich einschlug, und es wäre ihm der Preis der Abgewöhnung erspart geblieben. Daß er sein hermetisch abgeschlossenes Ego zu akzeptieren vermochte, es sogar bis zum letzten ausbeutete, seine Freudschen Fesseln auf Bloom, den nominellen Juden, projizierte –, das allerdings versprach ihm den ersten Platz unter den englischen Literaten des zwanzigsten Jahrhunderts, ein Versprechen, das sich erfüllte. Er speicherte seine kreative Energie für eine einzige gewaltige Entladung.

In einem unvergleichlich geringeren Maße tat er, Ira, das auch; er, der nun zu der Erkenntnis gekommen war, daß das gute Herz, das liebe, liebende Herz, das kluge, treu ergebene und verstehende Herz ihm sehr viel mehr bedeutete als künstlerischer Ruhm, machte es ebenso. Hier, in der Zone des nahenden Todes, wo er allem, das schon vergangen war, immer näher rückte, überkam ihn die Weisheit, die ihm von dieser Frau zuwuchs, welche sich nicht abhalten ließ, ihn zu lieben. Und im Gefolge dieser Weisheit kam deren Diener: die Demut. Armer Joyce – dachte Ira beiläufig. Nicht nur heiratete der Gute eine Frau, die praktisch des Lesens und Schreibens unkundig war; sondern – anders als bei Blake – war sein monumentales Ego auch so übermächtig, daß er keinerlei Anstrengungen unternahm, sie auf sein Niveau emporzuheben, was Blake ja getan hatte und was ihm, hätte er es ebenfalls getan, sehr geholfen hätte, zu seinem Volk zurückzufinden, etwa durch ihre süße Wahrnehmung, ihre intelligente Hingabe: »Nach dem Willen Gottes ist ein gutes und glückliches Gespräch der schönste und edelste Zweck der Ehe...« So schrieb John Milton. Nun könnte man sich doch fragen, ob nicht gute und glückliche

Gespräche am Ende auch darüber entscheiden, ob eine Belesenheit fruchtbar wird oder unfruchtbar bleibt, ob es zu einer fruchtbaren Wiedervereinigung mit seinem Volke kommt oder nur zu nutzlosem Getändel mit seinem Projekt.

XI

Ich kannte mich bald gut im Laden aus, vielleicht zu gut – besonders im Keller. Ich wußte, wo jede einzelne Köstlichkeit gelagert wurde, in welchem Gang, in welchem Regal. Nur die frischen Früchte in dem verschlossenen Eisschrank und der eingestaubte Wein- und Whiskybunker voller Spinnweben, mit doppelten Schlössern gesichert, mit gestempelten Bleisiegeln und Querlatten verrammelt, waren vor meinem Herumschnüffeln sicher – und vor meinem Probieren. Beim Auffüllen der Vorräte aus frisch angelieferten Kartons ließ man mich allein, und wann immer möglich, naschte und kostete ich von allem und jedem, was mir zugänglich war oder mir durch meine böse Erfindungsgabe zugänglich gemacht wurde: eine leuchtende Kirsche oder zwei aus einem Glas mit Maraschinofrüchten, den unbeschreiblich salzigen Genuß aus einer winzigkleinen Dose mit Anchovisröllchen, die man mit ihrem eigenen Schlüssel öffnete, dann Teezwieback und Schiffszwieback und Trockenobst.

Und ich klaute, die ganze Skala der Köstlichkeiten rauf und runter: eine kleine Dose feinster Lachs in der Tasche meiner Holzfällerjacke, mehrere Ecken Gruyère-Käse in Folie, geschickt über meinen ganzen Körper verteilt. Und Eier. In der Zeit, als der »Große Ingenieur« Herbert Hoover das Programm zur wirtschaftlichen Rettung Europas organisierte und alle Menschen über die »hohen Lebenshaltungskosten« sprachen, da kosteten Eier $ 1.20 das Dutzend. Wann immer ich wollte, nahm ich in jeder meiner

Taschen ein Ei mit nach Hause – in unverfänglichen zeitlichen Abständen. »*Oj gewald, ganew,* sie werden dich erwischen!« lautete Moms duldender Einwand. Und Zucker: Dieser Artikel war inzwischen so knapp geworden, daß Park & Tilford pro Kunde und Bestellung nur noch ein halbes Pfund abgaben. Ich klaute nicht nur Halbpfundpäckchen für unseren häuslichen Gebrauch, sondern unterhielt sogar einen Handel mit dem jüdischen Fahrkartenbüro an der Ecke Lenox Avenue und der U-Bahn-Station an der 125th Street (die ich mehrmals in der Woche benutzte – wofür ich 10 Cent Fahrgeld extra bekam, damit ich überhaupt dorthin kommen konnte): ein halbes Pfund Zucker gegen freien Zugang zum Bahnsteig. Es ist ein Wunder, daß ich nicht erwischt wurde. Aber ich wurde nicht.

Wundersamerweise dauerte das Glück bis zu einem Nachmittag, an dem ich ein überaus schmerzliches Erlebnis hatte, das mich anscheinend warnen sollte, daß es noch schlimmer kommen könnte, falls ich mich nicht bessern würde (was ich nicht tat; ich änderte mich nur insofern ein wenig, als daß ich noch vorsichtiger wurde). Während Mr. Klein oben auf dem Bürgersteig mit ankommender Ware beschäftigt war und Harvey, der Arbeiter, oben im Laden seinen Pflichten nachkam, schlich ich hinüber zu dem unverschlossenen Eisschrank mit den Milchprodukten, wo ich vorher schon einen frisch angebrochenen, großen runden Schweizer Käse entdeckt hatte. Daneben lag das breite Käsemesser. Heimlich, den Blick unverwandt auf die Treppe gerichtet, die Ohren gespitzt, ob sich auch keine Schritte näherten, machte ich mich daran, mit dem Messer den schon aus dem Käse herausgeschnittenen Winkel zu vergrößern. Dummerweise achtete ich nicht darauf, welche Seite der Schneide zum Käse zeigte und welche zu meinem Daumen, dem Daumen, den ich so heftig auf das Messer drückte.

Im nächsten Augenblick wußte ich nur zu gut, welche Seite wohin zeigte. Blut spritzte in Mengen aus dem halb abgetrennten

Daumen. Es war, als hätten der Käse und ich die Rollen getauscht und er mich in Scheiben geschnitten! In Panik ließ ich das Messer fallen und lief weg, merkte dann erst, daß ich das Fach im Eisschrank blutbespritzt hinterlassen hatte. Und den Schweizer Käse auch! Und das Messer auch! Ich flitzte zurück, tupfte verzweifelt die belastenden Spuren auf, machte alles nur noch schlimmer, indem ich es überall herumschmierte. Ich rannte zur Toilette, zog meterweise Papier von der Rolle, wickelte ein Taschentuch um meinen Daumen, um das Blut aufzufangen und womöglich die Blutung zu stillen.

Unter dem Wasserhahn am Handstein machte ich mir aus dem Toilettenpapier einen nassen Schwamm und wischte, trocknete, wischte wieder, holte mir neues Papier, wischte und rieb, während ich doch jede Sekunde erwartete, daß Mr. Klein oder Harvey herunterkommen könnten oder, noch schlimmer, Mr. MacAlaney, der stellvertretende Geschäftsführer, der vielleicht einen Präsentkorb heraufholen wollte. Aber niemand kam. Irgendwie schaffte ich es, alle Spuren, die mich verraten konnten, zu beseitigen, und das mit einer Hand, weil es vom Daumen der anderen immer noch tropfte. Diese Narbe quer über meinem Daumen sollte ich für den Rest meines Lebens behalten.

Über immer neuen Lagen Toilettenpapier versuchte ich, das Taschentuch so zu wickeln, daß es so wenig wie möglich blutig aussah, aber ohne rechten Erfolg. Ich sicherte den dicken Verband zehn- oder mehrfach mit Schlingen aus dem Bindfaden, den ich mir von der großen Rolle auf dem Versandtisch nahm. Das Ganze sah dann aus und fühlte sich an wie die Prothese eines Trottels, ungefähr so unverdächtig wie eine kleine Bettrolle.

Mr. Klein und Harvey kamen gemeinsam herunter, Harvey mit einer Kehrschaufel voller Glasscherben in einem Berg von Mayonnaise.

»Was ist mit deiner Hand?« fragte Mr. Klein.

»Das habe ich mir bei einem Bruch geholt – ich meine, an einem zerbrochenen Glas.«

»Wo denn?«

»In der Mülltonne. Ich wollte altes Papier hineinstopfen.«

»Du wirst mir doch nicht verbluten!« sagte Mr. Klein. »Geh mal lieber nach oben zu Mr. Stiles. Der hat Verbandszeug. Vielleicht muß das mit ein paar Stichen genäht werden. Da solltest du besser zum Arzt gehen. Zeig mal her.«

»Nee, nee, is' nich' der Rede wert.«

»Laß mal sehen. Es könnte doch sein, daß du eine Blutvergiftung bekommst.«

»Nee, nee.«

»Das Geschäft wird die Kosten übernehmen. Die sind versichert. Was ist denn los mit dir? Schließlich sind Ärzte dafür da!«

»Nee, mir geht's gut.«

»Dann hast du selber schuld. Junge, *bißt a jold* – weißt du, was ein *jold* ist? Wie willst du denn einen großen Korb mit Lebensmitteln packen, mit so einer Hand wie dieser!«

»Das kann ich schon. Ich hab' ja noch meine andere Hand.«

»Wenn du mir die Lebensmittel vollblutest, dann schicke ich dich aber zu Mr. Stiles nach oben. Dann gehst du nach Haus!»

So… schreibt also der alte Mann… und hat soviel Freude an literarischer Ironie, daß er sich kein Selbstmitleid erlaubt, an literarischer Ironie, die er so besonders liebte; der alte Mann schreibt, um die Zeit totzuschlagen, während seine Frau in ihrem türkisfarbenen Morgenmantel in der Küche steht und das Geschirr abwäscht. Erinnerungen, die vor so langer Zeit entstanden sind, treten zurück, mutieren nicht mehr.

XII

Ich sitze in Murphys Lieferwagen, der in der Bronx vor einem tristen sechsstöckigen Wohnhaus ohne Fahrstuhl parkt. Eine Stunde vergeht, anderthalb Stunden. Ein schüchterner Knabe kommt aus dem Hauseingang und hält mir ein großes Stück Kokoscremetorte entgegen – für mich. Der Junge geht zurück ins Haus; gierig esse ich den Kuchen auf. Nach einer längeren Weile erscheint Murphy – irgendwie seltsam zufrieden, seltsam liebenswürdig. Nachdem nun alle Lieferungen des Tages erledigt sind, ist auch meine samstägliche Ganztagsarbeit vorbei. Murphy fährt zurück zur Garage und setzt mich an der West 119th Street ab. Sonntags ist das Geschäft geschlossen. Und als ich am darauffolgenden Montagnachmittag zur Arbeit erscheine, werde ich von Mr. Klein ausgefragt: »Murphy hat dich vor einem Apartmenthaus warten lassen, ja?« Und grinst, als ich geistesabwesend nicke – ebenso Harvey. Und alle anderen, die mithören.

Warum wohl Quinn und sein Hilfsarbeiter Tommy mich so amüsiert beobachten, wenn ich mit frischen Brotscheiben den ganzen Bratensaft von meinem Roastbeef-Sandwich auftunke? Sie selbst essen während der ganzen Mahlzeit nur eine Scheibe Brot, die sie zum Schieben benutzen; ansonsten sind ihre Teller gehäuft voll mit Corned Beef und Kohl oder Virginia Ham und einer heißen Kartoffel. Und der stämmige irische Kellner in seiner weißen Schürze, seine Schuhe im dicken Sägemehl auf dem Fußboden, lächelt auch. Dies ist meine erste Mahlzeit in einem Speiselokal, das erste Mal, daß ich bewußt nichtkoschere Nahrung zu mir nehme...

Jetzt stehe ich gerade da und leere einen Jutesack mit duftenden Kaffeebohnen in die schwarze Lackdose mit den goldenen Buchstaben: MOCCA. Auf der anderen Seite des Tresens sitzt dieses vornehme Paar auf Drehstühlen, die Lady und der Gentleman schauen mir zu. Und in einem selbstvergessenen Augenblick lockert sich mein Griff um den Sack, und er rutscht mir aus der Hand. Kaffeebohnen prasseln auf den Boden. »Ach, die meisten hatte ich ja schon drin«, bemerke ich beschönigend. Wie fröhlich und spontan ihr Lachen.

Und jetzt gehe ich mit einem Freßkorb unterm Arm unsicher auf das Deck eines Ozeanriesen, der noch am North River vor Anker liegt, einer von der Cunard-Line, dessen Maschinen langsam und leise hämmern, das Deck belebt von wandelnden Passagieren, deren Freunden und einer jubelnden Menschenmenge. Alle sind zum Schutz gegen den kalten Wind, der vom Fluß herüberweht, in Wolle und in Pelz gehüllt. Stewards in weißen Jacken flitzen durch die Türen von Lounge und Salon. Von einem Besatzungsmitglied wird mir der Weg zum Büro des Zahlmeisters gezeigt, das ich auch finde, und wo ich dann warte und versuche, mir darüber schlüssig zu werden, ob ich nun klopfen oder noch länger warten und hoffen soll, daß jemand käme und mein Klopfen überflüssig machte. Schiffspersonal kommt und geht. Und schließlich stürmt – in einer marineblauen Uniform – der Zahlmeister (da bin ich ganz sicher) aus der Tür und sagt mit gehetztem Gesichtsausdruck und laut erhobener, gereizter Stimme: »Wo ist er denn? Wen meinen Sie?« Er spricht ein ganz anderes Englisch als das, was ich gewöhnt bin.

Ich zucke zurück und sage: »Ich habe hier einen Korb, einen Picknickkorb für – für jemanden hier auf dem Schiff. Mr. und Mrs. –« Ich greife nach dem Anhänger.

»Oh, du bist gemeint, Kleiner?« Er nickt verständnisinnig, als sei er einem Streich aufgesessen. Seine Gereiztheit weicht einem Lächeln.

»Ja, Sir. Der Korb hier…, der ist für dieses Schiff, für Mr. ….«

»In Ordnung, Kleiner.« Er schaut auf das Etikett und sagt: »Das kriegen wir schon. Hier bist du richtig.«

»Ja, Sir.« Ich übergebe ihm den eleganten Korb, gehäuft voll mit Früchten unter knisterndem Cellophan.

Es sieht so aus, als lache er böse in sich hinein, als er mir den Korb abnimmt und damit hinter der Tür verschwindet.

Sehr erleichtert, daß ich die mir anvertraute teure Fracht nun abgeliefert habe, bahne ich mir meinen Weg zurück zur Gangway. Ich bewege mich zwischen Gruppen elegant gekleideter Menschen, die fröhlich Abschied nehmen und doch wegen der bevorstehenden Trennung leicht angespannt sind, deren Gesten wegen des kalten Windes vom Fluß, der über das Deck hinwegfegt, schneller als normal wirken. Speziell die eine Gruppe prägt sich meinem Gedächtnis ein: zwei gut aussehende, große, schlanke junge Männer in dunklen Anzügen und engen Hosen biegen sich vor Lachen über eine witzige Bemerkung, die irgend jemand in ihrer Begleitung gemacht hat. Eine der Frauen, eine glänzende Erscheinung und angetan – wie es ihrem Stand geziemt – mit einem kostbaren Pelz, stimmt in die allgemeine Heiterkeit mit ein und wendet plötzlich ihr Gesicht in meine Richtung. Sie ist mittleren Alters. Ihre Augen leuchten, aber sie scheint mit ihren Gedanken ganz woanders; ihre Augen strahlen, haben aber mit dem Lachen auf ihren Lippen nichts zu tun. Der kurze Moment, in dem sich unsere Blicke treffen, vergeht – wie der zarte Rauch, der sich über einer Reihe hochaufragender Schornsteine am klaren, kalten Himmel kräuselt. Ich höre mich die zauberhaften Worte rezitieren, die ich kürzlich in unserem neuen Englischbuch gelesen habe – aus *The Ancient Mariner* –, das ich bis zu Ende las und immer wieder lesen mußte:

»The game is done! I've won! I've won!«
Quoth she, and whistles thrice.

XIII

WEIHNACHTEN BEI P & T – eine Glosse

Es war am Abend vor Weihnachten. Wir, Tommy und ich, befanden uns schon auf dem Heimweg und saßen hinten auf Quinns geräumigem Lieferwagen, dem neuen White. Bis auf einige wenige unzustellbare Lieferungen waren alle großen Körbe endlich leer. Es war schon fast Mitternacht, und wir räkelten uns auf den Matten, die wir zum Abdecken der Körbe benutzten, um deren Inhalt vor Frost zu schützen. Der Wagen raste gen Süden. Wir lagen da hinten und kicherten vor Erschöpfung über jede noch so geistlose Bemerkung. Dann fuhren wir gen Osten und folgten gelegentlich der quer durch die Stadt führenden Route des Trolleybusses auf der jetzt völlig leeren 125th Street. Von Zeit zu Zeit beleuchteten entgegenkommende Scheinwerfer Tommys schmallippiges, irisches Zahnlückengesicht. Morgen war Weihnachten. Morgen hatten alle Menschen frei.

»Übrigens finde ich dich gar nicht so jüdisch«, sagte Tommy. »Du bist eigentlich ganz in Ordnung.«

Unwillkürlich schrak ich zusammen. »Nun, schließlich lebe ich jetzt fünf Jahre unter Iren und Italienern. Sogar fünfeinhalb.«

»Und da soll ich dich jetzt hinfahren?«

»Ja, 119th Street.«

»Meine Güte, nun sag bloß, da muß ich noch so weit nach Osten fahren«, sagte Quinn über seine Schulter hinweg.

»Lauter Überstunden. Bis wir wieder in der Garage andocken, zählt es als Überstunden.«

»Für uns alle«, fügte Tommy hinzu.

»Ja, ich weiß. Wie damals an Thanksgiving, als ich dachte, ich hätte eine Lohnerhöhung.«

»Oh, da hat er aber rumgeprahlt, er kriegt sechs Grüne die Woche. Hast du das mitgekriegt, Quinn?«

»Ja«, antwortete Quinn. »Du mußt noch viel lernen, Kid.«

»Ich weiß. Ich hatte nur nicht daran gedacht, das ist alles.«

Quinn lachte leise in sich hinein. »Du hast aber Glück, daß *die* daran gedacht haben.«

Tommy brach in Gelächter aus. »Du hast nicht dran gedacht. Das ist es ja, was ich meine. Wenn du ein echter Jude wärst, würdest du so etwas auf keinen Fall vergessen.«

»Also gut, aber es war ein Mittwoch, als wir diese beiden Überstunden gemacht haben«, redete sich Ira heraus. »Der nächste Tag war Thanksgiving. Und erst in der folgenden Woche haben wir den Lohn dafür bekommen. So war das.«

»Thanksgiving ist wohl kein Feiertag für Juden?«

»Is' doch egal.« Ira zuckte die Schultern.

»Is' egal? Und Weihnachten auch nicht! Das weiß ich.«

»Stimmt. Ein Tag wie jeder andere.«

»Aber was zum Teufel machst du morgen?«

»Was ich jeden Dienstag mache. Jeden Mittwoch. Nur ist keine Schule, das ist alles.«

»Du armer Teufel.«

»Mensch, nun mach's nicht noch schlimmer. Er kann doch nichts dafür«, sagte Quinn.

»Ich mach's nicht noch schlimmer. Ehrlich, Quinn, er tut mir leid, weil er ein prima Kerl ist. Die haben eben kein Weihnachten, das ist alles. Kein Truthahnessen, keinen Eierpunsch, keinen Weihnachtsbaum mit Geschenken darunter. Du hast nie an Santa Claus geglaubt, als du klein warst?«

»Nein.«

»Verstehste jetzt, was ich meine?«

»Ja klar, aber die haben ihre eigenen Feiertage.« Quinn sprach, ohne sich umzuschauen, hielt seinen Blick auf den verlassenen Highway geheftet, während seine Hände leichte Korrekturen am Lenkrad ausführten. »Ich hatte mal einen Kumpel beim Militär, den nannten wir ›Schnitzel‹, ein langer, dünner Kerl. Er war Jude. Er erklärte mir alles über die jüdischen Feiertage. Weißt du, der Bursche hat an Jom Kippur gefastet. Hat nichts gegessen, und unsere Einheit hatte schließlich Urlaub, weit hinter der Front. Er sprach immer von der Thora. Das ist eure Heilige Schrift, stimmt's?«

»Stimmt.«

»Das steht in der Thora, sagte er immer. Wie heißt doch gleich das andere? Der Talmud, stimmt's? Er war ein verteufelt guter Kundschafter, trotz allem. Er war mein Kumpel. Ich hab' ihn immer aufgezogen: Sagt dir deine Thora auch, wie man beim Würfeln gewinnt? Das hab' ich ihn gefragt. Nein, hat er gesagt. Die ist dafür viel zu heilig. Gut, aber vielleicht der Talmud? Nein, hat er gesagt. Und wofür nützt der dann? Er wußte, daß ich nur Spaß mache. Er antwortete: Der Talmud sagt mir, wieviel Zins ich nehmen soll. Das war doch mal 'ne klasse Antwort. Einmal fragte ich ihn: Was schreibt der Talmud vor, wenn du mit aufgestecktem Bajonett zum Sturmangriff übergehst und auf einen anderen Juden triffst? Hab' ich gesagt. Sagt er zu mir: Und was macht in dem Fall ein Christ? Jaja, aber wir kommen alle aus verschiedenen Ländern, sag' ich zu ihm. Nun, wir auch, sagt er. Ja, aber nun denk mal an den Streit, den wir beide mit Craneby und seinem Unteroffizier hatten, als er sagte, ihr hättet kein Land – erinnerst' dich? Er sagte, die drei Bälle überm Pfandleihhaus, das sei eure Flagge. Junge, Junge, was für ein Streit. Die hätten ihn zu Brei geschlagen, wenn ich nicht da gewesen wäre. Um ein Haar hätte ich ihn auch einmal geschlagen, als er nämlich drauf und dran war, ins Niemandsland hinauszukriechen und sich eine nagelneue Luger als Souvenir zu angeln, die dort draußen herumlag. Himmel Arsch, hab' ich gesagt, weißt du denn nicht, daß diese gottverdammten *Heinies* ihr Maschinengewehr darauf gerichtet haben? Wie, zum Teufel, sollte eine nagelneue Luger wohl dorthin gekommen sein? Sein Name war Abe, aber wir nannten ihn Schnitzel. Fast alle in dieser beschissenen Army hießen Al, aber wir nannten ihn Schnitzel. Weil er Jude war, vermutlich. Wir zogen ihn damit auf, daß er ein *Heinie* war. Das war schon ziemlich scharf, er und ein *Heinie*.«

Quinn verstummte, achtete auf die Straße, lenkte auf die glatte Fahrbahn, weg von der Trolleyspur, und gähnte. »Ach, gütiger Himmel. Wir wissen auch nicht alle Antworten. Es ist mir scheiß-egal, was die andern sagen, Pater McGonnigle und wer auch immer.«

»Genau. Ich wollte nicht drauf rumtrampeln«, fing Tommy wieder an. »Wir haben doch nur so geredet.«

»Und was machst *du* morgen?« fragte ich ihn.

»Ich? Schlafen.«

»Schlafen?« wiederholte ich. »An Weihnachten?«

»Ja klar. Ich würde nicht mal dem Papst zuliebe mein Bett verlassen.«

Und auf einmal schien meine innere Anspannung wie weggeblasen. Vor meinem inneren Auge sah ich plötzlich die ehrfurchtgebietende Figur des Pontifex maximus, wie man sie immer in den Tiefdruckbeilagen der Zeitungen sieht, schemenhaft aus der Dunkelheit durch die geschlossenen Türen des Lieferwagens schimmern. Ausgestattet mit seinen Insignien, dem Bischofsstab und der Tiara, befahl er dem Jungen streng, sein Bett zu verlassen – ohne Wirkung. Die Vorstellung war so aberwitzig, so ungeheuer grotesk, daß ich mich plötzlich vor Lachen kaum noch halten konnte. Ich kreischte, ich brüllte, kugelte mich auf der Matte. Tommy fing auch an zu lachen, ohne zu wissen, worum es ging, und Quinn vorn im Wagen gluckste etwas gelangweilt in sich hinein: »Was zum Teufel ist denn in dich gefahren, Jungchen?«

»Ich weiß nicht. Es ist so komisch!« Ich schnappte nach Luft. »Er hat gesagt, er würde auch für den Papst nicht aus dem Bett steigen.«

»Was hast du denn bloß? Ich muß an Weihnachten für niemanden aus dem Bett, wenn ich nicht will«, sagte Tommy. »Hab ich recht, Quinn?«

»Zum Teufel auch, du bist doch sowieso vor allen anderen auf, wenn du gleich nach Hause kommst«, sagte Quinn. »Der Papst braucht dich weiß Gott nicht zu wecken.«

»Tja, das stimmt auch wieder. Ich wette, Weihnachten hat schon angefangen«, sagte Tommy. »God rest you merry gentlemen«, fing er an zu singen, »let nutt'n you dismay. For Jesus Christ, our Saviour, was born on Christmas day – das kennst du auch, Quinn, ja?«

»Ich hab's schon mal gehört.« Quinn gähnte lang und breit.

»Wir müssen sowieso nicht alles tun, was der Papst sagt, Iralein«, erklärte Tommy. »Darum geh'n wir schließlich zur Beichte. Kapiert? Wenn wir alles machen, was der Papst uns sagt, dann wär'n wir ja wie'n Priester. Dann könnten wir nicht mal'n kleines Flittchen ausführen oder so.«

»Ach ja?«

»Hier ist jetzt die Park Avenue. Ich hasse diese verdammte Straße.« Quinn trat auf die Bremse. Der grüne Lichtschein vom New York Central Fahrkartenbüro fiel auf die Pfeiler der Eisenbahnüberführung. Quinn umfuhr die Ecke und lenkte nach Süden.

»Ich wünschte, der Papst würde diese blöden Pfeiler da abschaffen –« Quinn verschluckte einige Worte. »Sogar wenn man richtig sehen kann, wenn man nicht den ganzen Tag fahren muß – und wenn es nicht grad' stockfinstere Nacht ist wie jetzt –, man denkt, diese gottverdammten Pfeiler sind überall. Fehlte noch, daß ich dagegen fahre. Die würden mir schön was erzählen! Was zum Teufel machen Sie denn da? Um Gotteswillen, der neue White! Und ich bekäme bestimmt 'ne Lohnerhöhung, etwa nicht? 'nen Tritt in'n Hintern, das würden die mir geben.«

»Siehste wohl? Sonderbedienung zu Weihnachten«, sagte Tommy.

»Was hast du gesagt? 119th Street?« fragte Quinn.

»Genau.«

Minuten später waren wir an der Ecke mit dem kleinen Lebensmittelgeschäft A & P, die schwache, bläuliche Nachtbeleuchtung war kaum zu sehen. Quinn brachte den Wagen zum Stehen, kam außen herum nach hinten und öffnete die Türen der Ladefläche. »Brr!« machte er und zog vor Kälte die Schultern hoch, stand dort und wartete, daß ich aussteige, die Finger seiner Hände merkwürdig ineinander verschränkt, die Knöchel oben sichtbar, wie im Gebet.

»Danke, Quinn«. Ich kletterte hinaus.

»Fröhliche Weihnachten.«

»Ähm –, wie bitte? Ach ja, fröhliche Weihnachten, Quinn.«

»Merry Christmas, Iralein!« Tommy rief aus dem Innern des Wagens, mit der Hand winkte er blasse Grüße in die Dunkelheit.

»Ja – Merry Christmas.«

Quinn schlug die Ladetüren zu und setzte sich wieder auf den Fahrersitz. Der Truck setzte seinen Weg fort. Ich blickte ihm nach: das Tempo zog an, die Rücklichter passierten die perspektivisch verkürzt aussehenden Pfeiler. Als ich dann zwischen den dunklen Schatten unter dem Brückengerüst entlangging, hatte sich das rote Rücklicht schon an der 116th Street den Hügel hinaufbewegt. Es verschwand im Westen, als ich Jakes düster-massiges Haus an der Ecke sah.

119th Street. Nach Mitternacht, wie ausgestorben in allen Richtungen, vertraut und doch fremd. Meine Absätze knallten auf das Pflaster, ich stapfte zu meinem Hausaufgang. Nie sah ich so viele, so viele Sterne auf einem Haufen, die alle auf einmal leuchteten, so dicht nebeneinander wie die Pünktchen auf Moms Meerrettich-Raspel. Dunkel der Drugstore, dunkel der Süßwarenladen, dunkel der Treppenaufgang vor mir, dunkel die Fenster über mir. Nur auf halber Strecke, in der Mitte des Blocks, wuchs eine Straßenlampe aus einem kurzen, grünen Laternenpfahl. Nach der wilden Ausgelassenheit hinten auf dem Lieferwagen, nach so vielen Stunden in Gesellschaft, war ich nun allein. Nach so vielen Lastenaufzügen, Kellergeschossen und Hintertreppen, allerlei Dienstboten und den Grüßen, die man mir aufgetragen, herrschte nun Stille, Erschöpfung. Vielleicht sogar Kummer, trotz des Klimperns von Kleingeld in meiner Tasche: »Da ist etwas für dich in dem leeren Korb. Fröhliche Weihnachten!« War es so, daß ich mich wieder übergangen fühlte, wieder ausgeschlossen durch ein angeborenes Ausgeschlossensein. God save you, merry gentlemen, das schöne Weihnachtslied. So war das also? Nur für Gentlemen? Der Held des Buches von H. S. M. Hutcheson – was für eine Menge Initialen! –, das ich gerade gelesen hatte, war ein Gentleman, wie es dort hieß. Ein kleines Erbe von fünfzig Pfund aus einer Investition in eine Textilfabrik in Indien machte aus ihm einen Gentleman. Diese glänzenden dunkelhäutigen Menschen in den verrückten weißen Windelhosen, die in meinem Geographiebuch abgebildet waren, machten ihn zu einem Gentleman. Warum konnte ich das nicht vergessen? Ich stieg die Steinstufen hinauf, ging an den lädierten Messingbriefkästen vorbei, betrat, eingehüllt in Stille, den langen Hausflur mit der kleinen, dürftigen elektrischen Funzel ganz hinten, am Ende der Treppe.

Ein Produkt meiner Erschöpfung: über mir, auf dem Treppenabsatz, sah ich – als brokatgeschmückten Schatten – den Papst; er drohte mir mit seinem Stab. Mich schauderte, ich stieg aber die Treppen zu ihm hinauf. Er verschwand. Ich kam zu dem schwarzen Fenster, neben dem die Figur gestanden hatte und durch welches man nichts sehen konnte. Jesus, mein Problem war doch immer dasselbe: einsam und allein. Nur schwachen Trost spendeten die Münzen in meiner Tasche, die klimperten, als ich nach dem Wohnungsschlüssel grub. Weihnachten für die ganze Welt, Weihnachten für irische Polizisten und irische Hausmeister, für italieni-sche Barbiere und italienische Eisverkäufer und die Straßenkehrer in ihrer weißen Arbeitskluft.

Mir ging das Merry Christmas nicht mehr aus dem Kopf. Jesus, wie war ich doch müde. Und einsam.

XIV

Kaum hatte das erste Halbjahr auf der jungfräulichen Junior High School begonnen, als Ira sich zu einem Neuankömmling in der Klasse hingezogen fühlte, einem blonden, gut gebauten Jungen, irgendwie reifer als die anderen, hübsch, blauäugig, mit rundlichem Gesichtsschnitt, heller Stimme und federndem Gang. Er war größer als der Durchschnitt, obgleich nicht viel, und Ira bemerkte sofort, wie feingliedrig seine Hände waren – weder groß noch klein, sondern so gepflegt und kompakt, daß sie zu klein wirkten für seine Größe. Wie unbelastet er wirkte, so frank und frei. Sein Name war Farley Hewin. Er war von der St. Thomas Gemeindeschule gekom-men, die direkt neben der St. Thomas Kirche an der 130th Street lag, der Kirche aus rotem Klinker, nur zwei Blocks von der P.S. 86 an der Madison Avenue entfernt...

Nein, ich glaube, das stimmt so nicht – Ira hörte das Summen des Computers und empfand es wie das Summen seines Bewußtseins. Nein, deine Datierung ist wieder einmal falsch, deine Datierung, deine Zeiten-folge, die Kausalzusammenhänge. Und wieder einmal könntest du sagen, was haben andere denn davon, von deiner genauen Zuschreibung und Akkuratesse? Dies hier ist schließlich ein Roman. Tatsache ist aber, daß es mir doch sehr wichtig ist, jawohl. Also noch einmal von vorn – vielleicht war es zu Beginn des letzten Semesters, mit Sicherheit aber, ehe das letzte Grammar School-Semester zu Ende war, als Farley Hewin plötzlich in Mr. Sullivans Klasse auftauchte. Und wieder einmal, ach – vielleicht war es auch das erste Mal, mußte ich tun, was ich später immer wieder tat: Ich mußte es zulassen, daß unwichtige und oberflächliche Gedanken eine Entscheidung beeinflußten, die höchst weitreichende Auswirkungen auf mein Leben haben sollte, eine Entscheidung, von der alles abhing. Nein, es war nicht meine Trägheit, obgleich die sicherlich auch eine Rolle spielte, ebenso wie meine passive Gummimentalität (inwieweit wohl mein dunkler, mich quälender, heimlicher Frevel eine Rolle dabei spielte? Eine ziemlich große, zweifellos...), es war meine Gummimentalität, die mich für Mr. O'Reillys schmeichelnde Bitte, wir möchten doch unser erstes High School-Jahr auf der neugegründeten Junior High verbringen, empfänglich machte.

Nein, Farley Hewin tauchte bereits vor dem Ende des letzten Grammar School-Semesters auf, und damals begann unsere Freundschaft. Und ehe noch das Semester endete, hatte sich unsere Freundschaft gefestigt. Er war es, der Fröhliche, Unbeschwerte, ohne festes Ziel, der beschloß, auf die neugeborene Junior High zu gehen – und ich mit ihm. Wieder einmal. Ira blickte trübsinnig vom Bildschirm auf die braunen Vorhänge hinter dem Monitor, die wegen des grellen Sonnenlichts von draußen zugezogen waren.

Zwischen Farley und dem Leiter der Gemeindeschule, Pater McGrath, hatte es irgendwelche scharfen Differenzen gegeben – aber worüber, das merkte Ira sich nicht in seiner Freude, einen Gleichgesinnten, einen Kameraden gefunden zu haben. Die Situation hatte sich so zugespitzt, daß Farley seine Eltern gebeten hatte, ihn von der St. Thomas Gemeindeschule zu nehmen, sogar noch vor der Abschlußprüfung. Wahrscheinlich war des Paters Drängen, Farley möge nach dem Abschluß die St. Pius Academy, eine weiterführende kirchliche Oberschule, besuchen, der Grund für seinen Unmut. Auch wenn alle anderen aus seiner Klasse, die weiterhin zur Schule gehen wollten, dem Rat des Paters folgten – Farley tat es eben nicht. (Anspielungen über die Reibereien zwischen dem Geistlichen und seinem Schüler entnahm Ira später den Bemerkungen früherer Klassenkameraden.) Farley zog es vor – was sage ich da: er war entschlossen –, nach seinem Abschluß auf der Grammar School die Stuyvesant High School zu besuchen, eine technisch orientierte Schule, und das war zweifellos der Grund für die scharfen Meinungsverschieden, die er und sein katholischer Mentor hatten. Und auch deswegen fühlte sich Farley nicht länger auf seiner Schule wohl. Seine Unzufriedenheit stieß zu Hause auf Verständnis. Ziemlich abrupt verließ er St. Thomas und meldete sich in der P.S. 86 an, nur einen Block von seiner Wohnung entfernt. Sein Erscheinen in Mr. Sullivans Klasse weckte in Ira dasselbe Gefühl des Hingezogenseins wie Jahre zuvor Eddie Ferry, der Sohn der irischen Hauswartsfrau.

Dieselbe Anziehung, nur weitaus vielschichtiger: Hier war einer, der sein Leben meisterte und fest im Sattel saß (dieses Bild sollte sich in den kommenden Monaten und Jahren schicksalhaft erfüllen). Glücklich und sorglos wie seine blauen Augen, heiter und gelassen, mit beiden Beinen fest im Leben, irischer Katholik und doch anpassungsfähig, fast ohne Vorurteil, ging er unbekümmert und herzlich mit seinem neuen jüdischen Freund um. Die Anziehung war gegenseitig. Es war eine Sache von Tagen, und die beiden waren dicke Freunde. Farley nahm Iras Jüdischsein, wie er alles nahm: lässig. Und ging sogar noch einen Schritt weiter: er begegnete Iras Judentum mit unerwartetem Taktgefühl, mit einer Nachsicht, als sei dies eine Mindestforderung an seine Loyalität – die Verwischung der religiösen Unterschiede. Seine Begründung, warum er nach seinem Abschluß die P.S. 86 Junior High besuchte und nicht die Stuyvesant, war völlig unbeschwert – und typisch für ihn: »Irgendwie möchte ich halt noch ein Weilchen in meiner vertrauten Umgebung rumhängen.«

Als es draußen wärmer wurde, machten sie zusammen Ausflüge, für Ira etwas völlig Neues. Weil er bei Park & Tilford arbeitete, trampten sie sonntags – nach Tarrytown, nach Dobbs Ferry, nach New Rochelle. In all diesen Städten hatte Farley einen Onkel oder eine Tante. Dort bekamen die Tramper Sandwiches mit Erdnußbutter und Gelee (wieder eine neue Erfahrung für Ira), oder Heidelbeer-Muffins mit Milch, frisch von der Kuh, oder nach Zimt duftende Apple Pie. Die solide Ruhe, die in Farleys bescheidener Selbstsicherheit lag, seine gutgelaunte innere Ausgeglichenheit und die liebevolle Zuwendung, mit der seine Familie ihn begrüßte und umarmte – übrigens sämtlich Amerikaner, ein typisches Stück Amerika in warmen, blitzsauberen Vorstadtküchen, in die vom Garten her, durch die Fliegendrahttür, eine frische Brise wehte –, barg für Ira die Verheißung, daß Selbstbejahung für ihn nur noch einen Schattenwurf weit entfernt war – nur so weit wie dieser Hauch von Verwirrung, der über die Gesichter der Verwandten huschte, wenn sie einen ersten Blick auf den Freund warfen, den Farley sich gewählt hatte.

Ab und zu schnappte er andeutungsweise etwas über die Gründe für die Feindschaft zwischen Farley und Pater McGrath auf und erfuhr dabei, worüber er sich vorher nie böse Gedanken gemacht hatte: »Dann mußt du für so ein paar finstere Protestanten gegen die Katholiken laufen, jawohl!« sagte Steve, mit Brille, vollkommen leidenschaftslos in seiner Nüchternheit, der eulenhafteste unter seinen Freunden.

Gegen Ende des ersten Halbjahrs auf der Junior High School, als der Frühling allmählich in den Sommer überging, wirkte Farleys Können bei Sportveranstaltungen wie eine Offenbarung. Drei der neuen Junior High Schools dort oben im Norden sollten gegeneinander einen Wettkampf austragen. Am Tag des Sportfests wurde die 128th Street, an der die P.S. 86 lag, abgesperrt, wurden Bahnen für den 75-Meterlauf mit Kreide auf das Pflaster gemalt und dicke

Matten für Hoch- und Weitsprung ausgelegt. Der Wettkampf begann. Ira schied sehr bald aus; im allerersten 75-Meterlauf war er das Schlußlicht – und versagte erwartungsgemäß auch in den anderen Disziplinen. Farley schnitt im Weit- und Hochsprung erfolgreich ab, belegte Platz zwei und drei hinter schwarzen Schülern aus der nördlichen Nachbarschaft. Aber im 75-Meterlauf war er schlicht und einfach sensationell: leichtfüßig gewann er alle Vorläufe, und ebenso leicht ließ er die Meute in der Endausscheidung hinter sich. So leicht. Er zog beim Rennen die Knie hoch, ballte die Fäuste. So leicht sah das aus. Er lief seinen Verfolgern bis ins Ziel davon. Ungläubig schaute Ira zu; auch wenn er ja wußte, wie schnellfüßig Farley war, ließ ihm der Ruhm des Freundes vor Stolz die Brust anschwellen. Schnell war er, das muß man sagen. Aber diese Schnelligkeit war keine lokale Angelegenheit mehr, die nur vor Ort Anerkennung finden sollte. Nein, jedermann konnte spüren, daß in Farleys Schnellfüßigkeit latent die Vorahnung weltweiten Beifalls, eine Bestimmung verborgen war.

XV

Schmerzen, Schmerzen, Leiden, Leiden (diese verfluchte rheumatische Arthritis) – und Lieben, diese meine liebliche, alt gewordene Frau lieben. Wie albern, so etwas zu sagen. Aber es ist wahr. Albern, wie die nackte Wahrheit nun mal ist. Daß sie eine Wiedergeburt in mir zustande gebracht hat, mich in etwas verwandelt hat, womit ich etwas besser leben kann, das weißt du ganz gut, Ekklesias; ich hab's schon einmal gesagt (und werde es wahrscheinlich wieder tun). Alles ist eitel, so lautet dein Diktum, deines und das des Omar Khayyám: Alles läuft auf Null hinaus, alles endet so, als habe es nie begonnen. Hätte es keine Regeneration gegeben, sondern wäre ich so geblieben wie ich war, *was* ich war, nämlich niederträchtig und verachtenswert in meinen Augen, auch dann hätte alles im Nichts geendet, leider. Einmal mehr kann ich mich – auf meiner unsubtilen Gedankenebene – nur wiederholen und sagen, daß jenseits des Lebensendes, nach dem Tode, das Leben bedeutungslos ist, so bedeutungslos wie Null mal Null, vollkommen ohne Bedeutung alles, was einen unendlich kleinen Augenblick vorher noch Bedeutung hatte. Und so muß man unbedingt darüber sprechen, und besonders mit denen, die den Augenblick des Todes noch vor sich haben, den Augenblick, wenn alle Eitelkeit endet. Und darum, mein Liebchen, meine Liebste, lebe ich, lebe für die eine, für die ich leben muß, die mich braucht. Und sei es auch noch so wenig, was mein Leben der Lebenden Gutes tun kann.

Die halbe Tablette Percodan wirkt, Ekklesias, belebt; vielleicht so lange, bis die Doppelwirkung der täglichen Dosis Kortison und Imuran (was immer das ist) einsetzt – »anschlägt«, wie mein guter, lieber und sanfter Freund in Maine, der alte Gene Perry, zu sagen pflegte. So addiert sich das Leben im Alter: ein Seufzen und ein Wackeln mit dem Kopf... Doch ebenso schnell lassen diese künstlichen Hochs auch wieder nach, Ekklesias, diese kleinsten Stimulierungen durch einen Schluck Kaffee und eine halbe Tablette Percodan. Dann schon lieber die Keatsische schläfrige Betäubung als den Schmerz.

Farleys Vater war Bestattungsunternehmer; vielleicht war er der Bestatter für die ganze Gemeinde, so wenig Ira auch mit dem Begriff anfangen konnte. Ebenso wenig wie mit dem Begriff »Totengräber«, dem Wort, das auf einer Tafel neben der Tür am Vordereingang des Sandsteinhauses an der Madison Avenue stand, wo das Beerdigungsinstitut Hewin seinen Sitz hatte und wo die Hewins auch wohnten: 129th Street, genau in der Mitte zwischen der Gemeindeschule, die Farley verlassen hatte, und der Öffentlichen Schule, die er nun besuchte...

Ach ja, reflektierte Ira und kam noch einmal, mit neuen Erkenntnissen, auf den Streit zwischen Farley und seinem jesuitischen

Schuldirektor zurück: die Angelegenheit mußte sich intensiviert, der Druck sich verstärkt haben, wo doch so viel auf dem Spiele stand, ein Läufer von Farleys außergewöhnlichen Fähigkeiten. Die Streitigkeiten mußten ein extremes Maß an Erbitterung erreicht haben, was die Eltern schließlich veranlaßte, ihrem Sohn zu gestatten, die Gemeindeschule vor dem Abschluß zu verlassen, seine Zeit dort sehr abrupt, wenige Monate vor Schluß, zu beenden. Der Kirchenmann mußte in seinem Drängen jede Grenze der Vernunft überschritten haben (vermutlich noch vom Trainer der St. Pius-Schule unterstützt), denn er drohte dem Jungen mit dem Feuer der Hölle, so jedenfalls hatte Ira gehört. Das war wohl eine Spur zu heftig, grübelte er. Da wurden die Eltern ungehalten – wer könnte ihnen das verdenken? Folglich tauchte der junge Schüler plötzlich in Iras Umfeld auf.

Schicksal. Schlechter Beigeschmack der Inquisition, des Stephen Dedalus in den Schlingen priesterlicher Autorität. Und er hegte wabernden Groll gegen die Kirche – Ira nickte zu seinen bernsteinfarbenen Worten auf dem Monitor – »und zwar historisch gesehen aus verdammt gutem Grund«, murmelte er vor sich hin. Hätte denn sein Gott, Joyce, der Beschwörer der Toten und früherer literarischer Lehrmeister, sich selbst priesterlichem Glauben unterworfen oder die heiligen Weihen empfangen? Wie alt mußte ein Mensch denn werden, einer wie er, langsam und phlegmatisch, bis er anfinge, ein wenig von den institutionalisierten materialistischen Interessen zu begreifen, von den Motivationen des geschickten Manipulators, des Kasuisten...

Zuerst war es merkwürdig, sogar ein wenig erschreckend, einen Freund zu haben, der in einem Leichenschauhaus wohnte, dem Hewin Funeral Parlor. Aber Freundschaft hat ihre Art, Bedenken und Zweifel schnell zu überwinden und die Umgebung des anderen bald als naturgegeben zu akzeptieren. Ira gewöhnte sich rasch an den Anblick des eingeglasten Leichenwagens aus Ebenholz, der vor dem Hause parkte, oft noch mit einem Gefolge aus zwei oder drei schwarzen Limousinen. Etwas weniger häufig war Ira dabei, wenn Farleys Vater, unterstützt von Farleys älterem Bruder James, die Bewegungen der Bahrenträger dirigierte, die einen Sarg aus der Halle, die Stufen hinunter, bis zum Wagen trugen – und es fiel ihm manchmal nicht leicht, respektvolle Anteilnahme zu zeigen.

Oben, über dem Leichenschauraum, lagen die Schlafräume der Familie, das elterliche Schlafzimmer und die von Farleys Geschwistern, die noch unverheiratet waren und zu Hause wohnten (James war verheiratet, ebenso eine noch ältere Schwester, Margaret). Zwei jüngere Schwestern schliefen zusammen in einem Zimmer, und Farley hatte sein eigenes. Dort war es auch, wo die Freunde viel Zeit miteinander verbrachten, wenn sie nicht gerade die Straße unsicher machten; dort war es auch, wo beide später, Monate später, als sie schon auf der Stuyvesant High School waren, gemeinsam ihre Schularbeiten machten. Unterhalb des Leichenschauraums, im Kellergeschoß, waren das Eßzimmer und die Küche – und viele, viele kleine Mahlzeiten sollte Ira hier einnehmen als Farleys Gast, bedient von seiner Mutter, einer leise sprechenden, nonnenhaften Frau mit Oberlippenbärtchen und Goldrandbrille. Sandwiches mit kaltem Hammelbraten oder warmem Schweinefleisch; ein wenig seltsam aussehende, total unjüdische, rechteckige, dicke Scheiben Corned Beef zwischen zwei Scheiben geschnittenem Tip-Top-Paketbrot der Marke »Ward«, bestrichen mit salziger Butter.

Dann pflegte auch Farleys Vater herunterzukommen. Nach seiner Arbeit an den Toten in der Halle wusch er sich unten, am Spülstein in der Küche, die Hände. Er war ein kräftiger, lebhafter Mann, ernst, mit einem buschigen braunen Schnurrbart und Augen so blau wie Farleys; er war kein Freund von vielen Worten. Und die wenigen verschwendete er bestimmt nicht an die beiden Jungen. Er marschierte schnurstracks zum Spülstein, wusch sich die Hände, trocknete sich ab und ging wieder, schenkte den Anwesenden kaum einen Blick, schon gar keinen Gruß. Nur wenn Trauernde oder Freunde der Verblichenen sich in der Küche versammelten, kam es vor, daß er an der Unterhaltung teilnahm, redselig wurde – ja, ein- oder zweimal sogar richtig temperamentvoll. Das war, als irgend jemand das Thema Irland anschnitt, als man auf die Freiheit Irlands zu sprechen kam. »Nie werden die Iren frei sein!« erklärte er emphatisch, während er sich mit einem Handtuch die Hände abtrocknete. »Die haben nicht genug im Kopf, um sich zu befreien. Oder wollen Sie mir weismachen, daß ein Land, dessen Bewohner sich gegenseitig umbringen, jemals frei sein wird?«

»Ach, komm schon, Tim. Die haben diesmal den britischen Löwen ganz schön gejagt. Der hat jetzt keine Lust mehr, mit Granaten bombardiert zu werden. Es ist nur noch eine Frage der Zeit, und Irland wird frei.«

»Frei, um sich wieder die Granaten um die Ohren zu donnern, wie es gerade jetzt geschieht!«

Kräftiger Gestank nach Schnaps kam aus der Ecke der Hinterbliebenen, als Ira genüßlich seinen kalten Sandwich aß und sich darüber wunderte, daß er in diesem irisch-katholischen Milieu wie selbstverständlich angenommen wurde. Farley zwinkerte ihm zu, verständnisinnig, was Ira als Bestätigung deutete, als ein Signal, sich so zu verhalten wie Farley es tat: neutral, wie einer, der an so unangenehme Situationen gewöhnt war, etwa wie Farleys zwei jüngere Schwestern, die sich vollkommen unbefangen mittendrin bewegten, von der Küche nach hinten in den Garten tollten, ihre kleinen Spielzeuge, Ball und Springtau in der Hand.

Dort, in Farleys Küche, in Momenten wie diesem, war es auch, daß Ira zum ersten Mal eine gewisse Ähnlichkeit in den Lebensbedingungen, der Unterdrückung von Iren und Juden bemerkte, etwas, das ihm in der 119th Street noch nie aufgegangen war, wo die kämpferischen, ehrgeizigen Iren dominierten: »Das üst ein Ühre«, würde Mom sich wohl lustig machen und ihren Hals aufplustern vor überspanntem Stolz. »Der Bürgermeister üst Ühre. Jack Dempsey üst Ühre. Alle, die etwas zu sagen haben, sünd Ühren. Stimmt doch, oder?« fragte sie wohl. »Das sind alles Iren?« Es schien zu stimmen; es schien, als ob sie einer langen Linie von Fähigen entstammten, von Machthabern mit Autorität. Und nun bemerkte er zum ersten Mal – weniger intellektuell denn gefühlsmäßig –, daß sie eine Vorgeschichte hatten, die aus Unterdrückung, Entbehrung und Unterwerfung bestand.

Kaum waren die Iren aber hier im Lande, bedrohten und verfolgten sie die ohnehin schon verfolgten Juden aufs grausamste, die Juden, die auch aus der Unterdrückung, aus Entbehrung und Unterwerfung gekommen waren. Wieso? Wo war denn hier der Unterschied? Weil sie schon englisch sprachen, als sie hier herüberkamen? Oder weil die Iren aus einem Land gekommen waren, das ihnen gehörte und sie – allem Trennenden zum Trotz – zusammenhielt, was die Juden nicht hatten, die aus Galizien, Polen und Rußland gekommen waren, wo sie allemal nur Juden waren. Wenn doch Onkel Louie da wäre, damit man ihn fragen könnte. Wie sehr sich die beiden Völker hier doch unterschieden, wenn dort überhaupt der Unterschied lag. Das eine Volk kam von der »alten Scholle«; das ging ihnen leicht von der Zunge, »the ould counthry« sagten die Leute mit den schwarzen Armbinden unten in der Küche. War es das, was sie so pfiffig und stark und trotzig machte und dabei so liebenswert? Wohingegen die Juden von überall her kamen, aus Rumänien, Rußland, Deutschland, Österreich-Ungarn, alle beladen mit Sorgen und Ängsten, leidgeprüft und bemitleidenswert in ihrem Kummer – und immer dabei, etwas auszuhecken, Ränke zu schmieden gegen das sorgenfreie und unverwüstliche Leben der anderen. Wenn doch nur Onkel Louie da wäre. Dennoch, womit zogen die Iren einen immer auf, wenn sie einen ärgern wollten? »Du trägst die Karte von Jerusalem im Gesicht.« Und nie hatte er mal jemanden kennengelernt, der von dort kam.

Die Aufbahrungshalle wurde manchmal nicht gebraucht: kein Sarg ruhte auf dem schwarzverkleideten Podest, das dann überflüssig war und entfernt wurde. Auf diese Weise verwandelte sich die Leichenhalle in einen großen, sandfarben ausgelegten Wohnraum, einen Ort, wo Farley und sein Kumpel gemütlich zwischen all den Kruzifixen und Heiligenbildchen herumlungern konnten: sie zogen das Grammophon auf und ließen es spielen – zu Iras größtem Vergnügen. Er verliebte sich in John McCormacks engelhaften Tenor; dieser nahm Ira so gefangen, daß er jedes Lied, das McCormack sang, auswendig lernte und es mit fast untadeligem Dialekt singen konnte. Farley grinste über die begeisterte Hingabe seines Freundes.

Nun sitzt man hier und macht sich Gedanken, grübelt, Ekklesias, es ist der 25. März 1985, ein warmer Montag: der erste Tag mit über zwanzig Grad. Abgelehnt vom Vater, lang ist's her, und abgelehnt vom Sohn, dem einen, ich wiederhole mich, in den ich so vernarrt war – das macht die Sache noch bitterer. Wenn nicht abgelehnt, dann doch ausgeschlossen, so in sich gekehrt, wie er ist, so okkult sein Innenleben, wie ich unfroh spöttelte: ein Leben im Minenfeld. Und das Resultat? Antagonismus. M. konstatierte überzeugend: Antagonismus.

Ohne Frage ist es Antagonismus, was ich fühle, und wahrscheinlich werde ich das auch zeigen …

Jane sagte, Jess sei ein Schriftsteller *manqué;* seine Prosa vermittelt diesen Eindruck. Aber natürlich – so glaube ich – ist da nicht Konkurrenz im Spiel. Nein, es ist seine herablassende Art, der Anschein von Unfehlbarkeit, den er sich gibt; intellektuell ist er – man kann es nicht leugnen – außerordentlich begabt, aber er hat ungeschickte Hände. Er schafft es jedoch, diesen speziellen Mangel kraft seiner Gabe zu überwinden, das Prinzip, das in einem Gerät steckt und die Art seines Funktionierens schnell zu begreifen. Und zweifellos – wie ich schon mehrmals angedeutet habe – entstammen der plötzliche Impuls, Jane beizustehen, als sie von Jess verlassen wurde, und meine starke Zuneigung zu ihr eben jenem Antagonismus; genau wie mein Gefühl, es sei mir Unrecht geschehen, und die Suche nach einem Verbündeten gegen den Bösewicht.

Soviel zu den Gefühlen, die uns verbinden. Ich denke allerdings, um es nochmals zu wiederholen: Wenn sie ihre Gefühle, ihren Schmerz bändigen, ihnen Form geben könnte, was freilich Objektivierung und handwerkliches Können voraussetzte, so könnte sie ein lobenswertes Stück Literatur zustande bringen...

XVI

1920. Der Sommer nahte. Sein erstes Halbjahr auf der Junior High School ging zu Ende, und der Sommer kam, der Sommer seines vierzehnten Jahrs. Grün, grün ist man im Alter von vierzehn – oder sollte es gewesen sein.

Wie hämisch doch und mit welch umständlichem Aufwand Mr. Lennard, inzwischen Spanischlehrer (Ira saß in der einen und Farley in einer anderen seiner Klassen), ihnen den Hosenboden strammzog, wenn sich ein Schüler schlecht benommen hatte; wie kräftig er sie dann mit seinem eigens für ihn angefertigten »Klopferchen« vermöbelte, einer Art Paddel mit Löchern (»um die Luft durchzulassen«, wie er scherzhaft sagte), nachdem er die Übeltäter über einen Tisch in der ersten Reihe gelegt und sich mit grünlichlüsternen Augen hinter seinem Kneifer am Anblick der hervorquellenden Hinterbacken aufgegeilt hatte! Alle wußten, daß Mr. Lennard schwul war, aber nie hat jemand ihn bei Mr. O'Reilly, dem Direktor, gemeldet. So schien es jedenfalls. Nie hat sich einer zu

Hause über ihn beschwert, jedenfalls war Ira nichts Gegenteiliges bekannt. Und warum das niemand tat, konnte Ira nur vermuten: Die anderen waren genau so feige wie er. Die Jugendlichen fürchteten vielleicht, man würde ihnen nicht glauben; sie fürchteten, als Denunzianten abgestempelt zu werden oder, wie in Iras Fall, einem Erwachsenen Rede und Antwort stehen zu müssen, einem Lehrer, einer Amtsperson; sie fürchteten, Probleme zu bekommen – und sei es auch nur, weil sie wußten, was sie nicht wissen sollten.

Niemand hat Mr. Lennard je verpetzt, und doch wußten alle, daß er eine Pfeife war, ein wahrhaftiges Arschloch. Ziemlich oft setzte er sich – während des Unterrichts! – dem einen oder anderen der älteren Jungen in der letzten Reihe auf den Schoß. Seine freie Hand (nicht die, mit der er das Lehrbuch hielt) schlüpfte unter seinen Oberschenkel und fummelte an den Genitalien des Schülers herum. Einfach unglaublich. Und wie elegant und gelassen er sich erhob, wenn zufällig einmal die Klassentür geöffnet wurde – er stand einfach auf, rückte seinen Kneifer zurecht und schaute freundlich über das Lehrbuch hinweg dem Besucher entgegen.

1920. Der Sommer stand vor der Tür. (Ira stützte seine Ellenbogen auf und legte für einen Moment seine alt und taub gewordenen Fingerspitzen gegeneinander.) Die Dinge geschahen, simultan und integral. Allzu lange konnte man sich nicht mit den einzelnen Aspekten des Lebens dieses Vierzehnjährigen aufhalten, oder man liefe Gefahr, den Rest auszulassen oder zu vergessen. Der junge Heranwachsende wohnte immer noch in derselben Wohnung, aber seine Rolle dort hatte sich geändert. Einmal, als Iras Füllfederhalter bei den Hausaufgaben verstopfte, rammte er die Feder in einem Anfall von Wut so tief ins Papier, daß die Spitze völlig verbog. Pop erhob die Hand, um ihn zu schlagen, schien sich aber zu erinnern, daß sein Sohn nun schon seine Bar Mizwa hinter sich hatte; er zählte in der Gemeinde jetzt als Mann, und Pop hielt sich zurück. Ja, Ira hatte noch dasselbe Zuhause und ja, er war jetzt vierzehn. Vierzehn.

Gewöhnlich verließ Pop sonntags recht früh das Haus, um nebenbei, als »Extra Job«, wie er es nannte, bei Tisch zu bedienen, etwa bei einem Burschenschaftsfrühstück. Seltener war der Extra-Job vielleicht ein gesetztes Essen, und wenn dem so war, dann hing er morgens noch bis neun oder zehn Uhr zu Hause herum. Das war aber die Ausnahme. In der Regel waren es Burschenschaftsfrühstücke, und das bedeutete immer: sehr früher Aufbruch...

Kurz nach Pop verließ auch Mom das Haus. Sie erledigte viele ihrer Einkäufe am Sonntagmorgen, wenn die Produkte der Straßenhändler unter der Eisenbahnlinie an der Park Avenue am frischesten waren. Auch brachte sie dann Leckerbissen für das späte Sonntagsfrühstück mit: braunglänzende *bejgelech*, Räucherlachs zu zehn Cent das Viertel, einen großen Berg Frischkäse, den sie in ihrem milchigen Lieblingsgeschäft kaufte, ganz in der Nähe des Marktes. Der Kaffee, den sie frühmorgens für Pop aufgebrüht hatte, stand noch in der Kanne auf dem Gasherd, für Ira zum Wärmen, falls er aufwachte, ehe sie zurück war.

Das habe ich dir alles schon einmal erzählt, Ekklesias.

– Allerdings.

Du brauchst nicht gleich ungeduldig zu sein. Kann denn ein anderer – oder wird überhaupt ein anderer Mensch meine Motive durchschauen?

– Ich denke schon; viele sogar. Die meisten Menschen, oder besser: die meisten *intelligenten* Menschen sind viel kritischer, als du ihnen zutraust und – übrigens – auch viel kritischer als du.

Tja – Pech für mich, aber sind sie intuitiv auch so schlau wie ich? So natürlich begabt für Form?

– Hmm... es besteht kaum Zweifel, daß du viele Spielarten des Schmutzigen und Gemeinen nur allzu gut kennengelernt hast. Doch ist das kaum ein Grund, dir etwas darauf einzubilden.

Das ist richtig. Dennoch – um die Erzählung vor dem Zerfall in einzelne Episoden und Bilder zu retten, ist es notwendig, Bilanz zu ziehen, die

verschiedenen Aspekte seines Lebens als eine Einheit und so kompri-
miert wie möglich darzustellen.

– Gut, du warst also vierzehn, und dein Vater ging, wie immer bei einem
Extra-Job, früh aus dem Haus. Deine Mutter brachte dir sonntags
Gaumenfreuden mit, *bejgelech* und *lakß*...

Oder *bulkeß* mit goldgeräuchertem Weißfisch. Oder ein dickes Stück
geräucherten Stör, kaum zu glauben. Meine liebend bemühte Mama.
Wenn es eine Brechstange gäbe, die man unter einen Felsbrocken in der
Psyche schieben und damit den Felsbrocken aus dem Weg räumen
könnte, ich würde es tun. Aber so etwas gibt es leider nicht – »Oh, sowas
gibt es nicht, das gibt es nicht«, schrieb Gerard Manley Hopkins, »nein,
das gibt es wirklich nicht«, und die Zeit, T minus eins, gleicht einer
Konstanten in der Zeit, T minus eins gleicht einem Datum, das man nicht
auslöschen kann. Ach, Ekklesias, wenn die Psyche doch ein Computer-
Monitor wäre, wo das Ändern eines Wortes, das Ändern eines Satzes
alles auf dem Schirm in kleinen, sich kräuselnden Wellen neu ordnet! Eine
Art elektronisches Arbeitsfeld der Seele. Solche kleinen, ruckartigen
Wellen gibt es nicht bei der Keilschrift im Gehirn, wenn sie erst einmal
eingeschrieben ist. Oder doch?

XVII

Es gab eine Zeit, da begann Moms chronischer Schnupfen, ohne
sichtbar schlimmer zu werden, ihr Gehör zu beeinträchtigen. Der
Katarrh verursachte dauernd Geräusche verschiedenster Lautstärke
in ihrem Kopf: Ohrensausen nannte man das. Arme Mom. Sie
lernte, Veränderungen des Wetters vorherzusagen, sogar mit
erstaunlicher Präzision, je nachdem, wie polternd oder sanft die
Geräusche in ihren Ohren waren. Meteorologische Turbulenzen
machten sich bei ihr als Turbulenzen im Gehör bemerkbar. Marter,

Gemarterte, dies war nur ein weiteres Stadium ihres Martyriums. Es war auch die Zeit, da Onkel und Tanten heirateten – oder, wie im Fall von Saul, in eine Ehe gedrängt, verheiratet wurden: sie verschenkten oder empfingen Diamantringe zur Verlobung, dann zur Hochzeit, traten unter die *chupe*. Taxis fuhren jedesmal am Haus der Stigmans vor (dorthin beordert von dem unglaublich großzügigen Moe). Und Mom schmiß sich in ihr Korsett und in ein weites neues Kleid mit einer Schlaufe zum Raffen des Saums und war fertig zum Abmarsch; und Pop, ganz außer sich vor nervöser Hast und panischer Beklemmung, scheuchte Frau und Kind aus der Küche, die Treppe mit den ausgetretenen Stufen hinunter, auf die dunkle Straße und Hals über Kopf ins Taxi hinein: »*Oj, woß jogßte?*« klagte Mom. »*D'jogßt arojß de kischeß!*« Aber er wurde nur jähzornig: »*Kloz! D'rirßtich wi a kloz.*« Und ab ging's zum Hochzeitssaal, 110th Street und Fifth Avenue. Schnell fuhren sie, nichts im Kopf als ihre Feier, bräutliche Amüsements und *glat koscher freßn...*

Aber ach, Mojsche, Mojsche, Iras lieber Onkel Moe, der sich längst schon seiner Uniform entledigt hatte und sich inzwischen seiner Fähigkeiten bewußt geworden war, in dieser Welt als echter Geschäftsmann bestehen zu können; und, oh je, Ira, sein Neffe, mitten in der Pubertät und nur allzu gern bereit, seine Nase in die schicksalhafte Verkettung einiger Umstände zu stecken: es handelte sich um die Eröffnung von Moes eigenem Restaurant, dem Mt. Morris Restaurant, die in jenem Jahr in Partnerschaft mit seinem Bruder Saul stattfand, einer Partnerschaft, von der Pop, Kellner mit sechsjähriger Berufserfahrung, ausgeschlossen war – aber nicht etwa, weil er nicht genug Geld hatte, das, falls investiert, ihm Mitspracherecht in der Leitung des Geschäfts und gewinnträchtige Anteile garantiert hätte.

Nein, Pop war ausgeschlossen, weil sein Geschäftssinn als zu schwach entwickelt galt, sein Temperament als unvereinbar mit dem seiner beiden Schwäger. Die hatten sogar Bedenken, ihn als Kellner einzustellen.

Die Eröffnung des Mt. Morris Restaurants war es, welche eine Folge schicksalhafter Ereignisse ins Rollen brachte. Das Mt. Morris Restaurant – darin waren sich alle einig: der Name paßte gut, wo es doch kaum sechs Blocks entfernt, also sehr nah am Mt. Morris Park gelegen war, genauer gesagt, zwischen der 115th und der 116th Street. Der Name schien auch deshalb angemessen, weil er dem seines Geschäftsführers und Seniorpartners, Moe, Rechnung trug, den die Leute seit kurzem Morris zu nennen pflegten. Mitten in einem eindeutig jüdischen Umfeld, in einer Gegend mit gemischter Bevölkerung der unteren Mittelschicht, der blühenden und optimistischen Bevölkerung der blühenden und optimistischen zwanziger Jahre, dazu noch gut geführt, mit großzügigen Portionen, fand das Restaurant sogleich Anklang bei einer großen Kundschaft. Die Küche war abwechslungsreich und absolut in Übereinstimmung mit jüdischem Geschmack; und obgleich in keiner Weise streng koscher, wurde doch kein Fleisch serviert, was die Speisen »halbwegs koscher« machte und teilassimilierten Juden weiteren Anreiz bot, das Haus zu frequentieren. Moes warmherzige Persönlichkeit, seine unübersehbare und freundliche Präsenz, sowie die in der Nachbarschaft weitverbreitete Kenntnis von seinem noch nicht lange zurückliegenden Dienst in der Armee waren zusätzliche Pluspunkte. Das Restaurant florierte.

Dort, in unmittelbarer Nähe des Restaurants, fanden von nun an zwanglose Familientreffen statt. Und eben dorthin brachten – an einem schönen, warmen Sonntag – Moms Schwestern, die eine schwanger, die andere mit einem Neugeborenen, sowie die Bobe und Tante Mamie mit ihrer Tochter ihre Klappstühle mit und holten sich noch einen oder zwei aus dem Restaurant dazu; sie wollten sich alle in einer gemütlichen Ecke auf der anderen Straßenseite, direkt gegenüber dem Restaurant, treffen und sich neben dem verwitterten

bronzefarbenen Geländer vor dem Gebäude der Sparkasse nieder-
lassen. Sie wollten nur zusammensitzen und die Stunden verschwat-
zen, die Kinder ermahnen, über vorbeikommende Fußgänger und
Autos lästern, über den Strom der Gäste, die drüben das gutgehende
Restaurant besuchten und wieder verließen. Des öfteren, wenn der
Andrang sehr groß war, erschienen Moe oder Saul drüben in der
Eingangstür und riefen Mamie zu – oder auch beiden, Mamie und
Iras anderer Tante Ella –, sie sollten doch mal rüberkommen und
dem überlasteten Koch zur Hand gehen. Mom haben sie nie
gerufen.

»Ich wünschte, ich könnte auch eine Schicht in der Küche
arbeiten und dem Koch sonntagnachmittags ein bißchen helfen«,
vertraute Mom Ira betrübt an. »So könnte ich vielleicht ein paar
Dollar dazuverdienen.«

»Ja, warum bitten sie dich eigentlich nie?« fragte Ira.

»Das weißt du nicht? Sie haben deinen Vater als Partner abgewiesen, also haben sie seiner Frau gegenüber ein schlechtes Gefühl. Stell
dir das mal vor! Das mir, ihrer Schwester! Saul, mein süßer Saul,
gibt mir zu verstehen, daß Ella so schön schlank ist und daß ein
großer dicker Hintern, nämlich Tante Mamies, genug ist in der
Küche – außer dem des Kochs. Noch so einer, und der Durchgang
wäre blockiert. Das hat *er* sich ausgedacht, mein feiner Bruder. *Nu.*
Er weiß, wie gern ich Mokkatörtchen esse; nun will er es wieder
gutmachen, und du hast ja gehört, wie er mich zu Torte und Kaffee
ins Restaurant eingeladen hat. Aber ich gehe nicht hin, das hast du ja
gesehen.«

»Du gehst nicht hin. Du meine Güte, ich habe aber diesen
Ananaskuchen so gern.«

»Bei dir ist das etwas anderes. Du bist ein Kind. Wenn die
meinem Mann keine Chance geben wollen, sein Leben zu verbessern, dann will ich ihre Geschenke auch nicht haben. Ich bin kein
schnorer. Die sollen mit ihrer falschen Freundlichkeit aufhören und

ihn zum Partner nehmen – ach, was rede ich denn da!« Mom wandte sich ab. »Das ist mein Fluch. Ich sollte meinen Chaiml nicht kennen? Wie lange würde es wohl gutgehen mit ihm als Partner, bevor es zum Streit käme? Bevor er meinen Bruder Saul angreifen würde – mit der erstbesten Waffe, die ihm in die Hände fiele? Was für eine Strafe. Ich bin verflucht.«

Ach, wie vielschichtig die Ereignisse, die in diesem Jahr auf Ira herniederprasselten. Wie sollte er damit umgehen? Wie sollte er mit ihnen umgehen – in doppelter Hinsicht und mit gebundenen Händen?

Und dann beschloß Pop auch noch im selben Sommer, es selbst mit einem Unternehmen in der Lebensmittelbranche zu versuchen und eröffnete einen kleinen Delikatessenladen in der 116th Street zwischen Lexington und Park Avenue. Beide, Moe und der erfahrene Saul, hielten die Wahl des Ortes für unklug, wiesen ihn auf das Fehlen jeglicher Firmen und Betriebe in der näheren Umgebung hin und meinten damit, daß es kaum andere Geschäfte und ein relativ geringes Fußgängeraufkommen gab. Aber Pop verließ sich ganz auf die U-Bahn-Station in der 116th Street, die zur neuen IRT-Linie gehörte, die gerade erst in Betrieb genommen war und ihm die nötige Laufkundschaft liefern sollte. Aber leider ging alles schief. Von seinem Temperament her war er vollkommen ungeeignet, ein Geschäft zu führen, wo man Kunden bedienen mußte. Launisch war er und unüberlegt, unschlüssig und schroff – einerseits, weil er immer nur Angst vor der Katastrophe hatte, aber auch im Umgang mit seinen Kunden. Nach dem ersten Aufschwung, nach der Eröffnung des Ladens, erlebte Pop, daß seine Kundschaft schnell wieder ausblieb. Er zwang Mom mitzuarbeiten: sie mußte Suppen und *kischneß* kochen, gestopfte *dermer* und andere jüdische Delikatessen herstellen, von denen er hoffte, daß sie Kunden ins Haus bringen und dem Geschäft eine gemütliche Atmosphäre verleihen würden. Viele Stunden des Tages verbrachte sie dort und an

Wochenenden die Abende. Sie überließ Ira sich selbst, und der stahl sich davon, ging seiner Wege, mied den Laden, hielt sich fern, um jeden Preis.

Nichts Neues soweit; immer wieder dasselbe, zum Nachdenken.

– Schlimm genug.

Ja, meine goldenen Möglichkeiten.

– Von wegen golden!

Du kannst es drehen und wenden, wie du willst.

Das *gescheft* ging in Konkurs. Oder richtiger: Pop konnte es mit verzweifelter Mauschelei jemand anderem aufs Auge drücken, einem Käufer aus New Jersey; in endloser Reihe waren Moms Verwandte von nah und fern angetreten, um den Anschein zu erwecken, dem Laden mangele es nicht an Kunden. Ganz früh am nächsten Morgen drückte man Ira den Scheck in die Hand, er solle ihn auf Pops Namen bestätigen lassen. Das widerwillige Kind wurde ausgeschickt, vor dem Eingang der Bank in einer Stadt in New Jersey zu warten, bis geöffnet wurde.

Hatte die Bank damals geöffnet oder öffnete sie nicht? War nicht sogar Wochenende gewesen – oder Feiertag? War er vielleicht zurückgekehrt, ohne seinen Auftrag ausgeführt zu haben, wie gewöhnlich? Wer könnte das heute noch sagen, sich die Erinnerungen von damals ins Gedächtnis rufen? Nur daran erinnerte er sich, daß es ein schöner Sommermorgen war, ein grünender Platz, eine typische Kleinstadt, als er darauf wartete, daß sich die Türen jener Bank öffneten; nur daran, daß Pop sich hinterher ins Fäustchen lachte, als der Käufer *charote* empfand, nochmals über den Handel nachdachte und ihn rückgängig zu machen wünschte, sein Wort zurücknahm – leider zu spät: denn da hatte Pop den Scheck schon eingelöst. »Haah! Ha, ha, ha!« brüllte Pop vor Lachen. Glück gehabt, diesmal hatte er noch nicht sein letztes Hemd verloren. Aber das *missing link* mußte noch geschmiedet werden, der Ring mußte sich noch schließen, wie eine Liebe die andere verdient. Ironie des Schicksals, ihr Name war Link (was, galizisch ausgesprochen, Lunge bedeutete).

XVIII

Ida Link. Sie wohnte im selben Haus, in dem Pop unten seinen Delikatessenladen hatte. Sie war eine Wasserstoffblondine, Anfang dreißig, mit einem rot entzündeten Grützbeutel am Kinn, gebürtige Amerikanerin, paßte in die City und in diese Straße; die elegante Inhaberin eines Ladens mit Damenbekleidung in der Delancey Street. Ida Link belagerte Pop. Sobald sie heraushatte, daß er unverheiratete Schwäger hatte, kam sie immer häufiger in sein Geschäft und packte sogar hier und dort mit an. Sie verwirrte Pop mit ihrer tadellosen Figur, ihrem platinblonden Haar, ihrer schlagfertigen, fröhlichen Art zu reden und ihrer Broadway-Erscheinung. Es dauerte gar nicht lange, und Pops enthusiastische Aufzählung aller ihrer Vorzüge brachte Moe auf den Plan.

Armer Moe. Die Frau war ein unglaubliches Flittchen – beinahe eine echte Hure.

»Konntest du denn nicht die Pläne meines Chaim durchschauen«, sagte Mom zu Ira und senkte die Stimme, weil ihr das Thema peinlich war. »Die ganze Delancey Street kennt sie. Alle Geschäftsleute in der Delancey Street kennen sie. Alle Geschäftsleute aus allen Branchen. Eine gemeine Dirne. Hat sie überhaupt ein Herz? Vielleicht bis gestern. Mein armer Bruder, er liebt Kinder doch so sehr. Und er liebte dich. Er wird Kinder haben – in seinem nächsten Leben.«

Natürlich hatte niemand es Morris gesagt, auch nicht dem Sejde oder der Bobe; alle hatten wohl gehofft, er oder die beiden Alten würden aus anderer Quelle von Idas schamloser Promiskuität erfahren. Das taten sie aber nicht. Und vielleicht hätte es auch nichts genützt. Denn Pop war wie geblendet, Moe war völlig verhext. Armer Moe, soviel er auch beim Militär an Weltlichem gesehen hatte, Idas Art, ihre Figur, ihr Auftreten, ihre ach so moderne Beschwingtheit, ihr zitroneneisfarbenes Haar waren für ihn unwiderstehlich. Überstürzt fand die Verlobung statt und ging nahtlos in die Ehe über: pünktlich fuhr das Taxi vor, 108 East 119th Street; unter dem Baldachin zertrampelte Moe das Glas nach dem Hochzeitstrunk; und Pop bekam immerhin Anerkennung für seine Dienste als Heiratsvermittler.

Inzwischen gab es, verwoben mit all diesen Ereignissen, den ersten Hinweis darauf, daß Park & Tilford schließen würde, jedenfalls den Laden an der Lenox Avenue. Ira konnte es zuerst nicht glauben. Jemand wollte ihn aufziehen, erlaubte sich einen Ulk mit ihm, so wie man jemanden losschickt, karierte Maiglöckchen zu besorgen oder etwas anderes, was es gar nicht gab. Es mußte ein Scherz sein. Der Hinweis wurde zum Gerücht, das Gerücht zur Gewißheit. Ira war untröstlich. Er hatte sich dort so wohlgefühlt. Alles, was er zu tun hatte, war ihm vertraut und doch mit genügend Abwechslung gewürzt, um interessant zu sein. Die Ausübung seiner Pflichten war meistens nicht besonders anstrengend und bereitete ihm nicht allzu große Mühe. Er wurde geschätzt, und das war's, was ihm am besten gefiel: die leicht amüsierte Toleranz, die alle ihm entgegenbrachten – nun, vielleicht nicht der alte Zigarren- und Tabakverkäufer, aber sonst alle, einschließlich Mr. Stiles, dem Geschäftsführer. Ira fühlte sich dort wie zu Hause, das war es, akzeptiert zu werden außerhalb der jüdischen Welt. Das spürte er sonst nur bei Farley, dieses kostbare Vertrauen, Anerkennung von denen, die nicht seine eigenen Leute waren, darauf kam es ihm an, besonders jetzt, besonders jetzt.

»Würde allemal schwierig werden für dich, wo du jetzt auf die Stuyvesant gehst«, sagte Mr. Klein. »Das würdest du nie in einer halben Stunde schaffen bis hierher. Die müßten sich sowieso jemand anderen suchen.«

»Ja-jaa«, Ira nickte niedergeschlagen.

»Du könntest mal nachfragen. Es gibt einen zweiten Laden in der Stadt. Mr. Stiles könnte dich dort empfehlen.«

»Das wäre nicht dasselbe.«

»Dasselbe«, wiederholte Mr. Klein. »Was ist schon dasselbe, wie? Nichts ist dasselbe. Du arbeitest und gewöhnst dich an einen neuen Laden, an die neuen Verkäufer – oder die Leute vom Versand. Du lernst etwas Neues kennen.«

»Gehen *Sie* denn auch?«

»Mit Park und Tilford? Nein. Ich bekomme einen anderen Job. Eine andere Firma. Und was willst du überhaupt auf der Stuyvesant? Die Stuyvesant ist für Ingenieure. Du weißt, was du für Chancen hast, Ingenieur zu werden? Eher wachsen dir Flügel. Das ist nichts für Juden.«

»Ich will ja gar nicht Ingenieur werden.«

»Und warum gehst du dorthin?«

»Mein Freund ist da.«

»Oh! Jetzt verstehe ich.« Mr. Klein nickte, als sehe er Iras kraftlose Unentschlossenheit neuerlich bestätigt. »Weißt du, eigentlich bist du doch ein ganz kluges Bürschchen, viel klüger als ich am Anfang dachte. Aber du zeigst es nicht. Warum mußt du unbedingt den Dummen spielen? Sag mal – warum? Warum mußt du auf die Schule gehen, auf die dein Freund geht? Du hast mir erzählt, du wolltest Lehrer werden. Da hättest du eine bessere Chance. Sag, was willst du unterrichten?«

»Das weiß ich noch nicht.«

»Dann geh doch lieber auf eine normale High School. Danach gehst du schön aufs City College, machst dein Diplom, und dann unterrichtest du. Na, wie hört sich das an?« Mr. Klein machte eine Pause, blickte Ira in seiner durchdringenden Art an, ohne ein Lächeln. »Mit dem, was du heute tust, entscheidest du über dein ganzes Leben. Wenn du das Richtige tust und es keinen neuen Krieg gibt, kannst du ein glückliches Leben führen. Du wirst erwachsen, du heiratest, du hast Kinder, du bist Lehrer. Und was bist du jetzt?«

»Ich kann immer noch aufs City College gehen.«

»Und wenn dein Freund woanders studiert? Ist er auch Jude?«

»Nein.«

»Ich sage dir, da kommen noch Probleme auf dich zu.«

»Ist mir gleich«, schmollte Ira.

»*Zoreß*, mein Kind, *zoreß*, du willst es wohl so haben? Wenn du mein kleiner Bruder wärst! Ich würde dir erst mal den Hintern versohlen, damit du aufwachst. Erinnerst du dich, was die in der Army gesungen haben? What's become with hinky dinky, *parlezvous?* Im Kopf bist du auch ein kleiner hinky dinky, auch wenn du noch so klug bist.«

»Okay.«

»Okay ist richtig. Komm, laß uns anfangen, die Körbe zu packen.«

»Aber warum machen die denn den Laden zu?« brach es ziemlich verzweifelt aus Ira heraus.

»*Farschtejßt nischt?*« Mr. Klein nahm den Stapel Bestellungen und ging nach hinten, um Ira besser kontrollieren zu können, der wieder einmal nicht anders konnte als des Mannes seltsame, gockelhafte Haltung zu bemerken – nicht O-beinig, sondern mit Knien, die sich berührten, konkav von vorn. »Siehst du denn nicht, wie die Nachbarschaft sich hier verändert? Die *schwarze* verziehen sich immer mehr nach außerhalb. Und in der City wird's immer jüdischer – teurer jüdischer Broadway, teurer Riverside Drive. Die kaufen nicht bei Park & Tilford. Aber vor allem, selbst wenn sie dort kaufen würden: Whisky geht nicht mehr, Wein auch nicht, wir verkaufen kaum noch Brandy, keinen Likör, kein Bier mehr. *Farschtejßt?* Damit haben wir aber am meisten verdient. Kannst ja den alten *porez* hinter dem Tabaktresen fragen, den Herzog von *kakjak* mit seinem vornehmen Stehkragen. Der hat sich früher zwei Hilfsarbeiter geleistet, und so klein die Provision für Verkäufer auch ist, er hatte am meisten von allen. Frag mal den *altn kaker.* Sein Bonus war nicht schlecht.«

»Ich will ihn aber nicht fragen. Ich glaube Ihnen auch so.« Iras Ton war pampig.

»Hör mal, werd nicht frech.« Mr. Klein reichte ihm den ersten Schwung Waren, die in einem Korb verstaut werden mußten. »Stell das Glas zwischen den Kakao und die geschälten Erbsen.«

»In Zukunft wird man nur noch von einem Geschäft aus liefern, nur von einem Geschäft. Dem großen Laden, unten in der City. Und nur noch in Manhattan, sonst nicht. Und was macht der andere Laden – der am Broadway Ecke 103rd Street? Da gibt's dann nur noch einen Laufjungen mit 'nem Karton unterm Arm. Und nur für die nächste Umgebung. Das machen dann Jungs wie du. Der Kellerverwalter schickt euch dann los.«

Ira arbeitete weiter, verstaute mechanisch die Waren, unwillig. Er fühlte sich betrogen und war, wie immer, wenn Veränderungen drohten, auf der Hut...

Die Schulferien begannen. Ira war sehr enttäuscht, daß Farley nach New Rochelle fuhr, zu einer Tante ans Wasser. Einmal kam Farley zwischendurch nach Haus und machte sich auf die Suche nach seinem Freund: welche ungeheure, unbeschreibliche Freude, wenn man einsam und allein den Heimweg von der Bibliothek zurückgelegt hatte und dann Farley, den Freund, in der Küche antraf, in der gemütlichen, jüdischen Stigmanschen Küche: da war er, Farley, braungebrannt, das Haar von der Sonne gebleicht, die Augen blitzblau, so saß er in der Küche und unterhielt sich mit Pop.

»Mensch, Farley!« rief Ira, als er ihn sah. Und Pop konnte sich nicht zurückhalten, sondern äffte den Freudenschrei seines Sohnes nach: »Mensch, Farley!« Ein paar Stunden verbrachten sie miteinander, suchten nach Zigarettenstummeln, denn beide hatten inzwischen angefangen zu rauchen, und pafften die weggeworfenen Kippen, als sie unterhalb des Glockenturms auf dem Hügel im Mt. Morris Park saßen. Wenige Minuten vor halb vier Uhr nachmittags trennten sie sich, und Ira ging zur Arbeit.

Das war alles, was er von Farley zu sehen bekam, bis der Sommer vorüber war und die Schule wieder angefangen hatte, nach Labor Day. Die ganze übrige Zeit verbrachte Ira, sofern er nicht arbeitete, mit Lesen – vormittags zu Hause, nachmittags in der Bibliothek, von wo er dann direkt zur Arbeit ging, wie sonst direkt von der Schule. Bücher, Bücher, Bücher, sein einziger Trost ohne Farley und im Wissen, daß »sein« Laden bald schließen würde, was ihn noch unglücklicher machte. Bücher. Eine Erzählung nach der anderen, Romane, Kurzgeschichten, Abenteuergeschichten. Er wußte und war sich dessen nur allzu bewußt, daß es auch noch andere Sachen zu lesen gab. Die Regale waren vollgestopft mit Büchern, sortiert nach Sachgebieten: Geschichte, Biographien, Naturwissenschaften, Philosophie, Gedichte – halt, das ist nicht ganz korrekt: einen Band mit Liebesgedichten hat er sich doch einmal ausgeliehen.

Ansonsten interessierte ihn ein Buch nur, wenn es eine Erzählung war, wenn es seine Gefühle und seine Phantasie ansprach, so wie es bei Geschichten der Fall war. Es mußte nicht unbedingt Prosa sein, auch Gereimtes, Gedichte las er gern, solange sie nur eine Geschichte erzählten wie *The Ancient Mariner*. Ach ja, und einmal fand er ein Buch in der leeren Wohnung über ihnen. Der Titel war *Der Gefangene von Chillon* – von einem Dichter namens Byron. Das war einfach wunderbar. »Mein Haar ist weiß, doch nicht durch Alters Weh'n, noch wurd' es weiß in einer einz'gen Nacht, wie's schon gescheh'n bei Männern, die mit Furcht erwacht.« Was für eine wunderbare Geschichte! Der Gefangene freundete sich sogar mit den Spinnen an. Doch man mußte den Prolog immer wieder lesen, die sogenannte Einführung, ehe man das Werk verstand: »Unsterblicher Geist dieser Seele ohne Ketten, am hellsten erstrahlst du im düsteren Kerker, Freiheit wirst du genannt...«

Vielleicht würde er auch zu anderen Gedichten Zugang finden, wenn er sich die Zeit nähme, sie durchzuarbeiten. Aber eigentlich war alles, wonach ihn verlangte, eine Geschichte – danach sehnte er sich; Geschichten regten nicht nur die Phantasie an, sie nahmen ihn gefangen, und während sie das taten, sagten sie ihm, wie Menschen sich fühlten, was sie hörten und sahen, wie sie lebten. Das war ihm so wichtig daran: sie waren Teil einer Welt, die vielleicht schon vergangen war. Und nur so konnte man noch etwas über sie erfahren.

Ach, Geschichten sagten dir einfach alles. Man konnte eigene Vermutungen anstellen über Dinge, die oft nur angedeutet wurden, man konnte sich in ihrer Welt seinen Tagträumen hingeben, man konnte in ihrer Welt leben; man konnte der Geschichte in Gedanken eine andere Richtung geben und sich ausmalen, wie die Handlung sich hätte anders ereignen können. Und die Namen, alle möglichen Namen blieben dir im Gedächtnis wie richtige Menschen, nicht wie Mythologie; man nannte sie »Figuren«, wie zum Beispiel Jean Valjean und Huck Finn und D'Artagnan, wie David Copperfield und Martin Eden. Sie nahmen dich mit in ihre Welt, ja, genau wie Farley es tat. Sie nahmen dich mit in ihre Welt, ja, sogar noch intensiver als Farley. Du lebtest mehr in ihrer denn in der jüdischen Welt – in ihrer Welt, wo du auch sein wolltest. Da er aber war, was er war und sich doch von ihrer Welt nicht losreißen konnte oder wollte, hoffte er, eines Tages vielleicht, einen Weg heraus aus seiner jüdischen Slum-Welt zu finden, einen Weg hinein in ihre Welt.

Er wußte mehr über ihre Welt als jedes andere jüdische Kind im Block; als jedes andere jüdische Kind, das er kannte; als alle Kinder, die er überhaupt kannte; auch mehr als Farley und mehr als alle anderen Kinder in seiner Klasse. Er wußte Bescheid, weil er Bescheid wissen mußte, weil das seine einzige Hoffnung war, weil er nirgendwo anders hingehen konnte und weil von dem, was er in sich trug und worauf er seine Entwicklung hätte aufbauen können, nur noch ein Scherbenhaufen übrig war – von seinem Jüdischsein: für ihn war das noch seine Mom, *mazeß* zum Passahfest, der Sejde, der gierig pumpend die frischen *bulkeß* drückte, um zu testen, welches die zarteste sei. Das Judentum – er würde nichts verlieren. Fast nichts…

XIX

Mr. Lennard erhob sich ein bißchen schneller als gewöhnlich vom Schoß des dicken George Repke in der letzten Reihe, er stand auf, errötete und wurde kreidebleich im Gesicht. Aber nicht, weil er von Mr. O'Reilly, auf dem Schoße eines Schülers sitzend, ertappt wurde, als dieser in die Tür trat, sondern weil Mr. O'Reilly einen freundlich dreinschauenden, weißhaarigen Herrn mit einem weißen Schnurrbärtchen und einem ebensolchen Spitzbart in die Klasse geleitete. Mr. O'Reilly machte den vornehm wirkenden Fremden mit Mr. Lennard bekannt. Die beiden gaben sich die Hand, und nach wenigen Augenblicken verließ Mr. O'Reilly wieder den Raum. Mr. Lennard lief erneut rot an, blickte finster drohend in die Runde, sandte nervös und ängstlich Warnsignale gegen schlechtes Benehmen aus und stellte der Klasse Dr. Zamora vor: Er war der Schulrat für den Spanischunterricht an den New Yorker High Schools und wollte einmal hereinschauen, um zu sehen, welche

Fortschritte »unsere Junior High im Erlernen der spanischen Sprache machte«. Konnte die Klasse schon etwas verstehen? Aber sicher doch! Und Mr. Lennard erwartete von jedem einzelnen, daß er sein Bestes gebe.

»Es ist zu bedenken, Doktor Zamora«, wandte sich Mr. Lennard an den verbindlichen, unaufdringlich aufmerksamen Schulrat, »das neue Schuljahr hat eben erst begonnen, und Sie werden mit Sicherheit noch keine Höchstleistungen von uns erwarten können.«

»Das werde ich gern berücksichtigen«, sagte Dr. Zamora und lächelte. Und zur Klasse gewandt: »*Cómo están ustedes?*«

Worauf die Schüler in dilettantischem Stimmengewirr antworteten: »*Muy bien, Señor.*« Einige sagten »*Buenos dias, Señor*«. Mr. Lennard biß sich auf die Lippen, runzelte die Stirn – unheilvoll und nicht erfreut.

Und das blieb auch so, denn die Klasse verpatzte alle Antworten, oder noch schlimmer, starrte Dr. Zamora nur stumm an. Erschwerend kam hinzu, daß Dr. Zamoras spanisches Spanisch nach Mr. Lennards eindeutig amerikanischem Spanisch die Schüler sehr verwirrte. Hinter Dr. Zamoras Rücken verdunkelte sich Mr. Lennards finsterer Gesichtsausdruck noch mehr. Dennoch, Dr. Zamora schien unbeeindruckt; er war geduldig und gab so schnell nicht auf. »*Quién es Don Quixote?*« fragte er. Die Frage wirkte ein wenig, als sei es seine letzte, als wünsche er sich einen positiven Ausklang. »Don Quixote«, wiederholte er und deutete vor der wie gebannt staunenden Klasse auf seinen weißen Schnurr- und Spitzbart. »*Si, Don Quixote de la Mancha. En Inglés, si ustedes quieren contestar. Quién es el?* Sie können auf englisch antworten«, ermutigte Dr. Zamora die Schüler. »Wer ist Don Quixote?«

Jetzt wurde Mr. Lennard aktiv. Still und heimlich kam er seinen Schülern zu Hilfe, indem er sich außerhalb des Gesichtsfelds von Dr. Zamora seitlich hinter ihn stellte, so nah wie möglich. Kein Schüler hätte je die Unverschämtheit besessen, das mit einem Lehrer zu machen: mit seinen dicken Lippen formte er, unterstützt von wilden Grimassen, stumme Silben: Don Quick-soe-tie! Don Quick-soe-tie!

Endlich! Ira hatte kapiert. »Don Quicksote!« platzte er heraus. »Ich hab' von ihm gelesen. Er hat gegen eine Windmühle gekämpft.«

Erleichtert sank Mr. Lennard in sich zusammen.

»*Sí, sí*«, sagte der freundliche Dr. Zamora. »*Pero en Español dicemos:* Don Quixote. Auf spanisch sagen wir: Don Quixote. Sprechen Sie mir bitte nach: Don Quixote de la Mancha. Bitte alle zusammen.«

»*Donquichotie de la Manscha*«, plapperte die Klasse unbeholfen nach.

»*Muy bien.* Und noch einmal: Wie heißt die berühmteste Figur in der spanischen Literatur?«

»Donquichotie«, begannen einige wenige, der Rest stimmte dann im Chor mit ein.

»*Muy bien.* Und der Verfasser von Don Quixote hieß...?« Dr. Zamora blickte forschend in die Runde.

Ira hob die Hand. »Sein Name war Cervantes.«

»*Se llama Cervantes. Muy bien.*«

Mr. Lennard verströmte Dankbarkeit.

XX

Der September ging seinem Ende zu; es war nicht mehr so heiß, die Strohhüte der Männer verschwanden aus dem Straßenbild...

Wir erlebten den ersten Herbst des neuen Jahrzehnts, des Jahrzehnts der zwanziger Jahre, dieses ereignisträchtigen, turbulenten und innovativen Jahrzehnts, vermutlich das wichtigste des

Jahrhunderts. Dieses Jahrzehnt bescherte uns Einstein, Bohr und Eliot, es war das Jahrzehnt von Joyce, Gertrude Stein, Picasso, Strawinsky, Duncan, von Martha Graham, den Dadaisten, von Spengler, Hubble und Shockley, der Milchstraßensysteme, des Briand-Kellogg-Pakts, der Reparationen; das Jahrzehnt, in dem Lenin und Trotzki Weißrußland besiegten, das Jahrzehnt, in dem anderswo die Revolutionen scheiterten, in dem die kommunistischen Führer Deutschlands – Rosa Luxemburg und Karl Liebknecht – ermordet wurden, das Jahrzehnt von Lenins Tod und Stalins Aufstieg, des gescheiterten Völkerbunds; das Jahrzehnt, in dem der amerikanische Isolationismus triumphierte, Woodrow Wilsons Träume zerplatzten, die Republikaner überwältigende Wahlsiege verbuchten; das Jahrzehnt des Wohlstands und der Normalität, der Amtszeit des Cal Coolidge, der Karikaturen von Deutschen, die schubkarrenweise Inflationsgeld vor sich her schoben, um ein paar Lebensmittel einzukaufen; es war das Jahrzehnt der Spendenaufrufe und Wohltätigkeitsveranstaltungen für die hungernden Armenier, deren Volk so grausam von den Türken niedergemetzelt wurde, der wild in die Höhe schnellenden Aktienkurse und der Vermögen, die über Nacht an der Wall Street gemacht wurden; es war das Jahrzehnt, an dessen Ende der große Börsenkrach von 1929 stand, als Männer, die vordem Millionäre waren, sich aus den höchsten Fenstern stürzten...

Ja verdammt, aber der Junge war doch erst vierzehn, grübelte Ira. Und übrigens war er damals schon so in sich selbst versunken, daß er – nach einem regelrechten psychischen Zusammenbruch – seine Konflikte internalisierte. Ach nein, er war ganz *zemischt,* der gelähmte, mit Dynamit erlegte Fisch, und folglich weniger aufgeschlossen als sonst für die großen Veränderungen und Umbrüche in Kunst, Wissenschaft und Ökonomie, für die Veränderungen in den Völkern und zwischen ihnen.

Wie wahr. Aber warum das jetzt bringen? Vielleicht sollte er sich das alles, oder einiges davon, doch lieber für später aufheben, die einzelnen Ereignisse parallel zu Jung-Iras Entwicklung aufblättern. Nun, vielleicht würde er darauf zurückkommen, darauf und auf die Humpelröcke der Frauen von damals, darauf und auf die Geschäfte, die sich nach und nach in der 125th Street ansiedelten und die Restbestände aus militärischen Ausrüstungen von Army und Navy verkauften. Er hielt es für das beste…, ja, am besten wäre es vielleicht, wenn er Exzerpte aus seinen verschiedenen Artikeln, Berichten, Leitartikeln (zum Beispiel aus der *New York Times*) fertigte und nichts vorgeben würde; wenn er den Leser allein durch die Flut der soziopolitischen Ereignisse des Jahrhunderts zweiter Dekade hindurchwaten ließe, auf daß dieser seine eigenen Studien über die Epoche anstellen und sich seine Eindrücke selbst verschaffen könnte. Das ist die Art der Faulen: Versagen auf der ganzen Linie und Unfähigkeit.

Irgendwoher hatte Farleys Vater zwei Eintrittskarten für einen neuen Film bekommen, der in einem der erstklassigen Filmtheater am Broadway gezeigt wurde. Der Titel des Films war *Der Golem, wie er in die Welt kam.* Die Karten wurden an Farley weiterverschenkt, und er und Ira fuhren mit der U-Bahn in die Stadt, um sich die Vorstellung anzusehen.

Es war ein düsterer, wilder Film, so düster und wild wie die Schminke unter den Augen des kabbalistischen Rabbiners, als er den schrecklichen Vierzeiler sprach, mit dem die Figur aus Lehm zum Leben erweckt wurde – mit musikalischer Untermalung aus dem Orchestergraben. Unvergeßlich, wie flink der Rabbiner und Hexenmeister der gerade zum Leben erwachten Figur den magischen Stern aus der Brust drehte, in welchem das Leben wohnte. Er raubte ihm das Zeichen nicht einen Moment zu früh – der schwerfällige, sentimentale Koloß wehrte sich aufs heftigste, fiel aber augenblicklich leblos zu Boden.

Das magische Zeichen wurde für Ira im Laufe der Jahre zum Symbol, aber wofür, das war ihm nie ganz klar: es war für ihn die Essenz seines Lebens, der Kristall seines Ursprungs, das, was ihm vom Jahre 1920 blieb, von ihm und Farley, als sie voller Erwartung aus dem U-Bahn-Häuschen auf den belebten, sonnenüberfluteten Broadway hinaustraten und Richtung Filmtheater gingen. Nein, das war es nicht allein; Ira lehnte sich in seinem nach hinten gekippten Schreibtischsessel zurück – da war noch etwas anderes: sein Judentum, nicht wahr? Damit mußte er sich später noch auseinandersetzen, sehr ernsthaft, nicht als humorige Selbsterkundung; etwas, aber wenig genug, das innerste Merkmal seines Jüdischseins, jüdischer Tradition, hatte er sich noch bewahrt. Merkwürdig. Und als er versuchte, es sich aus dem Leibe zu reißen..., folgte die völlige Auszehrung seiner Kreativität.

XXI

Beim Abpacken der Halbpfundtüten Zucker oder anderer getrockneter Lebensmittel hatte er schon längst gelernt, den Bindfaden so zu wickeln, daß er doppelt in seiner eigenen Spur zurücklief und dabei eine kleine Schlinge bildete, in der man das lose Ende befestigen konnte. Jetzt band er gerade die Einpfundtüten mit Linsen zu, nachdem er sie gewogen hatte. »Er wird es mir schon erlauben, wenn ich ihm sage, wofür es ist...« Ira sprach mit Mr. Klein.

»Ich kann kein Durcheinander gebrauchen. Ich wünsche, daß du am Freitag hier auftauchst. Nicht um halb vier. Punkt zwölf. Ich hab' nicht genug Leute, um die Körbe für Samstag zu packen«, sagte Mr. Klein. »Den ganzen Tag werde ich zu wenig Leute haben. Warum mußt du extra fragen? Was ist, wenn er nein sagt?«

»Er wird schon nicht nein sagen«, versicherte Ira. »Er hat andere auch schon mal laufen lassen. Das weiß ich.«

»Hör mal, wenn du schlau bist, fragst du gar nicht erst. Hör auf mich. Ich kenne doch die Schule. Ich habe schließlich Neffen und Nichten, die gehen auch zur Schule. Nach dem Lunch gehst du einfach nicht wieder hin, *farschtejßt?* Und am Montag bringst du dann einen schönen Zettel von zu Hause mit: Deine Mutter war krank. Irgendsowas. Du mußtest auf das Baby aufpassen...«

»Es gibt kein Baby bei uns.«

»Nun mach dir mal nicht in die Hose«, sagte Mr. Klein. »Dann etwas anders, dann bekommt sie eben ein Baby.«

»Ich könnte sagen, mir ist schlecht geworden, und ich bin früher nach Haus gegangen.«

»Das ist gut. Sag, dir ist schlecht geworden.«

»Dann muß ich also am Montag eine Entschuldigung mitbringen.«

»Am Montag bringst du also eine Entschuldigung mit.«

»Dann wird er mich fragen, warum ich es ihm nicht gesagt habe.«

»Na hör mal!« Mr. Klein machte ein Geräusch mit der Zunge. *»Ich bin dir mojchel.* Du verstehst, was ich sage? Jetzt reicht's mir allmählich. Die müßten mir sowieso jemanden aus dem anderen Laden schicken. Ich habe nur versucht, dir für Freitag ein bißchen Extraarbeit zu besorgen. Du bekommst ein bißchen mehr auf die Hand. *As nischt is nischt.* Das Problem ist doch, daß außer dir hier keiner Bescheid weiß. Einem Neuen müßte ich erst erklären, wo alles ist.«

»Glauben Sie mir doch, ich brauche keine Entschuldigung«, betonte Ira vehement. »Ich werde ihn zwei Tage vorher fragen. Einverstanden? Dann wissen Sie Bescheid.«

»Zwei Tage vorher! Damit verdirbst du alles!« konterte Mr. Klein.

»Wieso?«

»Weil du einen sooo roten Kopf bekommst. Komm, mach schon.

Mach weiter mit den Linsen. Wenn du's ihm erst erzählst, dann weiß er genau, daß du schwänzen willst.«

»Kann sein. Aber wir könn'n ja wett'n.«

»Ja klar, ganz bestimmt werd' ich mit dir wetten«, sagte Mr. Klein ironisch. »Schluß jetzt. Schluß damit. Jetzt reicht's. Faß mal mit an.«

»Mach' ich.« Ira trug die Säcke zu dem Regal mit der Aufschrift LINSEN. »Und wann wird der Laden dicht gemacht?« fragte er, als er zurückkam.

»Gegen Ende des Jahres. Der Mietvertrag läuft aus. Vielleicht gibt's 'ne Verlängerung bis Januar. Aber vielleicht will P & T das gar nicht mehr.« Er zuckte mit den Schultern. »Der Laden ist nicht mehr, was er mal war, ohne den ganzen Champagner und den Whisky für Silvester. Hier, nimm mal...« Er reichte Ira eine Konserve.

»Kumquats«, las Ira. »Noch etwas, was ich nie probiert habe.«

Mr. Klein lachte. »Junge, du bist doch – *biß a – biß a* – was ein *jold* ist, weißt du doch, oder?«

»Klar.«

»Harvey –«, wandte sich Mr. Klein an den Arbeiter, der gerade hinzukam. »Wir werden hier am Freitag viel Spaß haben.«

»Ja Sir, als ob ich das nicht wüßte. Und dann fehlt nur noch, daß der Fahrstuhl da zusammenbricht.«

»Ganz recht, ganz recht«, sagte Mr. Klein und fixierte Harvey. »Das fehlte noch.«

»Ich bleibe dann aber nicht mehr hier«, sagte Ira.

»Dann wann? Wenn sie den Laden zumachen? Niemand bleibt dann noch hier.«

»Nein, ich meine, wenn alles ausgeräumt ist.«

»Das dauert noch zwei Monate. Vielleicht auch länger. Dann kannst du noch mithelfen, alle anderen Sachen hinauszutragen.«

»Ich will dann aber nicht mehr hier sein.«

»Du hast noch nicht mal alles probiert, was wir hier haben.« Mr. Klein grinste provokativ und reichte Ira ein in Papier gewickeltes, streng riechendes Stück Parmesan oder Romanokäse, wie Ira vermutete.

Er errötete ärgerlich. »Ich probiere nicht alles.«

»Nein? Was denn nicht? Was hast du denn noch nicht probiert?« Mit nickenden Bewegungen des Kopfes deutete er in die Runde des Kellers. »Hörst du das, Harvey? Er probiert nicht alles. Nur das, was nicht koscher ist.«

»Was *nicht* koscher ist?« fragte Harvey.

»Koscher! Alles ist nicht koscher.«

»Hiih-hii-hiih!« Harvey entfernte sich und schüttelte sein Staubtuch aus.

XXII

Zur normalen Zeit, um drei Uhr, wurden die Schüler nach Hause geschickt. Ira wartete, bis das Klassenzimmer leer und er mit Mr. Lennard allein war. »Ich möchte Sie um einen Gefallen bitten, Mr. Lennard. Am Freitag.«

»Was denn für einen Gefallen?« Mr. Lennard nahm seinen Kneifer ab, hauchte auf eines der Gläser, ehe er genüßlich sein seidenes Taschentuch zum Putzen benutzte. So nackt wirkten seine grünen Augen noch strenger, als er mit einem energischen und doch seltsam verschwommenen Blick Ira abschätzig ansah. Seine Lippen waren aufgeworfen, auf beiden Seiten der Nasenwurzel hatte er kleine Vertiefungen von dem Kneifer. »Ich würde dir gern einen Gefallen tun, wenn ich kann.« Es sah so aus, als beschatte er sein Gesicht mit der Hand, als er seinen Kneifer wieder aufsetzte.

»Mein Versandchef, wo ich arbeite«, Ira merkte, daß er es falsch anstellte, fuhr aber fort: »Also, Mr. Klein hat mich gefragt, ob ich nicht am Freitag direkt nach der Mittagspause kommen könnte. Zu Park und Tilford.«

»Warum denn das?«

»Da gibt es jetzt eine ganze Menge Extraarbeit. Alle...«, Ira gestikulierte, »alle Sachen aus dem verschlossenen Keller müssen weggeräumt werden: der ganze Wein, der Whisky, das Bier. Ich weiß nicht, was noch alles. Die verkaufen das jetzt nicht mehr.«

»Ich verstehe.« Mr. Lennard genehmigte sich ein Lächeln. »Die verkaufen das nicht mehr, richtig? Ja, ja, wir alle dürfen das Zeug nun überhaupt nicht mehr anfassen.«

»Niemand mehr?« Ira bekam einen Schreck und reagierte enttäuscht. »Ich habe aber gesagt, daß ich könnte. Er wollte, der Mr. Klein wollte, daß ich ihm den Gefallen tue und früher komme.«

»Also, ich habe nichts dagegen«, sagte Mr. Lennard und ließ wieder Hoffnung aufkommen, »aber vielleicht Mr. O'Reilly. Oder die Schulbehörde. Ich bin für deine Teilnahme am Unterricht verantwortlich. Stell dir mal vor, dir passiert was, du würdest verletzt und solltest eigentlich in der Schule sein. Und wenn ich dich als anwesend eingetragen hätte – du verstehst, was ich damit riskiere.«

»Allerdings.« Ira war zerknirscht. »Aber Mr. Klein hat gesagt, ich sollte nachträglich eine Entschuldigung mitbringen.«

»Genau, und zwar von deinen Eltern. Das entbindet mich von der Verantwortung. Aber wie du da herumlavierst...« Aus irgendeinem Grund wurde Mr. Lennard plötzlich ganz weich und heuchelte Herzlichkeit. »Natürlich brauchen nur du und ich den wahren Grund zu kennen.«

»Ja, Sir. Und danke.« Ohne zu wissen warum, fühlte Ira sich betrogen – von sich selbst betrogen – und fühlte sich wie meistens: sprachlos und durch eigene Schuld in einer ungünstigen Lage. »Ich besorge die Entschuldigung.«

Mr. Lennard schaute auf die Uhr über der Wandtafel. »Wann beginnt deine Arbeit in dem Geschäft? Halb vier, richtig?«

»Heute? Ja, Sir. Der Laden ist gleich hier an der Lenox Avenue.«

»Dann hast du noch ein paar Minuten.« Mr. Lennards Stimme klang verlockend weich und gleichzeitig fordernd hart; es schwang darin ein Unterton, den Ira schon einmal gehört hatte. Aber das war doch ganz unmöglich. Und doch war es so: die Erinnerung an diesen schäbigen, schlaksigen Dreckskerl in dem kleinen Wäldchen im Fort Tryon Park war wieder da. Es konnte eigentlich nicht möglich sein, aber es war so. Mr. Lennard war zur Tür gegangen, hatte am Knauf jene Drehung vollführt, mit der man die Tür abschloß. Er kam zurück, ganz gefaßt, aber es strahlte Böses von ihm aus, unbarmherzig, unmißverständlich. »Komm, setzen wir uns einen Moment.« Er deutete auf eine der fleckigen, zerkratzten Tischplatten auf den Zweierpulten.

Ira setzte sich gehorsam hin, und Mr. Lennard setzte sich neben ihn auf die andere Hälfte. Er öffnete seinen Hosenschlitz und sagte dabei ganz beiläufig: »Du bist sehr gewachsen seit damals, als wir dein Geburtsdatum hier verwechselt hatten. Ich kann mich noch daran erinnern.« Nun öffnete er die Knöpfe an Iras Hose. »Machst du's dir jetzt manchmal?«

»Nein.«

»Erzähl mir nichts.« Langsam pumpend arbeitete er an seiner eigenen Erektion und fingerte gleichzeitig Iras schlaffen Penis heraus. »Mit all dem Haar und so einem Schwanz!«

»Jemand hat auf dem Dach versucht, mir zu zeigen, wie das geht.« Ira kroch in sich zusammen. »Ich mochte es aber nicht.«

»Du bist nicht gekommen – war es das?« Mr. Lennard verstärkte die Bewegungen seiner beiden Hände. »Schon mal gefickt?« Und als Ira nichts sagte: »Nun mach schon, mach ihn steif. Du mußt dir vorstellen, du willst jemanden von hinten nehmen.«

Zu betäubt, um sich zu wehren, er war einfach zu betäubt; er war nicht eins mit sich, sondern wurde ein Teil dessen, was um ihn herum war: Schiefertafeln an der Wand, Tafelwischer auf der schmalen Ablage, Kreidestummel, die Schulglocke, in die Pulte eingelassene Tintenfäßchen. Lange Stangen neben den weit aufgesperrten Fensterklappen. Mr. Lennards Hände schnellten auf und nieder. »Komm schon, mach was, nimm ihn in die Hand, mach dir einen Steifen. Denk an einen schönen fetten Arsch vor dir. Wie der von deiner Mutter oder deiner Schwester. Hast du doch schon gesehen, oder? Du mußt sie nach vorne beugen. Schön groß und rund – a-ah.« Seine Hände fingen an zu flattern. »Hast du manchmal feuchte Träume? Schöne feuchte Träume? Du kannst sie hier direkt ablassen. Komm, laß es raus, mach ihn steif.«

Gespenstische Erinnerung an den schäbigen, schlaksigen Kerl, vor dem das irische Pärchen ihn gerettet hatte. »Mr. Lennard, ich muß jetzt geh'n. Ich komme sonst zu spät.«

»Nein, du bleibst hier. Weitermachen!« Wütend zischte er durch die Zähne. Er wirkte konzentriert in hektischer Entschlossenheit. Durch die Heftigkeit seiner pumpenden Handbewegungen, mit der er sein eigenes und Iras schlaffes Glied massierte, wackelte der Kneifer auf seiner Nase. Er löste den Griff von seinem Penis, nahm mit der freigewordenen Hand den Kneifer ab und legte ihn auf den Tisch neben dem Gang. »Nun mach schon, Junge! Mach ihn steif!«

»Ich kann nicht, Mr. Lennard. Ich bin hier in der Schule. Ich kann nicht.« Jammernd und voller Ekel dachte er instinktiv an die einzige Möglichkeit zur Flucht. »Bitte, Mr. Lennard. Ich muß jetzt geh'n – Mr. Klein wartet auf mich.«

»Verdammt nochmal!« Abrupt beendete Mr. Lennard seine Bemühungen. »Zuknöpfen.« Er stand auf, schnappte sich seinen Kneifer vom Nebentisch, setzte ihn sich auf die Nase, ging ärgerlich zur Tür und knöpfte sich seine Hose zu. »Also gut, du bist entschuldigt.« Er drehte am Türknopf. »Vergiß nicht, daß du mir morgen etwas Schriftliches mitbringst.« Er schleuderte die Tür auf, schaute hinaus auf den Gang, warf einen finsteren Blick auf Ira, der sich beeilte hinauszukommen, in einer Hand den Riemen mit den Schulbüchern, die freie Hand noch damit beschäftigt, unter Schwierigkeiten den letzten Knopf am Schlitz seiner Kniehose zu schließen.

Vorbei an seinem unnachgiebigen Lehrer, durch die Klassentür auf den Gang; die Messingklinken verschlossener Türen markierten den Weg seiner panischen Flucht. Unter Selbstvorwürfen, besudelt, verstört, vollkommen erledigt von diesem makabren Alptraum, jagte er die Eisentreppe hinunter, allein, zwischen matt durchscheinenden Glastrennwänden, ins nach Urin stinkende Untergeschoß. Warum mußte das immer ihm passieren? Dumme Frage. Mr. Klein hatte ihm doch gesagt, wie er's machen sollte. Mist. Dann der Ausgang, die schwere Eichentür. Raus. Bloß raus hier. Dieser lausige, dreckige – Arschficker! Auf die Straße, oh, die Straße war ja viel besser. Es laut hinausschreien, damit alle Leute es hören könnten: Mr. Lennard ist ein lausiger, dreckiger Arschficker! Gütiger Himmel, ich bin zu spät.

Er beschleunigte seine Schritte und ging so schnell er konnte und spürte schon, wie seine Wadenmuskeln sich verkrampften. Abscheu durchdrang jede Faser seines Körpers, allumfassender Ekel. Kein Geringerer als ein Lehrer! Wie an diesem einen Morgen am Rinnstein, kurz nachdem er in die 119th Street gezogen war. Da waren Petey Hunt und der Sohn des Barbiers: »Schluck das Schwänzchen«, so ärgerten sie sich gegenseitig – und »Lutsch das Schwänzchen«. Oh, mein Gott, es stimmte also alles, es war alles wahr. Alles. Die haben sich das nicht nur ausgedacht. Sie haben auch nicht übertrieben. Es war alles Wahrheit. Arschlöcher. Schwule. Pfeifen. Lehrer oder miese Typen im Park: Was gab's denn da zu sehen, wenn die ihm einen runterholten, sein Ding festhielten, seinen Hintern packten, ihn melkten. Ja was? Den dicken Hintern deiner Mutter, den Arsch deiner Schwester. Oh, er wußte Bescheid, er wußte Bescheid. Aber er wollte nichts sagen. Den Stummen spielen und abhauen. Den Stummen spielen und davonkommen. Ira fing an zu rennen. So schnell wie möglich im Laden ankommen. Vergessen.

Nein, nicht nötig. Nicht nötig.
    – Was für eine merkwürdige Art, darüber zu sprechen.
    Ich weiß. Ich weiß es doch. Und du auch, Ekklesias.
    – Es bleibt trotzdem merkwürdig.
    Merkwürdig oder nicht, es ist und bleibt mein Dilemma.
    – Das hast du dir selber ausgesucht.
    Als eine Art Vorbedingung, ja. Und was wirst du nun machen? Abgesägt ist jetzt der Zweig, der zu voller Größe hätte wachsen können, verbrannt Apollos Lorbeer... Was kann man da tun? Was kann man machen? Wie Mom in ihrem pathetischen Jinglisch gesagt hätte. Hamlet, der alte Maulwurf, zieht seine Gänge unter der Erde, der Geist des *Ancient Mariner* wohnt unten im Meer.
    – Aber was dann?
    Tja, alter Maulwurf. Das nennt man Bindung. Hat sich je ein literarisches Leichtgewicht so tief in die Patsche gesetzt?

XXIII

Wie benebelt trabte er an stillen Wohnhäusern vorbei, überholte hier und da einen Fußgänger, auf der Fifth Avenue ein Mädchen mit Locken und rosigen Wangen, frisch wie ein Kalendergirl auf der grünen Wiese, an einem kleinen Bach – das Mädchen hatte sie nicht in sich, diese Widerlichkeit der Menschen. Warum das alles? Wie konnte ihm das geschehen? Wen sollte er fragen? Nein, Farley nicht. Er hatte niemanden zum Fragen. Nur wenn Onkel Louie sein Pop wäre, würde er ihn fragen, wieso das Alltägliche, das echt Prosaische immer ihn überfiel…

Er sprang schnell zum Seiteneingang des Ladens, seinen Stapel Schulbücher unterm Arm. Als er die Tür erreichte, wurde er durch den Anblick aller drei P & T-Lieferwagen, die neben dem Eingang am Bordstein parkten, aus seinem inneren Aufruhr herausgerissen. Er ging hinein, glitt unauffällig wie immer zwischen die Schatten und Düfte des Ladens, sprang in großen Sätzen die Stufen zum Kellergeschoß hinab – und begegnete Mr. Kleins tadelndem Blick von der anderen Seite des großen Metalltisches. Aber ganz gleich, ob böse oder nicht, sein Gesicht war ihm willkommen, lieb geworden, er traute diesen funkelnden braunen Augen, die ihn wieder auf den Boden des Bekannten, des Verläßlichen, Beständigen zurückführten.

»Immer kommst du zehn, fünfzehn Minuten zu früh«, sagte Mr. Klein und streckte ihm den kleinen roten Straßenatlas entgegen. »Nur heute, wenn ich dich brauche«, er schüttelte den Kopf, »ausgerechnet heute fünfzehn Minuten zu spät! Was ist los mit dir? Du weißt, daß ich knapp bin mit Leuten. Schau dich mal um.« Er schleuderte den Stadtplan auf den Tisch, direkt neben einen riesigen Berg Lebensmittel.

»Mein Lehrer hat schuld«, bat Ira um Schonung und schob seinen Stapel Bücher unter den Tisch.

»Etwa der, der dir für morgen die Erlaubnis gibt?«

»Ja.«

»Und warum hat er dich solange aufgehalten? Hat er so lange gebraucht, ja oder nein zu sagen? Und wie hat er sich denn nun entschieden?«

»Er hat ja gesagt.«

»Sicher?«

»Ganz sicher, ganz sicher.«

»Also gut. Dann woll'n wir mal«, sagte er und griff nach dem Stapel Bestellungen. »Weinessig. Weinessig. Du weißt, wo?«

»Ja, da drüben.«

»Gut. Und dann den Zucker und die Schachtel Thymian. Jetzt frag bloß nicht – ich weiß selber nicht, wie man das ausspricht –«

»Ich frage ja gar nicht.«

»Was ist los mit dir?« Mr. Klein zog die Brauen hoch und zeigte quer über seiner Stirn tiefe Sorgenfalten.

»Nichts.«

»Nichts? Mehr nicht? Na gut. Also Thymian, T-hü-mian, *abi gesunt*. Eine große Dose Krabbenfleisch. Wo haben wir die? Artischocken. Du hörst wohl, was da drüben vor sich geht?« Er reichte Ira die Waren.

»Ja. Wieso? Sowas habe ich noch nie gehört.« Ira hörte jetzt auch das heftige Hämmern, das aus der Wein- und Schnapskammer zu ihnen herüberdrang, als er die Waren ordnungsgemäß in dem Lieferkorb verstaute. »Wird da etwas repariert? Ach, sieh mal einer an. Da ist ja Murphy. Und Quinn. Die sind ja alle unten im Keller. Was machen die denn da? Und da ist auch Tommy. Und wer ist der Typ da?«

»Wer das ist?« Mr. Klein hörte nicht auf, in rasantem Tempo einfache Lebensmittel und Delikatessen hinüberzureichen. »Wer die *sind,* meinst du wohl. Es sind drei.«

»Ach ja?« Iras Blick folgte dem kräftigen Mann mit dem grauen Filzhut. »Wo sind drei?«

»Da. Da hinten bei den Fahrern. Hörst du das? Die Kisten werden zugenagelt. Mit Metallband. Der ganze Alkohol muß morgen weg, alles wird gestempelt und versiegelt und mit einer Nummer versehen. Wo zum Teufel ist die Vanille?«

»Also, was machen die nun genau?« Ira nahm das kleine Fläschchen Vanille und stopfte es in eine Lücke im Korb. »Verschließen die auch alles wieder?«

»*Bißt meschuge?* Das *war* doch alles unter Verschluß. Morgen geht der ganze Kram zum Zollspeicher.«

»Zum Zollspeicher.« Die schlimmen Ereignisse der letzten Stunde verblaßten hinter heilsamer Hektik. »Was ist denn ein Zollspeicher?«

»Weiterarbeiten…« Mr. Klein reichte ihm wieder ein Päckchen. »Aus allem und jedem willst du sofort eine neue Entdeckung machen: Ein Zollspeicher ist ein Lager, wo niemand an den Alkohol herankommen kann, mehr nicht. Volstead. Das Volstead-Gesetz. Das bedeutet Prohibition.«

»Warum konnten Sie nicht, ich meine, warum können Sie denn nicht«, Ira rang nach Worten »… mein großer Bruder sein!«

Mr. Klein war ehrlich erstaunt. »Warum brauchst du einen großen Bruder?« Sein Interesse an ihm war zurückhaltend, unsentimental, aber aufrichtig. »Ich dachte mir schon, daß etwas nicht stimmt.«

»Stimmt.«

»Also, was stimmt nicht?«

»Ich hab' so einen verdammt dreckigen, lausigen Lehrer.«

»Das ist alles? Geh und sag's deinem Vater.« Ira verstummte, seine Kehle schnürte sich zu, er bekam kein Wort mehr heraus.

»Schon gut, schon gut, also, ich bin dein großer Bruder.« Mr. Klein reichte seinem jungen Helfer weitere Lebensmittel. »Rühr mir das Bier und den Schnaps morgen nicht an. Den guten Rat gebe ich dir.«

»Ich?«

»Ja, es gibt 'ne dicke Geldstrafe bei Minderjährigen wie dir. Du bist noch minderjährig. Du darfst keinen Alkohol anrühren. Du darfst dich nicht mal in der Nähe von Alkohol aufhalten, du verstehst? Alkohol – der macht dich *schiker*. Wein und Bier. Also: du hältst dich fern, ganz gleich, was andere tun, du bleibst weg – hier, fang: Wassermelonenkonfitüre.«

»Tommy auch?«

»Er ist ein *goj.* Niemand wird etwas sagen – nein, er arbeitet schon ganztags.« Mr. Klein korrigierte sich. »Ich weiß nicht, wie alt er ist. Aber du bist doch noch Schüler.«

»Mag ich sowieso nicht.«

»Nein? Und an *pesach* trinkst du auch nicht all die *becherleß* mit Wein? Und einen *kidusch*? Du weißt doch, was das ist, ein *kidusch ha-schem*? Hier, nimm mal: junge Erbsen, pätty-pois. Drei Dosen. Gehören zusammen. Miesmuscheln. Vichy. Nein, verdammt – woran denke ich denn? Ich war mal in Frankreich. Da habe ich das getrunken. Hier hast du eine Vichy-s-swah. Und Zucker.«

»*Kidusch* kenn ich. Aber was ist das *ha-shem*?«

Mr. Klein lachte laut auf. »Was ist das *ha-schem! Oj, bißt du a jid!*«

»Naja, bei mir zu Haus schmeckt der Wein sowieso wie Essig. Viel zu herb. Meine Mutter macht ihn selber – in so einem großen Topf in unserem Vorderzimmer.«

»Und das heißt dann *ha-schem*«, sagte Mr. Klein ironisch. »Also nochmal. Du hältst dich morgen von sämtlichen Flaschen fern, hörst du? Ich bin dein großer Bruder. Morgen wird hier in diesem Keller Chaos herrschen, das kann ich dir jetzt schon versprechen.« Er horchte auf das Hämmern im Weinkeller und nickte vielsagend. »Hier, Fruchtsalat. Woher kommt es, daß du heute arbeitest wie ein – na, wie soll ich sagen, wieso arbeitest du heute – so wie du immer arbeiten solltest. Hier: eine Packung Quittengelee. Pack sie daneben. Und immer noch dieselbe Bestellung: ein Päckchen Tee, Jazz-miien. Und noch einmal Zucker.«

Ira wußte, es würde kein Problem sein, Pop zu bewegen, ihm eine Entschuldigung für die Schule zu schreiben, sobald er erführe, daß sein Sohn dadurch ein bißchen mehr Geld auf die Hand bekäme. Wie immer querulant, wenn es um eine Gefährdung seiner Ausbildung ging, war Mom diejenige, die meckerte und murrte, selbst bei dieser leichten Abweichung von der Regel: »Für ein paar jämmerliche *schmuljareß*«, schimpfte sie, »in der Schule zurückfallen. Das brauche ich nicht. Erst einmal möchte ich erleben, daß du die Schule abschließt.«

»Ja-ja«, spottete Ira. »Mit Buchhaltung und Zehnfingersystem auf der Schreibmaschine und dieser widerlichen Kurzschrift. Und…«, er stierte vor sich hin und sagte verdrießlich: »Und diesem verfluchten Spanisch.«

»Warum hast du das denn auch gewählt? Wer hat dich gezwungen? Ich weiß es doch nicht, traurig genug; ich kann dir doch nicht raten.«

Sie schlug sich mit der fleischigen Hand auf den Busen: »Und er…«, ihre Finger öffneten sich und deuteten auf Pop, der am Tisch saß und seine jiddische Zeitung las, »… er weiß so gut wie ich…«

»Ich weiß, daß er ein *melamed* werden möchte.« Pop blickte auf.

»So laß ihn halt *melamed* werden. Aber bis jetzt mußte es ja immer die Davit Clinton sein, die Davit Clinton High School.«

»Die Stuyvesant ist genauso gut wie die De Witt Clinton.« Ira fühlte seinen alten Unmut wieder aufleben: »Nie hätte ich auf diese blöde Junior High gehen sollen.«

»*Nu?*«

»Gib Ruh!« Pop hatte sich Schreibmaterial von der Ablage auf dem Geschirrschrank geholt. »Bevor ich jetzt anfange, schreibst du mir erst mal seinen Namen vor.«

»Ich hab' schon einen Stift.« Ira hielt den bereitliegenden Federhalter schräg und sprach die einzelnen Buchstaben mit, während er schrieb: »L-e-n-n-a-r-d. Mr. Lennard.«

»*Asoj?*«

»Genau. Ich habe ihm erzählt, Mom hat chronischen Katarrh und spricht kein Englisch, und darum muß ich sie in die Klinik bringen und…«

»Aha. Aber chronischen Katarrh finde ich ganz schlecht. Chronischen Katarrh habe ich noch nie geschrieben. Bin ich etwa Arzt? Du mußt sie in die Klinik bringen. Sie ist krank. Du mußt sie begleiten. Reicht das nicht?«

Ira kroch in sich zusammen, schecht gelaunt, half sich wie immer, wenn Pop seinetwegen wütend wurde, darüber hinweg und richtete seinen verletzten Stolz wieder auf. Er schaute zu, wie Pop das Datum schrieb. Für so ein schmächtiges Männlein, wie Pop es war, hatte seine Schrift die kühnsten Schnörkel. »Lieber schreibt man doch mit ›i-e‹, oder?«

»Ja, l-i-e-b-e-r.«

»Heute ein halber Tag, morgen ein ganzer«, sagte Mom. »Ich bin nicht dafür.«

»Es wird nicht wieder vorkommen. Ich höre sowieso bald auf.«

»Aha!« Pop war ganz Hohn und Spott. »*Schojn?* Nase voll? Aufgabe schon beendet? Schon erschöpft?«

»Ich bin nicht erschöpft. Jeder sagt, die machen den Laden bald dicht. Ich hab's dir erzählt.«

»Und du mußt wieder der erste sein. Wundert mich nicht.«

»Laß ihn doch«, kam Mom ihm zu Hilfe. »Was er verdient hat, hat er verdient. Das war nur zu unserem Guten.«

»Und seine fünf Dollar die Woche, die hast du sofort einkassiert.«

»Dann bin ich also der Verlierer, nicht du.«

»Du erziehst ihn. Wir wollen seh'n, ob er dort landet, wo du ihn haben willst.« Pop unterzeichnete den Zettel mit drei Zentimeter hohen Buchstaben: HERMAN STIGMAN. »Hier hast' dein Zettele«, sagte er und verwendete das jiddische Diminutivum.

Still faltete Ira das Papier. Wie konnte man die Mauer der Verachtung durchdringen und an Pop herankommen? Wie konnte man sich ihm anvertrauen? Zum Beispiel über gestern. Ihm sagen, mein Lehrer hat dies und das gesagt; mein Lehrer hat dies und jenes getan. Wie Pop wohl reagieren würde? Sofort wäre alles seine eigene Schuld gewesen, nicht Mr. Lennards: Warum hast du es zugelassen? Warum bist du nicht weggelaufen? Aber vielleicht irrte er sich auch. Vielleicht würde Pop doch einen Brief schreiben, so wie er an Mr. O'Reilly geschrieben hatte, als der Werklehrer ihm eine gescheuert hatte. Aber dann! Was wäre mit Mom! Sofort ihr: *Oj, gewald!* Und dann ein Aufschrei: *Gwald geschrign!* Ein ausländischer, jüdischer Aufschrei. Lieber nicht.

– Wahrscheinlich, weil du dich schon schuldig fühltest. War das nicht der Hauptgrund?

Ja, weil ich vielleicht etwas noch Abscheulicheres zu offenbaren hätte als Mr. Lennards Belästigung.

– Ist es nicht an der Zeit, die Sache endlich zu bereinigen und dein Gewissen zu erleichtern? Du kannst doch nicht ewig so weitermachen, in deinem unerklärlicherweise aus der Bahn geratenen Lebenskreis, wie ein sichtbarer Astralleib, der einen unsichtbaren Satelliten mit sich herumschleppt. Übrigens, das rätselhafte Geheimnis nutzt sich allmählich ab.

Also gut. Demnächst.

XXIV

Ungeduldig begrüßte Ira seinen Freund Farley, als sie sich, wenige Minuten vor dem Läuten, unten in der Schule trafen. Wie sehr brauchte er Farleys Fröhlichkeit, sein Lachen. Wenn er es Farley doch nur sagen könnte: Mr. Lennard hat versucht, mir einen abzuwichsen. Dann käme gleich: Woher weißt du, was Wichsen ist? Mr. Lennard hat versucht, sich einen runterzuholen. Dann käme gleich: Woher weißt du, wie man das macht? Also gut, Mr. Lennard hat mit meinem Ding gespielt; er hat seinen Schwanz rausgeholt und versucht, meinen steif zu machen – ja, und dann, was dann? Farley würde mir schon sagen, was ich tun soll. Ja, und dann? Ach, ist doch scheißegal. Mr. Lennard gab ihm heute nachmittag schulfrei. Und das allein war wichtig. Ira erzählte Farley, daß Mr. Lennard ihm gestattet habe, nach dem Mittagessen die Schule sausen zu lassen – und daß heute der Tag war, an dem er bei P & T den ganzen Alkohol aus dem Spinnenkeller nach vorn in den Laden räumen müsse.

»Den ganzen Fusel«, sagte Farley. »Fusel«, was für ein lustiges Wort; sie lachten.

Iras Beklemmung legte sich ein wenig. Es fiel ihm jetzt leichter, Mr. Lennard Pops Entschuldigung auf den Tisch zu legen. Der jedoch schaute gar nicht hin. Schule war Schule – Ira ging zu seinem Platz. Die Prozeduren waren immer die gleichen, als seien sie aus Lehm – wie der Golem in dem Film. Tja, man konnte nie wissen. Die Anwesenheitsliste wurde verlesen. Mit eiserner Miene legte Mr. Lennard den Brief zwischen die Seiten des breiten Klassenbuchs und strich den grauen Umschlag glatt. Ein paar Minuten später, als der Gong die Schulgemeinde zur freitäglichen Versammlung rief, trat Mr. Lennard hinaus auf den Gang und kontrollierte mit unbewegtem Gesicht das Betragen der Schüler beim Verlassen des Klassenzimmers und auf dem Weg zum Treppenhaus. Alles wirkte ganz normal; das Normale machte alles gleich.

Dennoch, eine gewisse Stimmung schimmerte durch wie ein sehnsüchtiger Traum, als sie die Treueformel auf die Flagge sprachen und »The Star Spangled Banner« sangen und, als sie sich hingesetzt hatten, Mr. O'Reilly zuhörten, wie er den 23. Psalm las. Wie anders das alles war, so anders als auf der East Side, als er zum ersten Mal seine damalige Rektorin den Psalm hatte lesen hören. Mr. Lennard stand ganz andächtig, ganz ehrfürchtig neben dem Fenster. Ach, könnte ihm doch jemand die unschuldigen Tage auf der East Side wiedergeben.

Auf dem Podium redete Mr. O'Reilly über die russischen Bolschewiken, und sein Gesicht zuckte vor Engagement, als er sagte: Die Bolschewiken sind schlechte Menschen; sie waren Diktatoren; sie schafften die freie Rede ab, die Presse- und Versammlungsfreiheit; sie beschlagnahmten alles, was ihnen in den Sinn kam; sie erschossen jeden, der für seine Rechte kämpfte; sie schlossen Kirchen und Synagogen; sie lästerten Gott.

Ira hörte zu, aber immer mit Vorbehalt, vielleicht mit typisch jüdischen Bedenken, und möglicherweise lag hier sein Problem: Mom sagte, die Bolschewiken hätten Zar Kolkie getötet, Zar Kolkie, der die Juden haßte, Zar Kolkie, der *pogromen* zuließ, Zar Kolkie, die Gewehrkugel. Schon allein aus diesem Grunde mochte sie die Bolschewiken. Aber was nützte ihm das? Am besten war es wohl, alles zu vergessen – wenn man konnte – und nicht daran zu denken, wer wohl recht hätte; am besten war es, überhaupt nicht an so etwas zu denken. An was aber sollte er denken? An Staatsbürgerkunde? Nein. Staatsbürgerkunde haßte er sowieso. Auch nicht an Geographie. Die haßte er ebenfalls. Geschichte? Vielleicht an einige Figuren: General Herkimer, verwundet und im Sterben, aber immer noch die Schlacht befehligend; Captain André, den Spion, der den Plan der Festung im Absatz seines Stiefels trug; General Wolfe, General Montcalm, gestorben in derselben Schlacht. Diese Art Geschichte liebte er, aber nicht Henry Clay und den großen Missouri-Kompromiß oder andere derartige Dinge. Laut Mr. O'Reilly waren die Bolschewisten die eine Gruppe. Die radikalen Bolschewiki aber waren ganz etwas anderes, wenn Mom davon erzählte, wie sie Zar Nicholas hingerichtet hätten: »*Gut, gut, farfojln sol er wo er ligt.*« Sogar Pop war dafür; Onkel Louie war ganz enthusiastisch: eine neue Welt hatte sich dem Arbeiter erschlossen, ob Jude oder Christ. Aber nicht der Sejde; der glaubte nicht daran, daß sich im kommunistischen Rußland viel – wenn überhaupt etwas – für die Juden ändern würde. Würde man ihn dort

Handel treiben, ein hübsches Auskommen verdienen lassen? Alles nahmen die Bolschwiken den wohlhabenden Juden weg. Synagogen wurden geschlossen. Was nützte denn alles, wenn man den Gottesdienst nicht mehr durchführen konnte? Kerenskij, Kerenskij und die Duma, diesen Weg hätte die neue Regierung einschlagen sollen. Aber haben die Bolschewiken es erlaubt? Sie haben ihn vertrieben, genau wie diejenigen, die auf dieselbe Weise gewählt wurden wie in den Vereinigten Staaten. Wer also sollte wissen können, wie es den Juden dort ergehen würde?

Aber an irgend etwas mußte man schließlich denken. Wenn er nur seinen Kopf drehen und zu Farley hinüberschauen könnte, dann würde es ihm besser gehen, aber er konnte nicht. Nur fest die amerikanische Flagge fixiert, die da bewegungslos an ihrem Mast in einer Metallmanschette neben dem Podest hing, oder die Bibel auf dem Lesepult oder die auseinandergezogenen Trennwände, welche die einzelnen Klassenzimmer in einen großen Versammlungsraum verwandelten, oder George Washington, dessen Porträt hinter und über Mr. O'Reilly hing ... Still sitzen, aufmerksam zuhören und nach einer Weile nichts mehr sehen, nichts mehr hören, nichts mehr denken – wie die drei kleinen braunen Äffchen in dem japanischen Laden in der 125th Street, wo es diese wunderbaren Reiskuchen gab ... Pop hatte gewollt, daß er arbeiten geht; Mom wollte, daß er zur Schule ging. Pop wollte, daß er arbeitet, weil er selber ein *fojlenzer* war, ein Müßiggänger, ein Faultier; Mom wollte, daß er zur Schule ging und ein *edel mensch* werde, ein gebildeter Mann. Schaut euch an, was ihm inzwischen alles passiert war. Mr. Lennard war aufs College gegangen; er war ein solcher *edel mensch*. Nun schaut euch an, was er getan hat. Hatte er doch versucht, sie beide zum Abspritzen zu bringen, und noch dazu im Klassenzimmer der Achten. Das muß man sich mal vorstellen. Und warum passierte sowas immer dir – dies und so vieles andere? Das lag wohl an der einen, die dich so zärtlich liebte und an der du so gehangen hast:

Mom. Sie war es, die dich ins irische Harlem verpflanzte, damit sie in Zimmern zur Straße hin, nach vorn heraus wohnen konnte, ja – und sie ergab sich stillschweigend an jenem Tag, jenem Tag, dem einen Tag; an jenem Morgen, jenem einen Morgen ließ sie es stillschweigend geschehen: *oh, boy, oh, boy. O-o-oh!* »Dein Grinsen wird dich nochmal in Schwierigkeiten bringen«, hatte Mr. O'Reilly gesagt. Ach, wenn der nur wüßte, in was für Schwierigkeiten er tatsächlich steckte – ach, ist ja eigentlich auch egal – und was gestern los war: Mr. Lennard. Wer hatte denn nun recht? Und wer war besser? Selbst beim leisesten Gedanken daran fühlte er sich, als ob es ihn zweimal gäbe – wie auch eben jetzt: voller Selbstverachtung und gleichzeitig zutiefst verstrickt in das, was der Grund für die Selbstverachtung war. Warten auf den Sonntag, *oh, boy!* Auf den Sonntag wartete er. Bolschewitskis. Bolschewhiskys. Ach, es war ihm so egal, wie man das schrieb.

An den Tagen, an denen eine Schulversammlung stattfand, wurden die einzelnen Stunden abgekürzt und waren auch kurzweiliger als sonst, weil kleine Klassenarbeiten geschrieben wurden, die man dann untereinander austauschte und korrigierte, wobei die richtigen Antworten im Buch zu finden waren oder vom Lehrer an die Tafel geschrieben wurden. Die Arbeiten wurden von den Mitschülern benotet – häufig wurde dabei geschummelt – und zurückgegeben. Er taugte einfach nicht für wirtschaftliche Fächer, sonst hatte er keine Probleme. In Kurzschrift nach dem Gregg-System war selbst Farley besser als er, im Zehnfinger-Blindschreibverfahren und in Buchführung auch. Farley bekam sogar ein dickes Lob von Mr. Sullivan, der im übrigen mit nicht zu überbietender Härte über Iras absolute Begriffsstutzigkeit, seine totale Unfähigkeit, die simpelsten Grundlagen der Buchführung zu verstehen, urteilte und seiner Verzweiflung darüber auch Luft machte. Auch das berührte Ira nicht. Es drehte sich wieder einmal alles nur ums Geld, ums Geld, ums Geld. Busineß, *bisiniß*. Ach, wie ihm das zum Hals raushing.

Endlich ertönte doch noch der Mittagsgong. Bei den Worten »für heute entlassen« schnappte sich Ira seinen Bücherstapel und zischte ab in den Keller, vor allen anderen, und rannte hinaus auf die Straße. Er hatte sich kein Mittagsbrot mitgenommen, denn heute brauchte er keines. Er würde sich als erstes eine Schachtel – wie hießen die gleich – Maranta-Kekse aufmachen. Aah, und dann morgen, auf dem Lieferwagen, da würde alles von ihm abfallen. Und erst am Sonntag – er ging noch schneller – dann kam ja der Sonntag, dann war endlich der Sonntagmorgen da. Und dann würde bald Mom nach Hause kommen, mit *bejgelech* und *lakß* oder geräuchertem Weißfisch. Die Sonntagmorgen-Delikatessen. Yippieh. Die Sonntagmorgen-Genüsse. Er war doch ein kleines bißchen übergeschnappt, nicht? Laß alles abfallen von dir und zieh es dir wieder an. Aber sonntags konnte er davor fliehen, konnte gleich anschließend zu Farley laufen und ihn besuchen. Und wieder würde die ganze Bedrückung von ihm abfallen, würde von Farleys Fröhlichkeit aufgesaugt, Farleys mitreißender Heiterkeit.

XXV

Er gelangte nun in die ruhige 126th Street, Richtung Westen. Als er noch einen halben Block entfernt war, konnte er schon Murphys Truck sehen, den alten White. Als er sich dann dem Seiteneingang des Ladens näherte, fiel ihm ein unangenehmer Mann auf, der neben dem Lieferwagen Wache stand, als ob er etwas zu sagen hätte, wie von Amts wegen. Teilnahmslos registrierte der Mann, wie Ira die Tür öffnete und ins Haus ging, wo ihn nochmals schauderte, denn dort stand noch so ein bullig wirkender Fremder. Ira hastete die Treppe hinunter: da war ja Mr. Klein…

»Ich bin doch pünktlich, oder?«

»Schön, sehr schön«, sprach Mr. Klein und biß in seinen Sandwich.

»Hey, was sind denn das für Leute da?« fragte Ira und zeigte mit dem Daumen nach oben.

»Kann dir egal sein. Du bleibst hier unten.«

»Das haben Sie mir schon zwanzigmal gesagt.« Ira schob seine Bücher unter den Tisch.

»Keine Frechheiten!« Mr. Klein zog ein strenges Register. »Das sind Leute von der Regierung. Prohibitions-Kontrolleure. Die beschäftigen sich nur mit Wein und Whisky. Oben, draußen und hier unten. Überall dasselbe. *Farschtejßt?* Die machen ihre Arbeit, wir laden unsere Körbe. Noch drei, vier Monate wird der Laden geöffnet bleiben. Laß mal sehen, ob du heute auch wieder so granatenschnell bist...« Mit dem Sandwich in der einen Hand schnappte er sich mit der anderen den Stapel Bestellungen; dann, den Sandwich zwischen den Zähnen, ließ er die bestellten Artikel über den Tresen gleiten – zu Ira...

Zu Ira, der grinste.

»Was ist so komisch?« Mr. Klein nahm seinen Sandwich aus dem Mund. »Diese vier Sachen hier gehören zusammen. Hier – die Schachtel Löffelbiskuits, die zwei Pfund Aprikosen, Zimtstangen, Kadota-Feigen, das gehört alles mit der Tüte Zucker zusammen. Also, was ist so komisch?« wiederholte Mr. Klein.

»Sie und Ihr Sandwich.«

»Wieso, ist doch leckeres Corned beef.«

»Sie sprechen damit auch wie Corned beef.«

»Oh, a *kliger,* hey? An einem Tag wie heute kann man nicht auf Etikette achten. Du hättest in Frankreich dabei sein sollen. Da haben wir an der Front auch so gegessen. Nur schnell reingestopft. Dadurch sind wir unter ständigem Beschuß wenigstens nicht verhungert. Direkt aus der Dose. Das nannte man – wie zum Teufel hieß das noch – du irritierst mich. Ich fange an, einiges zu vergessen, siehst du? Alles Schlechte, woran man nicht erinnert werden möchte. Also, nehmen wir mal wilden Reis – die Dosen haben wir leergekratzt, direkt aus der Dose, verkrustet und klebrig, *trejfe* wie der Teufel. Wen hat das gestört? Hauptsache, etwas zu essen, wenn man im Schützengraben steht. Verstehst du? Darum ist es schon möglich, daß ich meinen Sandwich im Mund halte wie ein Hund seinen Knochen im Maul – und du findest das komisch.« Ein Schatten fiel wie ein Vorhang über sein Gesicht. »Was ist denn in mich gefahren! – Was hatte ich dir eigentlich zuletzt gegeben?«

»Ich hab' gar nicht hingeschaut.«

»Das mußt du aber. Dazu bist du doch da!« Er lugte in den Korb. »Zwei Pfund Walnüsse.«

»Mein Onkel ist vom Militär zurück...«

»Oh, du hattest einen Onkel beim Militär? Warte mal – Oliven, hier. Und Kapern. Zwei Glas. Die Eier separat – erst ganz zum Schluß. Was heißt denn das hier? Ein ganzer Schinken...«

»Mein Onkel ist nach Haus zurückgekehrt. Er war zuerst Messeoffizier...«

»Oh, Messeoffizier *noch*...«

»Und dann richtiger Unteroffizier. Und meine Tante bot ihm ein Glas Selterwasser...« Ira brach ab. Der große Fremde mit dem Filzhut, den Ira gestern schon gesehen hatte, ging neben Murphy her, als dieser seinen Handkarren geräuschvoll zum Lastenaufzug schob. »Ist Quinn denn auch da? Und Tommy? Ich habe den schönen neuen White gar nicht gesehen.«

»Die werden bald da sein. Und Shea auch. Die waren heute alle nicht voll beladen. Guck mal da...« Er benutzte den Rest seines Sandwiches, um damit auf den Riesenberg Lebensmittel zu zeigen, die noch auf dem Tisch lagen und auf ihren Versand warteten. »Hast du draußen jemanden stehen sehen?«

»Ja, und drinnen stand auch noch einer. Meine Güte, breit wie ein Ochse.« Ira blickte verstohlen auf Murphy und seinen Bewacher, als die beiden in den Aufzug und vom Keller zur Straße hinauffuhren. Binnen weniger Sekunden waren ihre Beine nicht mehr zu sehen, aber schon vorher hatte Ira einen Hauch üblen Whiskygeruchs bemerkt. Er konnte jetzt die gezackten Enden zerbrochener Flaschen erkennen, die umgekippt in der flachen, dunklen Grube unter dem Fahrstuhl lagen. »Ich weiß jetzt schon, was ich morgen machen muß.«

»Was denn? Oh...« Mr. Klein sah, was Ira meinte. »Vielleicht sogar schon heute, wenn Mr. Stiles es sieht.«

»Wie soll ich das denn schaffen – hier weitermachen und das da unten auch noch?«

»Ich habe gar nicht gesagt, daß du das sollst.« Mr. Klein schob Ira Lebensmittel zu. »Diese Beamten könnten uns die ganze Ladung entführen. Du weißt doch, was hier läuft? Ein paar Gangster klauen uns alles, das ist, was hier läuft.«

»Waas?«

»*Bißt take a jold.* Mach weiter, pack ein! Englische Orangenmarmelade. Uh! Nun guck bloß mal! Schnecken. *A meschugaß.* So etwas habe ich in Frankreich gesehen. Ich dachte immer, nur die Franzosen...«

»Ich weiß. Und Froschschenkel haben wir hier auch.«

»Pack ein!« Mr. Klein erhob die Stimme.

»Schon gut, schon gut. Also, warum stand der Wachposten neben Murphys Truck?« fragte Ira. »Und der andere, der hier drinnen?«

»Vielleicht fängst du jetzt endlich an zu begreifen. Hier, aufpassen. Der Zucker, den ich dir eben gegeben habe, gehört zu der anderen Lieferung.«

»Ich bin derjenige, der hier aufpaßt, nicht Sie.«

»Keine Widerworte, ich habe dich gewarnt. Oben steht einer, der hat eine Pistole. Ich habe dir gesagt, das ist ein Prohibitions-Kontrolleur. Die anderen beiden genauso. Alle tragen Waffen. Das muß dir genügen. Wir reden jetzt lieber von etwas anderem, sonst werden wir ja nie fertig.«

»Ach ja«, seufzte Ira.

»Du amüsierst dich wohl, oder was?«

»Tue ich das?«

»*Nu.* Beeilung, Beeilung. Hier haben wir Curry. Noch sechs Artikel gehören zu der Bestellung. Englische Marmelade. Nicht zu fest packen! Ach, die guten *Guerkins, jerkins.* Mandelmus. Buchweizen. Da siehst du mal, warum Juden nicht bei Park & Tilford kaufen. Weißt du, was Buchweizengrütze ist? Einfache *kasche.* Aber fünfmal so teuer.«

»Igitt.«

»Was meinst du mit igitt? *Kasche?* Mit Hühner*schmalz* – eine Delikatesse. In der russischen Armee gibt's nichts anderes. Hier kommt einmal Zucker. Fastest du an Jom Kippur?«

»Ich? Nie. Ich geh' nur nicht zur Schule. Und Sie?«

Mr. Kleins Antwort war ein süffisanter Blick. »Hier ist eine große Bestellung: acht, neun Positionen.« Er schaute auf die Rechnung und wieder auf den Korb. »Am besten, du legst alles hier auf diese Seite. Kaffee. Zwei Dosen Ananas. Und was ist das?« Er hatte eine kleine braune Tüte in der Hand und drückte sie. »Ingwerwurzel. Paket Weißbrotzwieback. Glasierte Maronen. Ein Glas Pastete...«

Mr. MacAlaney, der blonde stellvertretende Geschäftsführer, kam die Treppe herunter, schnüffelte, verzog das Gesicht, suchte mit scharfem Blick die Quelle des Alkoholgeruchs und fand sie auch. Er trat, um sich zu vergewissern, nahe an die Fahrstuhlgrube heran, griff nach seinem Schlüsselbund und ging zum Eisschrank. Eine Minute später kam er affektiert und mit einer rosig angehauchten, empfindlichen, großen runden Frucht in der Hand zurück.

»Was ist denn das?« wandte sich Ira an Mr. Klein, als Mr. MacAlaney schon wieder auf der Treppe war. »Die Frucht da.«

»Mango. Eine Mangofrucht«, sagte Mr. Klein.

»Mango?« Ira überlegte, ob er dieses oder ein ähnliches Wort schon einmal irgendwo gehört oder gelesen hätte.

»Bloß nicht essen. Ein richtiges Brechmittel. Hier kommt eine Flasche Worcestersauce. Nelkenpfeffer, ein Glas, George Washington-Kaffee, ein Glas...«

Nicht nur Murphy und sein kräftiger Begleiter kamen die Treppe herunter, sondern auch Quinn und Tommy. »Hey!« begrüßten sie sich. Tommy zwinkerte ihm deutlich zu; er und Quinn folgten Murphy in den Weinkeller.

»So weit, so gut. Ein Korb ist schon fast voll.« Mr. Klein unterbrach sein Hantieren, um einen Blick auf die Uhr zu werfen. »Es ist erst zwei. Du wärest jetzt noch in der Schule.«

»Ja, meine Spanischstunde. Hätte ich beinahe vergessen.«

»Vergessen? Was? Dein Spanisch? Hier kommt der letzte Posten: Spargelspitzen.«

Ira schaute finster drein, stopfte den letzten Artikel weg und sagte listig: »Ich habe nichts zu essen mit.«

»Und wessen Schuld ist das?« Nach ein paar Sekunden: »Bleib mal hier.« Mr. Klein suchte in den Gängen und kam mit einer Schachtel Vanilleplätzchen zurück, öffnete sie und legte sie unter den Tisch. Ira stopfte sich zwei auf einmal in den Mund. Sie waren trocken, er bekam Durst. »Kann ich mal kurz was trinken?«

Mit dem Hochziehen einer Augenbraue deutete Mr. Klein auf das Handwaschbecken. »Komm aber schnell wieder.«

Ira drehte den Kran weit auf, damit das Wasser kühl würde, und als er sich gerade einen Papierbecher nehmen wollte, kam Quinn aus der Toilette direkt nebenan. Er roch stark nach Schnaps. »Ich muß Klein mal was fragen«, sagte er, und zusammen gingen sie zum Tresen zurück.

»Hey, Klein!« Quinn latschte hinüber, schwankend. »Du warst doch in Belleau Wood, oder nicht?«

»Château-Thierry. Argonne«, antwortete Mr. Klein mit schneidender Stimme. Und zu Ira: »Auf geht's. Den nächsten Korb.«

»Ich hab' gedacht, du warst in Belleau Wood.«

»Nein. Mir haben Château-Thierry und die Argonne gereicht.« Ohne ein Lächeln signalisierte Mr. Klein, Ira möge mal mit anfassen; gemeinsam zogen sie den vollen Korb zur Seite.

Quinn quasselte weiter: »Ich hatte einen Kumpel, der hieß Schein, Abe Schein. Wie Klein. Der längste Jude, den ich je gesehen habe, größer als ich, viel größer. Jesus, war der lang. Wir nannten ihn Schnitzel – zum Spaß an der Freud'. Schnitz. Der redete nur von seiner Thora, immer nur Thora. Du erinnerst dich doch an den Weihnachtsabend? Erinnerst du dich? Ich hab' euch schon mal von ihm erzählt.« Er wandte sich an Ira: »Es steht alles in der Thora. Manchmal habe ich ihn hochgenommen: Hey Schnitz, steht auch in der Thora, wie man würfelt?«

»Das hast du mir schon mal erzählt.«

»Das kann doch nicht wahr sein, oder doch?« Und wieder nahm Quinn dieselbe merkwürdige Haltung ein wie damals, als er wartete, bis Ira hinten vom großen White abgesprungen war. Er verschränkte die Finger beider Hände so ineinander, daß man die Knöchel sah, und seine grauen Augen bekamen wieder diesen entrückten Ausdruck: mit seinen vor dem Bauch gefalteten Händen wußte man nicht, ob er am Beten oder am Verzweifeln war.

»*Schojn schiker*«, murmelte Mr. Klein vor sich hin. »Na dann.« Aggressiv griff er nach den gelben Bestellzetteln und raschelte demonstrativ mit dem Papier. »Zuerst hätten wir hier: Hummer. Kleine Dose. Cheddar in Wein, ein Glas, eins von den Weckgläsern mit 'ner Klammer...«

»Der wollte nich' mal mit 'ner Hur. Warum läßt du's dir nich' französisch machen, sag' ich. Du sagst, es is' gegen die Religion, mit Weibern und so. Du darfst keine legen. Versuch's doch ma' französisch. Dabei muß man ja nich' liegen. – Hau doch ab, sagt er.

Zum Donnerwetter! Die Heinies legen dich vielleicht morgen schon um. So'n lang'n Lulatsch wie dich. Du bist ja noch sturer als 'n echter Leutnant mit sei'm Lederkoppel – los, schieb dein Ding endlich irgendwo rein. Denkste, nein, nix zu machen. Thora. Nix als Thora. Gütiger Himmel.«

»Pfefferminzdrops, ein Glas.« Mr. Klein sprach immer noch laut. »Kaffee, eine Tüte. Zucker. Brühwürfel – wo sind die?«

»Hier, die Blechbüchse.«

»Na siehst du. Du bist schon sehr clever. Ich dachte, da wäre kandierter Ingwer drin. *Schiker af tojt*«, er machte eine klassische Verbeugung, die Ira mit einem Diener quittierte.

Quinn drückte seine verschränkten Hände noch weiter nach unten. »Du weißt doch, Klein, wie man an die Front marschiert? Immer zwei und zwei, du und dein Kumpel – Seite an Seite, in einem langen Marsch. Du müßtest das doch kennen.«

»Ich weiß. Kenne ich«, sagte Mr. Klein ein wenig kurz.

»Es zahlt sich aus, ein kleiner Furz zu sein wie du«, sagte Quinn. »Ich weiß, du bist kein Zwerg, aber neben Schnitzel sahen alle aus wie...«

»Ich weiß schon, was du sagen willst! Es reicht jetzt, ja?« unterbrach Mr. Klein beinahe schnippisch.

»Jaah, aber er hat kein'n Piep mehr gesagt, Klein.« Quinns Stimme klang belegt und rauh. »Nich ein winzich kleines Tönchen.« Plötzlich fing Quinn an zu schluchzen. »Ich wußte nie, wo er hinging. Ich wußte nie, wann er wegging. Wir ha'm noch über so Sachen geredet. Da war auch kein Baum weit un' breit, die ha'm einfach drauflos geknallt. Wie schade, sagt er noch. Die war'n bestimmt unschuldig. Un' ich dann über die dreizehn-, vierzehnjährigen Kids, die hier im schwulen Paris von den verheirateten Weibern in Reizwäsche ihren Gratisfick krich'n, weil der Alte an der Front war...«

»Genug jetzt!« sagte Mr. Klein, inzwischen ziemlich gereizt.

»Die Aufträge hier müssen raus. Warum immer wieder darüber reden. Wir haben es überstanden. Wir haben sie überlebt, die Granatwerfer, die Maschinengewehre. Also, davon haben wir wirklich die Nase voll. Morgen ist ein besonderer Tag, Quinn, ein bedeutender Samstag. Fast wie Thanksgiving. Und wir haben hier keine Hilfe. Also bitte ein andermal.«

»Okay. Aber seitdem hab’ ich immer mit Schnitzel geredet. So’n irischer Kathole und ’n Jid. Aber er war mein Kumpel, und so wie er gegangen is, das war nun mal so, als ob er mich nie verlassen hätte. Wär’ ganz anders gewes’n, wenn ich geseh’n hätt’, wie er’s abgekriegt hat. Aber so…«

»Okay. Also was wirst du nun tun? Das ist doch schließlich fast allen so ergangen.«

»Aber nicht so.«

»Hast recht. Nicht so. Ein Heckenschütze war’s also. Du mußt dir ein für allemal sagen, daß es ein Heckenschütze war.« Mr. Kleins Gereiztheit wandte sich plötzlich gegen Ira. »Wo waren wir stehen geblieben?«

»Ach, Mensch, Schnitz! Hey Alter!« Quinn nahm die Hände auseinander. »Erzähl mir was von den sechsunddreißig Heiligen, die müssen doch eigentlich da oben sein. Hallo, Jesus!« Er ging zur Treppe nach draußen.

Mr. Klein wandte sich zu Ira: »Wie weit waren wir denn mit der Bestellung?«

»Liebesperlen, zuletzt haben Sie mir eine Schachtel Liebesperlen gegeben.«

»Liebesperlen«, begann Mr. Klein, kontrollierte die Rechnung und schickte einen Blick gen Himmel – er rollte die Augen und starrte nach oben; welch peinliches Wunder. Oben schob Murphy die schweren Kisten auf dem Handkarren vorbei, und trotz des lauten Gerumpels konnte man ihn und seinen kräftigen Bewacher heftig streiten hören.

»Oj, gewald«, knurrte Mr. Klein, aber fast lautlos. »Was für ein Chaos! Los jetzt. Weiter geht's. Fang! Eine Flasche Ahornsirup, Backpflaumen aus Oregon, zwei Pfund…«

XXVI

Man hatte den Eindruck, Murphy und der Beamte, der ihn begleitete und hinter dem rollenden Handkarren herging, seien wütend aufeinander. Aber das waren sie keineswegs. Sie sprachen zwar mit erhobener Stimme, aber nicht im Zorn; sie waren verschiedener Meinung. »Und wenn ich's Ihnen doch sage: Sie waren es.« Murphy drückte den Fahrstuhlknopf.

»Wie zum Teufel konnten Sie erkennen, daß ich es war. Es war doch Nacht, und eine dunkle noch dazu«, protestierte der Prohibitionsbeamte. »Es war stockfinster. Einziges Licht war eine Leuchtkugel. Noch nicht mal ein Streichholz haben wir angezündet. Zum Abschießen haben wir unsere Glimmstengel benutzt.«

»Genau. Eine glühende Zigarette war das einzige Licht, das wir hatten. Darum habe ich auch so lange gebraucht, bis mir klar wurde, daß Sie es waren: Ihre Stimme. Und Ihre Figur, vielleicht. Sie waren doch Hauptmann, oder nicht?«

»Kann sein. Zum Schluß war ich Major. Aber was hat denn das damit zu tun?«

»Das versuche ich ja gerade, Ihnen zu erklären.« Murphy beobachtete, wie die Aufzugplattform sich absenkte. »Also gut, vergessen Sie's. Sie waren nicht dabei.«

»Ja, aber die ganze verdammte Zeit in der Argonne. Wissen Sie überhaupt, wieviele amerikanische Soldaten an der Schlacht teilgenommen haben?«

»Also gut, dann hab' ich mich eben geirrt.« Als der Lastenaufzug unten aufsetzte, machte Murphy sich krumm und zog die Schultern hoch. Er zog den Handkarren mühsam auf die Plattform, hielt dann inne. »Sie waren doch im Burenkrieg, stimmts? Sie hatten besonderes Glück, haben Sie gesagt. Sie waren einfacher Soldat. Erinnern Sie sich denn nicht, wie Sie uns von dem Spaß erzählt haben, als Sie die Grüße von General Kitchener an Majore und Oberste überbracht hatten und die vor Ihnen salutieren mußten?«

Der große, kräftige Prohibitions-Kontrolleur schien zur Salzsäule erstarrt, bewegungslos stand er da, seine Augen auf Murphys Gesicht geheftet. »Verflucht nochmal, das gibt's doch nicht!«

»Sie haben den großen Juden getötet!« Murphy bedrängte ihn noch mehr: »Sie waren doch auch mit den Rough Riders auf Kuba. Und haben Sie nicht gesagt, der Krieg hat jede Romantik verloren? Haben Sie das nicht gesagt?«

»Warst du denn auch mit in dem großen Granattrichter?« Grau wirkte das Gesicht des kräftigen Mannes unter dem nackten weißen Kellerlicht; die Bedeutung dieses Zufalls ging über seine Vorstellungskraft. »In der Nacht müssen Hunderte von uns da festgesessen haben.«

»Das kann ich Ihnen sagen.« Murphy stieß den Handkarren vorwärts.

»Warte einen Moment. Da kommt noch eine Kiste«, sagte der Prohibitions-Kontrolleur.

»Ja. Quinn! – kommst du mit?«

Quinn kam vom Tisch herüber, nahm die Kiste auf, die Tommy soeben gebracht hatte, und stieg zu den anderen beiden auf die Plattform. Murphy drückte innen auf den Knopf, und alle drei fuhren aufwärts, waren bald nicht mehr zu sehen. Im Keller war eine gespannte Atmosphäre entstanden; noch nie hatte Ira etwas Ähnliches empfunden: das Aufbrechen einer Bedrohung, die merkwürdige Gegenwart längst vergangener Gefahr.

»Komm schon!« rief Mr. Klein ärgerlich. »Aufwachen! Heute

abend ist *schabeß b'nacht*. Schon gut – brauchst nicht *erlech* zu sein. Aber die Kerzen zündet deine Mutter doch an, oder? – Hör mal, Tommy, tu mir einen Gefallen: Geh nach hinten und mach die restlichen Kisten zu.«

»Jaja. Immer mit der Ruhe«, antwortete Tommy.

»Ab nach hinten. Ich will hier fertig werden, bis der Laden schließt. Der ganze Tag ist sowieso schon ein einziger Kopfschmerz für mich.« Bitterkeit hatte ihn durchdrungen. »*Oj, a schwarz jur, schikerim!* Man kriegt ja kaum was geschafft mit diesen irischen *schikerim*«, lamentierte Mr. Klein, kaum daß Tommy ihm den Rücken zukehrte. »Weiter! Zwei Dosen feinste Brechbohnen, französische Art. Granatapfelsirup, eine Flasche. Kaffee-Essenz. Hühnchen *à la king,* drei Dosen. Zucker. Tempo, Tempo.« Mr. Klein reichte immer mehr hinüber. »Paß auf, was du tust«, schalt er.

»Ja, ja, mach' ich«, gab Ira zurück, konnte aber die ominösen Gedanken nicht abschütteln.

»Wenn die morgen ausliefern und es fehlt was – du kannst dir ja denken, wer dann die Schuld bekommt.« Resignierend nickte Mr. Klein heftig mit dem Kopf. »Ich natürlich, und nicht du. Also bitte.«

»Jaa doch, ich packe alles richtig ein. Hier, Sie können sich überzeugen!«

»Dann ist's ja gut«, lenkte er ein. »Diese beiden da haben mir ganz schön zugesetzt, ich finde das schrecklich. Ich komme mir vor, als sei ich auch noch einmal in – in diesem *schlachthojs*. Einmal hat eine Granate so dicht neben mir eingeschlagen, daß ich tagelang nicht wußte, wer ich war. Hab' ich dir schon den Estragonessig gegeben?«

»Ja, gerade eben.«

»Gut, dann hätten wir diese Bestellung jetzt fertig.« Er steckte die Rechnung hinter die anderen. »Ich geh' mal mein Wasser abschlagen. Ich wünsche, daß du dich nicht von der Stelle rührst, verstanden? Du bist jetzt der Versandchef.« Er reichte Ira den Stapel Bestellungen. »Jeder Verkäufer da oben hat eine andere Klaue. Aber du hast einen jüdischen *kop*. Sieh mal zu, ob du dich da durchfindest. Ich will nicht noch mehr Zeit verlieren. Wenn dieser Tag doch schon zu Ende wäre, *oj!*« Sprach's und ging.

Fühlte sich Krieg so an? Ira konnte das Gefühl einer bösen Vorahnung nicht abschütteln, während er versuchte, das Gekritzel auf der Bestellung zu entziffern. Töten. In einer Schlacht kämpfen. Was hatte er gesagt? Keine Romantik...

»Hey, Iralein! Hey, Junge!« Der Ruf kam von der Straße, es war Murphys Stimme.

»Was ist denn?« brüllte Ira zurück.

»Drück mal auf den Knopf nach unten.«

Ira lief schnell zum Fahrstuhl und drückte den untersten Knopf. »Okay-ay«, rief er hinauf.

Der Aufzug setzte sich in Bewegung mit drei Mann: Quinn, Murphy und dem großen, kräftigen Prohibitions-Kontrolleur, dem Mann, der in der Argonner Schlacht dabei gewesen war. Sie verhielten sich aber jetzt ganz anders. Sie gingen vergnügt und freundlich miteinander um.

»Es gibt doch nichts Besseres, um zu vergessen, als einen kräftigen Schluck aus der Pulle«, sagte Quinn.

»Oder um zu erinnern«, sagte Murphy wenig humorvoll, wie gewohnt. »Bei Gott, ich glaube nicht, daß ich mich überhaupt je daran erinnert hätte. Hey, ich erinnere mich jetzt! Haben Sie nicht auch gesagt: ›Was soll's? Am besten, man nimmt Kautabak und spuckt die Soße aus‹?«

»Tja, man kann es kaum glauben. Ich dachte damals, die Nacht würde nie mehr enden.« Der Beamte zog an seiner Zigarette, bot den anderen eine an. »Ich rede vom Dauerfeuer. Die wußten genau, daß wir da drin waren. Wenn unsere Geschütze nicht morgens das Feuer erwidert und sie reichlich eingedeckt hätten – sag mal, jetzt erkenne ich deine Stimme auch wieder.« Plötzlich dröhnendes Gelächter, er beugte sich nach vorn, hustete den Zigarettenqualm aus und prustete keuchend weiter. »Wenn das damals nicht die verdammt lustigste Geschichte war, die ich je gehört habe! Die ist sogar heute noch lustig.«

»Das war ich, stimmt genau.« Murphy schob den Handkarren von der Aufzugsplattform. Die anderen beiden folgten ihm.

»Was daran eigentlich so komisch war, weiß ich gar nicht mehr«, sagte der Beamte. »Aber jedesmal, wenn dich einer fragte, wie es dir damals am Ende des Seils gefallen hat, ist es uns fast gekommen.« Er lachte wieder, den Kopf im Nacken, laut und lange. »Die Deutschen konnten uns hören. Den Teufel haben wir uns darum geschert.« Und wieder lachte er.

Quinn lachte. Murphy fing auch an. Murphy war nicht besonders groß, aber er machte einen kernigen Eindruck, hatte kräftige Kinnladen und lange Arme. Er schubste den Handkarren herum, daß es nur so polterte. Sein sonst helles Gesicht lief dunkelrot an: »Ziemlich rauh, die See, weißt du? Und es war mitten in der Nacht, ja? Und etwa zehn Mann über mir – die schreien, ja? – Die schreien ›Wir müssen los!‹ – Und unter mir kein Rettungsboot, ja? – Nichts! Gar nichts! Nur dunkles Wasser. Der ganze verfluchte Ozean.«

Er hielt den Handkarren immer noch fest am Griff. Die Kisten darauf fingen zu wackeln an, als ob sie mitlachen wollten – und die tosende Fröhlichkeit der beiden anderen Männer setzte noch einen drauf.

Das Lachen wollte nicht enden. Auch Ira wurde angesteckt. Es war wirklich komisch. Er legte den Kopf zurück und grinste dankbar in die lachenden Gesichter über ihm, sah dann, wie der Prohibitions-Kontrolleur wieder sachlich wurde, und hörte, wie er ruhig, aber bestimmt fragte: »Wo ist es, Murph?«

»Hinter dem Eisschrank. Hinter dem mit dem Schloß.«

»Hoffe, es ist was Gutes.«

»Bushmill. Johnny Walker. Haig.«

Der Beamte pfiff leise durch die Zähne: »Ihr laßt auch nichts verkommen.«

»Nicht, wenn es P & T gehört.«

»Jeder gute Mensch verdient einen Schluck irischen Schwarzgebrannten, wenn er erstmal ein Säufer ist«, sagte Quinn. Und: »Beim Waschbecken sind noch mehr Papierbecher.«

»Schön.« Der Beamte schluckte. »Ich heiße McCrory.« Er machte ein paar Schritte zur Treppe und rief: »Craig, komm doch bitte mal nach unten.«

»Okay, Major.« Der bullige Mann mit dem Specknacken erschien.

»Das ist Murphy, das ist Quinn«, sagte McCrory, der Major. Und wieder zu Craig: »Erinnerst du dich, daß ich dir mal die Geschichte erzählt habe, wie wir die ganze Nacht im Dreck von so einem Wahnsinnskrater gesteckt haben? Und hier ist der Soldat, der nur noch an einem Seil hing, als sein Truppentransporter von Torpedos getroffen wurde.« Er deutete auf Murphy. »Es ist fast nicht zu glauben.«

»Nein!« Und wieder großes Gelächter.

»Ira!« Mr. Kleins ärgerlicher Ruf war laut genug, um trotz des anschwellenden tosenden Gebrülls der anderen bis zu ihm durchzudringen – und streng genug, um Ira angst zu machen.

»Hier bin ich. Komme schon!«

»Ich hatte dir verboten, dich von hier zu entfernen, klar?« Mr. Klein ließ ihn nicht aus den Augen, bis er wieder am Packtisch war. »Du hast ja überhaupt nichts geschafft. Was ist das hier, immer noch derselbe Zettel.«

»Sie waren so lange auf der Toilette«, erwiderte Ira.

»Du hättest inzwischen weitermachen sollen!«

»Die haben aber gesagt, ich soll zum Fahrstuhl laufen und ihn runterholen«, antwortete Ira.

Mr. Klein beugte sein Gesicht über die Rechnungen, als wolle er seine Augen hinter ärgerlich gewölbten Brauen verstecken, um die Männer nicht sehen zu müssen. »*A schwarz gelechter*«, grummelte er. »Hier, faß an: drei Flaschen Perrier.«

»Sie waren zusammen im Granattrichter«, sagte Ira.

»Sechs Blatt Gelatine.«

»Der, der jetzt gerade nach hinten geht, war Major. Ich habe gehört, wie Murphy ihm…«

»Paß jetzt hier auf!« schalt Mr. Klein.

»Oh, Jesus!« sagte Ira trotzig.

»Drei Dosen Sauerkirschen zum Backen. Faß an. *Gib dich a ruk.* Salzwasser-Toffees. Noch ein Dutzend Eier – halt, leg sie erst nochmal auf den Tresen. Gewürznelkenextrakt. Geräucherte Heringe, sechs Dosen. Kleberbrot. Kaffee, Cocktailzwiebeln, ein Glas…«

»Sie lassen mir ja keine Zeit zum Einpacken«, klagte Ira.

»Schon gut. Keine Widerrede.« Dennoch verlangsamte Mr. Klein sein Tempo – ein wenig. »Wenn du wüßtest, was ich denke, würdest du alles ohne Umschweife sofort erledigen. Für die war es wohl nicht genug, dieses Morden *einmal* miterlebt zu haben. Mord und Totschlag, Dreck und Ratten!«

Einer nach dem anderen unternahmen alle vier Beamte Ausflüge zum entgegengesetzten Ende des Kellers, sogar derjenige, der Tommy überwachen sollte, und natürlich Tommy selbst sowie Murphy und Quinn. »*Schikerim!*« sagte Mr. Klein. »*A bruch uf sej!* Sieh nur, sieh nur, schau dir das an! Drei Mann auf dem Aufzug und eine doppelte Ladung Whisky.« Finster blickte er in Richtung Fahrstuhl, der sich quietschend und knarrend nach oben bewegte. »Das nennt sich Prohibition? *ß'tojgt schojn uf kapore.*« Er schlug sich mit dem Packen Rechnungen ins Gesicht: »Warum mache ich mir überhaupt Gedanken? Ist ganz allein Park & Tilfords Problem. Baker's Schokolade. Palmenherzen. Karamelsauce. Kaffee. Zucker. Süßkartoffeln, zwei Dosen. Und wieder ein Korb fertig.«

Mr. Klein teilte zügig weiter aus, so daß sie schnell vorankamen. Der zweite Kundenkorb war jetzt voll. Er wurde aus dem Weg geschoben, neben den ersten. Das war Quinns und Tommys Lieferpensum für morgen. Der hohe Berg Lebensmittel auf dem Packtisch war schon beträchtlich kleiner geworden, die Spitze war abgetragen, es war nur noch ein breiter, flacher Hügel. Jetzt kam Murphys großer Korb für die östliche Bronx dran. Und dann war da nur noch Sheas relativ kleiner Korb. Sheas kleinerer Korb wurde selten bis obenhin voll, denn sein Inhalt war nur für die nächste Umgebung bestimmt.

»Oh, was macht denn unser Hinky dinky nu, *parlez-vous?* Oh, wie geht's den jüdischen Soldaten nu, nur zu?« trällerte Quinn, als er die Stufen von der Straße herunter kam. »Alle Söhne von Abraham ess'n ein Schwein für Onkel Sam, *hinky dinky*, trallala-la.« Er ging vorn am Tisch vorbei. »Die Trucks fahren fast auf den Felgen«, zischte er durch halbgeschlossene Lippen – und mar-schierte weiter zu den Eisschränken. »Hinky, dinky, *parlez-vous.*«

XXVII

»Ira!« rief Mr. MacAlaney oben von der Treppe herunter. Er war im Laden. »Bist du da unten?«

»Ja, Sir.«

»Weißt du schon, wie ein Camembert-Käse aussieht?«

»Ja, Sir. Eine runde Holzschachtel.«

»Bring mal eine rauf.«

Ira war sich des strengen Blickes bewußt, mit dem Mr. Klein ihn beobachtete. Er verließ den Tisch und ging zum Eisschrank. Dort standen Quinn und Tommy, und letzterer hatte eine Flasche Bier in der Hand. Quinn erlaubte sich ein leises Lachen, als er Ira sah, und Tommy bot ihm seine Flasche an. »Ich kann nicht«, sagte Ira und griff nach einer dieser drolligen Holzschachteln mit Camembert, »Mr. MacAlaney wartet.«

»Komm, sei kein Frosch wie Klein.« Tommys Lippen kräuselten sich im Suff, er war ja so irisch in seiner gaunerhaften Rohheit. »Los, probier! Du bist kein Jud wie die andern. Du weißt doch, was ich Weihnachten zu dir gesagt habe, als wir am Ausliefern waren?«

»Das wird dir nie wieder geboten.« Quinn rieb sich die Augen. »Nach heute nie wieder. Importiertes ›Lager‹ wie das hier. Ab jetzt gibt's nur noch Selbstgebrautes. Schnitz hat immer gesagt, das hier ist als einziges Bier gut genug für all die sechsunddreißig Heiligen, die die Welt bewegen.«

»Hebräisches Hausbräu«, witzelte Tommy.

»Probier mal fein, Iralein«, stichelte Quinn.

Ira nahm einen Schluck, prustete vor Ekel, lief schnell weg, ihr Lachen verfolgte ihn. Er nahm die ersten Stufen, hielt inne: Oben an der Treppe stand, neben dem mit glänzenden Augen auf sein Päckchen wartenden Mr. MacAlaney – Mr. Stiles, und sprach mit Harvey, der, auf seinen breiten Wischmop gelehnt, auch dort war. »Nein, diesmal möchte ich, daß Sie das machen«, sagte Mr. Stiles zu Harvey. »Holen Sie die Scherben da unten raus. Was ist das überhaupt? Drei oder vier zerbrochene Flaschen? Man riecht es ja bis hier oben in den Laden! Es gibt außerdem ein Gesetz, das verbietet Minderjährigen den Umgang mit Alkohol«, schloß er ungeduldig seine Rede. »Und wo jetzt der Aufzug dauernd auf und ab fährt, ist das womöglich für den Jungen zu gefährlich. Sie machen das diesmal. Ich kann keine Probleme gebrauchen.«

»Ja, Sir.«

»Ich bin froh, wenn der Kram erst mal aus dem Haus ist.« Mr. Stiles runzelte die Stirn und drehte sich um.

Nur allzu sehr war sich Ira seines nach Hefe riechenden Atems bewußt. Er hielt also den Kopf gesenkt, reichte die Schachtel Camembert hinauf, wünschte, der Käse möge einen stärkeren Geruch verbreiten und zog sich, sobald Mr. MacAlany ihm die Schachtel abgenommen hatte, nach unten zurück. »Uiih!« seufzte er geräuschvoll, als er am Tisch ankam.

»*Oj, a schwarz jur!*« explodierte Mr. Klein. »Was hast du getrunken? Du stinkst wie *a farschtinkener* Zoo!«

»Tommy hat mir Bier gegeben.«

»Du bist minderjährig. Du gehst noch zur Schule. Du bringst uns alle in Schwierigkeiten. Ich habe dir gesagt, du sollst die Finger davon lassen.«

»Es war nur ein Schluck zum Probieren.«

»Mr. Stiles hätte dich erwischen können! Da hättest du was zum Probieren bekommen! Gefeuert hätte er dich!«

»Tommy trinkt auch. Alle!« brauste Ira auf.

»Das geht dich überhaupt nichts an. Du arbeitest bei mir. Nimm dir noch einen Keks. Diese Sauferei muß jetzt aufhören.«

Quinn kam vorbei und wollte zum Aufzug. »Beruhige dich, Klein«, sagte er und grinste gönnerhaft. »Dein Magen könnte das übelnehmen. Wir werden hier eh gleich 'ne Fliege machen. Oh, meine sü-hü-ße Ma-de-moi-se-helle, Paris und Pariser, das geht auf die Schne-helle, *parlez-vous*. Oh, meine süüße Ma-de-moi-selle, was hast du mir da vererbt auf die Schnelle – Hinky, dinky, *parlez-vous*. Diese verdammten Heckenschützen. Wie kommt es, daß Schnitzel getrunken hat und du nicht, Klein?« Er grinste, wandte sich zum Fahrstuhlschacht. Dort lehnte er sich an die Wand und reckte eine Hand hinauf zu dem Bedienungsknopf. »Hallo, ihr da oben! Fertig?« rief Quinn. »Soll ich ihn runterholen?«

»Eine Sekunde noch, bis ich den Karren drauf hab'«, brüllte Murphy als Antwort zurück.

»Sag Bescheid.« Quinn wartete, die Hand oben am Knopf.

Mißfallen lag auf Harveys dunklem Gesicht, als er die Stufen herunterkam und den Keller vor dem Tisch durchquerte.

»Du gehst tatsächlich unter den Fahrstuhl?« fragte Ira.

Harvey warf ihm einen irritierten Blick zu, ging aber weiter.

»Mann, ist der sauer«, flüsterte Ira. »Ich wette, er muß meinen Job machen.«

»Nein, nein, da liegen Whiskyflaschen unten in der Grube«, wies Mr. Klein ihn zurecht. »Paß jetzt auf hier. Eine Packung Semmelmehl. Eine Packung Pralinen. Gouda im Stück –«, er prüfte den Käse mit der Nase. »Der geht. Den können wir zu den anderen Sachen legen. Der ist hier aus der Gegend.«

Harvey tauchte wieder auf, bewaffnet mit dem bewußten Eimer und der flachen Schaufel – als der Ruf von der Straße her ertönte: »Kannst loslassen, Quinn.«

»Schon mal senegalesische Soldaten gesehen, Major?« Murphy sprach laut, um das Knarren und Quietschen des nun abwärts fahrenden Aufzugs zu übertönen.

»Senegalesen? Du meinst – richtige schwarze Senegalesen? Kann schon sein. In Frankreich hab' ich so ungefähr alles an Soldaten gesehen.«

»Die sehen doch aus wie Affen im Froschkostüm.« Langsam drehte Quinn den Kopf und blickte verstohlen auf Harvey.

»Ich glaube nicht, daß ich sie je habe kämpfen sehen.« Zwei Paar Knie kamen in Sicht.

»Kämpfen! Das ist ein guter Witz!« Jetzt sah man die Hüften, und Murphy drehte den Handkarren zur Tür. Sein schallendes Gelächter übertönte das Dröhnen des Aufzugs. »Das waren vielleicht ein paar Mordskerle! Wir hatten sie zu unserer Rechten, und sobald die Heinies wußten, daß sie die Senegalesen vor sich hatten, griffen sie an. Nie hatte man so ein Kreischen und Krachen gehört. Hinterher war da ein riesiges Loch – groß genug für ein ganzes Regiment.«

»Was du nicht sagst.«

»Vielleicht sind die heute noch auf der Flucht.« Unter der Kellerdecke kam jetzt langsam Murphys kantiges Gesicht eingeschwebt. »Mittlerweile könnten die schon wieder zu Hause in Afrika sein ...« Murphy bemerkte, daß Harvey dort mit Eimer und Schaufel stand und räusperte sich irgendwie auffällig, als wolle er den Major warnen – der aber hatte die Situation schon durchschaut. Noch ein, zwei Augenblicke hörte man das Quietschen des abwärts fahrenden Aufzugs, dann, als die Plattform noch nicht ganz den Kellerfußboden erreicht hatte, stieß Murphy den Handkarren schon voran. Stahlräder ratterten auf dem Beton. »Sei nicht böse, Harv, das war nur Gerede.«

»Ihr redet über Farbige. Die sind genauso mutig wie jeder weiße Mann.« Ohnehin erbost über seine Aufgabe, bekam Harvey nun vollends ein Gesicht wie Stein. Die Nägel an seinen gespreizten Fingern schimmerten hell. »Ich hab' so viele Weiße in die Hose scheißen seh'n, wenn sie beschossen wurden. Erzähl mir nix über Tapferkeit. Der Feind hat auf uns gefeuert. Wir haben zurückgefeuert.«

»Ist ja gut«, sagte der Major. »Dein Name ist Harvey? Es ist gut, Harvey. Nur eins von diesen dummen Mißverständnissen. Kein Grund, sich aufzuregen. Er wollte dich nicht beleidigen. Er wußte ja nicht, daß du da gestanden hast.«

»Mir wird schlecht von so weißen Klugscheißern wie er.« Immer noch fixierte er Murphy aus seinen Augen, die so weiß leuchteten wie Elfenbein. »Machen sich lustig über uns, als ob wir Gelbe wären. Ich habe 'ne U.S.-Uniform getragen. Ich war Infanterist wie du. Vierzehntes Infanterieregiment. Über uns hat man sich nicht erzählt, wir hätten ohne Befehl den Rückzug angetreten.«

»Wer zum Teufel hat denn von euch geredet!«

»Sie ha'm von Farbigen geredet.«

»Ich hab' von Senegalesen geredet.«

»Das sin' Farbige!«

»Zum Teufel mit dir!« sagte Murphy. »Und was soll ich jetzt tun? Dir den Hintern küssen?«

»Zum Teufel mit dir!« gab Harvey zurück.

Beide Männer erhoben ihre Stimme. »Siehst du? Was habe ich dir gesagt!« krächzte Mr. Klein. »*ß'wet balt sajn a milchome.*«

Überall im Keller wurden die beiden wütenden Männer gehört. Der jugendliche, flachsblonde Beamte, der mit Tommy im Weinkeller war, kam – mit diesem im Schlepptau – heraus, und der stiernackige Mann auf der Treppe kam ein paar Schritte näher.

»Hört jetzt auf mit dem Quatsch«, sagte der Major kurz. Er drosselte seine Lautstärke, und er zeigte mit dem Finger mal auf den einen, mal auf den anderen der beiden Streithähne. »Alle beide, Schluß jetzt. Wir werden hier gleich fürchterlichen Ärger bekommen. Ihr dürft nicht so laut sein, schließlich hat der Laden noch geöffnet.«

»Ärger kann ich nicht gebrauchen, Major. Ich bin doch nur hier, weil Mr. Stiles gesagt hat, ich soll die kaputten Flaschen da unten aus der Grube holen.«

»Okay, tu, was du nicht lassen kannst.« Der Major setzte einen Fuß auf die Fahrstuhlplattform, schaute nach oben und rief in den Spätnachmittagshimmel: »Alles klar da oben, Ordwin?«

»Ja, Sir«, kam die Antwort von der Straße.

»Wann wird der Fahrer mit dem T-Truck zurückerwartet?« wurde Mr. Klein gefragt.

»Shea? Der sollte eigentlich schon da sein. Es ist doch schon nach fünf.«

»Wo bleibt er denn so lange?« Der Major ging einen Schritt zur Seite, um Harvey Platz zu machen, der wieder auf einen der Knöpfe am Fahrstuhl drückte. Mißmutig beobachtete er, wie die Plattform nach oben schwebte und ihm den Blick nach draußen versperrte.

»Gott sei Dank sind die Lieferwagen oben an der Straße und nicht hier unten bei uns«, sagte Mr. Klein trocken.

»Die Lieferwagen? Hier unten?« wiederholte Ira und fand die Vorstellung höchst amüsant.

»Warum, glaubst du wohl, haben wir hier einen Prohibitions-Kontrolleur hinter der Tür«, fragte Mr. Klein – und wartete nicht auf eine Antwort: »Er bewacht unsere Flanke. *ß'wet aßach helfn*«, fügte er hinzu. »Die Flaschen da oben in dem Wagen, da kostet eine doppelt soviel, wie ich in der Woche verdiene – hast du das gewußt?« Da er die Bestellungen in Sheas Korb schon fast fertig hatte, erlaubte sich Mr. Klein eine kleine Entspannungspause. »So teuer war das vor der Prohibition. Was wird es dann wohl heute kosten?«

»Sie meinen, diese schmutzigen alten Flaschen, die ich immer durch das kleine Fenster sehen konnte?« Ira hoffte, seine Unwissenheit würde die kurze Arbeitspause verlängern.

»Diese schmutzigen alten Flaschen, ja: Champagner. Kennst du Champagner? Mouton und Lafite und Rothschild! Frag mal den *altn kaker* da oben, den mit dem Stehkragen. Der kann dir was erzählen.«

»Was denn?«

»*Oj, gewald!*« Mr. Klein hob flehend die Hände gen Himmel. »Das kann doch nicht wahr sein!«

»Sie meinen, jemand wird versuchen, sie zu stehlen?« fragte Ira, beleidigt, weil so schonungslos vorgeführt.

»Du hast wohl noch nie was von Räubern gehört? *Schlemil!*«

»Hey du, Lorring!« rief der Major Richtung Weinkeller. »Ich möchte, daß der ganze Rest vor dem Fahrstuhl aufgestapelt wird, fertig zum Abtransport. Hörst du mich?«

»Ja, Sir.«

»Würdet ihr beide und der junge Mann da unten jetzt alles dort herausholen?« wandte sich der Major an Quinn und Murphy. »Ihr

könnt dann alles hier abstellen, nicht wahr? – Okay, Lorring!« rief
er wieder hinauf. »Du weißt, was du zu tun hast.«

»Ja, Sir.«

»Wo bleibt er denn nur!« wandte sich der immer noch unruhige
Major an Mr. Klein.

»Ich weiß nicht. Manchmal macht der T-Model Probleme.«

»Wir sollten schon längst weg sein.« Der Major blickte auf
Harvey, der unten in der Fahrstuhlgrube Scherben und Modder-
wasser in den Eimer schaufelte, und ließ aus seinen gespitzten
Lippen ein leises, nachdenkliches Pfeifen hören. »Wir hängen hier
schon viel zu lange herum. Wenn der Wagen ein Problem hat, dann
könnten wir hier sogar 'ne ganze Menge Probleme bekommen.« Er
ging langsam zur Treppe und hinauf.

»Jetzt sind die zu dritt da oben.« Ira verspürte eine gewisse
Spannung, die ihm ein nicht unangenehmes Schwindelgefühl verursachte. »Sie glauben doch nicht, daß da gleich was passiert?« Er hielt
inne, um die Unterhaltung oben zu belauschen.

»Weißt du, Harv, ich hab' nichts gegen dich. Du bist schon in
Ordnung.« Murphy wirkte keineswegs nervös. Er hob einen Arm
und stützte sich mit der Hand gegen die Wand, unterhalb der
Fahrstuhlschalter. »Das Problem mit so Burschen wie dir, ich meine
ja nicht dich persönlich, ist doch –, bloß weil ihr da drüben eine
kleine französische Nutte hattet, müßt ihr jetzt dauernd damit
angeben. Und die französischen Flittchen, die haben einfach nur
gedacht, ihr wäret eben Yanks, die etwas mehr Sonne abgekriegt
hab'n.«

»Genau. Du hast recht, Murphy.« Harveys beflissenes Lachen
widersprach zutiefst dem nüchternen Blick, mit dem er auf Murphys erhobenen Arm achtete. »Ha-ha-haha! Das stimmt.«

»Du hast wirklich total recht«, sagte Murphy. »Ich weiß, daß ich
manchmal mit Leut'n nicht so richtig klarkomme, weil ich ihnen
nicht um den Bart gehe. Aber mir isses scheißegal, welche Haut-

farbe einer hat. Ich könnt' doch schon mehr als dreimal Sergeant sein, wenn ich mir 'ne braune Nase hol'n tät.«

»Weiß ich doch, weiß ich, Murphy. Brauchst du mir nicht zu sagen. Das weiß ich schon, solange ich dich kenne.« Harvey sprach beschwichtigend, rollte mit den Augen und schielte gequält nach oben.

»Nur, weil ich kleiner bin, denken einige Leute, sie können mich übergehen. Mist, bloß weil ich so'n Zwerg war, ha'm se immer alle auf mir rumgetrampelt – als Kind. Ich mußte lernen zu kämpfen, du verstehst, wie ich das meine?«

»Ja klar, versteh' ich«, sagte Harvey.

»Also sag ich, die Senegalesen waren feige, diese verdammten Hurensöhne waren ja so feige.« Er schlug gegen die Wand. »Die konnten sich ja kaum den Eintritt in eine volle Bar erkämpfen.«

»Mann, du kommst zu nah an die Schalter.« Harvey spielte nicht länger den Unbeteiligten. Das Timbre seiner Stimme klang seltsam engagiert – vibrierend. »Du nimmst wohl besser deine Hand von der Wand und läßt mich hier unten zu Ende arbeiten, bevor ich rauskomme.«

»Ach ja?« Murphy drückte auf den Knopf nach unten. Der Fahrstuhl ruckelte und wollte sich schon in Bewegung setzen. Da drückte er schnell den Knopf nach oben. »Ich sag' dir noch was: Irgendso'n schlauer Oberst hat ein paar von euch in solche Affen-uniformen gesteckt, wie die Senegalesen sie trugen – als Überra-schung für die *Heinies*. Dann griff er an.« Murphy drückte den Fahrstuhlknopf, ließ aber wieder los. »Oh Mann, auf allen vieren sind die aus den Gräben gekrabbelt, so schnell, die konnte man kaum sehen in dem Staub. Teufel auch, die rennen wohl heute noch.« Wieder das Spiel mit den Fahrstuhlknöpfen.

Harvey lehnte die Schaufel gegen die Mauer und stemmte sich mühsam hoch, bis er wieder Boden unter den Füßen hatte. Er baute sich vor Murphy auf, der ihm nur bis zur Brust reichte. »Ich will kein'n Ärger, Murphy. Ich such' auch kein'n Streit. Aber ich sag' dir, Mann, ich lauf' auch nicht weg davor. Ich bin bereit, wann du willst und wo du willst.«

»Lauf du lieber schnell nach oben«, sagte Mr. Klein und drängte Ira zur Treppe. »Nicht doch! Nicht doch! Geh, sag diesem Gauner Bescheid. Sag, hier unten gibt es Ärger.«

Aber schon konnten sie die Stimme des Majors hören, der die Treppe herabgeeilt kam. »Was zum Teufel macht ihr denn mit dem Fahrstuhl?« Er durchschaute die Situation auf den ersten Blick. »Ihr beide schon wieder? Ich muß mich wundern. Ich dachte bei Gott, ihr beiden Kerle könntet vernünftig sein. Schließlich seid ihr Soldat gewesen. Aber ihr benehmt euch wie – wie halbgare Kinder. Männer, die einst dieselbe Uniform getragen, die im selben Krieg gekämpft haben. Die aus demselben Grund, für dieselben Ideale gekämpft haben – und dafür gestorben sind: eure eigenen Kamera-den – für Freiheit und Demokratie. Bedenkt doch, wir haben diesen Krieg gewonnen. Wir haben gewonnen! Und ihr habt nichts Besseres zu tun, als das alles hier in diesem verfluchten Keller wegzuschmeißen?«

»Ich habe keinen Streit gesucht, Major. Das habe ich ihm auch gesagt.«

»Weiß ich, weiß ich doch, Harvey.« Der Major preßte grimmig das Kinn auf die Brust. »Manchmal sagen wir so einiges, was wir verdammt so gar nicht meinen. Nun komm, Murph, du auch, kommt schon, alle beide.« Er legte den beiden seine Arme um die Schultern und ging mit ihnen vor dem Tisch auf und ab: »Erzähl uns doch die Geschichte noch einmal, Murph. Wer darüber nicht lachen kann, hat nie in einem Bombentrichter gesessen.« Sie verschwanden in Richtung der beiden Eisschränke.

»Leg einfach alles obendrauf, den ganzen Rest«, ordnete Mr. Klein zermürbt an. »Er wird's schon finden. Warte, laß mich nochmal sehen – das letzte war: Cayennepfeffer, ja?«

»Ist hier«, sagte Ira.

»Knäckebrot, schwedisches, ein Paket. Weiße Rosinen, zwei Pfund. Salbei, eine Schachtel. Geröstete Zwiebeln, eine Schachtel. Java-Mokka, ganze Bohnen.« Er befühlte die Tüte. »Zucker. Türkischer Honig. Zwei Dosen junge Pilze. Ende. Und was macht die Tüte Koriander noch hier?« Ärgerlich schüttelte er den Kopf und zurzelte leise mit der Zunge. »An einem Tag wie heute ist alles möglich.« Er warf die Tüte noch mit in den Lieferkorb. »Koriander.« Er sammelte die Rechnungen zu einem ordentlichen Packen zusammen und schob sie unter die geöffnete Klammer seiner Schreibunterlage und verzog das Gesicht zu einem Gähnen – als in der Ecke mit den Eisschränken, wo Murphy noch einmal die Geschichte erzählte, ein großes Gelächter ausbrach.

Tommy schob den beladenen Handkarren zum Fahrstuhlschacht; ihm folgte der flachsblonde Beamte, Lorring, und zog eine offene Kiste mit verschiedenen Flaschen in Strohmatten hinter sich her. »Wo steckt Murphy?« rief er Mr. Klein zu. »Der Fahrstuhl ist nicht unten. Habe ich nicht eben den Major gehört?«

Stumm zeigte Mr. Klein mit dem Daumen in die Ecke, wo die Eisschränke standen.

»Okay, Leute. Ausladen. Wir stapeln sie hier.«

Es regte sich etwas auf der Treppe. Shea kam herunter. »Die alte Blechschüssel war nicht zu bewegen, nicht für Geld und gute Worte. Die Benzinleitung habe ich durchgepustet. Die Kerzen gereinigt…«

»Hallo, Herr Major«, rief der flachsblonde Beamte quer durch den ganzen Keller. »Der letzte Fahrer ist jetzt da!«

»Oh, ist er da? Also dann.« Der Major tauchte wieder auf, neben ihm Harvey und Murphy, die sich jetzt fröhlich angrinsten.

»Wo ist das Versteck?« Shea machte sich an Mr. Klein heran.

»Das kenne ich wie meine Westentasche«, antwortete Mr. Klein unwirsch. »Hinter dem Eisschrank irgendwo. Fragen Sie Tommy.«

»Ich finde es schon«, sagte Shea und ging in die Eisschrank-Ecke.

»Wer fährt eigentlich die Wagen zum Zollspeicher?« fragte Mr. Klein rhetorisch. »Die Beamten, oder wer? Schon mal so'ne *meschugaß* geseh'n? Was jetzt noch fehlt, sind die bösen, bösen Räuber.«

»Danke, Harvey.« Der Major hob die Hand und drückte auf den Fahrstuhlknopf, als Harvey die Schaufel von der Mauer nahm und aus der Grube zog. »Und der Eimer da unten, der stört nicht?«

»Nein, Sir, Major. Der Eimer ist zu niedrig.«

»Bravo, Harold!« Der Major machte mobil. »Wir bringen ihn jetzt runter. Drücken Sie auf den Knopf – beinahe hätte ich gesagt: Soldat!«

»Zu Befehl, Herr Major!«

»Ich sag dir was, Harvey«, Murphy schwankte leicht, sprach mit benebeltem Gesichtsausdruck. »Als du da eben aus dem Loch gekrabbelt bist, da war alles wieder da. Du verstehst, was ich meine? Da fühlte ich mich zurückversetzt, du verstehst? Und McGrath, der war auch wieder da, der einzige, mit dem ich mich verstand, der folgte mir beim Sturmangriff aus dem Schützengraben. Da mußte ich wieder an McGrath denken. Ein Riese wie du, nur weiß.«

»Ja, ja, das Leben geht wundersame Wege«, kommentierte Harvey.

»Jawohl, zu Befehl.«

»Also Jungs«, sagte der Major, »dann woll'n wir mal, solange es noch hell ist. Alles nach Plan da oben, Harold?«

»Kann nichts feststellen, Herr Major, kein Anlaß zur Besorgnis«, kam die Stimme von der Straße.

»Ich schicke Lorring sowieso noch nach oben. Aufgepaßt, Lorring. Du schiebst Wache! Ganz unauffällig. Wenn ein Auto hält, in Deckung! Alles klar? Ich überwache das Aufladen.«

»Zu Befehl, Herr Major.« Lorring ging zur Treppe.

Weil so viele mit anpackten, war die Ladung binnen weniger Minuten vom Keller auf die Plattform geschafft.

»Zum ersten Mal wünsche ich mir, daß wir noch Sommerzeit hätten.« Der Major kontrollierte die Ladung auf dem Aufzug. »Haben wir denn schon den letzten Rest?«

»Das ist alles, Herr Major«, sagte Murphy.

Tommy bestieg die Plattform und sagte: »Kommst du, Murphy?«

»Moment mal«, sagte der Major. »Nicht bei dieser Fahrt. Jetzt aufgehalten werden, weil der Fahrstuhl steckenbleibt, das wär' das Letzte, was wir brauchen können.« Er wartete, bis Tommy wieder abgestiegen war. »Um die Wahrheit zu sagen, Murphy...«, er hob die Hand, um den Aufwärtsknopf zu drücken. »Ehrlich – ich fange an, mich wie ein Georgia-Nigger zu fühlen, wenn die Sonne untergeht.«

Die Männer oben fingen an zu lachen. Der Aufzug fuhr nach oben, der Major drehte sich um, erblickte Harvey und bekam einen leichten Schreck. »Tut mir leid, Harvey, war nicht bös gemeint. Ist so 'ne verdammte Angewohnheit, eine schlechte. Verdammt!«

»Ist schon gut, Major«, sagte Harvey. »Ich verstehe das.«

»Da bin ich aber froh.« Der Major reichte ihm die Hand.

Sie schüttelten sich die Hände, trennten sich. Und gerade, als der Major nach oben zu den anderen gehen wollte, kam Quinn die Stufen herunter. »Wohin?« fragte der Major.

»Aufs Klo, Major. Dringend.«

»Wir sind fertig zum Abmarsch.«

»Bin gleich wieder da.« Er zwinkerte Mr. Klein zu, der sein bedrücktes Gesicht wegdrehte, und ging am Packtisch vorbei.

Die Fahrstuhlplattform über ihnen bebte unter den Schritten derer, die jetzt das Ausladen übernahmen. Harvey kniete am Rande der Grube, zog den Eimer heraus, richtete sich auf und ging, Eimer in der einen, Schaufel in der anderen Hand, am Tisch vorbei.

»*Comme ci, comme ça,* Miste' Klein.« Sein kräftiges, geschmeidiges Handgelenk schimmerte im Licht, als er die Schaufel wie ein Pendel herumschwenkte. Bewußt linkisch machte er ein paar Tanzschritte: »*C'est la guerre.*«

»Da hinten wartet noch ein Haufen Arbeit auf dich – die Wein- und Whiskyecke muß saubergemacht werden – du weißt schon.« Gönnerhaft gab Mr. Klein seine Anweisungen.

»Wem sagen Sie das? Mister Stiles hat mir schon einen Riesenberg Arbeit gegeben, und zwar reichlich!« Harvey schielte auf Ira. »Gut möglich, daß ich selber Hilfe brauche.«

»Hey, Quinn, wo zum Teufel bleibst du!« kam der Ruf von der Straße.

Quinns Stimme war schon zu hören, bevor er um die Ecke gesaust kam: »Ei, die Franzosen, *parlez-vous, parlez-vous,* die lustigen Franzosen...«

»Hör nicht hin!« Mr. Klein hielt seinen Arm schützend vor Ira, als wolle er ihn aus dem Verkehr ziehen.

»Wie soll ich das wohl machen?«

»Ja, die Franzosen, *parlez-vous, parlez-vous...*« Quinn hielt sekundenlang inne, als er vor dem Tisch plötzlich Auge in Auge mit Harvey stand: zwei Männer, zwei Temperamente, beide etwa gleich groß, der eine braun und kräftig, der andere dagegen blaß und schmal.

»Quinn!« sagte Mr. Klein und schaute vorsichtig um die Ecke, dort, wo es nach oben in den Laden ging. »Hör auf jetzt. Es kommt jemand.«

Alle starrten nach oben. In seiner Arbeitsjacke kam Walt die Treppe herunter, stützte sich am Geländer ab, nahm die letzten Stufen im Sprung und donnerte auf den Kellerfußboden: »Junge, Junge, da oben ist so ein Zigarettenqualm, da riecht man ja den Schnaps kaum noch.«

»Die wissen doch, was hier unten passiert. Ist viel los oben?«

»Es wird jetzt voll. Das Feierabendgeschäft.« Walt wirbelte in einen der Gänge.

»Die Franzosen, die Franzosen…«

Lautes Hupen auf der Straße übertönte fast seine Stimme.

»Mensch, Quinn! Die kommen bestimmt gleich runter und holen dich!« drohte Mr. Klein.

»Scheiß drauf. Du glaubst doch nich', daß ich mich damals in so'm beschissenen Bunker versteckt hätt'.« Unsicher schwankte Quinn tapsig hin und her. »Ja, die Franzoosen – die kämpfen zu Fuß und stehen nur auf Bloosen…«

»Quinn!!« übertönte der Ruf von der Straße das heisere Autogedröhn.

»Hinky dinky, *parlez-vous*.« Quinn leckte sich die Mundwinkel, taumelte zur Treppe: »Tja, das war wohl doch'n bißchen viel für den lieben guten Quinn, oder? Ich mußte noch 'n Extraschluck nehm' auf mein' jüd'schen Kumpel Schnitzel…« Er fiel fast die Treppe hinauf, zur Straße. »Ich komm' schon, ich komm' schon! Wo ist das Feuer?« Und dann war er nicht mehr zu sehen.

Plötzlich drang ohrenbetäubender Motorenlärm durch den Fahrstuhlschacht in den Keller, der sich noch steigerte und mit großer Gewalt entlud: Es klang wie eine Explosion! Alle drei gingen in Deckung.

»Jesus, Mann!« rief Harvey und bedeckte sein Gesicht mit dem Oberarm.

»Oh-neiin!« rief Ira und duckte sich vor Angst.

Die beiden Männer waren wie erstarrt, blieben regungslos stehen, schauten sich ängstlich fragend an.

»Habt ihr das gehört?« Walt kam zurück, schnappte sich mit beiden Händen eine Konservendose und schleuderte sie gegen den Tresen. Sie bekam ein Loch. »Oh, Hühnchen *à la king*. Ist mir aus der Hand gerutscht.«

Ein weiterer lauter Knall folgte.

»Es ist nichts. Es ist nichts und wieder nichts. Das war nur eine Fehlzündung«, versicherte Mr. Klein.

Alle warteten gespannt, drehten den Kopf dorthin, woher der Motorenlärm kam, hörten, wie Gänge eingelegt wurden und die Fahrzeuge sich langsam in Bewegung setzten... Das Geräusch wurde leiser, schwächte sich ab, hörte auf.

»Ich hab' ja gleich gesagt, es war nichts«, sagte Mr. Klein.

»Ich wette, ein paar von den Leuten da oben sind fast vom Stuhl gefallen«, sagte Walt und ging die Treppe hinauf.

»Das is' das einzige, was ich noch nicht erlebt hab'. Sonst hab' ich schon fast alles erlebt.« Harveys Gesicht bekam einen total veränderten Ausdruck. »Und was is' mit Ihnen, Miste' Klein? Was nehmen Sie?«

Halsstarrig blieb Mr. Klein bei seiner Ablehnung und schüttelte den Kopf. »Ich nehme gar nichts. Was sollte ich auch nehmen? Ich brauche das nicht.«

Plötzlich fing Harvey an zu lachen, seine Zähne leuchteten weiß. »Ich doch auch nicht, Mister Klein. Das ist nur, damit wir die Demokratie nicht aus den Augen verlieren, wie der Major zu sagen belieben.« Er schwang Eimer und Schaufel und setzte seinen Weg fort.

»*A kliger schwarzer*«, räumte Mr. Klein ein. »*Nu*«, scheuchte er sie mit den Händen raus. »Jetzt ist es schon nach fünf. *Schabeß b'nacht*. Weißt du, was ich jetzt machen werde?« Deutlich schmatzend leckte er sich die Lippen. »Warte hier.«

Schnell machte er ein paar Schritte in den Gang direkt vor ihm und kam mit einer Flasche zurück. »Perrier, Wasser, französisches Selterwasser. Leider ein bißchen warm.« Unter dem jetzt kahlen, blanken, leicht verbeulten Tisch zauberte er Pappbecher und einen Flaschenöffner hervor. »Das bißchen warm *schot nischt*. Schmeckt trotzdem gut.«

»Ein komisches Selterwasser«, sagte Ira nach den ersten kleinen Schlucken und zeigte sich noch etwas reserviert.

»Das ist ja auch kein Selters, wie man es für glatte zwei Cent kaufen kann«, belehrte ihn Mr. Klein. »Dies Wasser kommt so, wie es ist, aus der Erde. Trink! Das ist wie ein *kidusch ha-schem*.«

XXVIII

Ach ja, – das laute Hämmern des Klavierstimmers, der kräftig in die Tasten griff, und das Knarren des Stimmschlüssels drangen in Iras Bewußtsein: Ein Klavierstimmer muß so laut spielen, erklärte M., bevor sie wegging; er muß den Anschlag prüfen. Ira lauschte den immer höher werdenden Tönen, wurde melancholisch, wenn er sich folgendes vorstellte: Er war nicht der erste Schriftsteller, der auf Abwege geriet, vom Kurs abkam, den vorausgeplanten Weg verließ. Er war nicht der erste und würde nicht der letzte sein, der sich in eine Situation hineingeschrieben hatte, wie sie von Karikaturisten nur allzu gern aufgegriffen wurde.

Warum? Warum nur war er vom Skript abgewichen, von seinem ersten Entwurf, den er noch selbst auf der Maschine getippt hatte – im Jahre 1979. War das der Grund? Daß er den ersten Entwurf vor fünf, nein, vor sechs Jahren geschrieben hatte? Hatte er sich denn inzwischen so verändert? Der erste Entwurf hatte – grober zwar, aber auch pointierter –, wie nicht anders zu erwarten, den Konflikt zwischen Schwarz und Weiß stärker hervorgehoben, und dies, wie nicht anders zu erwarten, beinahe klischeehaft. Dieser jüngste Entwurf, den er dem Computer anvertraut hatte, wirkte versöhnlicher.

Und warum das? Um das Klischee zu verlassen? Vielleicht. Normalerweise schrieb er anders, nicht so bewußt, nicht rein intellektuell. Er schrieb in Übereinstimmung mit seinem Gefühl, phasengleich, schwingungsgleich – wie die angeschlagene Taste mit der Gabel des Klavierstimmers (was ihm gerade auffiel). Warum also die Abweichung? War es überhaupt besser so? Wer wüßte das zu sagen? Ließ denn dieser jüngste

Entwurf ein Mehr an Reife, ein Mehr an Verständnis erkennen? Und wieder die Frage: Wer wollte das beurteilen? Ein Mehr an Verständnis: vielleicht. Aber ein Mehr an Reife – im Alter von neunundsiebzig Jahren? Das klang doch eher ein wenig absurd. Es wäre zwar schön – wenn er es hätte. Aber wenn es so war, dann deshalb, weil er sich selbst in eine ausweglose Situation manövriert hatte, in einen *cul-de-sac,* eine Sackgasse – oder wie würdest du dazu sagen, Ekklesias? Auf dem Computer sieht sowieso alles ganz anders aus.

– Der Himmel und Wallace Stevens mögen dir verzeihen. Mein Rat ist: Fahre fort, als seiest du nicht von deinem ursprünglichen Kurs abgewichen, oder sagen wir mal: nicht allzu sehr; setze deinen Weg fort, greife die Ereignisse, die du für die Homogenität deiner früheren Visionen als notwendig erachtet hast, wieder auf. Das hier ist sowieso eine Fälschung; ich meine das aber nicht im Sinne von absichtlicher Täuschung. Du hast davon gesprochen, daß du dich selbst in eine ausweglose Situation hineinmanövriert hast. Vor langer Zeit schon hast du dich in diese ausweglose Situation gebracht. Ich will ja keine dummen Witze machen, aber deine eigenen Prämissen waren es, die dich in deiner Ecke buchstäblich eingemauert haben. Was also ist das, wovon du jetzt redest, das jetzige Eingeständnis – ist es Erkenntnis? Doppelt eingemauert: ein Kreis in einer Ecke. Dennoch, du solltest ihn ausfüllen, fülle ihn aus.

Es ist alles so weit weg, Ekklesias. Als ich 1979 anfing, so spät erst anfing, im dreiundsiebzigsten Jahr *de mon âge quand tous mes hontes j'ai bu,* vor so langer Zeit, da habe ich mir nicht träumen lassen, wie vertrocknet, um Baudelaire zu zitieren, dies alles in ein paar Jahren sein würde – nicht direkt unwichtig, aber auch nicht so wichtig, so demütigend und vernichtend wichtig. Ist das nun das Wort, das ich meine: un-wichtig?

– Das spielt bald keine Rolle mehr, diese existentiellen Überlegungen werden bald zu Staub zerfallen.

Ich bin deiner Meinung, Ekklesias, und auch wieder nicht. Jenseits des Lebensendes spielt nichts mehr eine Rolle; die menschliche Beschaffenheit spielt keine Rolle mehr. Aber diesseits des Lebensendes kommt es

auf alles an: auf Israel, die Bedeutung eines Volkes; auf Mario, Ersatz-
sohn, Italiener, Übersetzer meines einen Romans, aus Florenz, in wenigen Tagen in Albuquerque erwartet; auf die arme Jane, die nicht
vernünftig, sondern zu heftig liebte: meinen Sohn. Und jetzt über Gebühr
dafür bezahlt – ich hoffe, es sind nur Entzugserscheinungen; schon
bezahlt hat... Ich könnte mich jetzt zurücklehnen und träumen. Mit der
Phantasie, die mir mitgegeben wurde, von der ich geschüttelt und
gerüttelt wurde – wie die Dinge doch ineinandergreifen! –, könnte ich,
kann ich die wildesten, höchst erotischen, verschrobensten und doch
vollkommen lebbaren, glaubhaft romanhaften Situationen erfinden. Ich
hoffe, daß auch sie ihre Traumata irgendwann, ohne mein unseliges
dominierendes Drängen, literarisch nutzen kann, ihren Kummer benutzt,
um Lob zu ernten, materielle Belohnungen und andere daraus abgeleitete
Tröstungen.

XXIX

Ein paar Minuten vor sechs durfte Ira schon nach Hause gehen. Mr.
Klein erinnerte ihn an seine Bücher unter dem Tresen und schickte
ihn auf den Heimweg, ehe der Laden schloß: ab durch den seitlichen
Ausgang, hinaus in die untergehende frühherbstliche Sonne. Am
Kantstein, auf dem Bürgersteig, in der Nähe des Gullys, teils im
Schein der Lichter von der schräg gegenüberliegenden Ecke an der
summenden, brummenden Lenox Avenue, teils unter den länger
werdenden Schatten der heraufziehenden Dämmerung lagen in
Büscheln und Fetzen die Abfälle von der Betriebsamkeit des Tages,
Zeugnisse der Prohibition: uraltes Stroh, worin die Weinflaschen
eingebettet waren und das irgendwie aus den Kisten gerieselt war.
Er hätte noch einmal pinkeln sollen, bevor er aufgebrochen war,
dachte er; er war ja schon auf dem Weg zur Toilette gewesen, als Mr.

Klein ihn von seinem Vorhaben abbrachte, indem er ihm in seiner Großzügigkeit, die keinen Widerspruch duldete, die letzten Minuten erließ; vielleicht wollte er verhindern, daß er in die Nähe der Flasche kam, die dort noch versteckt war, Harveys stille Reserve. Nun, da war ja der Park: schnell von der Fifth hinüber zur Madison am Fuße des Hügels und nichts wie hinein in die öffentliche Bedürfnisanstalt.

So hatte er sich das gedacht. Aber als er das Toilettenhäuschen erreichte und den Knopf am Eingang für »HERREN« drehte, war die Tür verschlossen. Achtzehn Uhr. Das Bedürfnis zu urinieren wurde immer dringender – besonders jetzt, wo die Tür versperrt war und er immerzu daran denken mußte. Seit dem frühen Nachmittag war er nicht mehr zur Toilette gewesen, fiel ihm nun ein, nicht mehr, seit er die Vanilleplätzchen gegessen und Wasser am Handwaschbecken getrunken hatte, etwa um ... ja wann eigentlich? Oh, Jesus, wenn es doch schon etwas später wäre: nämlich dunkel draußen. Er war schon zu groß, um jetzt draußen im Freien, im Park seine Notdurft zu verrichten. Leute gingen vorbei, auch Damen – einen Polizisten konnte er zwar nicht sehen, aber wer weiß. Jetzt wurde es aber wirklich dringend. Ja, und dann auch noch das französische Selterwasser. Eine große Flasche war das gewesen, und Mr. Klein hatte ihn schließlich überredet, noch einen kräftigen Zug zu nehmen. War so teuer. Nun mach schon. Was hatten die gesagt? Das Wasser steht dir bis zum Hals, hatten die gesagt. Das Wasser stand ihm bis zum Hals. Seine Bücher unterm Arm, fing er an zu traben. *Jack and Jill climbed up the hill to fetch a pail of water* – oh, nein!

An etwas anderes denken, keuchte er. Sobald er zur 119th Street käme, wollte er sich in einen Kelleraufgang verdrücken, irgendeinen Keller, und sein Wasser abschlagen. Zwischen der Madison und der Park. O-uh, oh, oh. *Jack and Jill went up the hill* – nein! Doch! Das machte es leichter. Jill war Jacks Schwester. *So up he got and home did trot.* Jaa, ja, ja. *He got into bed, he got into bed, he got into bed;* ach mein armer Bruder, sagte sie, mein armer Bruder, sagte sie... Also... Mein armer Bruder, sagte sie. Mach bloß schnell, ehe daß... Wo war überhaupt die Mutter, wo der Vater? Also mach bloß schnell, ehe du zur Arbeit mußt, Arbeit im Delikatessenladen.

Keuchend erreichte er die 119th Street. Bloß schnell nach Haus. Nur noch ein kleines Stück. Das hilft, es aufzuhalten. Ankommen, ehe es... Ach, war das schön, als du noch klein warst und am Straßenrand pinkeln durftest. Doch jetzt würde es auffallen; aber auch sonst... Junge, beeil dich! Park Avenue erreicht. Park Avenue, Gott sei Dank. Die Überführung.

Als er dort ankam, hatte er sein größtes Tempo drauf, raste unter das Brückengitter, vorbei an den verstrebten Pfeilern: genau hier! Hier hatte er schon hundertmal gepinkelt. Plötzlich mußte er einem Auto ausweichen, das aus den Schatten der Vorstadt auf ihn zugerast kam, selbst ein Schatten, ohne Licht. Er wurde vom Fahrer gehörig angeflucht – und riskierte eine entsprechende Entgegnung, obwohl er Angst bekam, Furcht in ihm aufstieg. Seine Brust hob und senkte sich, er verlangsamte seinen Schritt, ging gemächlich. Alles gut. Fast zu Hause.

Vor der Dämmerung im Osten und dem Abendrot über dem schwarzen Band der »El« an der Third Avenue stand Weasel. Vor dem Aufgang zu den Wohnungen schleuderte er eine Blechbüchse an einem Draht in der Luft herum, Flammen züngelten aus kleinen Löchern im Boden der Dose. Der Geruch von brennendem Holz beschwor die traurige Erinnerung an eine verlorene Zeit herauf, an vergangene Herbsttage, als er das auch gemacht hatte.

»Ich hab dich geseh'n, wie du eben vor dem Auto weggelaufen bist. Du solltest besser aufpassen«, sagte Weasel. Weasel selbst hinkte beim Gehen; er hatte versucht, vom Treppenaufgang bis in das Kellerloch zu springen und sich dabei den Fuß gebrochen.

»Ja, dieser Bastard hat erst kurz davor sein Licht angemacht. Ich konnte ihn überhaupt nicht sehen«, sagte Ira.

»Was bist'n so gerannt?«

»Ich muß mal ganz dringend pinkeln«, sagte Ira und winkte ihm im Weitergehen zu.

»Geh doch in den Keller«, sagte Weasel. »Warum gehst du nicht schnell runter in den Kelleraufgang?«

»Nee, jetzt bin ich schon fast zu Haus.«

»Los, geh runter in den Keller«, sagte Weasel. »Das geht schneller. Los, komm, ich geh' auch mit.« Er stellte seinen kleinen improvisierten Ofen an die Straße.

Und plötzlich kehrte der Drang zurück – zwingend. Ira stieß die schmiedeeiserne Pforte auf, lief die Außentreppe hinunter, öffnete seinen Hosenladen und urinierte gegen die übel zugerichtete Kellertür. Weasel folgte ihm.

XXX

Hier würde ich jetzt gern Schluß machen, Ekklesias. Ich habe noch so viel zu tun – hauptsächlich im Haus: eine neue Fensterlüftung muß installiert werden; der Knopf am Deckel unseres Kupferkessels ist anzubringen, den meine süße M. ohne Wasser auf eine große Gasflamme gestellt und vergessen hat (jetzt sieht er aus, als hätte er die Pocken gehabt); irgend so ein Bord unter dem Tisch, auf dem der Drucker steht, ein Bord für die Schachtel mit leporellogefaltetem Endlospapier. Lauter solche Sachen. Einen Teil des Vormittags – 17. April 1985, ein Mittwoch – habe ich bereits bei Entre verbracht, dem Laden, wo ich den IBM PC jr. gekauft habe, auf dem ich den Umgang mit dem Textverarbeitungsprogramm gelernt habe. In einer Stunde werde ich zu meinem Rheumatologen Dr. David B. fahren bzw. mich von M. fahren lassen. Er muß mich gründlich durchchecken und mir einige Medikamente verordnen, vor allem Percodan, ein starkes Analgetikum, das jedesmal neu verschrieben werden muß. Also ist der heutige Tag schon völlig verplant und geht auch dabei drauf, und ich werde wohl kaum Zeit haben, dieses unerfreuliche Erlebnis abzuschließen – ach, mehr als unerfreulich: einfach widerlich.

Diese verfluchten Dinge, die der Unschuld – oder Unwissenheit – in den Slums widerfahren, die in fremd geprägten, heterogen bewohnten Slums passieren und in homogen bewohnten Slums wahrscheinlich nicht vorkommen würden, wenigstens nicht – so denke ich mal – in den vorherrschend orthodoxen wie der East Side oder den volkstümlich geprägten Slumgegenden wie Little Italy. Natürlich spielt man dort dem einzelnen Menschen übel mit. Das schließt auch nicht aus, daß sogar Sprößlinge der Reichen oder aus der Mittelschicht von ähnlich traumatischen Erlebnissen heimgesucht werden – besonders, wenn man die schreckliche Verletzlichkeit, die Beeindruckbarkeit während der Pubertät berücksichtigt, die niemanden von irreparablen Schäden aus dieser Lebensphase ausnimmt. Ich wüßte gerne, wie man in China, der Sowjetunion oder anderen sozialistischen Ländern mit diesen Problemen umgeht.

Ich bin so dankbar für dieses elektronische Hilfsmittel. Meine Dankbarkeit gilt aber auch und ganz generell der modernen Wissenschaft und Technologie (ich schreibe dies übrigens am nächsten Tag), und zwar trotz der vielen Gegner der modernen Wissenschaft und Technologie, wie zum Beispiel dieses einen, dessen Äußerungen ich kürzlich gelesen habe, dessen Name mir aber im Moment entfallen ist, obwohl recht bekannt. Dieser Jemand scheint in der Lage, das Joycesche dreidimensionale Kreuzworträtsel ohne größere Schwierigkeiten zu lösen, nannte aber seine persönliche Datenverarbeitungsanlage einen Haufen teuren Schrott, der das Haus unnötig verstopfe – oder so ähnlich. Dieser Gentleman weiß nicht, wovon er redet. Die kurze Zeit, die nötig ist, um das Gerät beherrschen zu lernen, hat sich unendlich bezahlt gemacht (auch glaube ich nicht, daß ich nur für mich allein spreche); die investierte Zeit hat neue Bande geschaffen – oder die alten wiederbelebt – zwischen demjenigen, der seine Gefühle und Gedanken ausdrücken wollte und dem dafür notwendigen Gerät.

Schon die umständlichen Vorbereitungen, die – manchmal weniger, manchmal mehr – notwendig waren, um die »Maschine« überhaupt in Gang zu setzen: die relativ unbeteiligte Mitteilung auf dem Bildschirm »FALSCHER DATEINAME«, aber auch, wenn alles richtig war, die Routine-Abfragen nach Uhrzeit und Datum und der Zwang zu antworten, die ständige Ermittlung der auf der Festplatte noch verfügbaren Anzahl von »Bytes«, das alles war ein Aufwärmtraining auch fürs Gehirn, für den unvergleichlich subtileren organischen Computer, der vor dem elektronischen saß. Wie sieht die Zukunft des Menschen aus? Man kann nicht umhin, sich das zu fragen, wenn man gerade Rundfunkberichte über Kämpfe zweier Moslem-Sekten im Libanon gehört hat, Kämpfe, die etwa fünfzig Tote und dreimal soviele Verwundete gefordert haben – und das zur gleichen Zeit, da Männer im All den dramatischen Versuch unternehmen, gleichgültig, ob sie es schaffen oder nicht, einen nicht funktionierenden Satelliten zu reaktivieren. Wird des Menschen Cortex über seinen Hypothalamus regieren?

So viele neue Gedanken und Überlegungen entwickeln sich zwischen dem Schriftsteller und seiner Erzählung. Es beginnt schon am frühen Morgen, daß ihm Ideen im Kopf herumschwirren, während M. ihrem vom Rheuma zerstörten Ehemann noch beim Aufsitzen im Bett behilflich ist, ihm einen aufmunternden Morgenkuß auf die Augenbraue drückt, der grotesk das Gesicht verzerrt, das kann ich bezeugen, und seine Schmerzen deutlich zeigt. Was soll ich nur mit all den Menschen machen, all diesen »Figuren«, die ich hier vorgestellt, mit denen ich mich beschäftigt habe und deren Ende ich kenne; neue werden hinzukommen, die ich in natura überlebt habe, aber in der Erzählung nicht überleben werde; und was ist mit den Jahren, die ich nicht mehr behandeln kann, weil ich dann nicht mehr lebe, aus dem eben genannten Grunde auch nicht mehr leben will; den Jahren, die meiner Heirat mit M. folgten, den Jahren in

Maschinenhallen und Werkzeuglagern während des Zweiten Weltkriegs, Jahren, wechselvollen Jahren in Maine und den vier Jahren meiner Anstellung in einer psychiatrischen Klinik in Augusta; was ist mit den Jahren, in denen ich Geflügel züchtete, den Jahren, in denen M. und ich absurde, bittere Sommer mit unserem bemitleidenswerten, entkräfteten, unmöglichen Mitbewohner hatten: den Jahren mit Pop, meinem Vater... Jahre, für die ich keine Zeit mehr haben werde, wo mir sogar für den Versuch, sie in literarische Form zu bringen, die Zeit fehlt. M. (die gerade an ihrem Schreibtisch sitzt und Noten schreibt – sie muß einen Termin einhalten: ihrem Lehrer das fertige Stück spätestens am kommenden Samstag abliefern) –, M. ist immer um mich herum, M. ist der Mittelpunkt meines Bewußtseins. Sie ist Mittelpunkt aller Prüfungen und Strapazen, die zu meinem jetzigen Bewußtseinsstand geführt haben. Sie liefert – mehr als irgend jemand sonst – jene Motivation, die mich in meiner Aufgabe als Schriftsteller bei der Stange hält; sie gibt mir Selbstwertgefühl und vor allem das Bewußtsein, nicht zerrissen, sondern einig mit mir selbst zu sein, das mächtige Bollwerk, das die Gegenwart vor der Vergangenheit schützt.

XXXI

Zwei Urinbäche flossen, ineinander verdreht wie eine Kordel, an der obskuren Tür und dem Pfosten herunter, tropften auf die sandige Kellersohle. »Du hast 'nen Steifen vom Pissen, ja?« bemerkte Weasel.

»Jaa, kannst du das etwa seh'n? Ging nicht anders.«

»Onanierst du viel?«

»Nein.«

»Was – nicht?«

»Nein«, kam es ein wenig trotzig. »Was meinst du überhaupt?«

Ira war sicher, er wußte, was Weasel meinte: dasselbe wie letztes Jahr auf dem Dach, was Bernie Hausman ihm zu zeigen versucht hatte, das einzige Kind in Harlem, das er in einem Faustkampf je geschlagen hatte. Auch genau das, was Mr. Lennard von ihm gewollt hatte. Er wußte Bescheid, doch, doch, er wußte Bescheid: und dieser lange, schäbige Dreckskerl im Fort Tryon Park – gegen einen Baum. Oh, er wußte.

Er wußte, Ekklesias, natürlich wußte er Bescheid.
— Hat aber nie einen Zusammenhang zwischen beidem gesehen, nie beides miteinander in Verbindung gebracht?
Ich kann bezeugen, daß er das nicht getan hat.
— Ist das möglich?
In seinem Falle, ja. Wir haben es hier mit jemandem zu tun, der fast in allen Dingen Autodidakt ist.
— Er war noch nicht bereit für diese nächste Phase.
Er war es und war es auch wieder nicht. Er mußte selbst die nötigen Schlußfolgerungen anstellen, um sich eine Brücke von der Knabenzeit zur Pubertät zu bauen, Schlußfolgerungen, die ausreichten, um seine frühreife Empfindsamkeit zu befriedigen. Die Stützen seiner Denk- und Urteilsfähigkeit, mit einem Wort: seine Schlußfolgerungen waren viel zu schwach, um einer so schweren Last standzuhalten wie seiner ungeheuerlich schlecht und falsch informierten Phantasie.

»Onanieren. Guck mal, so...« Weasel machte vor, wovon er gesprochen hatte. »Und jetzt du?«
»Nein.«
»Ich und Tierny onanieren immer.«
»Ach ja?«
»Du müßtest ihn mal seh'n. Was der sich für'n großen Schwanz macht. Willst du?«
»Nein.«

»Nein? Wieso nicht? Ihr Juden müßt doch nicht zur Beichte…
Oh, jetzt versteh' ich: Du hast jemanden zum Ficken, gib's zu!«
Weasel blieb hartnäckig, trotz Iras Schweigen. »Nun sag schon!
Wen fickst du?«

»Das Feuer in der Dose da vorn am Kantstein – du hast es
brennen lassen.«

»Das macht nix.« Weasel zögerte, war ganz verwirrt von Iras
kaltschnäuziger Abfuhr.

Als Ira sich umdrehte, um seine Hose zu schließen, tat Weasel
dasselbe. »Möchtest du eine von meinen Röstkartoffeln? In meiner
Büchse da habe ich zwei.«

»Nein. Ich gehe jetzt gleich nach oben.«

»Oh, the navies old and oaken, oh, the Temerairie no more.«
Welch zufälliges Zitat, grübelte Ira: ein Epigraph, das Hart Crane von
Melville entliehen und in einem Gedicht verarbeitet hat. Warum mußte er
gerade jetzt daran denken? War es der Reiz des Sprachrhythmus, die
Stimmung, die nostalgische Reinheit von Meer und Wind? Oh, was für
Zweideutigkeiten und Ambivalenzen, mit denen der Schriftsteller
kämpfte, durch die er sich seinen Weg bahnen mußte, um auch nur
andeutungsweise klarzusehen. Widersprüche, Ausflüchte, Heimlichkei-
ten – darin mußte er seine Zuflucht nehmen. Er hatte die Empfindsamkeit,
mit der er geboren war, zu einem Instrument verfeinert, das selbst den
flüchtigsten seiner Gedanken zu registrieren vermochte, das Statthafte
und das Unstatthafte. Wäre er ein Romancier des neunzehnten Jahrhunderts gewesen oder tatsächlich ein wahrhafter Romanautor, der in seinem
Werk die Gesellschaft um sich herum widerspiegelte, dann hätte er so
vieles von dem, was ihn selbst betraf, einer fiktiven Figur andichten, in
eine Fabel über andere einbauen können. Doch unglückseligerweise war
er gefangen in seiner eigenen Denkungsart, und wenngleich die Schei-
dung seiner jetzigen Persönlichkeit von der früheren ihn überraschte,
hatte er keine andere Wahl. Er mußte als gegeben akzeptieren, daß seine

eigene Neugier ihn drängte, das Experiment zu wagen – und die Möglichkeit des Scheiterns zu riskieren.

Du siehst, Ekklesias, die ganze »Evolution« ist in meinem Falle auf den Kopf gestellt worden. Alles hätte in umgekehrter Reihenfolge verlaufen müssen, wie es, wenn ich mich nicht irre, auch bei den meisten Heranwachsenden ist.

– Sehr wahrscheinlich.

Ich kann mir diese Entwicklung, sogar mit denselben Figuren und demselben Szenario, auch vorstellen, wenn alle unwahrscheinlichen Phantasien herausgestrichen würden – wie zum Beispiel das Ausreißen von zu Hause, eine Handlung, deren dieses Muttersöhnchen, das er inzwischen war, nicht fähig gewesen wäre. Nehmen wir einmal an, er sei dreizehn oder vierzehn Jahre alt und alles andere wäre, wie hier beschrieben, und er hätte sogar in derselben heterogenen Harlemer Slum-Umgebung gelebt... Oder anders: vorausgesetzt, er hätte den Regelfall erlebt und nicht die verheerende Ausnahme, dann wäre so etwas Ähnliches wie eine »normale« Entwicklung immer noch möglich gewesen. Du kannst mir folgen, Ekklesias?

– Ich fürchte, ja.

Ja? Auch wenn alles, was passiert ist, passieren mußte – angesichts seines gerissenen, verschlagenen, unaufrichtigen, auch völlig skrupellosen, treulosen und unablässig intrigierenden Wesens, dem ja, nicht zu vergessen, das orthodoxe Judentum keinerlei Schranken mehr setzte, keine Korsettstangen, keinen Ankergrund mehr gab – das Trauma konnte doch unmöglich so überwältigend geworden oder so tief gegangen sein, so gründlich sein Verhalten bestimmt, so sehr seinen Charakter verdorben, die Integrität und Entschlossenheit seines Denkens und Tuns unterminiert haben.

Und wieder kommt mir M. in den Sinn, durch diesen hartnäckigen, nein ewigen Nebel meiner eigenen Hervorbringung: sie sitzt da drüben in einem marineblauen Uniformhemd, vielleicht das eines Naturschützers oder Wildhüters, das ich einst auf dem Flohmarkt für mich selbst gekauft und das sich als mir zu klein erwiesen hatte. Sie sitzt an ihrem Schreibtisch, in ihre Cellosonate vertieft, an der sie schon seit längerem arbeitet. Hin und wieder spricht sie von ungewohnten Erschöpfungszuständen – sie, die, als sie noch jung war, häufig nicht vor acht Uhr abends angefangen hatte zu üben, spricht von Erschöpfung! Grund genug für mich, in selbstsüchtiges, banges Grübeln zu verfallen: woher diese so feine, so gute, aus so angesehener amerikanischer »Zucht« stammende Frau, die vor allen Dingen auch immer so vernünftig gewesen ist, die Kraft genommen hat, sich einst dafür zu entscheiden, ihr Leben mit dem meinen zu verbinden – und dies in ziemlich klarer Erkenntnis dessen, worauf sie sich da einließ – und zu hoffen, daß sie ... ich hebe meine Hände zum Himmel, Ekklesias.

– Das solltest du auch. Es ist nämlich ein Wunder.

Jiddisches Glossar

a bruch uf sej – ein Fluch über sie

a kliger schwarzer – ein kluger Schwarzer

a schejnen dank – einen schönen Dank

a schlok uf eß – verflucht seien sie

a schwarz gelechter – schwarzer Humor, schwarzes Gelächter

a schwarz jur – ein schwarzes (schlechtes) Jahr

abi gesunt – solange du gesund bist

alter kaker – (vulgär) alter Scheißer, alter K(n)acker

antschuldikt mir – entschuldige mich, ich bitte um Entschuldigung

as nischt is nischt – wenn nicht, dann nicht

asoj – ist das so?, ach ja?, wirklich?, somit, also

baruch ha-schem – gelobet sei der Herr

becherleß – Täßchen, Becher

bißt doch gebojrn in Galizie – dennoch bist du in Galizien geboren

bißt meschuge – du bist verrückt

bißt take a jold – du bist wahrhaftig ein Dummkopf

blinzeß – gerollte Pfannkuchen mit Füllung

borscht – Rote Bete-Suppe

bulke(ß) – Semmel, Brötchen

charoßeß – bittere Kräuter, die am Passahfest verwendet werden

charote – Reue

chawer – Kamerad, Freund

chejder – hebräische Schule für Knaben vor der Bar Mizwa

chochem – weiser Mensch

chumesch – Pentateuch

chunter – (vulgär) Votze, Hure

chupe – der Hochzeitsbaldachin

dawenen – beten

dermer – Innereien vom Rind, zu einem besonderen Gericht verarbeitet

d'jogßt arojß de kischkeß – du schlägst mir auf den Magen
drek – Abfall, Müll, Dreck
d'rirßtich wi a kloz – du bewegst dich wie ein Stück Holz
dumkop – Dummkopf
erlech – aufrichtig, ehrlich, ehrenhaft
eß – iß!
fajner – besser
farbrent – verbrannt, ausgebrannt, leidenschaftlich
farflucht – verflucht
farfojln sol er wo er ligt – er soll verfaulen, wo er liegt
farschtejßt – (du) verstehst?
farschtinkene – faul, faulig, stinkend
farz, forz – Furz
fojlenzer – Faulpelz
freg nischt – frag nicht (so dumm)
ganew – Dieb
ganz – ganz, gänzlich
gej mir in d'rerd – geh, laß dich begraben, oder: geh zum Teufel,
    oder: laß mich in Ruhe
gej mir in kejwer – sieh zu, daß du beerdigt wirst, fahr zur Hölle
gelt – Geld, Gold
genuk – genug
gerejre – jinglisch für »get out of here«; mach, daß du rauskommst
gescheft – Geschäft, Betrieb
geschrign – geschrien
g(e)wir – Reicher, Vornehmer, Mächtiger
gib dich a ruk – beweg dich, gib dir einen Ruck
glat koscher freßn – koscheres Essen zu sich nehmen
gliklech – glücklich
golem – Tölpel, Lehmfigur
goj – Nichtjude, Christ
gojim – Nichtjuden, Christen

gotinju – lieber Gott

haggada – die jüdische Passahgeschichte

halewaj – wollte, daß

hawdole – Zeremonie zum Ende des Sabbats

ich bin dir mojchel – ich verzeihe dir

ich hob sich bepischt – ich habe mich naßgepinkelt

is a fajner mensch – er ist ein feiner Mensch

japontschik(ß) – Japaner

jarmelke – Gebetskäppchen

jeled – Junge

jid – Jude

jidischkajt – Judentum, die jüdische Welt

jingotsch – übergroßer Jugendlicher

jingele – kleiner Junge, Kleiner

jit gadal wejitkadasch schme raba – die erste Zeile aus dem Gebet für
    die Toten

jogn – eilen, sich beeilen, hetzen

jold – Dummkopf

kajlke – Gewehrkugel

kejwer – Grab

kidusch ha-schem – zu Ehren des Herrn

kind, »majnß kind« – Kind, »mein Kind«

kischke – Darm

klig – klug

kop – Kopf

kreplech – gefülltes Küchlein, ähnlich wie Ravioli

latke(ß) – Pfannkuchen

lechajim – Trinkspruch: auf das Leben

lejmech – plumper, unbeholfener Mensch

loschn-kojdesch – heilige Sprache

lyupka – Liebe, Verlangen (polnisch)

macher – Macker

majn orme man – mein armer Ehemann

mamele – Mamalein, zugl. auch Koseform für Kinder: Schätzchen

mamenju – liebe Mutter, Mütterlein

masel tow – viel Glück

maze, mazeß – ungesäuertes Brot

melamed – hebräischer Lehrer

mensch – Mann

meschugaß – Verrücktheit

milchome – Krieg

mischpoche – Familie (Mischpoke)

mujik – russischer Bauer

nu – nun

oj gwald (oder: *oj gewald*) – oh, Gewalt (Aufschrei des Entsetzens)

ojßgebrent, »ich bin ganz ojßgebrent« – ausgebrannt, »ich bin ganz
  ausgebrannt«

omejn – Amen

pawolje – langsam

pejeß – Schläfenlocken

pesach – Passahfest, Überschreitungsfest

pischke – Opferbüchse

pogrom, pogromen – Pogrom (hier: organisiertes Verbrechen gegen
  Juden)

porzez – Großmaul, Angeber

schabeß b'nacht – Sabbatabend

schajtl – Perücke

schemewdik – verschämt

schiker – betrunken, »beschickert«

schiker af tojt – sturzbetrunken, betrunken bis zum Tod

schikße – nichtjüdische Mädchen, Schicksen

schilschl – Diarrhoe

schlachthojs – Schlachthaus

schlepn – tragen, ziehen, schleppen

schlimasl – Stümper, Pfuscher, Schlemihl; ein Mensch, der andau-
   ernd Pech hat, ein Unglücksrabe; Schlamassel
schmuljare(ß) – Dollar
schnorer – Schnorrer
schojn – schon
schtikl – ein bißchen, ein Stückchen
schul – Synagoge
schwarze – die Schwarzen, Afro-Amerikaner
ßela – sei es
Selzer koßt gelt – Selterwasser kostet Geld
ß'is a majße mit a Bär – das ist eine Geschichte mit einem Bären
   (Märchen)
solßt chapn a krenk – mögest du die Pest bekommen
ß'tojgt schojn uf kapore – das ist schon ein Opfer wert (ironisch: das
   taugt nichts)
ß'wet aßach helfn – das wird schon sehr helfen
ß'wet balt sajn a milchome – hier wird bald ein Krieg sein
take – wirklich, in der Tat
tate – Vater
tow – gut
trejfe – unrein, nicht koscher
we im lo achschaw, mataj? – wenn nicht jetzt, wann (aus dem
   Talmud)
woß hejßt – was bedeutet/heißt das
woß is doß – was ist das
woß jogßt – warum so eilig
zoreß – Sorgen, Zores
zwiker – Zwicker, Kneifer

DIE FISCHMANNS ◆ SCHLOSSGASSE 21

»Es ist seine Geschichte, die ›Tragödie der Heimatlosigkeit‹,
wie er es nannte, in zwei Bänden schließlich als
Fortsetzungsroman vorgelegt... In kurzen, knappen Kapiteln
entfaltet Katz seine Welt. Lakonisch, altertümlich, nüchtern,
ironisch, märchenhaft, distanziert. Wie im Traum erzählt er,
wie in Trance holt er den Stoff aus der Vergangenheit...
Mit ein paar Sätzen, auf ein paar Seiten gelingt es Katz,
ganze Zeitstimmungen einzufangen.«
Stefan Berkholz, DIE ZEIT

H. W. Katz
Die Fischmanns
Roman
2. Auflage. 264 Seiten. Gebunden mit Schutzumschlag.
ISBN 3-88679-705-8

Schloßgasse 21
In einer kleinen deutschen Stadt
Roman
588 Seiten. Gebunden mit Schutzumschlag.
ISBN 3-88679-706-6

BELTZQUADRIGA